Erasmus Herold
Und ich vergebe dir nicht

Der Roman spielt hauptsächlich in allseits bekannten Stätten in Westfalen, doch bleiben die Geschehnisse reine Fiktion. Sämtliche Handlungen und Charaktere sind frei erfunden.

Bibliografische Information der Deutschen Nationalbibliothek
Die Deutsche Nationalbibliothek verzeichnet diese Publikation in der Deutschen Nationalbibliografie; detaillierte bibliografische Daten sind im Internet abrufbar über http://dnb.ddb.de

www.niemeyer-buch.de

Umschlaggestaltung: Carsten Riethmüller
unter Verwendung von Motiven von shutterstock.com
Druck und Bindung: AALEXX Buchproduktion GmbH, Großburgwedel
Printed in Germany
ISBN 978-3-8271-9562-3

Erasmus Herold

Und ich vergebe dir nicht

CW Niemeyer

Für Euch Drei.

Über den Autor:
Erasmus Herold wurde 1969 in Bonn-Beuel geboren. Aufgewachsen in Paderborn, wohnt er heute in Stromberg, ist verheiratet und Vater von zwei Töchtern. Nach dem Fachabitur und einer Ausbildung im kaufmännisch, EDV-technischen Bereich, arbeitete er als Datenverarbeitungskaufmann in Paderborn, später in Gütersloh. Derzeit arbeitet Herold in einem mittelständischen Unternehmen als IT-Leiter. Bereits in jungen Jahren schrieb Erasmus Herold Berichte für ortsansässige Computermagazine, machte sich später mit dem Programmieren von Online Spielen (darunter Space-Intrusion.de) einen Namen. Im Oktober 2009 erschien sein Debütroman „Krontenianern - Rendezvous am Bogen", ein spannender Zukunftskrimi. Beim „deutschen Science Fiction Preis 2010" wurde er nominiert und erlangte mit seinem Debütroman Platz 5. Im Herbst 2012 hat Erasmus Herold seinen WestfalenKrimi „Und ich vergebe dir nicht" im CW Niemeyer Verlag, Hameln, veröffentlicht.
Zusätzliche Informationen und Leseprobe unter:
www.ErasmusHerold.de

1. Simon Roth / 08. Juli 2011 / 22:17

Vor zwei Stunden hatte die Nacht den Himmel besetzt und ihren Schleier über Gütersloh ausgebreitet. Richtig dunkel war es nirgends in der westfälischen Kreisstadt, die nur in den Vororten wirklich schlief. Das öffentliche Netz künstlicher Beleuchtung glich dem unregelmäßigen Aufbau eines Baldachinnetzes der Neriene und erhellte unermüdlich die Innenstadt.

Inzwischen ließ das Verkehrsaufkommen der A2 spürbar nach und dennoch drang das Grundrauschen der Autobahn bis tief in den Brockweg hinein. Die Werbetafeln der Tankstelle leuchteten weithin sichtbar und informierten nebenbei über den durchgehenden 24-Stunden-Service. Kunden gab es genug. Auch zu später Stunde und nach Mitternacht bestand Nachfrage nach den verschiedenen Snacks und Kaffees zum Mitnehmen. Abseits des Hauptgebäudes, vor einer kleinen Reifenstation, standen einige Jugendliche beisammen und diskutierten lautstark über die Veränderungen im angrenzenden Viertel, während sich drei osteuropäische Jungen auf ihren Fahrrädern dazugesellten. Keiner von ihnen beachtete den modernen, dunklen Geländewagen, der langsam den Brockweg entlangfuhr und vor der Einbiegung zur Tankstelle abbremste. Das Schotterbett seitlich der Straße knirschte, als das grobe Profil der Bereifung die lockeren Steine beiseiteschob, dann hielt der SUV abrupt an. Obwohl die Scheiben weder getönt noch verspiegelt waren, hätte niemand den Fahrer beschreiben können, der mit der Dunkelheit des Innenraums eine Einheit bildete. Durch die heruntergeregelte Armaturenbeleuchtung und die grau-schwarze Kleidung, die er trug, verschwammen jegliche Konturen. Er verdrehte den Rückspiegel und warf einen knappen Blick hinein. Sein Haar, dunkel wie die Kleidung, benötigte dringend einen Schnitt. Vielleicht morgen. Samstags hatte er Zeit. Sein Bartwuchs war das Indiz vergangener, tatenloser Tage; irgendwie hatte er sich gehen lassen. Doch das sollte sich schon bald wieder ändern. Zufrieden lächelte er seinem Spiegelbild entgegen, drehte den Spiegel in die Ausgangsstellung zurück und nahm sich eine Minute Zeit, die äußere Umgebung auszuspähen und auf sich wirken zu lassen. Um nicht identifiziert werden zu können, hatte er die Nummernschilder gewechselt; zu diesen existierte keine gültige Zulassung. Die aufgeklebte Plakette war ein selbst angefertigtes Duplikat, für einen Laien nicht von einem Original zu unterscheiden. In aller Ruhe stieg er aus und ließ seinen Blick ein weiteres Mal in die Runde schweifen. In der Ferne führte eine Frau ihren Terrier angeleint spazieren, ein Pizzabote verschwand auf der anderen Straßenseite hinter der Abzweigung eines zurückliegenden Wohnhauses und die Gruppe Jugendlicher von der Tankstelle schien weiterhin mit sich selbst beschäftigt. Zielsicher öffnete er die Heckklappe des SUVs, griff hinein, und für einen Moment musste der gut Mitte vierzigjährige Mann sich anstrengen, um etwas Schweres aus dem Fond des Geländewagens zu wuchten. Die warmen Juli-Temperaturen, die auch noch zu diesen späten Abendstunden vielen Bewohnern Güterslohs zu schaffen machten, trieben ihm den Schweiß auf seine Stirn und Handgelenke. Für Sekunden erklang ein leises, unbedeutendes Röcheln, vielleicht ein Winseln: Auf jeden Fall ein menschliches Geräusch. Unbeirrt griff der Fahrer nach seiner Fracht und zerrte eine gefesselte wie auch geknebelte, erwachsene, männliche Person aus dem hinteren Teil seines Wagens. Willenlos ließ sich das Opfer vor ein gut einen Meter hohes, metallenes Werbeschild der Tankstelle schleifen. In ihrer Formgebung bewies sich die Reklame nicht nur als unübersehbarer Blickfang bei Tag, sondern auch als dankbarer Sichtschutz in dieser Nacht. Benommen und mit flackernden Augenlidern kreiste der Gefangene seinen Kopf von einer Seite zur anderen. Sein weißer, ringförmiger Halskragen, sein Kollar, schien zu zwicken und ihn bei seinen zunehmend, unruhiger werdenden Atemstößen zu behindern. Der Entführer griff an dessen Nacken, löste den einen Knopf und lockerte dadurch das geistliche Erkennungsmerkmal. Fast dankbar öffneten sich die angstdurchdrungenen Augen, während das Opfer langsam zu Verstand kam. Der Entführer erhob sich aus seiner Hocke und kontrollierte den Straßenzug entlang des Brockwegs. Die Frau mit ihrem Hund war verschwunden, das Auto des Pizzaboten parkte immer noch in, für ihn, sicherer Entfernung, und sein SUV versperrte den Blick, falls unerwartet ein Fahrzeug aus Richtung Autobahn aufkreuzen sollte. Auf die Gruppe Jugendlicher und den Durchgangsverkehr der Tankstelle brauchte er nicht weiter zu achten, dem Werbeschild galt sein Dank. Der Entführer griff zur Außentasche seines Jacketts, zog eine handelsübliche Kunstoffspritze hervor und befreite die Einwegkanüle von ihrem Schutzhütchen. Ruhig, als wäre es der selbstverständlichste Akt, hockte er sich in die alte Position zurück und setzte die Nadel an den Oberarm des geweihten Amtsträgers. Jegliche Versuche, sich zu winden, den eigenen Arm aus dem Gefahrenbereich zu ziehen oder den gesamten Oberkörper vorne über zu werfen, scheiterten aufgrund der diffizilen Fesselung. Der starre Mundknebel gepaart mit unbändiger Panik, hervorgerufen durch die gegenwärtige Lebensgefahr, beschleunigten die Atemstörung des Opfers. Die daraus resultierende geringe CO_2-Konzentration im Blut verursachte alsbald das Zusammenziehen der Hirngefäße. Die paradoxe Situation war vorprogrammiert: Trotz maximaler Sauerstoffsättigung durch die vermehrte Atemtätigkeit erfolgte die Unterversorgung des Gehirns mit Sauerstoff.

„Irrender, sterblicher Mensch, wer machte ihn zu Gottes Stellvertreter? Nicht Gott!"

Mit diesen Worten injizierte der Geiselnehmer den Inhalt der Spritze in die Vene seines Gegenübers. Der Knebel wich nicht einen Zentimeter, und so blieb keine Chance, um vor den aufkeimenden Schmerzen aufzuschreien. Brennend, wie Feuer, wanderte die Flüssigkeit an den Muskeln des Oberarms vorbei, durchströmte die Achselhöhle, um danach seinen Weg Richtung Herz fortzusetzen. Ruckartig weiteten sich die Pupillen des Priesters zu gebanntem Starren, und noch bevor die Spritze an ihrem alten Platz im Jackett verschwunden war, verspürte das Opfer den kurzen Anflug von Blindheit, dann schoss ein weißer Blitz durch dessen Kopf. Herzstillstand.

Der Fahrer des SUVs schaute sich um, die Umgebung wirkte auf ihn unverändert. Für einen Moment bemerkte er den Geruch von schwerem Diesel in der Luft. Vorsichtig lehnte er sein Opfer nach hinten gegen die Reklametafel. Ein Blick zur Uhr. Es war schnell gegangen, schneller als erwartet. Aus der gegenüberliegenden Jackentasche holte er einen Stempel hervor, glich die Zahlen der Stempelplatte mit der aktuellen

Uhrzeit ab und hinterließ seinen Abdruck auf dem Oberarm des Opfers, gut einen Zentimeter über der Einstichstelle. Das Aufstehen, das Umrunden und das Einsteigen in den Geländewagen glichen einer fließenden Bewegung. Wenig später startete der Motor. Zurück blieb Simon Roth, der tote Priester.

2. Dienstwechsel / 09. Juli 2011 / 08:29

Bedächtig fuhr der 93er Honda Concerto den Westring entlang, um kurz vor seinem Ziel in die Herzebrocker Straße einzubiegen. Der Sprecher von Radio Gütersloh verkündete für den kommenden Tag warme 25 Grad, dazu eine leichte Brise. Nach den vergangenen Tagen voller Regen fieberte Sarah nach Sonne. Ihr Blick schweifte nach rechts, als sie die dreistöckige, weißgrau-gestreifte Kreispolizeibehörde erblickte. Ein leises Stöhnen entwich ihren Lippen und für kurze Zeit verkrampfte sich ihr Magen. Der Parkplatz für Angestellte wirkte überfüllt, dennoch lenkte sie ihren silbernen Viertürer über die beton-graue Zufahrt.

Ah, eine Tiefgarage, dachte Sarah, als sie die Rampe zu den unterirdischen Parkflächen entdeckte. Sie schaltete das Radio ab und riss den USB-Stick aus seinem Anschluss, um ihn anschließend in der Brusttasche ihrer Bluse verschwinden zu lassen. Entgegen jeder Erwartung bückte sie sich nach unten zum Beifahrerfußraum, denn der Stick hatte sich überraschend zwischen ihren Fingern selbstständig gemacht, als ein roter Kleinwagen aus einer der letzten Parkbuchten vor der Tiefgarageneinfahrt zurücksetzte. Sarah richtete sich gerade auf, da entdeckte sie direkt voraus die rote Beifahrerseite eines Polos, dahinter das entsetzte Gesicht des sichtlich überraschten Fahrers. Adrenalin schoss durch Sarahs Adern, ihre Beinmuskeln spannten sich an und die Räder ihres ABS-losen Concerto blockierten. Der Wagen bockte und als der Motor erstarb, blieb ihr Fahrzeug im gleichen Atemzug stehen, wenige Zentimeter von einem leidigen Blechschaden entfernt.

„Verdammt!", schrie sie auf und schlug mit der offenen Hand aufs Lenkrad. Dann zog sie entschuldigend ihre Schultern nach oben und lächelte ihr Gegenüber zaghaft an. Mit schüttelndem Kopf setzte der Polo-Besitzer seine Rückwärtsfahrt fort, lenkte hart ein und fuhr dann gemächlich an Sarah vorbei. Sie bemerkte, wie seine Blicke ihren Oberkörper musterten, ein Stück weit schien er sich seine eigene Art von Entschuldigung abzuholen.

„Schau nach vorne, du Penner", fauchte sie ihm durchs offene Fenster entgegen. Doch ihr Vis-à-vis kümmerte das nicht.

„Was für ein beschissener Morgen! Wenigstens habe ich jetzt einen Parkplatz", fluchte sie.

Sarah startet den Motor, steuerte an der Parkfläche vorbei und rangierte dann rückwärts in die freie Bucht. Wenige Minuten später stand sie vor dem Eckeingang der Gütersloher Polizeidienststelle.

Sarahs bisheriger Arbeitsplatz hatte sich im Erdgeschoss eines zweistöckigen Wohngebäudes befunden. Mit seinen drei langgezogenen Etagen und den zwei Untergeschossen war dieses Gebäude für eine einhunderttausend-Einwohner-Stadt nicht besonders groß, für ein Polizeirevier war es beachtlich. Die junge, brünette Frau starrte bewundernd an der Fassade empor und freute sich darüber, nicht für den Fensterputz der nicht enden wollenden Glaswand verantwortlich zu sein. Im Eingang rotierte ein großes Drehkreuz aus leicht satiniertem Glas und trennte die warme Außenluft von der heruntergekühlten Klimawelt im Inneren. Für einen Moment hielt sie inne und überlegte ihre nächsten Schritte, dann passierte sie den Durchgang.

An der Aufnahme herrschte reges und vor allem geräuschvolles Treiben. Sarah blieb überrascht stehen. Zwei Männer, die nicht unterschiedlicher hätten sein können, und eine junge griechische Familie diskutierten über den Verbleib von inhaftierten Freunden oder Familienangehörigen. Zwei Frauen stritten miteinander um den Besitz einer eher altbackenen Tasche. Ein Mann schien den Verlust seiner Wertsachen melden zu wollen und äußerte schon vorab seinen Unmut über die Unübersichtlichkeit des auszufüllenden Formulars. Als drei Polizisten einen verhafteten, jugendlichen Skinhead vorbeiführten, der sich massiv zu wehren versuchte, erreichte die Lautstärke am Empfang ihren Höhepunkt. Es wurde diskutiert und durcheinandergeschrien, und obwohl die beiden Polizeibeamten hinter dem Tresen versuchten, den Wünschen ihrer Besucher gerecht zu werden, wirkte der erste Eindruck dieser Polizeiwache chaotisch und unorganisiert. Ein Blick zur Uhr zeigte, es wurde Zeit, wenn Sarah pünktlich sein wollte. Vorsichtig schlängelte sie sich an den Leuten vorbei, holte ihren Ausweis hervor und hielt die Polizeimarke gut sichtbar über die Personen der ersten Reihe.

„Entschuldigen Sie! Wo finde ich Polizeihauptkommissar Ackermann? Andreas Ackermann?"

Es dauerte eine Weile, bis einer der beiden Polizisten ihre Marke entdeckte und Sarah beachtete.

„Wen suchen Sie?", kämpfte er mit der eigenen Stimme gegen den herrschenden Lärmpegel an.

„Polizeihauptkommissar Ackermann. Andreas Ackermann."

„Fahren Sie ..." Er hielt inne und hob seine Hände schlichtend in die Höhe. „Bitte! Meine Damen und Herren! Seien Sie alle ein wenig ruhiger ..., sonst werden Tom und ich ...“, er klopfte seinem Kollegen auf die Schulter, „... eine Pause einlegen und Sie können hier warten.“

Tom lächelte zustimmend, stand unmittelbar auf und deutete an, zu gehen. Sofort reduzierte sich die Lautstärke der Anwesenden. „Also - danke! Ackermann? Fahren Sie in die dritte Etage. Dort dem Gang nach rechts folgen, fünf Schritte später stehen Sie vor der Tür des Morddezernats. Falls Sie keine gültige Zugangskarte besitzen, einfach klingeln.“

Sarahs „Dankeschön“ ging im wiederkehrenden Tumult unter, denn sofort nahmen die anderen Gäste die zwei Polizisten erneut in Beschlag. Die Wegbeschreibung ließ keinen Irrtum zu und so erreichte Sarah schon bald die Räumlichkeiten ihrer neuen Arbeitsstelle. Die Tür stand offen und vor ihr eröffnete sich ein riesiges Großraumbüro mit sieben oder acht sich gegenüberstehenden Tischgruppen. An fast jedem der Arbeitsplätze liefen die Bildschirme, anscheinend unabhängig von der Frage, ob dort gearbeitet wurde oder nicht. Außen herum, vielleicht einen Meter von den Fensterfluchten entfernt, hingen Karten, Fotogruppen und Flipchart-Notizen an Leichtbauwänden. Dazwischen sorgten Nischen mit Petticoat- oder Yucca-Palmen für einen Anschein von Gemütlichkeit und Harmonie. Inmitten der Stützpfeiler, die in zwei langen Reihen den Raum durchschritten, hingen vergilbte Neonlichtschienen, hier und da elektrische Insektenfallen. Dieser Büroausstattung etwas abzugewinnen, fiel Sarah schwer, doch es überraschte sie, an einem Samstag so viele Mitarbeiter im Büro anzutreffen.

„Entschuldigung. Wo finde ich Polizeihauptkommissar Ackermann?“, fragte sie den nächstbesten Kollegen.

„Gehen Sie gerade durch. Sehen Sie dort hinten die drei abgetrennten Büroräume?“

Sarah nickte.

„Es ist die rechte Tür.“

„Vielen Dank.“

Entschlossen marschierte Sarah auf ihr Ziel zu. Während sie mit der rechten Hand die Bluse zurechtrückte fuhr sie mit der anderen durch ihre braunen, schulterlangen Haare. Ein letztes Mal kräftig durchatmen, dann klopfte sie an den Rahmen der angelehnten Tür.

„Es ist doch offen, kommen Sie rein!“

Sarah schob die Tür beiseite und betrat das kleine, aber überraschenderweise penibelst aufgeräumte Büro. Hinter dem hellen Schreibtisch saß ein korpulenter Mann Anfang fünfzig. Seine hellen, ausgedünnten Haare erlaubten die Sicht auf die Kopfhaut und erste graue Härchen unterwanderten seinen gepflegten Vollbart. Das dunkelgrüne Hemd mit den versetzt aufgenähten Stickern, das er trug, glich einem Fehlgriff im Kaufhaus; wirkte wie aus dem Schrank seines Sohnes. Als der Hauptkommissar Sarah erblickte, stand er auf und zum Vorschein kam eine altmodische, graue, zerknickte Bundfaltenhose.

„Frau Berger, nehme ich an?“

„Richtig - Sarah Berger“, entgegnete Sarah forsch und streckte ihm ihre Hand entgegen. Sie hatte sich vorgenommen, sich von vornherein durch kühnes und selbstsicheres Auftreten als emanzipiertes und selbstbewusstes Mitglied des neuen Teams zu verkaufen.

„Ich bin Andreas Ackermann, hier der Chef und ganzheitlich Verantwortlicher des Morddezernats.“

Er schüttelte Sarahs Hand und wies ihr den Stuhl vor seinem Schreibtisch. Beide nahmen Platz.

„Es ist nett", ergriff Sarah sogleich das Wort, „dass ich hier bei Ihnen neu einsteigen darf."

„Mit nett hat das nicht viel zu tun. Sie haben einen Polizisten und Kollegen geschlagen und ..."

„Das ist richtig. Ich habe ihm das Nasenbein gebrochen."

„Sehen Sie! Mit nett hatte es also gar nichts zu tun. Letztendlich schuldete ich dem alten Schubert einen Gefallen. Nun habe ich Sie an der Backe."

Ackermann musterte sein Gegenüber.

„Erzählen Sie mal, was ist da drüben bei ihrem Boss Schubert passiert? Warum gab es dieses Gerangel?"

„Der Kollege hieß Bernd Winkler. Stand nach dem Dienst auf dem Parkplatz plötzlich hinter mir. Hätte er nicht an meinen Arsch gefasst, hätt' ich ihm nicht die Nase geklatscht. Die ist nun hin."

„Und Sie haben dafür ein Disziplinarverfahren am Hals."

„Die Rechte der Frau sind manchmal leider nur mit den Waffen eines Mannes zu erstreiten."

„Aber Nasenbruch?"

„Konditionierung!", entgegnete Sarah keck und Hauptkommissar Ackermann schaute sie fragend an. „Lernen aus Schmerzen!"

Ein leichtes Schmunzeln legte sich auf Ackermanns Lippen, dann wurde er wieder ernst.

„Belassen wir es dabei. Dank Ihres letzten Vorgesetzten haben Sie hier eine zweite Chance."

„Ich weiß das."

„Gut. Nennen Sie mich ab jetzt Andreas. Das halten wir hier im Revier so unter Kollegen. Willkommen an Bord."

Sarahs und Andreas' Blicke trafen sich. Für einen Moment wollte keiner von beiden weichen, dann gab sie nach, griff zur Umhängetasche und nahm eine braune Kladde heraus, die sie dem Hauptkommissar reichte.

„Hier sind meine Unterlagen im Original, die ich vorab per Mail gesendet hatte."

„Prima - wieder etwas für die Akten."

Andreas erhob sich aus seinem Bürosessel und legte die Dokumente auf eine der silbernen Hängeregistraturen neben dem Schreibtisch. Er schwenkte zu Sarah zurück.

„Ihr neuer Partner, Patrick Gruber, er ist Kommissar wie Sie - ähhh du. Also. Patrick kommt am Montag aus seinem Urlaub zurück. Ab dann seid ihr beiden ein Team."

Sarah nickte. „Und wie ist Patrick so?"

„Hmmm. Vor drei Monaten hat er seinen alten Partner verloren. Er und Frank, sie waren ein eingeschworenes Paar, verstanden sich blind. Franks Tod hat ihn etwas aus der Bahn geworfen."

„Was heißt: ‚aus der Bahn geworfen'?", wollte Sarah wissen.

„Ich habe ihn danach eine Zeit lang alleine ermitteln lassen. Ihn später hier und da mal bei anderen Gruppen mit eingespannt. Aber das ist dauerhaft keine Lösung. Patrick braucht Bindung zu einer neuen Person. Ich denke, er ist kein Einzelgänger; benötigt ein Stück weit geregelte Bahnen. Und als Schubert angerufen hat ... " Andreas schmunzelte. „Du bist die Lösung!"

„Bin ich hier der Sündenbock, der sich mit dem angeschlagenen Ermittler dieser Wache herumschlagen muss?"

„Sieht wohl so aus, Sarah. Wer als Letztes kommt, hat am längsten gevögelt. Soll heißen - dein Pech, Arschkarte."

Sarah schwieg einen Augenblick, dann schaute sie wieder zu Andreas.

„Zumindest: Danke für das offene Wort."

„Und? Hältst du dich an das vorgegebene Programm?"

„Natürlich, so wie abgesprochen. Zweimal die Woche, abends. Gestern war mein erster Termin, der nächste ist am kommenden Mittwoch."

„Das ist gut. Wenn es irgendwo Schwierigkeiten geben sollte, kommst du zu mir." Andreas deutete zur Tür. „Damit wären wir fertig. Nun gehst du ins zweite Untergeschoss. Die Asservatenkammer ist direkt neben dem Lift. Waffe, Handschellen und Ausweis unserer Dienststelle liegen für dich zur Abholung bereit. Anschließend heißt es: Schönes Wochenende. Wir sehen uns Montag."

Sarah stöhnte frustriert auf, als sie sich von ihrem Stuhl erhob.

„Ich glaube, ich wiederhole mich heute. Was für ein beschissener Morgen!"

Sie ging zur Tür, lächelte ihrem neuen Chef höflich zu und verließ das Büro.

3. Sebastian / 09. Juli 2011 / 20:48

Anstelle des Radios lief der Gütersloher Polizeifunk. Das Programm bot wenig Neues. Voneinander abweichende Meldungen über Einbrüche im Industriegebiet Spexard erforderten den Einsatz zusätzlicher Streifenwagen. Eine Verfolgungsjagd entlang der B61, der Hauptverbindung zwischen Bielefeld und Wiedenbrück, trieb das fliehende Fahrzeug unaufhaltsam auf die vorbereitete Polizeisperre zu. Eine Routinekontrolle am Mohns Park war in einem Schusswechsel zwischen Drogendealern und Gesetzeshütern geendet. Darüber hinaus die Tat eines verrückten Zoobesuchers, der in Bielefelds Tierpark Olderdissen das Gehege der Alaska Braunbären aufgebrochen und in der Folge die Leben der anwesenden Spät-Besucher riskiert hatte.

Unerwartet viele Vorkommnisse für eine Region mit nicht einmal fünfhunderttausend Einwohnern.

Von Ungeduld getrieben und bereits seit über einer Stunde unterwegs, kurvte der Fahrer des dunklen Geländewagens umher. Er spürte die Unruhe und das Verlangen, heute wieder zur Tat schreiten zu wollen. Doch er war zu früh dran, deshalb die ungezählten Umwege und Zwischenstopps. Neun Uhr, bis dahin lief die Frist.

An Ausfahrt 2 verließ er die Autobahn in Richtung Innenstadt und bog bald darauf in die Bruder-Konrad-Straße. Den ganzen Tag mit einem Ohr dem Funk folgend, hatte sich gezeigt: Nach einem dunklen Wagen, größer als Mittelklasse, wurde nicht fahndet.

Wie gleichgültig die Bewohner doch sind. Sie kennen den Nachbarn links und rechts, wissen die Nummer des Pizzaservice und zelebrieren den wöchentlich wiederkehrenden Transport ihrer Mülltonne an die Bordsteinkante. Lauter Leben voll von Gleichgültigkeit.

Die Ampel am Ende der Straße wechselte von Gelb auf Rot und der anthrazitfarbene SUV reduzierte seine Geschwindigkeit. Die Stimme des Navigationssystems überlagerte das Grundrauschen des Polizeifunks. Dreihundert Meter bis zum Zielpunkt.

Noch vor neun Uhr! Doch es wird bereits Nacht.

Der Fahrer lächelte zufrieden, deaktivierte das Navi und streichelte liebevoll über das kleine schwarze Kästchen seines Funkscanners. Wieder einmal bewahrheitete sich, was seine Mutter ihn immer gelehrt hatte: „Wenn du dir mit etwas eine Freude machen willst, kauf etwas Gutes. Du wirst ansonsten zweimal kaufen." Und natürlich hatte seine Mutter recht gehabt. Mutter. Vor Jahren gestorben, genauso wie sein Vater. Dort oben würden sie es besser haben, da war er sich sicher. Doch er nahm sich vor, diese Woche ihrem irdischen Gedenken gerecht zu werden und neue Blumen zu pflanzen.

Vorsichtig trennte er den Scanner vom Strom, um ihn hinter der Verkleidung der Mittelkonsole vor neugierigen Blicken zu verbergen. Obwohl er sich für Technik nur oberflächlich interessierte, begeisterte ihn die Ausgabequalität und die Reichweite des kleinen Geräts.

Dann endlich war es soweit. Er hatte sein Ziel erreicht, ein Hotel in der Neuenkirchener Straße. Die Lampen zu beiden Seiten der Einfahrt leuchteten hell, brachten ein Gefühl von Sicherheit.

Eine trügerische Sicherheit, dachte der Fahrer und fieberte voller Vorfreude dem unvermuteten Besuch entgegen.

Kurzerhand steuerte er den Wagen an drei parkenden Autos vorbei und wählte einen einzelnen Stellplatz am Ende des Grundstücks. Sein Seesack, vorbereitet als Vorwand, blieb vorerst im Fahrzeug zurück. Nach wenigen Schritten hatte er den Eingang erreicht, öffnete die Tür und betrat die Rezeption.

„Schönen guten Abend."

Er benötigte lediglich den Bruchteil einer Sekunde, um festzustellen, dass die Situation nicht war, wie erwartet. Die Frau, die ihn am Empfang begrüßte, passte nicht in seine Planung. Doch sie schien in Eile, blickte kaum auf. Hektisch warf sie ihre Jacke über, suchte in der Handtasche nach ihren Schlüsseln. Mit einem Mal hielt sie inne und betrachte den dunkel gekleideten Gast, der nach ihrer Vorstellung so gar nicht in dieses Etablissement passen wollte.

„Ähhh, Sebastian wird sofort bei Ihnen sein. Einen kleinen Augenblick ... bitte."

„Ist kein Problem, Sebastian wird mir sicherlich helfen können."

Oder ... ich ihm.

„Ja, es ist bereits seine Schicht. Ab Neun macht der Inhaber immer selbst Dienst. Ich muss nach Hause zu meinem Jungen."

„Sie sollten Ihr Kind nicht warten lassen! Ich bin schon groß." Er lächelte höflich und irritierte die Angestellte damit ein weiteres Mal. „Sebastian wird schon kommen."

„Danke, das ist aber nett. Wenn ich jetzt noch die verdammten ... Ach, da sind sie ja. Also danke."

Im gleichen Atemzug hechtete die junge Frau durch die Eingangstür des Hotels nach draußen. Bald darauf startete ein Wagen und verließ mit aufheulendem Motor den Parkplatz.

Jetzt, endlich war es soweit. Er bemerkte eine gewisse Angespanntheit und Nervosität. Nicht Angst oder gar Zweifel. Mehr eine Art Vorfreude, das Ziel fest vor Augen.

Der kräftig gebaute Mann, der den Gang entlanggeschlurft kam und dem man ansah, dass er nötigenfalls zu einer gewissen Rauheit imstande war, verkörperte das Idealbild eines Kupplers und Zuhälters.

„'n Abend"

„Guten Abend. Sebastian, denke ich?"

„Wieso denken Sie das?", maulte dieser.

„Vielleicht, weil Ihre Kollegin, die eben nach Hause gehechtet ist, sagte, dies wäre Ihre Schicht."

„Sabine ist schon weg?"

„Auf dem Weg zu ihrem Jungen."

„Verdammter Schitt! Wie oft soll ich ihr noch sagen, dass der Empfang und die Kasse nicht unbeaufsichtigt bleiben dürfen."

„Ich bin doch hier."

„Sie könnten ein verschissener Dieb sein."

„Oder ein nicht-verschissener Gast."

„Ich werde das mit Sabine klären müssen."

„Wohl eher nicht", dachte er bei sich, hingegen antwortete er: „Wir werden sehen."

Sebastian schaute seinen Besucher irritiert an.

„Also, was wollen Sie?"

„Dies ist ein Hotel. Wie wäre es mit einem Zimmer?"

Für einen Moment überlegte Sebastian, was er von seinem geschniegelten Gesprächspartner halten sollte.

Vorlauter Bengel.

Doch die Woche war nicht sonderlich gut gelaufen, die Kasse so gut wie leer.

„Dann wollen wir Sie mal in unser Gästebuch eintragen", presste der Hotelchef mit gequältem Grinsen hervor.

„Wie lautet Ihr Name?"

„Warum benötigen Sie meinen Namen? Ich will ein Zimmer für eine Nacht und ich werde im Voraus bezahlen. Natürlich in bar."

„Ich muss Sie hier eintragen! Steuerprüfung, Sie verstehen?" Er tippte genervt auf sein Buch, musterte den Gast und entdeckte auf dessen dunklem Troyer, seitlich am Kragen, den Schriftzug des Herstellers Dupont. Sebastian grinste.

„Haben Sie bereits ein Zimmer aus unserem Katalog gewählt? Vielleicht die Jungfrauengrotte oder das Nonnenzimmer?"

„Ich überlasse Ihnen die Wahl!"

Hauptsache es geht schnell und wir bleiben die nächsten Minuten ungestört.

Möglichst unauffällig musterte der Mann, für den Sebastian den Namen Dupont ins Gästebuch eingetragen hatte, die beiden angrenzenden Flure, die vom Empfang zu den Zimmern führten.

„Wie sieht es aus mit Geselligkeit?", unterbrach ihn Sebastian. „Wünschen Sie im Verlauf des Abends Damenbesuch?"

„Geselligkeit? Nein, ich denke nicht."

„Nun gut ..., Herr Dupont. Dann buchen wir für eine Nacht das Nonnenzimmer. Wie sieht es aus mit Gepäck?"

Endlich.

„Ich besitze einen Seesack, dazu einen verrenkten Rücken." Aufmerksam verfolgte Dupont, wie sein Gegenüber auf den inszenierten Plan reagierte. Er spürte, wie er unruhig wurde, seine Hände gerieten ins Schwitzen. „Ob Sie mir helfen würden? Mein Wagen steht draußen vor Ihrer Unterkunft."

„Service kostet extra."

„Das sollte kein Problem sein."

Die beiden verließen den Empfang des Hotels und betraten den Parkplatz. Am schlurfenden Gang des Hotelbesitzers hatte sich nichts geändert. Dupont verkleinerte seine Schritte, und als Sebastian ihn fast eingeholt hatte, blieb er für einen Schritt lang stehen, streckte die Hand aus und zeigte auf den dunklen SUV am Ende des Grundstücks. Nun war es soweit, er hatte das Opfer in der gewünschten Position. Sebastian übernahm den Vortritt und hatte nicht einmal bemerkt, wie sein Gast die Situation kontrollierte.

„Hey, warum so weit abseits geparkt? Neben dem Eingang ist alles frei!"

Anstatt zu antworten, versank Dupont in Gedanken. Die heutige Tour hatte sein Leben verändert, denn genau an diesem Ort hatte er ein Pseudonym erhalten, einen fingierten Namen.

„Ich bin Dupont", dachte er zufrieden und deutete auf den Kofferraum.

Im gleichen Atemzug griff er zur Hosentasche und spürte die lange, sehr stabile und spitze, keinesfalls aber scharfe Klinge des mitgeführten Stiletts.

Schwerfällig öffnete Sebastian die Heckklappe, doch anstatt hineinzugreifen, schwenkte er herum und schubste seinen Gast zurück.

„Kleb mir nicht so dicht am Hintern! Was soll das? Sicherheitsabstand!"

Sichtlich überrascht riss Dupont die Hand aus seiner Tasche und stellte sich zwei Schritte abseits. „Alles gut, Großer. Bist nicht mein Typ. Der Seesack liegt gleich vorne, siehst du ihn?"

Sebastian fasste in den Kofferraum und zerrte das Gepäck heraus. Anders als zuvor von Dupont geplant, traten die beiden den Rückweg zur Rezeption gemeinsam an.

„Das Nonnenzimmer ist den ersten Gang runter, auf der rechten Seite die dritte Tür."

Dann treffen wir uns dort.

„Okay", entgegnete Dupont. „Ich gehe vor und bahne dir den Weg. Du bringst meinen Sack und ich kann endlich an der Matratze horchen. Es war ein langer Tag für mich."

Der Hotelbesitzer murmelte irgendetwas, doch sein Gast hatte sich bereits zu weit entfernt, um die Worte verstehen zu können. Als Sebastian endlich um die Ecke gebogen kam, stand Dupont im Türrahmen und wartete. Ihre Blicke trafen aufeinander. Er hasste den kräftig gebauten Mann für das, was er trieb, und das, was er tat. Den Bruchteil einer Sekunde verschwendete Dupont an die Frage, ob er sich auch für sein eigenes Tun hassen müsste. Die Antwort schien Makulatur.

Blitzartig schoss der rechte Arm nach vorne und stach das silberne Stilett zielsicher ins Herz. Sebastian riss die Augen auf, schnappte nach Luft, dann entglitten ihm seine Gesichtszüge und sein Oberkörper begann zu zittern. Die Stichwaffe hatte erreicht, wofür sie geschaffen worden war, sie verursachte wenig äußerlich sichtbaren Schaden. Lediglich ein kleines Rinnsal färbte Sebastians Hemd rot. Der innere Schaden dagegen war beträchtlich. Tödlich.

Dupont genoss die innere Genugtuung, nach der er den ganzen Tagen gefiebert hatte, und zog die Klinge heraus. Das Opfer kippte vornüber, schlug auf seine Knie und dann der Länge nach hin. Ohne weiteres Mitgefühl reinigte Dupont seinen Gnadengeber am Hemd der Leiche, steckte die Waffe zurück an ihren Platz und schleppte das regungslose, korpulente Opfer in die Abgeschiedenheit des Nonnenzimmers. Nachdem sein prüfender Blick ihm bestätigte, dass er kein Aufsehen erregt hatte, schloss er die Tür, holte seinen Stempel hervor und glich die Zahlen der Stempelplatte mit der aktuellen Uhrzeit ab. Das Stigma, dass er auf dem Oberarm des Opfers hinterließ, glänzte in sattem Schwarz, und Dupont lächelte zufrieden.

Knatternd rumpelte der safrangelbe AMC Pacer auf die Parkfläche der Wohnanlage an der Fröbelstraße. Die Radkästen zeigten unübersehbare Spuren von Rost und die Quietsch- und Knarzgeräusche forderten einen baldigen Werkstattbesuch. Ungeachtet dieser Ermüdungserscheinungen liebte Sabine ihren Frosch über alles, der Dank feudaler Fensterflächen den Eindruck grenzenloser Freiheit vermittelte. Außerdem: Welches ausländische Auto konnte schon von sich behaupten, für einen bequemeren Einstieg in den Fond eine zehn Zentimeter längere Beifahrer- als Fahrertür zu besitzen? Sammler hatten Sabine mehrfach Geld geboten, doch der Pacer war ihr treuer Begleiter, hatte die junge Mutter in all den Jahren nie im Stich gelassen. Wenn die Hotel-Angestellte sich auch sonst nicht viel leisten konnte, dieser AMC war ihr unverkäufliches Liebhaberstück, niemand in Gütersloh besaß ein baugleiches Fahrzeug.

„Hey Mom!" Der Zwölfjährige, der sich über die Balkonbrüstung der dritten Etage lehnte, freute sich sichtlich. Die gelblich leuchtenden Scheinwerfer ihres Autos erkannte er unter tausenden. Endlich kam seine Mutter nach Hause. Max hatte den Tisch gedeckt, Nudeln gekocht und kleine Tomatenstücke zusammen mit Basilikumstreifen in die Soße geschnitten, so, wie seine Mom es gerne mochte. Als der Motor des Pacer erstarb, blickte der Junge hinab in die Dunkelheit. Mit mulmigem Gefühl im Bauch hielt er Ausschau nach Sabines Konturen. Der Hausmeister hatte schon vor Wochen versprochen, die Beleuchtung des Parkplatzes zu reparieren. Bei diesem Vorsatz war es geblieben, und so vergrößerte der weiträumige, mit Bäumen und Büschen bepflanzte Innenhof die Angst vor der Dunkelheit und all dem Ungewissen, das sich dort verbergen könnte. Denn nichts ist furchteinflößender und schürt mehr Ängste als das, was wir nicht sehen können. Ein Knacken hier, ein unbekanntes Geräusch dort. Was ist das? Ist es gefährlich? Wer weiß das schon.

Dann, endlich. Max vernahm Schritte, nur sehr schwach, aber eindeutig zu hören. Für Sekunden lenkte ihn ein vorbeifahrender Krankenwagen ab und faszinierte durch sein blau reflektierendes Licht, dass sich an der Häuserfassade der Fröbelstraße brach. Als der Junge von Neuem nach unten blickte, war es wieder still geworden. Er versuchte den Pacer im Dunkeln zu orten, bemühte sich irgendetwas zu erkennen.

Gleich wird sie wieder rennen, wird versuchen, den Innenhof schnellstmöglich hinter sich zu bringen.

Max hielt die Luft an, fragte sich, wo seine Mutter blieb.

Nun mach schon! Komm aus der Dunkelheit!

Nichts passierte.

„Sabine?“, rief er zögerlich vom Balkon aus. „Wo bleibst du?“

Max erhielt keine Antwort.

Das unerwartete und vor allem grobe Klopfgeräusch ließ den Jungen zusammenzucken.

„Seltsam“, dachte er. „Mutter besitzt einen Schlüssel und ich darf, ohne ihre Anwesenheit, ohnehin niemandem öffnen.“

Vorsichtig stieg er über die Türschwelle des Balkons und kehrte in die kleine Wohnung zurück. Es klopfte erneut. Max huschte über den Flur und legte sein Ohr an das helle Holz der Eingangstür.

„Max? Hilf mir!"

Die Stimme seiner Mutter erkannte er sofort.

„Mom?"

„Ja. Ich brauche deine Hilfe. Öffne die Tür!"

Zaghaft entriegelte Max die Wohnungstür und streckte seinen Kopf durch den kleinen, entstandenen Spalt.

„Kannst du mir dies hier abnehmen? Das Päckchen ist so schwer." Mit diesen Worten drückte Sabine ihrem Sohn ein zusammengeschweißtes Paket Getränkeflaschen in die Hand, rangierte unterdessen an ihm vorbei und hievte eine papierene Einkaufstüte neben die Spüle.

„Hattest du einen guten Tag, Max? Du siehst ein wenig müde aus?"

„Ja - Mom. Es geht mir prima." Der Junge schloss die Eingangstür, stellte die Getränke neben den Kühlschrank und umarmte seine Mutter.

„Endlich bist du da!"

„Es ist alles gut! Es ist doch alles gut?" Sabine schob Max ein Stück beiseite.

„Natürlich. Ich habe meine Hausaufgaben gemacht, anschließend war ich beim Fußballspielen. Und jetzt wartet das Abendessen."

Sabine schaute auf den gedeckten Tisch und lächelte.

„Du bist ein toller Hausmann", lobte sie.

„Nenn mich nicht so. Das hasse ich! Ich bin Max, dein Sohn. Außer uns beiden gibt es niemanden, auch keinen Mann."

„Wie klug und vernünftig du bist. Komm her zu mir!"

Abermals umarmte Sabine ihren kleinen Mann und drückte ihn.

„Soll ich die Nudeln abgießen?“

Max nickte, nahm am Tisch Platz und überließ seiner Mutter das Auffüllen.

„Wie war dein Tag?“, fragte er nach einer Weile.

„Alles wie immer!“

„Wie immer?“ Max' Stimme wurde schroff. „War Sebastian auch wie immer zu dir?“

„Wir kommen diese Woche miteinander aus.“

„Ihr kommt aus?“, fauchte er, und Sabine verdrehte die Augen, weil sich ihr kleiner Zwölfjähriger wieder aufregte, wenngleich er natürlich Partei für sie ergriff.

„Sieh mal. Sebastian bezahlt unser Gehalt. Ohne ihn hätten wir weder diese Wohnung, noch könnte ich dir deinen Sport bezahlen.“

„Das mag sein. Aber er bezahlt dich als Angestellte des Hotels. Damit du die Zimmer in Ordnung hältst und die Rezeption betreust.“ Max überlegte einen Augenblick. „Wenn er dich wieder anfasst, lernt er mich kennen.“

Sabine lächelte freudlos, eine Träne rann an ihrer Wange herunter.

„Du meinst es gut, mein Junge. Danke!“ Sabine streichelte Max über sein Gesicht, dann rieb sie ihre Tränen fort. „Komm! Es riecht so gut. Lass uns essen.“

Eine Zeit lang schwiegen sich die beiden an, aßen Nudeln und genossen ihre Zweisamkeit. Mit einem Mal sprang Max auf und holte einen Briefumschlag aus der Küche.

„Der ist für dich!“

„Ein Brief. Wer hat uns geschrieben?“

Sabine nahm den weißen Umschlag und betrachtete die unbeschrifteten Seiten.

„Das kann ich nicht mit Sicherheit sagen“, entgegnete Max.

„Wurde unter der Wohnungstür hindurchgeschoben. Eine Stimme hat gesagt, ich soll ihn dir sofort geben, wenn du nach Hause kommst."

„Hast du die Tür geöffnet?"

„Mom! Natürlich nicht! Aber ich habe vom Balkon geschaut. Da war dieser seltsame Mann auf dem Parkplatz. Gekleidet ganz in Schwarz. Irgendwie elegant. Er hat so ein Zeichen gemacht und auf mich gezeigt."

„Was für ein Zeichen?"

„Ich weiß nicht. Ich habe das nicht verstanden."

Neugierig ritze Sabine den Umschlag mit ihrem Messer auf. Der Brief war doppelt gefaltet, der Text mit Schreibmaschine geschrieben. Sie lass die ersten Wörter, dann wurde sie blass.

An Sabine Engel.
Sebastian ist tot, wenn du diese Zeilen liest. Dies war unumgänglich.
Meine Gründe werden sich dir nicht erschließen, das müssen sie auch nicht.
Doch ab heute verbindet uns beide ein gemeinsames, unsichtbares Band.
Meine Identität ist für alle Zeit verbunden mit dem Leben deines Jungen.
Keine Seite sollte dieses Bündnis lösen.
PS: Das Geschäft in der Buschstraße hält dir für zwei Tage eine Stelle frei. Melde dich bei Gregor.

Mit zitternden Händen faltete Sabine den Brief und steckte ihn zurück in den Umschlag.

„Mom?" Sorgenvoll betrachtete Max seine Mutter. „Was steht in dem Brief? Geht es dir gut?"

„Du sagst, ein Mann hat diesen Brief gebracht? Dunkel gekleidet. Pulli, Hose, Schuhe. Alles schwarz?"

Max nickte zustimmend und Sabine atmete kräftig durch. Unzählige Gedanken schossen durch ihren Kopf. Es fiel ihr schwer, Richtig und Falsch zu bewerten. Mit einem Schlag hatte sich ihr Leben geändert. Sebastian. Das hatte er nicht verdient. Doch die junge Mutter war klug genug, um zu wissen: Heute begann ein neuer Lebensabschnitt für Sabine und Max, und niemand sollte einen Grund haben, an ihrer kleinen Familie zu rütteln.

„Mach dir keine Sorgen. Wenn ich ehrlich sein soll, war heute ein schrecklicher Tag. Aber wir werden diesen neunten Juli aus unserem Kopf streichen."

Max stand auf und legte seinen Arm um Sabines Schultern.

„Und ich sage dir noch etwas. Ich werde deinen Rat befolgen und mich nicht länger von Sebastian herumschubsen lassen. Morgen suche ich mir einen neuen Job."

5. anders als erwartet / 10. Juli 2011 / 09:52

Die Wohnviertel rund um den Gütersloher Stadtpark bestachen durch ihre Nähe zur Natur, einem wichtigen Gut bei all den Betonschluchten, die die Kreisstadt zu bieten hatte. Die öffentliche Grünanlage lockte mit unzähligen Wander- und Laufwegen gepaart mit genau zwei Touristenzielen, dem Botanischen Garten und dem städtischen Parkbad.

Sarah hatte nicht erwartet, eine Wohnung in dieser Nachbarschaft zu finden, geschweige denn, eine derartige Unterkunft bezahlen zu können. Doch letztendlich hatte ein Förderprogramm des Landes Nordrhein-Westfalen geholfen, ausgewählte attraktive Mietobjekte für Beamte im gehobenen Dienst bezahlbar zu machen. So wagte sie es, das selbst gesteckte Budget um fünfzig Euro zu überschreiten; das war es wert. Ihr Appartement am Ende der Schottischen Straße lag zwei Querstraßen vom Park entfernt, zum Supermarkt war es nicht weit und McFit befand sich unmittelbar gegenüber der Hauptstraße. Für die gestrige Fahrt zum Polizeirevier hatte Sarah weniger als fünfzehn Minuten benötigt, also ein traumhafter Arbeitsweg. Darüber hinaus konnte die Wohnung gleich beim ersten Besuch punkten. Frisch renoviert, zudem ausgestattet mit einem breiten Karree-Flur, der alle außenliegenden Räume miteinander verband und in seiner Mitte das Badezimmer beherbergte, bot die gut neunzig Quadratmeter große Bleibe üppigen Platz zum Wohnen und Entspannen für eine Person. Sarah hatte sofort unterschrieben.

Als das Telefon klingelte, legte Sarah ihr Buch beiseite, sprang aus dem Bett und rannte den rechteckigen Flur entlang. Im Wohnzimmer warteten etliche Umzugskartons darauf, ausgeräumt zu werden, und diverse Möbelstücke verlangten nach einem endgültigen Stellplatz. Mittendrin ein großer Esszimmertisch, auf dem sich die benutzen Teller und Tassen der letzten Tage häuften, dazwischen die Kartons von Cornflakes, Müsli und einige Tüten Milch. Alle geöffnet. Ein strenger Geruch von vergorener Milch zwang Sarah auf ihrem Weg zum Telefon zu einem Umweg, vorbei am Fenster. Während sie zwei von ihnen auf Kipp stellte, ertönte der siebte Ruf. Nun wurde es Zeit. Sarah griff zum Hörer.

„Sarah Berger."

„Na, mein Kind. Bist du aufgeregt wegen morgen?"

„Hallo Paps. Wie geht es dir?"

„Wie soll es mir gehen? Deine Mutter und ich wollten dir für deinen ersten Arbeitstag viel Glück wünschen."

Sarah sammelte derweil die Milchtüten ein und entleerte den Inhalt im Abfluss der Spüle.

„Paps! Ich brauche kein Glück. Einfach mal ein paar vernünftige Kollegen. Nicht nur so geile Spinner."

Für einen Moment schwieg ihr Vater am Ende der Leitung.

„Ich, ähhh, wir wollten dir auch nur sagen: Wir denken an dich."

Sie klemmte das Telefon zwischen Kinn und Schulter und beförderte den entstandenen Abfall in einen Müllsack, der umgekrempelt über einer der Stuhllehnen hing.

„Das ist lieb. Macht euch keine Sorgen. Ich verspreche, am ersten Tag niemandem die Nase zu brechen."

„Wie wäre es mit einer Woche?", neckte ihr Vater.

Sarah lachte. „Einverstanden."

„Gut. Dann will ich dich nicht länger aufhalten. Unsere Kommissarin hat sicherlich genug zu tun."

„Paps! Du hältst mich nicht auf. Es ist Sonntag!"

„Ruf uns an, wenn du was brauchst, und pass auf dich auf. Gütersloh ist nicht Emsdetten."

„Mach ich - grüß Mum. Bis bald."

Sarah trennte die Verbindung und legte das Telefon zurück in die Ladestation.

„Wie wäre ein wenig Ordnung?", dachte sie bei sich und rümpfte ein weiteres Mal die Nase über den penetranten Geruch verdorbener Milch. Kurz darauf verschwanden Geschirr und Besteck in der Spülmaschine, anschließend die verbliebenen Frühstücksflocken in einem der Schrankfächer der Küche.

Nach einem prüfenden Blick in den Kühlschrank entschied Sarah einkaufen zu fahren. Zwei Flaschen Wasser, Ketchup, eine Packung Käse und ein Glas mit Honig, ansonsten Leere. Zu wenig für die kommende Woche, vor allem Süßes.

Also ... frisch machen, anziehen und dann werde ich den Supermarkt besuchen.

Eine halbe Stunde später, sie war geduscht und angekleidet, befand sich Sarah in der hinteren Ecke des Karree-Flures und prüfte ihr Aussehen vor dem antik wirkenden Standspiegel. Das Wochenend-Outfit: Graues Sweatshirt mit aufgedruckten, weißen Symbolen, gürtelfreie, blaue Jeans, dazu hellgraue Sneakers. Ihre braunen Haare lagen nach hinten gekämmt, die Spitzen berührten soeben die Schultern. Sarah nahm eine schwarze Spange vom Regal und steckte ihre brünetten Strähnen auf der linken Seite fest. Aufmerksam musterte sie ihr Gesicht. Ihr Mund war breit und ausdrucksstark, vielleicht ein wenig zu breit im Verhältnis zur Größe des Gesichts. Kritisch bewegte sie ihre Lippen hin und her. Die dunklen Brauen, die über den trotzigen, blaugrauen Augen und der schmalen Nase verliefen, würde sie auf jeden Fall vor ihrem morgigen Dienstbeginn in Form bringen. Hastig strich sie mit dem Finger die Härchen nach außen. Die, nach ihrer Meinung, zu drallen Wangen hatte Sarah leicht abgetönt, das ließ ihr Gesicht schmaler und hohlwangiger erscheinen. Ansonsten verzichtete sie auf Make-up. Ein letzter prüfender Blick, dann griff Sarah ihre Schlüssel, verließ die Wohnung und rannte treppabwärts.

„Morgen, Sarah!"

Direkt neben der Haustür, auf einer kleinen, weißen Holzbank, saß Edith Krämer, die Mieterin der unteren Wohneinheit dieses Reihenhauses. Die Frau, Ende sechzig, verbrachte viel Zeit außerhalb ihrer Wohnung, zumindest seitdem Sarah vor vier Tagen eingezogen war. Sie schien alleine zu leben, und außer zweier kleiner Gespräche über alltägliche, allgemeine und unwichtige Dinge hatten die beiden Frauen noch nicht viel miteinander geredet.

„Morgen, Edith."

„Hast du schon mal jemanden abgeknallt?", begann Edith gleich mit der Frage, die sie seit dem Einzug der neuen Mieterin beschäftigte.

„Wie bitte?"

„Na, mit deiner Pistole. Jemanden getötet?"

„Woher weißt du, dass ich bei der Polizei arbeite?"

„Susanne sagt: Du ..."

„Wer ist Susanne?", fiel Sarah postwendend ins Wort.

„Meine Freundin. Sie arbeitet im Supermarkt, dort hinter dem Wall. Am Tage deines Einzugs ist sie auf einen Kaffee vorbeigekommen. Sie sagt: Auf dem Umzugslaster standen einige Kartons mit Polizei-Emblem, darunter Aufkleber mit Abholort Emsdetten. Na ... da hast du dich schnell hochgearbeitet."

„Man schlägt sich so durch", entgegnete Sarah süffisant grinsend.

„Was ist nun?"

Sarah blickte Edith mit fragenden Augen an. „Was meinst du?"

„Schon mal jemanden getötet?"

„Nein, zum Glück nicht. Zwei Personen angeschossen. Ehrlich gesagt, das hat gereicht."

„Verstehe." Edith legte eine Denkpause ein. „Verrätst du mir dein Alter?"

„Ich bin einunddreißig, wieso?"

„Nur so. Susanne und ich haben gewettet." Edith streckte die Arme nach oben und signalisierte ihren Sieg.

„Sag mal, der Supermarkt. Mit dem Auto muss ich außen herum?" Sarah zeigte in Richtung Osten.

„Ist richtig. Rüber auf die Verler Straße, dann links dem Stadtring folgen. Wenn du magst, grüß Susanne von mir. Sie arbeitet um diese Zeit an der Information."

Sarah winkte und ging zur Straße. Nachdem sie ihren silbernen Honda Concerto aufgeschlossen hatte, stieg sie ein, kurbelte das Fahrerfenster bis zum Anschlag nach unten, aktivierte das Radio und wählte einen Pink Floyd Titel vom USB-Stick. Der Motor startete. Sarah rollte zur Kreuzung, blinkte vorschriftsmäßig und ließ zwei von links kommende Autos passieren. Ediths Blicke folgten ihr, bis sie hinter der Ecke verschwunden war.

Wenig später erreichte Sarah den Stadtring. Im Abstand weniger Sekunden jagten zwei Polizeiwagen mit heulender Sirene am Concerto vorbei. Interessiert verfolgte sie deren Route im Rückspiegel. Als eine weitere Sirene aus einer der Nebenstraßen ertönte, wechselte Sarah vom MP3-Spieler auf Verkehrsfunk.

... einer Karambolage auf der Autobahn A2. Die Zufahrten 1, Rheda-Wiedenbrück, bis zur Ausfahrt 2, Gütersloh, werden derzeit von der Polizei gesperrt. Nach ersten Berichten wird davon ausgegangen, dass ein umgestürzter Sattelschlepper für den Massenzusammenstoß verantwortlich ist. Genauere Berichte über Verletzte und Tote liegen derzeit nicht vor. Laut ersten Hubschrauberübertragungen müssen wir jedoch von unzähligen Verkehrstoten ausgehen. Die A44 und die B61 werden als Alternative ...

Sarah schaltete das Radio ab, fuhr ihr Auto rechts an den Seitenrand und parkte. Sie blickte sich um. Die Polizeiwagen waren aus ihrem Sichtfeld verschwunden.

„Ich gehöre jetzt zur Gütersloher Polizei. Es ist meine Pflicht zu helfen", grübelte Sarah. „Doch was kann ich tun, was die Einsatzkräfte vor Ort nicht auch ohne mich fertigbringen?"

Sarah fühlte sich hin- und hergerissen zwischen Unbeholfenheit und Entsetzen über dieses ungeheuerliche Ereignis.

„Sarah überleg!", spornte sie sich an. „Ich bin Kommissarin ... , ermittele in Mordfällen und Tötungsdelikten. Gleichwohl hängen in meinem Schrank weder Polizeiuniform noch Signalstab. Welche Möglichkeiten habe ich, um an der Unfallstelle zu helfen?"

Ihre Finger kehrten zum Radio zurück, ein Klick.

... wurden bereits die Krankenwagen der gesamten Region angefordert. Da sich auslaufendes Benzin entzündete, wird

sich die Zahl der Opfer bereits wenige Minuten nach dem Unfall weiter erhöhen ...

Ein weiterer Klick. Radio aus.

Ich kann mich da nicht rausreden, nicht als Mitglied der Obrigkeit dieser Stadt. Die Menschen benötigen Hilfe!

Sarah wandte sich erneut nach hinten. Wie still und ruhig die Stadt von hier aus wirkte. Doch Sarah wusste, nicht einmal fünf Kilometer entfernt sah es anders aus, ganz anders. Instinktiv griff sie zum Schlüssel, startete den Motor und gab Gas.

Der silberne Concerto bockte. Ganz unerwartet. Strebte von einem Augenblick zum nächsten vorwärts. Entsetzt riss Sarah den Kopf nach vorne. Ein betäubender Lärm durchbrach die vermeintliche Stille. Metalle schabten übereinander, gellende Schreie von Passanten, vielleicht ein Stöhnen direkt vor dem Kühler. Das Fahrzeug drängte entschlossen weiter, und obgleich die Hauswand den knirschenden Lärm reflektierte, konnte Sarah nichts und niemanden erkennen. Endlich riss sie den Gang heraus und trat die Bremse. Die junge Polizistin benötigte einen Moment, um sich vom ersten Schock zu erholen, dann bemerkte sie, welchen Streich ihr die Wahrnehmung spielte. Das Geschehene hatte sie wie einen extensiven Film empfunden, vergangen waren gerade einmal zwei oder drei Sekunden. Hektisch riss Sarah den Gurt beiseite, öffnete die Tür und sprang aus dem Auto, um zu schauen, was sich außerhalb ihres Sichtbereichs ereignet hatte.

„Bitte lass niemand verletzt sein“, schickte sie ein Stoßgebet zu Himmel, da erblickte sie einen Haufen Müll, einen Einkaufswagen und eine alte Frau, scheinbar eine Obdachlose.

Sofort standen einige Personen beisammen, schauten aufgebracht zu Boden, bloß, niemand half. Vorsichtig trat Sarah auf das regungslose Opfer zu. Indessen fühlte es sich an, als setzte ihr Herz für einen Schlag aus. Endlich - ein Lebenszeichen. Die Frau bewegte einen Fuß, zog ihr Bein an und schaute überrascht auf.

„Was zum Henker hat mich da getroffen?", fauchte sie.

„Mein Auto", entgegnete Sarah und war erleichtert, dass so, wie es aussah, keine Knochen gebrochen waren. „Gott weiß, woher Sie gekommen sind. Ich habe niemanden gesehen. Eine Heerschar von Schutzengeln scheint Überstunden zu machen."

„Überstunden müssen Sie gemacht haben! Auf jeden Fall war ihr Blick nach hinten gerichtet. Wer soll da erwarten, dass Sie ohne Vorwarnung losfahren?"

„Es tut mir leid! Kann ich Ihnen auf die Beine helfen?"

Noch immer bot niemand der Umherstehenden seine Hilfe an. Die Frau überprüfte ihre Arme und Beine. Außer einer kleinen Blessur am Armgelenk entdeckte sie keine Verletzungen, und ohne ein Wort zu sagen, ging sie darüber hinweg. Ein Fleck am Mantel dagegen ließ sie aufstöhnen und die Stadtstreicherin verdrehte genervt die Augen. Sarah reichte ihr die Hand.

„Mein schöner Wagen ist ganz verbogen."

„Es ist nur ..." Sarah stockte. „Es ist ein Einkaufswagen."

Der vierrädrige Wagen samt Drahtkorb klemmte auf der Beifahrerseite fest und hatte die Stoßstange des Concerto aus ihrer Verankerung gerissen. Sarah zerrte am Griff und ruckte das Gestell hin und her, doch die beiden Fahrzeuge hatten sich ineinander verhakt. Endlich trat ein Mann vor und hob die Stoßstange an. Als die Halterungen knackten, gelang es Sarah, das Gefährt der Obdachlosen zu befreien.

„Vielen Dank“, dankte Sarah ihrem Helfer.

„Der ist Schrott!“, zeterte die Frau und betrachtete wehmütig den zusammengedrückten Gitterkorb.

„Wir finden einen anderen Wagen für Sie. Ich werde Ihnen helfen.“

„Mir hilft niemand. Das war schon immer so!“

Dabei zeigte die Frau auf die um sie herumstehende Menschengruppe. Den Mann, der bei der Befreiung ihres Wagen geholfen hatte, ließ sie bewusst aus.

„Ich sehe, was sie meinen.“

Sarah wandte sich an die Schaulustigen.

„Wie es aussieht, ist Ihre Sensationsgier nun befriedigt. Gehen Sie einkaufen oder was immer Sie unternehmen wollten!“

Niemand bewegte sich. Sarah griff in die Tasche des graues Sweatshirts und holte ihre Polizeimarke hervor.

„Unterlassene Hilfeleistung! Wem sagt das etwas?“

Der eine oder andere murmelte einen dummen Spruch, doch die Gruppe löste sich auf.

„Kann ich noch etwas tun?“, fragte der Mann und deutete auf die Stoßstange des Autos.

„Ich denke, wir kommen zurecht.“

Sarah betrachtete die Stadtstreicherin, die zufrieden zustimmte.

„Ich bin froh, dass Sie sich so schnell von unserem Zusammenprall erholt haben. Wir müssen Ihre ..., darf ich Habseligkeiten sagen, umladen.“

„Einverstanden. Ich heiße übrigens Martina Degenhart“, entgegnete diese wie selbstverständlich. „Wer sich kennt, geht anders miteinander um.“

„Das stimmt. Ich heiße Sarah Berger. Es gab einen schweren Unfall auf der Autobahn. Eigentlich wollte ich gerade wenden, um dort zu helfen. Nun habe ich meinen eigenen Zusammenstoß und genug damit zu tun, dir unter die Arme zu greifen."

Martina lächelte. Obgleich die gesamte Habe, die die Frau mit sich führte, auf ein Leben ohne festen Wohnsitz schließen ließ, wirkte sie für ihre Verhältnisse gepflegt und sauber. Ihre dünnen, mausgrauen Haare waren gekämmt, die Fingernägel geschnitten, sogar die Kleidung war, wenngleich alt, ohne Makel. Abgesehen von dem neuen Fleck.

„Martina, du wartest jetzt einen Moment und ich besorge ein neues Transportmittel."

Drei Minuten später kehrte Sarah vom angrenzenden Supermarkt zurück. Im Schlepp einen seiner Einkaufswagen. Gemeinsam verstauten die beiden Frauen Martinas Besitz.

„Sarah?"

„Ja?"

„Danke, dass du mir hilfst. Das machen nicht viele Menschen."

„Sie fahren dir auch nicht in die Hacken und zerstören dein Hab und Gut."

„Mag sein."

Martina benötigte einige Zeit zum Sortieren ihrer Tüten. Währenddessen entschied Sarah, die geschändete Stoßstange aufzugeben, denn die Befestigungen am rechten Kotflügel und unter dem Kühler waren ausgerissen. Mit einem Ruck zerrte Sarah die Plastikschürze so weit nach vorne, bis die letzten Schrauben aus ihrer Verankerung platzen. Irritiert blickte Martina auf.

„Die war nicht mehr zu retten."

„Jetzt bestimmt nicht mehr", stimmte Martina zu.

Sarah stellte die Stoßstange an einen Abfallcontainer, zusammen mit dem verbogenen Einkaufswagen. Als sie zurückkehrte, wartete Martina auf sie, bereit weiterzuziehen.

„Ich bin froh, dass nichts Schlimmeres passiert ist. Kann ich sonst noch etwas tun?"

„Lass gut sein, mein Mädchen", entgegnete Martina. „Dir scheint die Sonne aus dem Herzen."

Ohne eine Antwort abzuwarten, machte sie kehrt, nahm den neuen Einkaufswagen und spazierte über den Stadtring davon.

Nachlässig verklebte Bildtapeten, mit Petunien bedruckt, zierten die Wände des acht Quadratmeter kleinen Raums. Das Mobiliar aus einem zweiteiligen Schrank, dem von Anfang an eine Tür gefehlt hatte, Bettgestell und gekürztem Schreibtisch war weder kindgerecht noch liebevoll zusammengesucht, zumal die Qualität der Möbel, mit ihrem aufgeklebten Nussbaum-Dekor, weit unter dem Standard der übrigen Einrichtungsgegenstände des abgelegenen Forsthauses lag. Ein hellgrüner Flickenteppich schützte die Füße vor hochstehenden Nägeln der Bodenpaneele, letzter Staubsaugereinsatz unbekannt. Ein kühler Westwind frischte auf, drückte von den Deister Bergen herunter vor das kleine Zimmerfenster und ließ das einfache Glas erzittern. Zu dieser Jahreszeit erreichten die Temperaturen in Barsinghausen die 15 Grad Marke. Drinnen, hinter der Scheibe, war es kaum wärmer, denn eine Heizung gab es nicht. Richard fröstelte. Er saß am Bettrand, schlug seine Beine in eine alte Decke und wartete ab. Zum hundertsten Mal betrachtete er den ausgeblichenen Druck „The Fleet's In!" von Paul Cadmus, der an einer seiner Wände klebte. Richard liebte den kleinen, weißen Hund, der abseits der Gruppe in der Mitte des Bildes stand. Keine der umherstehenden Personen schenkte dem kleinen Tier seine Aufmerksamkeit und Richard empfand unübersehbare Parallelen zu seinem eigenen Leben.

Der Geruch gekochter Kartoffeln zog unter dem Türspalt hindurch.

„Hoffentlich gibt es nicht wieder Mais dazu", dachte Richard, aber wahrscheinlich würde es so sein. Kartoffeln mit Mais. Kein besonderes Essen, kein leckeres Essen, aber besser als gar nichts. Tante Anne war heute Morgen einkaufen gefahren. Sie trug ein neues Kleid, hatte einen ruhigen und entspannten Morgen gehabt, ohne sich um ihn kümmern zu müssen.

Vielleicht hat sie bessere Laune als gestern Abend.

Wie klein Richards Zimmer auch sein mochte, hier war und lebte er in seiner eigenen Welt. Niemand und nichts konnte ihm etwas antun, nicht einmal Tante Anne. Doch wenn er hinaustrat, in den Flur oder die untere Etage des Forsthauses, wurde er angreifbar. Gelegentlich, und das war ein wirklich besonderes Ereignis, nahm ihn seine Tante mit in die Stadt nach Barsinghausen. Allerdings geschah dies nur, wenn Richard Anne zwei oder mehr Tage nicht gesehen hatte. Sie war dann einfach verreist und er hatte keine Ahnung wohin. Es gab einen zweiten Grund: Wenn einmal mehr Annes Wut über ihm hereingebrochen war. Er schloss die Augen und versuchte die Erinnerungen daran zu verdrängen.

Richard hätte gerne einen Freund gehabt, eine Freundin wäre auch okay gewesen. Aber das kam nicht in Frage. In der Schule hielten ihn die Mitschüler für einen seltsamen Einzelgänger. Sie verstanden es nicht, dass er sich so verhalten musste, um seinetwillen und zum Schutz der anderen. Anne, die Schwester seiner verstorbenen Mutter, hätte niemals Besuch erlaubt, nicht einmal in der Nähe des Hauses oder zum Spielen in den umliegenden Wäldern.

Nach der Schule beeilte er sich mit dem Heimweg und ließ die anderen Kinder hinter sich zurück, um bloß nicht zu spät nach Hause zu kommen. Dann, im

Forsthaus, verhielt er sich leise und schlich auf direktem Weg in sein Reservat.

Nun hoffte der zwölfjährige Junge auf sein Mittagessen. Danach würde er die Hausaufgaben erledigen, so gut er konnte. Wie in der Schule würde Richard die Buchstaben und Zahlen sehr klein und eng beieinander schreiben, denn er vermochte unter keinen Umständen zu sagen, wann Tante Anne wieder neues Papier und Schreibmaterial bezahlen würde.

„Hey Teignase!", erklang es durch die geschlossene Tür. „Das Essen ist fertig. Deck den Tisch!"

Teignase. So nannte seine Tante ihn fast immer. Richard wusste nicht wieso, aber er hatte sich daran gewöhnt, und dieser Name war besser als die meisten vorangegangenen. Schnell sprang er auf, legte die Wolldecke beiseite und öffnete die Tür. Zügig, aber leise betrat er den Flur, lief bis zu dessen Ende und folgte nach rechts zur Küche. Eine Schale mit dampfenden Kartoffeln und eine zweite mit Bohnen standen auf dem Tisch, daneben ein Teller mit Fleisch. Ein Stück. Gerne hätte Richard mal wieder Fleisch gegessen. Er genoss den intensiv-würzigen Geruch, gleichwohl wissend, Tante Anne hatte dieses Fleisch keinesfalls für ihn gebraten.

Wie gewöhnlich wartete Anne im Wohnzimmer auf einen eingedeckten Tisch und darauf, dass ihr Neffe die Portionen verteilte. Als Richard fertig war, rief er sie.

„Anne. Ich habe gedeckt und aufgefüllt. Ich habe auch nicht gekleckert." Er lauschte kurz. „Bitte komm!"

Anne betrat die Küche. Aufmerksam musterte er ihr neues Kleid. Es leuchtete in braun-beigen Farben und Anne hatte sichtlich Freude daran.

„Gefällt dir mein Kleid?"

„Ja", entgegnete der Junge vorsichtig. „Es ist sehr schön."

„Seit wann verstehst du etwas von Mode?", fauchte sie. „Iss deinen Teller leer und danach kannst du dich mit deinen Hausaufgaben beschäftigen. Du hast hoffentlich genügend für heute Nachmittag zu tun?"

„Ein Aufsatz über Wale." Richard blickte auf seine Bohnen und aß.

„Was - Wale?"

„Wir beschäftigen uns in der Schule mit Moby Dick." Vorsichtig nahm der Junge seinen Kopf nach oben und schaute Tante Anne an.

„Würdest du mir das Buch kaufen? Es ist bereits 1851 in London und New York erschienen. Eine tolle Geschichte."

„Warum sollte ich?"

„Du weißt, dass die Flammen die Bücherei vernichtet haben. Ein Wiederaufbau kann Jahre dauern."

„Dir fehlt der Wortschatz, um ein Buch zu lesen! Verstehst du? Dafür verschwende ich kein Geld."

Richard wusste nicht, warum seine Tante so garstig und mürrisch geworden war. Kurz vor dem Tod seiner Eltern hatte Anne die drei in Helmstedt besucht, um Richards neunten Geburtstag zu feiern. Damals hatten die beiden Schwestern viel miteinander gestritten. Er konnte sich noch gut daran erinnern, aber nicht an den Grund warum. Einen Monat später riss es Richards Leben aus der Bahn. Der Autounfall nahm ihm Vater und Mutter. Sie waren einfach verschwunden. Dazu sein Haus, die Nachbarn, seine Freunde, die Schule, einfach alles. Vier Tage verbrachte er in einer fremden Unterkunft zusammen mit unzähligen Kindern. Eines Morgens erhielt Richard Besuch von einem Mann und einer Frau irgendeiner Behörde, deren Namen er nicht mehr wusste. Sie hatten ihn ohne große Erklärungen in ihr Auto geladen, dazu das wenige, das er besaß. Zwei Koffer mit Kleidung, ein Teddy und fünf Fotos seiner Eltern. Die Autofahrt von Helmstedt nach Barsinghausen dauerte eine Stunde. Richard entdeckte die Wälder, das Bergland, das Forsthaus. Er hatte sich auf die neue Umgebung gefreut, die allemal besser zu sein schien als das Heim, in dem er untergebracht gewesen war. Der Neunjährige lernte sehr schnell, wie wenig Barsinghausen ihn willkommen hieß.

Während der vielen Zeit, die der Junge in seinem kleinen Zimmer verbrachte, kramte er häufig die fünf alten Fotos hervor. Seine Familie fehlte ihm, besonders seine Mutter.

Er wusste, wenn andere Kinder in der Schule von ihren Eltern oder einem Wochenendbesuch bei den Großeltern erzählten, dann waren das tolle Geschichten voller Liebe, Wärme und Zuneigung. Gemeinsame Besuche am See, eine Fahrt ins Kino oder ein Fußballspiel des TSV. Miteinander Zeit zu verbringen, zu spielen, sich gegenseitig zu fangen, zu grillen und einfach gemeinsam zu freuen.

Doch Richard war nicht neidisch.

Er war sich sicher, jeder verdiene das Leben, das für ihn bestimmt ist.

Wenngleich Deutschland und Amerika keinesfalls vergleichbar waren, was die Rechte ihrer Bürger anging über Waffen, insbesondere Pistolen und Gewehre, zu verfügen, so sorgten im 21. Jahrhundert auch hierzulande Amokläufe und unkontrollierte Waffenlagerungen für Diskussionen und Verschärfungen der bestehenden Gesetzeslagen. Davon losgelöst fristeten Elektroschockpistolen, Tränengas und Stichwaffen ihr eigenes Dasein. Zu ersteren fanden sich im Internet, in Waffenmagazinen und in der einschlägigen Fachliteratur alsbald Leitfäden zur Steigerung der Effektivität. Allein im Archiv der öffentlichen Gütersloher Stadtbibliothek standen vier Bücher, die Um- und Ausbauanleitungen für Elektroimpulswaffen enthielten. Einen Plan zu finden, der eine eigentlich nicht tödliche Waffe in ein Mordinstrument verwandelte, war einfacher zu recherchieren gewesen, als die Frage zu beantworten, wie viele Familien mit Nachnamen Schmidt Gütersloh bewohnten.

Ein Gefühl von Müdigkeit durchströmte den Körper der kleinen, leicht dicklichen Frau. Sie bemerkte die Schwere in ihren Gliedern gepaart mit dem Wunsch, einfach nur dösen und abwarten zu wollen. Rosi versuchte, sich auf den heutigen Tag und auf das, was geschehen war, zu konzentrieren. Trotz aller Versuche streikte ihr Erinnerungsvermögen an das Hier und Jetzt, abgesehen von vereinzelten Bruchstücken. Jemand hatte sie mit „Hallo Frau Keller“ gegrüßt, doch ihr fehlte die zeitliche Einordnung. Sie war ihrer Katze auf den

Schwanz getreten, aus Versehen, irgendwann, vielleicht heute Morgen. Ihr Mülleimer hatte gestunken wie schon lange nicht mehr. Rosi schluckte. „Lange" schien ein so sinnloser Begriff zu sein für eine Person, der die Wahrnehmung von Zeit abhandengekommen war.

Zeit? Wochentag? Uhr!

Instinktiv griff Rosi nach ihrer Armbanduhr. Sie blickte auf das Zifferblatt, nahm die zwei roten Zeiger wahr und betrachtete deren Position. Die Tageszeit zu deuten gelang ihr nicht. Unruhig und angespannt rutschte sie hin und her.

Wo bin ich hier gelandet?

Sich zu konzentrieren fiel ihr unglaublich schwer, doch sie spornte sich an, wach zu bleiben.

Licht bringt Helligkeit, überlegte sie weiter und entdeckte eine kleine Lampe, die den Raum beleuchtete, in dem sie lag. Ihr Versuch, mit einer Rolle die Position zu verändern, scheiterte. Aus ihr unerklärlichen Gründen konnte Rosi den eigenen Körper nur sehr eingeschränkt kontrollieren. Langsam drehte sie den Kopf von links nach rechts und ließ den Blick schweifen. Die Wände waren mit schwarzem, kratzigem Stoff überzogen, der Untergrund dagegen fühlte sich weich und komfortabel an. Angesichts der Enge empfand Rosi Unbehagen, Angst machte sich breit. Angst darüber, die eigenen Situation nicht bestimmen zu können und nicht Herr der Lage zu sein.

Was war mit ihr geschehen? Wer hatte einen Grund, ihr dies anzutun?

Mit einem Mal bemerkte sie etwas völlig anderes. Der Boden schwang in nicht enden wollendem Gleichklang auf und ab, genau genommen der gesamte Raum. Urplötzlich wurde der Frau, die eigentlich selten fror, kalt. Panik breitete sich aus und ließ ihr die

Hände unkontrolliert zittern. Noch einmal strengte sie sich an, auf die unzähligen Fragen in ihrem Kopf eine Antwort zu finden.

Warum liege ich in diesem Raum? Wie bin ich hierhergekommen? Was habe ich davor getan?

Rosi konnte sich nicht erinnern und sie war müde, unglaublich müde. In Apathie ergab sie sich ihrem Schicksal und döste ein.

Das Signal eines vorbeifahrenden Zuges rüttelte sie wach. Wieder kreisten ihre Gedanken.

Rosi war in einem Vorort Güterslohs geboren worden, hatte dort die Schule besucht und später als Aushilfe in einem Schuhgeschäft ein paar Euros dazuverdient. Einige Männer hatten ihren Lebensweg begleitet, manche kürzer, andere länger. Eine erstaunliche Feststellung: Sämtliche Erinnerungen an ihre Jugendzeit waren präsent und abrufbar.

Überraschend dachte die Frau an Gott und ob er in dieser Situation helfen konnte?

„Hilf dir selbst, dann hilft dir Gott."

Dieser Satz aus Kindheitstagen gab Rosi Kraft. Sie hob den Kopf, schaute hinab zu ihren Füßen, anschließend zur Decke und nach hinten. Vielleicht könnte sie die Wände bewegen oder eindrücken? Rosi versuchte aufs Neue sich aufzurichten, ein Bein anzuwinkeln, die Hand nach oben an die Verkleidung zu strecken. Es ging nicht. Abgesehen vom Kopf und spärlichen Regungen der Arme war ihr Körper weiterhin bewegungsunfähig. Gelähmt sank sie in ihre Ausgangsposition zurück.

Irgendwann später änderte sich alles. Die Bewegung des kleinen, in schwarzen Stoff geschlagenen Raums verlor den ihr eigenen, beständigen Rhythmus. Die Intensität der Schwingungen nahm zu und wurde ungestüm. Rosi stöhnte auf, als ihr Kopf an der Wand anschlug. Verkrampft suchte sie Halt und von einer auf die nächste Sekunde verdrängten eine Heidenangst und ihr Selbsterhaltungstrieb Gleichgültigkeit und Benommenheit. Ihre Finger begannen zu kribbeln und Rosi erkannte, die Betäubung klang ab. Unruhig schob sie ihren molligen Körper hin und her. Die Füße juckten wie eingeschlafen, ihre Knie zitterten. Dann endlich, mit schwindender Benommenheit erkannte die Frau den Ort ihrer Gefangenschaft.

Kofferraum! Ich liege in einem Kofferraum!

Langsam entstand ein Bild. Sie war Opfer, Entführte, Geisel. Sie erinnerte sich an einen strengen Geruch. Ein Unbekannter hatte sie angesprochen, sie in ein Gespräch verwickelt und ihr unvorhergesehen ein Tuch vor die Nase gedrückt. Worte kamen aus der Erinnerung hoch und der Rückblick auf ihren Knockout.

„Wir sind abgebogen!", überlegte sie. Auf einen schlecht befestigten Weg. Das ließ den Wagen schwanken.

Ihre Befürchtung bestätigte sich, als das Fahrzeug hielt und der Motor erstarb. Während sie fast bewegungslos lauschte, suchte Rosi in einer spürbar ausweglosen Situation eine Lösung. Erst jetzt bemerkte sie das Rollo. Der Fond bildete keine geschlossene Einheit, sondern bot eine Fluchtmöglichkeit nach oben. Doch was half das? In diesem Moment! Die Fahrertür wurde geöffnet und wenig später zugeschlagen. Rosi erhaschte Geräusche, Hinweise auf die Position des Fahrers. Aus den schweren, langen Schritten folgerte sie auf einen männlichen Entführer. Sie berührte das Rollo und machte sich mit dem Verschluss vertraut. Wenn sie fliehen wollte, dann wurde es jetzt Zeit. Ihr Plan war simpel. Verdeck öffnen, nach oben durch den Innenraum klettern und je nach Situation auf der Fahrer- oder Beifahrerseite aus dem Wagen hechten. Zu spät! Schon hörte sie den Fahrer hinter den Kofferraum treten, kurz blieb er stehen, vielleicht um sich umzuschauen. Dann klickte das Schloss und die Heckklappe schwang auf.

Als der Lichtkegel seiner Taschenlampe das Gesicht der verängstigten Geisel blendete, ließ Rosis Überlebenstrieb den rechten Fuß nach vorne schnellen. Ihr spitzer Pumps jagte ungebremst zwischen die Beine des Entführers. Ein schmerzhaftes Ächzen bestätigte einen Treffer und ermutigte sie ein weiteres Mal auszuholen. Mit dumpfem Schlag fiel die Taschenlampe zu Boden und erlosch. Entschlossen und eine Spur von Hoffnung witternd, rutschte die gekidnappte Frau über die Ladekante des Fahrzeugs und hastete davon. Einige Meter dem Feldweg folgend, entledigte sich Rosi ihrer Schuhe, um besser laufen zu können, und wechselte hinüber ins höhere Gras. Angetrieben von Furcht forderte sie den Körper zu Höchstleistung auf. Keuchend und viel zu spät erkannte Rosi, dass sie die falsche Richtung eingeschlagen hatte. Entlang der Detemeyerstraße herrschte um diese Zeit wenig Verkehr, doch ein gelegentlich vorbeifahrendes Auto hätte ihre persönliche Rettung bedeuten können. Stattdessen war sie auf die Autobahnüberführung der A2 zugelaufen. Diffus fiel das Licht des nächtlichen Durchgangsverkehrs auf die benachbarten Felder. Suchend schaute die Flüchtige sich in die verschiedenen Richtungen um. Weit und breit kein Versteck und niemand, der ihr helfen würde. Ängstlich warf sie einen Blick zurück, dem Himmel sei Dank, ihr Peiniger war verschwunden. Atemlos schlich sie weiter, um ein paar zusätzliche Meter Abstand zu schaffen. Dann entdeckte sie eine kleine Wartungstreppe neben der Brücke und nahm Platz. Endlich konnte sie verschnaufen, ihre Atmung regulieren und versuchen, das Zittern in den Armen und Händen zu kontrollieren.

„Das wirst du mir büßen, du alte Schlampe."

Im Zorn und ganz gewiss nur in Gedanken, hatte er sie beschimpft. Nun würde er sie jagen, bestrafen und mit ihr abrechnen für das unwürdige Leben, dass sie geführt hatte und ohne Frage für die beiden Tritte an die schmerzhafteste Stelle seines Körpers.

Lauf, so schnell du kannst und vor allem, so lange du noch kannst.

Mühelos erkannte er Rosis Trampelpfad, links ab, durch das hohe Gras. Eine Schneise, die sich nahtlos an ihre achtlos weggeworfenen Schuhe anschloss. Er entschied sich für eine andere Route. Hier im Niemandsland gab es nur wenige Ziele, die ein Mensch in Panik ansteuern würde. Wenngleich die Situation glattweg aus den Fugen geraten und anders verlaufen war, als geplant, freute sich Dupont auf den großen Moment des Wiedersehens. Zuversichtlich schlich er auf die Autobahnbrücke zu.

„Wer hat Angst vorm schwarzen Mann?", lachte Dupont in sich hinein.

Mit seinem Auftauchen überschlugen sich die Ereignisse und Rosi wusste, sie hatte sich zu schnell ihrem eigenen Schicksal ergeben, hätte hier nicht pausieren dürfen, stattdessen laufen müssen, bis zur totalen Erschöpfung.

„Das war schon alles?", spottete Dupont. „Du gibst dein eigenes Leben bereits nach fünf Minuten auf?"

Seine Augen, nur als enge Schlitze erkennbar, fassten ihr Ziel ins Visier. Rosi dachte an eine erneute Flucht, da traf sie der Lichtbogen des pistolenähnlichen Tasers am Hals. Die extremen Schmerzen des Stromschlags und der sprießenden Brandverletzung ließen sie aufschreien. Gleichzeitig versagte das sensorische und motorische Nervensystem und sie brach mit gelähmter Muskulatur zusammen.

„Ich habe immer gedacht, jemanden zu töten würde alles verändern. Man würde das sein Leben lang mit sich herumtragen. Keller, soll ich dir etwas sagen? Das ist nicht so!"

Der Täter wandte seinen Blick vom Opfer ab und veränderte die Einstellung seiner Elektroschockpistole über einen selbst eingebauten Schalter. Eine kleine Denkpause, dann schaute er Rosi ins Gesicht. Speichel lief über ihre unkontrolliert zitternden Lippen; die nackten Füße braunschwarz gefärbt von der erfolglosen Flucht. Die Augen schauten fragend, irritiert, wollten wissen wieso.

„Menschen sind wie Tiere", fuhr Dupont fort. „Es gibt keinen Unterschied. Beide sind ohne Bedeutung, solange man genug Abstand zu ihnen hält. Den streunenden Hund des Nachbarn zu treten, es macht uns nichts aus. Den eigenen streicheln und liebkosen wir. Und was ist mit dir? Was bedeutest du mir? Nichts!"

Er drückte der Frau den Elektroschocker aufs Herz. Der abgegebene Impuls überschritt die normativen Grenzen und löste ein Herzkammerflimmern aus. Zwei Sekunden später erschlaffte Rosis Körper. Sie war tot.

Einen Augenblick lang blieb er über seinem Opfer stehen und genoss die Zufriedenheit und Ruhe, die nun seinen Körper durchströmte. Während der Taser in der Jackentasche verschwand, kramte die andere Hand den Stempel hervor. In aller Ruhe glich der Mörder die Zahlen der Stempelplatte mit der aktuellen Uhrzeit ab. Vorsichtig und wohl bedacht darauf, keine Fingerabdrücke zu hinterlassen, krempelte er den Ärmel von Rosis Kurzarmbluse nach oben und hinterließ seinen Abdruck oberhalb des Ellenbogens. Er stand auf, verstaute sein Prägewerkzeug und gönnte seinem Opfer einen letzten Blick. Der nach der ersten Energieentladung folgende Sturz hatte Rosi in eine unwürdige Position fallen lassen. Mit weit gespreizten Beinen, mittlerweile aufgerissenem Mund und zudem verzerrten Augen starrte die Frau zum Himmel. Vorsichtig, nur mit seinen Füßen arbeitend, schob er ihre Beine zusammen.

Zeit, schlafen zu gehen. Gute Nacht.

Geld zu verdienen und deshalb arbeiten zu müssen entspricht den Gepflogenheiten der meisten Menschen. Gelegentlich lässt sich der Zyklus aus Alltag und Berufstätigkeit von Phasen freier Zeit und Urlaub durchbrechen; beheimatet im richtigen Land oder beschäftigt beim rechten Arbeitgeber kann das, das nötige Kleingeld vorausgesetzt, sogar mehrmals im Jahr gelingen. Bedauerlicherweise kennt jede Auszeit ihre Grenzen, irgendwann geht jede Reise vorbei und die Urlauber kehren von ihren Traumzielen heim. Doch was passiert mit den Menschen, die nach dem Urlaub wieder arbeiten müssen? Etwa die Hälfte der in Studien befragten Männer und noch mehr der um Auskunft gebetenen Frauen freuen sich nach den Ferien auf ihren zurückgelassenen Arbeitsplatz. Die verbleibende Minderheit bedauert das Ende eines herrlichen Urlaubs; schließlich hatten sie das ganze Jahr genau dafür geschuftet und finden dementsprechend schwer zurück an Ladentheke, Werkbank, Schreibtisch oder Fließband.

Patrick Gruber gehörte zur ersten Gruppe. Er liebte seinen Job, war gerne Kommissar und Bewohner dieser aufregenden Stadt. Doch vor allem liebte er Regeln und feste Abläufe - hasste Abweichungen davon. Aus diesem Grund waren er und Frank, sein letzter Partner beim Morddezernat, ein gutes Team gewesen. Sie hatten sich gegenseitig respektiert ohne den kleinsten Versuch, den jeweils anderen verbiegen zu wollen. Dann, vor drei Monaten, erwischte es

Patricks Partner spätnachts bei einem Sondereinsatz. Franks Tod war unabwendbar gewesen, ein Angriff aus dem Hinterhalt und Patrick hatte nicht einmal zum Augenzeugen getaugt. Alle Versuche, den Täter dingfest zu machen, blieben erfolglos, trotz eingesetzter Spürhunde und DNA-Profiler. Wieder einmal hatte sich für Patrick bestätigt, was er von Kindesbeinen an wusste: Ethisch empfunden durfte kein Mörder ungeschoren davonkommen; realistisch betrachtet wurde eine Vielzahl von vorsätzlichen Tötungen niemals aufgeklärt.

Patricks dunkelroter 1966er Ford Mustang 289 V8 Coupé hatte die zwei Wochen Garagenaufenthalt gut überstanden. Für gewöhnlich existierte kein Tag, den die beiden nicht gemeinsam verbrachten, und so war es nach dem Urlaub ein gutes Gefühl, das griffige Leder der Sitze und die Vibrationen des Lenkrads zu spüren. Der Kommissar näherte sich von Westen kommend über die Herzebrocker Straße und lenkte den Mustang auf einen der freien Parklätze der Kriminalpolizeibehörde. Mit leisem Brummen verklang der Motor, Patrick stieg aus und sah sich um.

„Hey! Mann! Wie geht es dir? Siehst gut aus!"

Ausgestreckte Hand voraus, näherte sich Marc Missler. Mit etwas über Einsachtzig, hellen, schulterlangen, vielleicht nassen, vielleicht fettigen Haaren, einem fanatischen Glanz in den Augen und kräftigem, offenem Gesicht gab Marc sich extrem lässig. Sein kariertes Hemd beulte über der Jeans und in seinem Aussehen glich er immer mehr seinem Vater, den Patrick einige Male auf dem Polizeirevier getroffen hatte. Seine Sonnenbrille steckte locker am Hemdausschnitt und die braunen Schuhe, die er seit Wochen trug, hatten bereits bessere Tage erlebt.

„Danke. Zandvoort war wieder eine Reise wert." Patrick erwiderte den Gruß und schüttelte Marcs Hand. „Was habt ihr in der Zeit ohne mich getrieben? Gütersloh wirkt ruhig und entspannt."

„Hast du gestern von der Karambolage auf der A2 gehört? Wir waren alle draußen im Einsatz, sogar das Morddezernat musste aushelfen."

„Ja. Ist eine üble Sache ... Was ist sonst passiert?"

„In deinen zwei Wochen habe ich mit Ahmet drei Morde geknackt und Jana hat jemanden wegen Totschlags überführt und klärt gerade einen Fall von Beihilfe. Ansonsten viel Schreibkram und Büroarbeit. Was ist mit dir? Ich habe gehört, heute kommt dein neuer Partner."

„Yep - Andreas hat mich angerufen. Aber keine Ahnung, wer oder wie er ist."

„Komm, lass uns reingehen", dabei zeigte Marc auf den Nebeneingang für Bedienstete.

Sie gingen gemeinsam zur Tür, dann musterte Marc Patrick mit einem intensiven Blick.

„Was ist los?"

„Du siehst gut aus. Schön, dass du wieder an Bord bist. Hättest du gerne was Heißes, Schwarzes in dir?"

„Spinner! Ja - Kaffee kann ich gebrauchen, bevor ich zu Andreas rein muss."

Eine Viertelstunde später verließ Patrick die Kantine ohne Marc und nahm den Fahrstuhl bis Etage Drei. Sein Versuch, unbemerkt durch das Großraumbüro zu schleichen und an dessen Ende im rechten der drei abgetrennten Büroräume zu verschwinden, scheiterte. Einige Kollegen schlugen ihm aufmunternd auf die Schulter, andere hießen ihn mit breitem Grinsen Willkommen. Irgendjemand warf ihm von hinten eine zusammengedrückte Papierkugel gegen den Kopf und wieder jemand anderes ließ einen lauten Pfiff erklingen.

„Schon gut, Leute. Beruhigt euch. Ich bin wieder da. Nichts Besonderes!"

Entschuldigend hob er den Arm und überwand den Spießrutenlauf, um anschließend im Büro des Hauptkommissars abzutauchen.

„Guten Morgen, Patrick. Pünktlich wie immer. Sehr schön." Hauptkommissar Andreas Ackermann winkte seinen Ermittler herein. „Schließ die Tür. Du kannst dich später um die anderen kümmern!"

„Morgen, Andreas und ... guten Morgen, Frau ..."

„Frau Berger." Die braunhaarige Frau stand auf und reichte ihre Hand. Unter der schwarzen Jacke trug sie eine weiße Bluse gepaart mit Jeans und hellgrauen Sneakers. „Ich heiße Sarah!"

„Prima - nehmt alle Platz", wies Andreas an. „Damit habt ihr euch schon mal bekannt gemacht. Patrick, wie war es in Zandvoort?"

„Gut ... Was genau meinst du mit bekannt gemacht? Wer ist das?"

„Sarah ist deine neue Partnerin!"

Patrick fuhr sich durch die Haare, lehnte den Kopf in den Nacken und schluckte. Dann setzte er sich aufrecht hin, fixierte die junge Frau für einen Augenblick, danach seinen Vorgesetzten.

„Sie ist eine Frau!"

„Das stimmt und du wirst es nicht glauben: Die Polizei von Gütersloh beschäftigt Frauen."

„Na - das fängt ja schon klasse an!", griff Sarah in das Gespräch ein.

Andreas hob die Hand zum Schlichten.

„Ihr beiden werdet bestimmt ein gutes Team. Beschnuppert euch ein wenig."

„Beschnuppern?“, fauchte Sarah.
Andreas ignorierte jegliche Einwände.
„Auf, auf. Ihr habt genug meiner Zeit in Anspruch genommen. Patrick zeigt dir das Dezernat und die einzelnen Abteilungen.“
„Und was machen wir danach?“
„Fahrt durch die Stadt, bring Sarah in die einschlägigen Viertel und mach sie mit unseren Informanten bekannt. Dann beginnt euer Dienst.“
Patrick stand auf und verließ das Büro.
„Da habe ich ja einen tollen Partner bekommen, danke! Also doch Sündenbock!“
„Wenn Patrick Schwierigkeiten macht, kommst du zu mir, und nun renn ihm nach und übernimm das Steuer.“

Sarah benötigte zwanzig Minuten, bis sie Patrick draußen am Parkplatz aufgespürt hatte. Die Beine ausgestreckt, saß er auf einer Bank und harrte der Dinge, die da kommen mochten.
„Ich habe drinnen alles nach dir abgesucht“, versuchte Sarah eine vorsichtige, zweite Annäherung. „Also drehen wir zuerst eine Runde durch die Stadt?“
„Du kommst nicht aus Gütersloh? Zumindest klingst du nicht so.“
„Stimmt. Ich wurde in Hembergen geboren, einem Ortsteil vom Emsdetten, gut siebzig Kilometer nordwestlich.“
„Hembergen - ist das dein Ernst?“
„Totaler Ernst.“ Sarah griente. „Sechshundert Einwohner. Maibaum- und Taublüten-Fest gehören zu den feierlichen Höhepunkten im Jahr.“
„Taublüten-Fest?“
„Genau! Der Ort hat nicht viel zu bieten. Weißt du, immer mehr Menschen wandern ab.“

„Was hast du dort gemacht?“

„Ich bin erst einmal abgehauen, wie die anderen. Nach der Uni bin ich zur Polizeischule. Doch anschließend zog es mich zurück nach Emsdetten. Habe gedacht, ich könnte dort die Welt verbessern.“

„Hat nicht funktioniert?“

„Nein. Ich habe mich mit einem Kollegen angelegt. Aus diesem Grund bin ich hier. Deshalb sind wir ab jetzt ein Team.“

„Ich schätze, das macht uns zu Freunden.“

„Zu Freunden vielleicht nicht, aber zu Partnern.“

Patrick erhob sich und ging zu seinem Wagen.

„Kommst du? Ich zeige dir die Stadt!“

Sarah folgte Patrick, warf einen ungläubigen, abschätzigen Blick auf den Mustang und stieg, ohne ein Wort zu sagen, ein.

Fünf Stunden lang waren Sarah und Patrick durch Gütersloh gekreuzt, hatten sich die verschiedenen Stadtteile und die angrenzenden Nachbarschaften angeschaut. Inzwischen war es nach Mittag und Patrick wollte etwas zu essen besorgen.

„Kannst du mich vorher bei einem Elektroland absetzen? Mein Fernseher hat den Umzug nicht überlebt, ich brauche unbedingt einen neuen Bildschirm.“

„Jetzt? Ich habe Hunger und außerdem haben wir Dienst, oder?“

„Denk genau an diesen Moment zurück, wenn du mich am Wochenende wegen Sonderschichten anrufst und ich nicht rangehe.“

„Okay. So ein Elektroriese liegt direkt am Stadtring.“

„Prima, dann setz mich da ab. Wir treffen uns später.“

„Es sind fast vier Kilometer bis zur Wache."
„Was ist?", lächelte Sarah. „Angst, dass ich den Weg retour zu dir nicht finde?"

Das Gebiet rund um den Kolbeplatz beherbergte eine große Auswahl an Geschäften, dazu unzählige Restaurants, ein Kino und ein Hotel. Das Wetter lockte die Leute ins Freie und lud ein zum Shopping und Genießen. Der frühe Nachmittag schien ein guter Zeitpunkt zu sein, um die geplante Tat ein letztes Mal durchzuspielen. Der heutige Abend war minutiös geplant, das Ende eines Lebens fest vorprogrammiert, ohne Unterschied zu den drei vorangegangen Tagen. Arne Barntrup, das neue Opfer, war ein verzogener Sprössling vom Spexarder Bahnhof. Mit Zweiundzwanzig hatte er seine Eltern entmündigen und in ein Altenheim abschieben lassen, anschließend ihren Betrieb übernommen. Nun führte er auf ihre Kosten ein großzügiges Leben. Hier am Kolbeplatz betrieb Arne einen kleinen Laden. Mehr Fassade als Schaffensraum. Heute würde er zum letzten Mal abschließen, nach Hause fahren und sein Dasein beenden.

„Barntrup Import & Handelsgesellschaft." Leise gingen die Worte über die Lippen des Mannes, dessen Gesicht sich in der Scheibe des Schaufensters spiegelte. „Was für ein bedeutungsloser Name!"

Seine Blicke heuchelten Interesse an der Auslage und entdeckten zwei Dutzend Schmuckstücke zwischen einer Vielzahl anderer geschmackloser Gegenstände. Auf einem Paar Manschettenknöpfe entdeckte er ein Initial und lächelte.

D – wie Dupont.

Unerwartet, grob und kraftvoll rempelte ihn jemand von hinten an und drängte Dupont zur Seite. Erzürnt riss er den Kopf herum. Braune Lederjacke, gegelte, nach hinten gekämmte Haare, angegrauter Henriquatre-Bart, dazu Tattoos auf den Oberarmen und am Hals. Der Mann, der ihn geschubst hatte, war größer, vor allem kräftiger als er selbst.

„Was ist los?", fauchte der Fatzke im festen Glauben, der Weg gehöre ihm alleine. „Willst du Ärger?"

„Fatzke", das war die Bezeichnung, die Dupont ihm stante pede verpasste; ein Wort, das einfach alles beschrieb. Dupont lachte, nicht viel, nicht provozierend, aber genug, um sein eigenes Gesicht zu wahren.

„Nein - will ich nicht. Es ist dein Platz!" Mit diesen Worten trat er beiseite und ließ den Unruhestifter ziehen. Dupont hatte keine Angst, nicht jetzt, eigentlich niemals und vor allem vor niemandem. Doch dies war nicht der Zeitpunkt, um Aufsehen zu erregen. Er hatte Simon, Sebastian und Rosi getötet und er würde es wieder tun. Ungeachtet dessen, konnte sich dieser Fatzke nicht einfach so auf seine Liste setzen. Der Penner passte nicht ins Ritual.

Dupont kehrte zum Schaufenster von Arnes Importwaren zurück und beobachtete die anwesenden Personen. Ein Kunde interessierte sich für Keramikvasen und die Angestellte führte ihn an drei Vitrinen vorbei. Unterdessen wühlte eine Frau in einem Berg von Perlmuttketten und ließ eine davon, als sie sich unbeobachtet fühlte, in ihrer Jackentasche verschwinden. Als sie den gepflegten, glatt rasierten Mann vor der Auslage wahrnahm, verließ die überraschte Frau überhastet den Laden und rannte davon.

„Nicht mein Problem", dachte Dupont. „Diebstahl ist das eine. Ich bin hier, um ein anderes Gebot zu brechen."

Erneut konzentrierte er sich auf die anwesenden Personen. Arne Barntrup war nirgends zu sehen.

Verdammt. Es war Montag. Da sollte Arne bis zwanzig Uhr arbeiten, danach alles für einen gefüllten Kühlschrank einkaufen und im Anschluss nach Hause fahren.

Dupont blickte auf seine Uhr. Fast halb drei. Die Zeit drängte, denn es war lediglich eine Frage der Zeit, bis der Verkäuferin der gaffende Kunde vor dem Schaufenster auffallen würde. Für einen Augenblick überlegte er den Laden zu betreten, um nach dem Inhaber zu fragen, da öffnete sich die Tür zu den hinteren Büroräumen, Arne trat heraus und ging zum Kassentisch.

Wunderbar. So sollte es sein!

Dupont wandte sich ab und verließ freudig erregt den modern gestalteten Platz, Richtung Kino. Schließlich hatte er eine Verabredung um neun.

10. Problem gelöst / 11. Juli 2011 / 17:05

Das cremeweiße Taxi hielt direkt am Haupteingang des Gütersloher Polizeireviers. Sarah zahlte den Sonderpreis für Bedienstete der Stadt und stieg aus. Um dem Zustrom von Menschen an der Rezeption zu entgehen, umrundete sie das weißgrau-gestreifte Hauptquartier, identifizierte sich an der Sicherheitstür des Hintereingangs und fuhr nach oben. In einem Großraumbüro zu arbeiten, war für Sarah ungewohnt. In Emsdetten teilten sich zwei Polizisten ein Büro, hier standen Schreibtische für gut fünfzehn Mitarbeiter aus drei verschiedenen Dezernaten. An die Geräuschkulisse aus Telefongesprächen, klingelnden Handys, stetigen Diskussionen und den Durchsagen des Polizeifunks würde sie sich erst gewöhnen müssen. Sarah lief auf Patricks Arbeitsplatz zu und bemerkte eine unübersehbare Veränderung. Ihr Partner hatte den Nachmittag genutzt, um seinen Tisch aufzuräumen. Die während des Urlaubs aufgelaufene Post war verschwunden und die umherliegenden Dokumente zu verschiedenen Themen aufgestapelt. Seinem Schreibtisch gegenüber stand nun ein zweiter für Sarah, eigenes Namensschild inklusive.

Sarah spürte die Blicke der Kollegen und ihr war unwohl. Alle beobachteten den Neuzugang und wie sie das Büro durchquerte. In Momenten wie diesen fühlte Sarah sich hilflos, da nützte nicht einmal ihr vorlautes Mundwerk. Was dachten die anderen über sie und warum gafften sie ihr hinterher? Sarah fühlte sich nicht hübsch, zumindest nur sehr selten. Aus diesem Grund trug sie für gewöhnlich Hosen, um ihre Beine zu verbergen, die für ihren Geschmack zu dick waren, und ähnlich pragmatisch: langärmlige Blusen in Weiß, Schwarz oder Blautönen.

Patrick war nirgends zu sehen, doch auf dem Bildschirm seines PCs stand ein kurzer Text, dahinter blinkte der Cursor: „Bin gleich zurück."

Sarah schob ihren Stuhl beiseite und setzte sich. Nach und nach ließen die Übrigen mit ihren Blicken von ihr ab und gingen wieder den gewohnten Tätigkeiten nach. Der Computer auf ihrem Tisch war neu, nicht das alte Möhrchen irgendeines Vorgängers. Die Anmeldemaske erwartete ein Kennwort. Neben der Tastatur, auf einem Block Papier, lagen drei zueinander ausgerichtet Stifte. Dahinter stand ein Wasserglas, darin eine orange Geißblattblüte. Sarah lächelte.

„Hallo!"

Sarah drehte sich um.

„Ich bin Marc."

Er streckte ihr seine Hand entgegen, gleichzeitig kam er näher.

„Ich bin Sarah."

„Na, dann mal herzlich willkommen ... hier bei uns im Team ... und so."

„Danke. Eine Ahnung, wo Patrick geblieben ist?"

„Kommt gleich. Ich soll solange auf dich aufpassen."

„Aufpassen? Sehe ich denn aus, als ob jemand auf mich achten müsste?"

„Achten? Nun ja ... ich meine ... nein."

„Marc? Du kannst mir helfen. Wie logge ich mich hier ins System der Polizeibehörde ein?"

„Ja. Pass auf, ist ganz einfach." Marc wurde unruhig, seine Sonnenbrille rutschte aus dem Hemdkragen und fiel zu Boden.

„Verdammt!"

Er bückte sich und stöhnte frustriert auf, als sein Kopf am Tisch anstieß. Nachdem er die Brille wieder am Kragen befestigt hatte, lagen Marcs helle, schulterlange Haare wild durcheinander und er strich sie genervt nach hinten in ihre ehemalige Position „Also."

„Ist doch nicht so ganz einfach?", scherzte Sarah.

Marc schickte ihr einen strafenden Blick, griff zur Maus und lenkte den Zeiger auf ein kleines Eingabefeld unter der Kennworteingabe.

„Wenn du hier klickst, öffnet sich ein Fenster, da kannst du ein neues Passwort eingeben. Das Ausgangskennwort auf unseren neuen Systemen ist: GTPD."

„Verstehe. Dann werde ich das gleich mal ausprobieren."

Patrick trat aus Andreas' Büro, hielt für ein wenig Geplauder unter Kollegen zweimal an und kehrte anschließend an Sarahs und seinen Schreibtisch zurück. „Na ihr beiden? Ich sehe, ihr habt euch schon kennengelernt?"

„Haben wir", nickte Sarah.

„Du warst nicht da, jemand musste ..." Marc brach seinen Satz ab und entschied, es sei besser, seinen Gedanken unformuliert zu lassen.

„Und du hast in der Zwischenzeit aufgeräumt. Sieht gut aus!"

„Schau nicht in meine Schubladen, sonst zerbricht deine Zuversicht."

„In Ordnung. Was ist mit dieser Blüte? Ist die von dir?"

„Ist sie."

„Sehe ich aus wie ein Blumenmädchen oder willst du mich gleich am ersten Tag angraben?"

„Das ist ein Honeysuckle oder auch Geißblatt. Man schenkt sie, wenn jemand umgezogen ist. Soll bei Heimweh helfen."

„Verstehe. Dann sage ich jetzt besser einfach: Danke!"

„Hört mal, ihr beiden", fiel Marc ins Wort. „Ich bin für heute zusammen mit Rafael eingeteilt. Andreas schickt uns rüber nach Wiedenbrück. Wir haben hier aber immer noch das Protokoll von Sergej liegen, die Zeugenaussage vom Raubüberfall, letzte Woche am Stadtpark."

„Stadtpark? Ich wohne da in der Nähe."

„Prima. Könnt ihr nicht kurz rüberfahren und den Wisch von ihm unterschreiben lassen?"

„Wie sieht es aus mit Sergejs Adresse?"

„Er verbringt die meiste Zeit des Tages im Park. Ich habe euch sein Foto dahintergeheftet."

„Gib her den Kram. Sarah und ich fahren da für euch hin. Ist nie schlecht, bei seinen Kollegen Guthaben aufzubauen."

„Danke - nett von euch. Wir sind raus nach Wiedenbrück."

Bevor Marc ging, glitt sein Blick über Sarahs Körper. Danach drehte er sich um, schlenderte an Rafaels Arbeitsplatz vorbei und die beiden brachen auf. Marc redete unaufhaltsam auf Rafael ein, bis dieser sich umschaute und Sarah aus der Ferne betrachtete.

„Fuck!", schimpfte Sarah.

„Die wischen sich gleich den Sabber weg, dann geht es wieder", versuchte Patrick zu besänftigen. „Warten wir ein paar Sekunden und lassen ihnen den Aufzug. Anschließend fahren wir los."

„Ist gut", stimmte Sarah zu und suchte die Dokumente für Sergej beisammen.

Auf dem Parkplatz hinter dem Polizeirevier war es voll; weit und breit keine freie Parkbucht zu sehen. Eine junge Autofahrerin bemerkte die beiden Beamten und hoffte auf einen Stellplatz.

„Was fährst du eigentlich für einen Wagen?", wollte Patrick wissen.

„Einen Honda."

„Honda - was?"

„Einen silbernen."

„Ich meinte nicht die Farbe, sondern ..." Patrick stockte. „Aber nicht etwa diese Schrottkarre da vorne, die mit der abgerissenen Stoßstange?"

„Überleg mal", stellte Sarah Patricks Aussage in Frage. „Würde dieser Wagen zu mir passen?"

Er blieb stehen und betrachtete seine Kollegin neugierig.

„Wenn ich es mir überlege: Definitiv! Du fährst einen silbernen Concerto ohne Frontschürze."

„Was soll ich sagen? Am Samstag war die Welt noch in Ordnung. Einen Tag später stand jemand im Weg und hier siehst du das Ergebnis."

„Du hast jemanden angefahren?"

„Sagen wir, der Frau ist glücklicherweise nichts Schlimmes passiert. Doch ihr Einkaufswagen mit all ihren Habseligkeiten hat meine Stoßstange geschasst."

„Du hast eine Obdachlose überfahren?"

„Überfahren ist etwas hart. Ich habe sie nicht gesehen. Es geht ihr gut - keine Sorge!"

„Komm mit, wir fahren Mustang. Das erscheint mir sicherer!"

„Wie jetzt ... sicherer? Ist das so ein Macho-Ding, von wegen: Frauen können nicht Autofahren?"

„Sieh dir dein Auto an und steig bei mir ein. Komm schon! Irgendwann sollten wir auch mal Feierabend machen."

Der Motor des 1966er Ford heulte auf, als Patrick den Schlüssel drehte und den Wagen startete.

„Geht das nicht anders?", kritisierte Sarah.

„Das ist ein 166kW V8 Motor. Da ist Musik drin, und es gibt nur eine Art, diesen Wagen zu starten, und zwar genau so. Du wirst dich schon daran gewöhnen."

„Da bin ich skeptisch!"

Gemächlich rollte Patricks Wagen vom Parkplatz Richtung Stadtring, dann beschleunigte er. Zehn Minuten später näherten sie sich dem Stadtpark.

„Fahr einen kleinen Umweg, zwei Straßen weiter. Dort biegst du in die Schottische Straße."

„Schottische Straße? Was ist da los?"

„Da wohne ich. Ich zeige dir wo."

„Werde ich etwa auf einen Kaffee eingeladen?"

„Nicht heute."

Patrick bog ab und Sarah zeigte auf das zweite Reihenhaus.

„Die alte Frau auf der weißen Bank, das ist Edith. Wenn sie nicht schläft, sitzt sie draußen. Ich wohne über ihr."

„Du hast dir eine schöne Wohngegend ausgesucht. Hier kann man es sicherlich gut aushalten."

„Zumindest fange ich an, mich einzuleben."

Sie wendeten und erreichten kurz darauf die Ausläufer des Parkgeländes. Patrick hielt am Straßenrand. Die beiden liefen ein Stück in den Park hinein und schauten sich suchend um. Nach einer halben Stunde und fünf Passantenbefragungen später hatten sie ihren Kontaktmann mithilfe des Fotos gefunden. Sergej saß auf einer Parkbank und studierte den Wirtschaftsteil der Neuen Westfälischen. Um ihn herum pickten einige Tauben die verbliebenen Krümel seines Lunchpakets.

„Hallo Sergej, alter Russe!", bemühte sich Patrick um ein lockeres Gespräch.

„Hey Mann! Ich bin kein Russe!"

„Aber ‚Sergej' ist doch russisch!"

„Hey Alter, wenn Schwein in Kuhstall geboren, ist auch nicht gleich Kuh!"

„Okay. Wo wurdest du geboren?"

„Komm schon! Du Bulle ... ich brauche meine Ruhe."

„Marc wartet seit Tagen auf die Unterschrift deiner Zeugenaussage."

„Kann sein. Wer ist Lady? Partnerin?"

„Lenken Sie nicht ab!", setzte Sarah an. „Sie müssen eine Aussage innerhalb von sieben Tagen unterschreiben, sonst ..."

„Was sonst? Gefängnisse in NRW voll. Was wollen machen? Außerdem werde ich bedroht, mein Leben in Gefahr."

„Was soll der Scheiß, Sergej?" Patrick hielt ihm das Protokoll vor die Nase. „Bei dem Schusswechsel sind alle Beteiligten gestorben. Niemand da, der dir zusetzen könnte!"

„Was ziehst du hier für ein Ding ab?", fauchte Sarah. „Glaubst du, wir wollen den ganzen Nachmittag diskutieren?"

„Hey, kleine Biene hat einen Stachel", strahlte Sergej.

Sarah trat ihren rechten Fuß nach vorne, zertrennte auf diese Weise die aufgeschlagene Tageszeitung und stemmte ihren Schuh zwischen Sergejs Beine, der verdutzt Augenkontakt suchte.

„So nicht! Du hast dich als Zeuge gemeldet. Daraus lässt sich für dich kein Kapital schlagen. Du unterschriebst jetzt und hier, oder wir nehmen dich mit!"

„Tausche Geborgenheit gegen Stift."

„Geborgenheit?"

Sergej schaute nach unten zwischen seine Beine. Sarah zog ihren Fuß zurück und Patrick reichte seinen Stift zum Unterschreiben.

„Sind wir fertig?"

Patrick faltete das Protokoll zusammen. „Danke. Sollen wir Marc von dir grüßen?"

„Haut ab!"

Die Luft hatte sich an diesem Montagnachmittag ein wenig abgekühlt und die Blätter der umherstehenden Bäume säuselten im Wind. Zufrieden und ohne Eile folgten Sarah und Patrick dem Parkweg zu ihrem Auto.

„So habt ihr das also immer in Emsdetten gelöst?"

„Genau so!", entgegnete Sarah und grinste.

11. Was nichts kostet / 11. Juli 2011 / 21:01

An der Wohnungstür abgeschlossene Geschäfte sind so eine Sache, Hauspartys eine weitere. Da lässt man jemanden Unbekanntes in sein Heim, lässt ihn herein in seine eigene private Welt, und das, obwohl man außer seinem Namen und dem Anlass eigentlich nichts über diese Person weiß.

Arne Barntrup öffnete die Pforte seiner luxuriösen Behausung. Sein Besucher war pünktlich; auf die Minute. Zufrieden verbarg er seine glitzernde Armbanduhr unter dem Ärmel des dunklen Anzugs.

„Genau passend! Das begrüße ich sehr."

„Einundzwanzig Uhr, wie vereinbart. Danke, Herr Barntrup, dass Sie mich zu dieser späten Stunde noch empfangen."

„Schließlich geht es um eine Flasche italienischen 2003er Barbaresco. Kostenlos. Dafür opfere ich gerne dreißig Minuten meiner Zeit."

„Sie haben recht. Es gäbe Unpassenderes als eine Weinprobe." Dupont übergab die Flasche Rotwein. „Mein Eintrittspräsent. Darf ich Sie fragen, Herr Barntrup, ob Sie verheiratet sind?"

„Nenn mich nicht bei meinem Nachnamen, sonst kommt mir der Hummer hoch. Wer mit mir zu tun hat, sagt Arne."

„Okay, Arne, wie sieht es aus? Verheiratet? Ein Barbaresco eignet sich fantastisch zum gemeinsamen Schlummertrunk."

„Nein, nein! Ein feste Partnerin, heiraten, Kinder? Ich denke, dafür bin ich nicht der Typ."

„Verstehe. Na, es wird sich schon ein Grund finden, die Flasche zu leeren." Dupont lachte.

„Gehen wir ins Wohnzimmer und öffnen diesen interessanten Vertreterkoffer, um zu sehen, was du empfehlen kannst."

„Gerne. Wir sind alle damit ausgestattet. Schließlich muss die hochwertige Ware gut geschützt werden."

Der nächtliche Besucher drapierte den Tisch mit einer Auswahl verschiedener Weine; einige rote und einen weißen.

„Weißwein interessiert mich nicht", erklärte Arne. „Doch von dem roten ganz links möchte ich gerne probieren."

Dupont nahm ein Glas und füllte es zu einem Fünftel.

„Ich stelle fest, ich bin zu Besuch bei einem Weinkenner. Nun gut, beginnen wir mit dem teuersten Wein."

„Was ist mit dir? Alleine zu trinken macht bekanntlich wenig Freude."

„Ich will mich gerne mit einem kleinen Schluck anschließen, ich vertrage jedoch keine roten Reben. Der hohe Anteil Histamin schlägt mir auf den Magen. Wenn ich auf den Weißwein ausweichen darf, gerne."

„Natürlich! Trink du den weißen, ich probiere den Rest."

Arne schwenkte sein Glas, ließ das Aroma austreten, schlürfte ein wenig und leerte die Kostprobe nach fachmännischer Prüfung.

„Sehr süffig, mit leichtem Abgang. Hat jedoch einen sehr bitteren Nachgeschmack!"

„Das kommt von den Zusatzstoffen."

„Zusatzstoffe? In einem Brunello di Montalcino? Das wäre mir neu."

„Gesundheitsschädliche oder potentiell tödliche Substanz mit vier Buchstaben?"

„Häääh? Willst du mich verscheißern? Hör auf mit dem Rätselkram."

„Komm schon! Vier Buchstaben."

„Wieso ... gesundheitsschädlich?"

„Fängt mit ‚G' an."

Wie ein warmer Sud strömte die Weinprobe durch Arnes Körper, ergriff Besitz über jegliches Empfinden. Seine Muskeln krampften zusammen, seine Schultern begannen zu zittern und der Kopf fühlte sich an, als würde er zerspringen.

„G ... ift", keuchte er leise und Dupont lächelte zufrieden.

Arne griff zum Hals und versuchte die zugeschnürte Kehle zu öffnen. Verzweifelt riss er die Augen auf. Dupont wirkte wie ein Schatten, das Wohnzimmer wie aus einer anderen Welt; alles erschien verzerrt und trübe. An diesem Punkt wurde Arne bewusst, es war zu spät, um Hilfe zu holen oder zum Telefon zu greifen.

„Wa ... rum?", schnaufte er in einem letzten, angespannten Versuch.

Die Welt um ihn herum begann sich zu drehen, doch in Wirklichkeit war er es, der in einer Pirouette zu Boden ging. Den Aufschlag registrierte er nicht mehr. Nullpunkt. Tod erreicht.

Dupont sammelte die Auswahl aufgetischter Weine ein und verstaute die Flaschen im Koffer, ebenso den Barbaresco. Es ging nicht darum, Hinweise auf Arnes Tod zu verwischen. Ein Pathologe würde weniger als fünf Minuten benötigen, um die Ursache zu vermuten, und gleiches galt für die vorangegangenen Opfer. Es ging um Ordnung und den Schutz der eigenen Identität. Sorgfältig trug er beisammen, was er mitgebracht hatte, und reinigte die Gläser von Fingerabdrücken.

Dann wurde es Zeit für Duponts Ritual, sein Erkennungszeichen, die Spur, die alle Morde miteinander verband. Er holte den Stempel hervor, überprüfte die zuvor eingestellte Zahl und glich die verbleibenden Ziffern mit der aktuellen Uhrzeit ab. Vorsichtig schob er den Ärmel von Arnes Anzug nach oben und hinterließ einen kräftigen, satten Abdruck auf dem Arm des Opfers. Noch einmal überprüfte Dupont den Tatort auf mögliche Hinweise, hiernach verließ er die Wohnung am Spexarder Bahnhof.

12. Gesetzmäßigkeit und Serienmörder / 12. Juli 2011 / 02:43

Seit über zwei Stunden warf er sich von einer Seite auf die andere, zerknüllte sein Kissen und versuchte den Kopf von störenden Gedanken zu befreien. Erfolglos. Jeder Versuch einzuschlafen war bis dato gescheitert. Missgestimmt verließ Dupont das Bett, lief ins Bad und öffnete am Waschbecken den blaumarkierten Hahn. Mehrere Schwall Wasser kühlten sein Gesicht. Schließlich wollte er mehr, streifte sein Oberteil ab und warf es achtlos beiseite, dann verschwand der gesamte Kopf unter dem eisigen Strahl. Eine halbe Minute später hatte er genug und stoppte den Wasserlauf. Erleichtert betrachtete er sein Spiegelbild, die Abkühlung zeigte Wirkung. Mit der linken Hand kämmte er die triefenden, dunklen Haare nach hinten, mit der rechten griff er zur Ablage und schluckte eine Pille aus der weißen Plastikdose ohne Aufschrift. In der Minibar des Wohnzimmers erwarteten ihn Jim und Jack, und während er mit dem helleren der beiden Whiskeys, dem Jack Daniel's, sein Medikament herunterspülte, entschied er, ein zweites Glas in Ruhe zu genießen. Zu diesem Zweck öffnete er die angrenzende Balkontür und trat hinaus in Freie. Die Nachtluft wehte kühl und erfrischend. In seinem Rattansessel fand Dupont die gesuchte Entspannung. Vierzehn Meter über dem Boden hatte er einen fantastischen Ausblick auf die letzten Nachtschwärmer. Wie klein und zerbrechlich sie von hier oben wirkten, wie Insekten, die man mit bloßem Fuß zertreten konnte. Dupont schloss die Augen. Er spürte die Wirkung der kleinen Pille, sein

Geist wurde klarer und der Druck im Kopf verschwand.

Der Blick zur Uhr zeigte, die Nacht würde kurz werden, doch im Moment fühlte er sich gänzlich munter, wollte auf keinen Fall zurück ins Bett. Er besann sich seiner vier Opfer. Was sie miteinander verbunden hatte, daran würden die kommenden sich messen müssen. Aber das bereitete ihm wenig Kopfschmerzen, vielmehr seine periodisch wiederkehrenden, anfallartigen, pulsierenden und halbseitigen Migräne-Attacken. Gleichwohl, für heute hatte er sein Problem in den Griff bekommen und morgen früh, nach dem Aufstehen, wäre ein verspannter Nacken das letzte Indiz seiner Qual. Egal wie spät es heute Nacht werden würde, an dem Plan, pünktlich und pflichtbewusst zur Arbeit zu fahren, gab es für Dupont keinen Zweifel, nicht den geringsten. Er mochte seine Arbeit und fand, sie bereicherte sein Leben. An keinem Abschnitt seines Lebens, und es hatte einige einschlägige Veränderungen gegeben, wäre es ihm in den Sinn gekommen, dem Staat auf der Tasche zu liegen. All diejenigen, die das taten und versuchten eben diesen Status mit so wenig Eigeninitiative wie möglich zu verändern, genossen seine vollste Verachtung. Überdies hatte Dupont eines schon in jungen Jahren gelernt: Arbeit lässt Menschen soziale Beziehungen eingehen und strukturiert ihre Tagesabläufe. Da kam ihm seine Beschäftigung mit ihren vielschichtigen Aufgaben, den unterschiedlichen Einsatzgebieten und den vielen Menschen, mit denen er zu tun hatte, gerade recht.

In der Zwischenzeit hatte er seinen Whiskey ausgetrunken und stand auf, kehrte in die Wohnung zurück und lief zum Kühlschrank. Die gegen das leere Glas eingetauschte Flasche Wasser klemmte er sich unter den Arm und marschierte zu einem antiken Schreibtisch aus Mahagoni-Holz, gegenüber der Balkontür. Er öffnete ein Schließfach und betrachtete die fünf aufgereihten Fotoalben, allesamt mit andersfarbigen Buchrücken. Das gelbe Album landete auf dem Tisch, die Flasche mit Mineralwasser daneben. Dupont begann zu blättern. Jede Seite enthielt Zeitungsartikel, aus der Glocke, der Neuen Westfälischen oder dem Westfälischen Volksblatt. Den letzten Bericht hatte er erst am Sonntag ausgeschnitten, die Massenkarambolage auf der A2. Auf der Seite davor prangte die Nachricht eines in Flammen aufgegangenen Propellerflugzeugs, gegenüber der Horrorcrash zwischen Güterzug und voll besetztem Reisebus, so ging es weiter, Seite um Seite. Die Passage mit der Zahl der Todesopfer war in allen Texten farblich hervorgehoben worden; bis fünfzig Tode in Grün, bis hundert in Gelb und alles darüber in Rot. Dupont hatte in den vergangenen Jahren endlose Zeitungsartikel beisammengetragen, obwohl er selbst keinen der Verstorbenen gekannt hatte. Dementsprechend gleichgültig waren ihm ihre Schicksale. Erneut dachte er an die von ihm verübten Morde, an jedes einzelne Opfer. In diesen Fällen hatte es eine Bindung gegeben, wohl auf andere Art und Weise, als man vielleicht vermuten mochte, und gleichwohl empfand er die selbe Gleichgültigkeit.

Dupont stellte das Album an den Lagerplatz in den Schreibtisch zurück und verschloss die Tür. Langsam, er rieb die Händen über die matten Augen, wurde er müde. Der Weg zu seinem Bett führte ihn am Badezimmer vorbei, wo er das zurückgelassene Oberteil überstreifte. Auf dem Rand der Badewanne legte er eine weitere Pause ein und fragte sich, ob man ihn eines Tages in einem Atemzug mit Fritz Haarmann, Christa

Lehmann oder Wolfgang Schmidt nennen würde; Namen von Serienmördern, die in Deutschland jeder kannte und die seltsamerweise bis heute nicht in Vergessenheit geraten waren. Doch vor einer derartigen Anerkennung würden die Cops eine Spur zu ihm finden müssen, und genau das war in seinem eigenen Plan nicht vorgesehen. Schenkte man der vorwiegenden Meinung von Psychiatern Glauben, so gehörten die meisten Serienmörder eher zur Gruppe der intelligenten Menschen, waren weder schizophren, noch versponnen sie sich in Wahnwelten. Ihr Kontakt zur Wirklichkeit machte sie für ihr Umfeld unsichtbar, ließ sie in der Masse abtauchen.

„Danke für die Einschätzung", dachte Dupont und grinste.

Für viele Serienmörder bestanden die typischen Beweggründe aus Mordlust, sexueller Befriedigung oder Habgier, also den Klassikern. Zweitens, dem gerne und häufig verfilmten Liebling der Kinoindustrie: Fehlentwicklung im Kindesalter. Drittens, nicht zu vergessen: Serienmord auf Grund fehlender Gefühle. Sich immer wieder dem grausigen Nervenkitzel ergeben zu müssen, um erst durch eine derart entsetzliche Tat zu empfinden, dass man selbst lebt.

„So ein Quatsch", befand Dupont übermüdet.

Der Mensch benötigte den Glauben an etwas Höheres im Leben genauso, wie die tägliche Sonne, wie Brot und Wasser. Das nährt die Hoffnung, dass das Leben trotz aller gegensätzlichen Indizien einen Sinn ergibt. Was er tat, war um der Gerechtigkeit Genüge zu tun.

Vor drei Tagen hatte Dupont in der öffentlichen Stadtbibliothek Güterslohs ein interessantes Buch entdeckt. Er hatte die relevanten Seiten fotokopiert, anstatt den vollständigen Band auszuleihen, denn im

21. Jahrhundert war alles miteinander verbunden, vernetzt, nachvollziehbar: Büchereikarte, Payback, Kreditkarte, Handy.

„Sei wachsam!", hatte seine Mutter schon früh zu ihm gesagt! „Deutschland und seine Vorratsdatenspeicherung führen zu einem omnipotenten Überwachungsstaat."

Und da es auf der Hand lag, dass er keine Lust verspürte, auf deren Liste zu landen, beachtete er die Regeln seiner Mutter. Duponts zusammengetragene Kopien beschäftigten sich mit der Frage des legalen Mordens. Richtig! Legales Morden: Todesstrafe, Krieg, finaler Rettungsschuss, Tierversuche, Sterbehilfe, Abtreibung, oder einfach die erschlagene Biene, die einen stechen wollte. Wahrhaftig - es gab Gründe zu morden. Sogar mehrfach zu morden! Aber wann und vor allem für wen sollte das Morden legal sein? Zuerst dachte Dupont an vergangene Kreuzzüge mit ihren Opfern samt Kirchenherrschaft, die binnen kurzer Zeit auch zur Verwirklichung rein weltlicher Machtinteressen instrumentalisiert wurden und dem Papsttum eine starke politische und militärische Waffe in die Hand spielten. Er dachte an unzählige Rohstoffkriege innerhalb einer sich globalisierenden Welt. Einsätze in Afghanistan und im Irak waren keinesfalls Friedensmissionen zur Befreiung der Frauen gewesen, damit diese Schulen besuchen und Gleichberechtigung erreichen konnten. Wie im Mittelalter ging es um Rohstoffe, Reichtum und Gewinn durch den Einsatz legalisierter Gewalt. Und natürlich erinnerte er sich an die Konflikte der Weltmächte, die mit allen Mitteln unterhalb der Schwelle eines offenen Krieges die Bewohner anderer Länder in Stellvertreterkriege verwickelten und opferten.

Dupont verließ das Bad und lief zielstrebig Richtung Schlafraum. Eine Stunde hatte er damit verbracht, seine Gedanken zu ordnen, nun forderte die Konzentrationsfähigkeit ihren Tribut. Er versank im Bett, starrte unter die Decke und verfolgte das blasse Lichterspiel nächtlicher Beleuchtung, wie es sich seinen Weg durch den Spalt des geöffneten Fensters suchte.

Doch warum wurden aus Menschen Mörder, warum Serienmörder? Diese Gedanken nahm Dupont mit in seine Träume. Er war eingeschlafen.

13. gemeinsamer Einsatz / 12. Juli 2011 / 06:58

Das Klingeln des Handys bohrte sich in Sarahs Unterbewusstsein, verdrängte all die schönen Illusionen der Nacht und ließ ihre Traumwelt zerplatzen. Auf der Suche nach dem Störenfried tasteten ihre Finger über die kleine Nachtkonsole. Mit dem sechsten oder siebten Klingeln fuhr sie hoch, setzte sich auf die Bettkante und griff zum Telefon.

„Hier Berger ... Wer stört um diese Zeit?“

„Morgen, Sonnenschein.“

„Was soll der Scheiß? Es ist noch mitten in der Nacht.“

„Genau genommen kurz vor sieben. Wir haben unseren ersten großen, gemeinsamen Fall. Mord am Spexarder Bahnhof. Der Tatort ist bereits abgesperrt. Man erwartet uns.“

„Verdammt. Schon sieben Uhr. Ich brauche noch ...“

„Ankunft in zehn Minuten. Ich bin schon auf dem Weg zu dir!“

„Bist du verrückt? Zehn Minuten. Okay - ich lege auf. Bis gleich.“

Wenig später hielt der dunkelrote Mustang vor Sarahs Haus. Patrick nahm eine Papiertüte vom Beifahrersitz und stieg aus. Da die kleine Holzbank neben der Tür verlassen war, schien Edith Krämer noch zu schlafen. Patrick schellte. Nach einiger Zeit öffnete Sarah, die Haare nass und durcheinander, die Füße barfuß.

„Frühstück ist fertig!“, grinste Patrick und hielt seiner Kollegin eine Tüte mit aufgedrucktem goldenem „M“ entgegen. „Kaffee mit Süßstoff und ein Sandwich mit Käse.“

„Du schaffst mich. Los, komm rein."

Sie liefen die Stufen nach oben.

„Such dir irgendwo einen Platz. Ich bin gleich soweit." Sarah zeigte Patrick das Wohnzimmer, gleichzeitig entschwand sie durch den Flur. Kurz darauf ertönte ihr Fön. Als Sarah zurückkehrte, standen Kaffee und Sandwich auf dem Esszimmertisch bereit. Patrick saß auf einem Stuhl und schaltete gelangweilt durch das Fernsehprogramm.

„Dein Elektroland hat schnell geliefert."

„Am gleichen Tag." Sarah griff den Pappbecher und trank einen großen Schluck. „Herrlich! Was ist mit dem Mord? Sollten wir nicht sofort aufbrechen?"

„Arne Barntrup, ein Mann Ende zwanzig. Besitzt ein Haus, genau genommen hat er es von seinen Eltern übernommen. Verdiente sein Geld angeblich mit Importgeschäften. Er ist tot. Ob wir fünf Minuten früher oder später eintreffen, wird an seinem Zustand wenig ändern."

„Du hast recht."

Sarah nahm das Sandwich. „Danke für den Service. Wird sich das wiederholen?"

Patrick lachte.

Als die beiden Ermittler den Tatort erreichten, war das Grundstück der Barntrup Import & Handelsgesellschaft abgeriegelt. Ein Streifenwagen blockierte einen Teil der Zufahrt, zwei Polizisten liefen Streife. Patrick bremste und kurbelte das Fenster herunter.

„Hey Jungs. Wie sieht es da drin aus?"

„Hallo Patrick. Hallo ..."

„Das ist meine neue Kollegin, Sarah."

„Hi!"

„Also. Wie sieht es im Haus aus?"

„Ein Toter. Der Tatort ist sauber. Wagner hat schon begonnen die Spuren zu sichern. Haare, Fusseln und all das Zeugs, das er so gerne mag."

„Prima. Wer hat die Leiche gefunden?"

„Ein gewisser Florian Zimmermann. Angeblich ein Freund von Barntrup. Ist heute Morgen frisch aus der Ausnüchterungszelle gekommen. Zimmermann sagt, die Haustür stand auf und er fand das Opfer im Wohnzimmer."

„Danke dir. Wir gehen rein."

Patrick trat aufs Gas und der Mustang schob vorwärts. Er wählte den zweiten von drei Stellplätzen und parkte. Über eine kleine Steintreppe gelangten sie zur Eingangstür. Sarah lief voran, dann aber zögerte sie, blieb stehen und drehte sich um.

„Der Tatort ist sauber. Was meinte er damit?"

„Wir hatten letztes Jahr eine Mordserie mit Leichenschändung, brutale Morde mit viel Blut. Frank musste sich regelmäßig übergeben und alle Kollegen hatten Spaß."

„Das ist makaber."

„Mag sein. Aber irgendwann hörten die Morde einfach auf. Der Täter wurde nie gefasst." Patrick schaute sich um. „Verschaffen wir uns ein Bild von Arne Barntrup. Sein Zuhause ist großzügig, vielleicht ein wenig dekadent. Seine Lagerhallen stehen für meinen Geschmack zu nah am Wohnhaus. Welcher Architekt durfte so etwas entwerfen?"

„Du sagtest, Arne war Ende zwanzig?"

Patrick holte einen kleinen Block hervor und überschlug einige Seiten mit Notizen.

„Warte ... ja, hier steht es. Achtundzwanzig."

„Wie konnte er sich in seinem Alter ein derartiges Anwesen leisten? Mit meiner Wohnung am Stadtpark sprenge ich schon fast den Rahmen, doch dies ist mehr als ein ansehnliches Haus. Schau dir die Gartenanlagen an, durchweg gepflegt. Dafür hatte er einen eigenen Gärtner."

„Wir sollten in dieser Richtung recherchieren! Es war der Besitz seiner Eltern, doch die leben seit sechs Jahren im Heim. Grundstück, Haus und Anbauten sind eingetragen auf Arne Barntrup."

„Verschaffen wir uns einen Eindruck vom Tatort."

Sarah öffnete die Eingangstür, die angelehnt gewesen war, und betrat das Haus. Patrick folgte ihr.

„Wo lang?"

„Keine Ahnung, Sari."

„Sari? Was soll das?"

„Ich dachte, es lockert die Situation ein wenig auf, wenn wir uns Nicks geben."

„Okay, ich nenne dich Paddy"

„Soll ich dir was sagen: Sarah ist auch nicht schlecht."

Schweigend liefen die beiden ein Stück den Flur entlang, schauten in jeden der angrenzenden Räume und näherten sich allmählich dem Treppenaufgang.

„Da vorne!" Patrick zeigte zu einem breiten Durchgang. „Das Blitzlicht kommt bestimmt von Wagner."

Akribisch in seine Arbeit vertieft, dokumentierte Kriminaltechniker Stefan Wagner den möglichen Tatverlauf und hielt jeden Blickwinkel in Bildern fest. Kaum hörbar trat Patrick von hinten an ihn heran und legte zur Begrüßung eine Hand auf dessen Schultern.

„Morgen, Stefan."

Schlagartig zuckte der kleine, hagere Mann zusammen, sprang einen Schritt vorwärts, drehte sich derweil hektisch um und kippte, ohne einen ausgleichenden Schwerpunkt gefunden zu haben, nach vorne über. Die digitale Spiegelreflex entglitt seinen Händen, die er nun benötigte, um den eigenen Körper beim Sturz auf die Sofagarnitur abzufangen. Mit beherzter Bewegung griff Stefan nach dem Umhängeband, um die Kamera nur wenige Zentimeter vor dem Boden nach oben zu reißen.

„Guter Stunt", würdigte Patrick.

„Was soll der Bullshit?", schimpfte Stefan. „Ich habe gedacht, der Mörder wäre noch einmal zurückgekommen. Willst du, dass ich an Herzstillstand sterbe?"

Er stand auf, prüfte das Objektiv und als er Sarah bemerkte, streckte er seinen Körper, um größer zu wirken.

„Na toll. Habe ich mich gerade erst mal richtig zum Affen gemacht." Zögerlich trat er auf Sarah und Patrick zu. „Du musst Sarah sein. Schön, dich kennenzulernen, wenn auch nicht gerade unter diesen Umständen."

Stefan überlegte seine Hand zu reichen, war sich aber unsicher. Unbeholfen hob er die Hand und grüßte mit einer winkenden Bewegung.

„Ja. Ich bin Sarah Berger. Geht es dir gut? Deine Bewegungen sahen irgendwie ... speziell ... aus."

„Alles gut! Meine Untersuchungen sind so weit abgeschlossen, ich packe zusammen und überlasse euch das Feld."

Der Tatort wirkte, bis auf Stefans ausgeräumten Utensilienkoffer, ordentlich und sauber. Keine Anzeichen eines Kampfes, keine demolierten Möbelstücke. Dazwischen lag Arne, der Tote, mit dem Gesicht nach oben.

„Kannst du uns etwas zur Todesursache sagen?", fuhr Sarah mit dem Gespräch fort.

Nachdem die meisten Probenröhrchen ihren Platz im Koffer gefunden hatten, zeigte Stefan auf Arnes Gesicht. „Seht ihr die leichte Blaufärbung der Lippen und da vorne an den Fingernägeln? Das deutet auf eine Unterversorgung durch Sauerstoff hin. Seine Gesichtsfarbe wirkt extrem blass, auch für jemanden aus Gütersloh. Wenn ihr näher an den Toten herantretet, riecht ihr außerdem seinen starken Mundgeruch, bitter und vergoren. Das alles sind verhältnismäßig sichere Anzeichen einer Vergiftung, wahrscheinlich oral zugeführt, versetzt in einem Wein oder Fruchtsaft. Die endgültigen Ergebnisse erhaltet ihr später nach der Obduktion."

„Was befindet sich in den Beuteln? Weingläser?"

„Die beiden standen auf dem Tisch. Eines wurde benutzt, aber keine Fingerabdrücke, außer Arnes. Mal schauen, ob ich im Labor mehr Erfolg habe."

„Wir können wohl unterstellen, dass unser Opfer seinen Mörder freiwillig ins Haus gelassen hat", überlegte Patrick, zog den Block aus der Tasche und erweiterte seine Notizen. „Vielleicht ein Freund?"

„Dieser Florian vielleicht?", fügte Sarah hinzu.

„Stefan? Was ist mit diesem Florian Zimmermann? Gibt es hier drin Spuren von ihm?"

„Nur am Telefon."

„Weil er die Polizei gerufen hat?

„Schon möglich."

„Und was Arne betrifft, hast du schon einen Todeszeitpunkt für uns?"

„Zwischen acht und zehn Uhr gestern Abend."

Während Patrick die neuen Erkenntnisse notierte, schob Stefan den linken Ärmel von Arnes Jackett nach oben.

„Das hier dürfte euch interessieren. Sieht aus wie irgendein Code, wahrscheinlich aus Tinte. Auf jeden

Fall habe ich eine Probe gesichert. Ihr könnt die Leiche anfassen, wie gesagt, ich bin mit Arne fertig."

„Du bist mit Arne fertig?", wiederholte Sarah. „Irgendwie klingt das grausig."

„Kann sein. Aber uns bleibt nichts weiter, als den Täter zu fangen. Unserem Opfer ist inzwischen alles egal. Schon in drei Tagen liegt er sechs Fuß tiefer. Der Zersetzungsprozess hat bis dahin längst begonnen, denn ohne Sauerstoffzufuhr gärt es in seinem Gewebe. Die einst für den Stoffwechsel zuständigen Enzyme lösen die Zellstrukturen auf und die im Darm versammelten Bakterien erobern Neuland."

„Ich denke, das reicht", bremste Sarah.

„Wie ihr wollt. Ich packe zusammen und fahre aufs Revier. In den letzten Tagen blieb viel Arbeit liegen. Ihr habt sicherlich von dem Crash auf der Autobahn gehört? Insgesamt neunundzwanzig Tote. Da ist in der Pathologie viel los, wir kommen nicht nach." Stefan warf dem Toten einen freudlosen Blick zu. „Arne hätte sich gerne noch 'ne Woche Zeit lassen dürfen. Nun gut, es lag nicht an ihm. Auf jeden Fall hat Andreas Überstunden angeordnet. Ich musste gestern sogar auf meinen Bowling-Abend verzichten. Fuck! Elf Jahre lang habe ich keinen Montag verpasst."

Stefan schloss seinen Koffer und stieg über den Verstorbenen hinweg.

„Macht es gut. Ich schicke euch später die Ergebnisse."

„Danke. Wir sehen uns."

„Bis dann, Stefan."

Noch während der Kriminaltechniker den Raum verließ, inspizierten Sarah und Patrick die Markierung an Arnes Arm.

„Sieht aus wie ein Zahlencode. Schiebst du den Ärmel weiter nach oben, damit ich die Ziffern abschreiben kann?"

Sarah runzelte die Stirn.

„Ich könnte genauso gut schreiben."

„Könntest du, aber es ist mein Block und mein Stift. Also los!"

Wenig begeistert raffte Sarah den Ärmelstoff beiseite. Patrick blätterte auf eine leere Seite und übertrug die Ziffern: 04 11 07 11 21 14 8

Anschließend befeuchtete er einen seiner Finger an der Zunge und rieb über die Zahl auf der Haut des Toten.

„Wie ekelig!", rief Sarah angewidert. „Was machst du da?"

„Ich teste die Festigkeit der Farbe."

„Mit Spucke?"

„Scheint wirklich Tinte zu sein. Siehst du? Sie verwischt."

„Ist jetzt keine Überraschung, oder?"

„Das nicht, aber die Schrift ist zu ordentlich aufgetragen worden, als dass sie jemand per Hand dorthin geschrieben hat."

„Könnte ein Klebe-Tattoo oder Stempel sein. Mich würde viel mehr interessieren, was die Ziffern bedeuten sollen."

„04 11 07 11 21 14 8", murmelte Patrick. „Ich habe keine Ahnung."

„Lass uns zuerst im Umfeld des Opfers recherchieren. Was ist mit seinen Eltern, Freunden oder Nachbarn? So wie es aussieht hatte Arne Angestellte. Wer hat dieses Haus in Ordnung gehalten, wer den Garten gepflegt? Vielleicht stoßen wir dabei auf Ziffern, die zu diesem Code passen."

„Einverstanden. Die meisten Opfer kennen ihren Mörder. Zufallsmorde kommen eher selten vor."

„Was ist mit Stefan? Wird er uns noch weitere Details liefern können?"

„Stefan ist cool drauf, das traut man dem kleinen Zwerg gar nicht zu. Wir hatten da mal einen Fall in der Nähe des Heidewald Stadions. Eine Frauenleiche, komplett entkleidet, kein Ausweis, kein Schmuck, keine Hinweise. Um ganz sicher zu gehen, hatte der Täter ihr die Zähne ausgeschlagen und die Finger abgehackt. Wahrscheinlich wollte er die Identifizierung der Leiche erschweren. Stefan hat rausgefunden, wer sie war."

„Wie das?"

„Anhand der eingravierten Seriennummer ihrer Brustimplantate. Damit hatten wir ihren Namen, kannten ihr Umfeld und ein paar Tage später klickten beim Schwager die Handschellen."

„Hört sich unglaublich an."

„Unglaublich, aber wahr."

„Was nun? Warten wir, ob Angestellte zur Arbeit erscheinen?"

„Lass uns aufs Revier fahren und die Fakten ordnen, ein paar Dinge recherchieren. Die beiden Kollegen da draußen können uns eine Liste der Angestellten besorgen. Sicherlich auch einen Dienstplan der Lagerarbeiter von nebenan."

Sarah und Stefan sahen sich noch ein wenig im Haus um, ohne weitere Hinweise auf die Tat zu finden. Als sie nach draußen ins Freie traten, war der Leichenwagen bereits vorgefahren und wartete auf die Freigabe Arne Barntrups.

Der fortschrittliche Mensch sagt, Bindungen machen ihn abhängig und behindern ihn in seinen Möglichkeiten! Aber das stimmt auf die Dauer nicht. Die Verbundenheit und stetiger emotionaler Kontakt eines Menschen zum Mitmenschen geben ihm Halt. Soziale Beziehungen erzeugen persönliche Wertschätzung. Infolgedessen ist er nicht austauschbar, ist er nicht einfach eine Nummer, sondern wird zu einem unverwechselbaren Original.

Zweieinhalb Jahre waren vergangen und in Richards Leben hatte sich einiges verändert. Das neue Zimmer, das er bewohnte, bot ihm mehr Platz, mehr, als er eigentlich benötigte. Die Wände hatte er nach eigenem Geschmack mit weißer Tapete beklebt, eine der vier Seiten in kräftigem Braun gestrichen. Sein erstes eigenständiges Projekt und Richard war zufrieden. Voller Genugtuung blickte er über die kleinen Fehler seiner Tapezierarbeit hinweg, zumal Tante Anne es nicht gewagt hatte, sich abfällig über seine Arbeit zu äußern. Nun strömte der warme, erfrischende Westwind durch das weit geöffnete Fenster herein und der Fünfzehnjährige wartete darauf, abgeholt zu werden. Seinen größten Besitz, seine Bücher, hatte er sorgsam in Zeitungspapier eingewickelt und im Koffer verstaut. Der verbleibende Platz blieb für Wäsche und ein zweites Paar abgenutzter Schuhe. Letztendlich würde es ihm ergehen wie Ahab, dem Captain aus Herman Melvilles Roman Moby Dick. Auf der Suche nach einem größeren Ziel war er gescheitert und untergegangen.

Mit kräftigen Tritten trieb Richard sein rostiges Fahrrad über die Landstraße. Neun Minuten bis zum Stadtrand von Barsinghausen, zwei weitere bis zu Hoffmanns Supermarkt und geschätzte einhundert Meter Abstand zu den drei Jungs, die ihn auf ihren Mountainbikes jagten. Auf dem letzten Abschnitt hatte er seinen Verfolgern in nichts nachgestanden. Alter Drahtesel gegen modernes Sportgerät, ein ungleicher Kampf, den Richard bis jetzt durch Kraft und Willensstärke ausgeglichen hatte. Hinter der nächsten Biegung jedoch verließ die Straße den stark bewaldeten Landstrich, kehrte sich gen Osten und dort erwartete ihn die Steigung bis zum Ortseingang. Hektisch blickte er nach hinten, überprüfte den Abstand zu den Jungs und fluchte. Schweiß rann über Richards Stirn. Er keuchte atemlos. Die drei Aufschneider strengten sich mächtig an, denn Milan, Paul und Jannis wussten um ihren Vorteil. Der kommende Abschnitt gehörte den Rädern mit kleiner Übersetzung, schlechte Aussichten für Dreigangschaltung. Um die Geschwindigkeit zu halten, stand Richard auf und stellte das gesamte Körpergewicht auf die Pedale. Der Einkaufsbeutel baumelte unruhig am Lenker und wirkte wie ein Vorbote auf seine ungleichmäßig werdenden Bewegungen. Langsam verließ ihn die Kraft und Jannis mit seinen Freunden näherte sich unaufhaltsam. Richard hörte ihre Rufe und Drohungen, und er hatte Angst, denn drei gegen einen war niemals fair. Seit Wochen hatten es die Jungen auf ihn abgesehen, ihm seine Schulhefte zerknickt, Bleistifte zerbrochen und Streit gesucht. Nun, so drohten sie ihm, wäre es Zeit für die nächste Stufe. Ein erneuter Schulterblick. Der Abstand seiner Verfolger wurde kleiner und Richards Chancen am Berg schlechter. Verzweifelt hielt er Ausschau nach einem Fluchtweg. Wie sinnlos! Er kannte die Strecke, seinen täglichen Schulweg, auswendig, hätte sie mit verbundenen Augen fahren können. Erst hinter dem Ortsschild verzweigte die Straße in verschiedene Richtungen, erst dort konnte er entwischen. Inzwischen hatte Paul einen Vorsprung zu Milan und Jannis herausgefahren. Mit verbissenem Blick und hochrotem Kopf drängte der Klassenkamerad hinter ihm her. Richard hörte ihn keuchen, nach Luft japsen, und er vernahm die beiden anderen, wie sie Paul anfeuerten. Als wenig später sein Fahrrad vibrierte, schaute der flüchtende Junge irritiert nach hinten. Paul ließ den grobstolligen Reifen des Mountainbike an seinem rostigen Gepäckträger schleifen.

„Lasst mich endlich in Ruhe. Ich habe euch nichts getan“, hörte Richard sich selbst rufen.

„Heute bist du fällig, du Penner!“

In einem verzweifelten Versuch lenkte Richard sein Rad nach rechts und parierte so Pauls Angriffe. Doch Paul folgte und drängte ihn auf den Straßenrand.

„Du bist genauso bescheuert wie deine verrückte Tante!“, schrie Paul ihm ins Ohr.

Die beiden anderen Jungen hatten derweil aufgeholt und er hörte Milans Stimme.

„Ein Spinner, wie du, gehört nicht in unsere Klasse. Wir wollen dich nicht! Niemand will dich!“

Erschöpft schaltete Richard in den zweiten Gang, versuchte nach links auszubrechen und kassierte dabei seinen ersten Faustschlag, mitten ins Gesicht. Der Schmerz brannte, kurz wurde ihm schwarz vor Augen.

„Chacka. Na, wie ist das? Mehr davon gefällig?“

Von hinten begann Jannis gegen das Schutzblech zu treten. Schon bald schleifte das verbogene Metall am Hinterrad und bremste zusätzlich. Paul holte ein weiteres Mal aus und erwischte Richard am Oberarm. Verzweifelt schrie er auf. Tränen liefen über seine Wangen, doch er gab nicht auf. Unaufhaltsam kreisten seine Füße, ungebrochen trieb sein Geist ihn voran und schmerzverkrampft hielten die Hände das Lenkrad. Erneut hämmerten Fußtritte von hinten gegen das Fahrrad. Es wurde zu einer Frage der Zeit, bis das klapprige, rostige Rad unter den Angriffen zusammenbrechen würde. Milan drängte sich zwischen die beiden Kontrahenten, um nun seinen Anteil in den ungleichen Kampf einzubringen. Unaufhaltsam schlug er auf Richards Hand ein, wollte ihn zwingen, sich vom Lenker zu lösen und die Kontrolle über das Rad zu verlieren. Das tat Richard dann auch: Er löste seine Hand. Anders als erwartet, griff er zum Einkaufsbeutel, und während er, getroffen von einem weiteren Schlag auf den Oberarm, aufschrie, schleuderte der Flüchtende die Stofftasche auf seine Gegner. Im ersten Moment lachte Milan über den sinnlosen Angriff mit Jute. Doch als die Tragriemen ins Vorderrad baumelten und kurz darauf zu einer schlagartigen Vollbremsung führten, verwandelte sich Milans Gesicht in einen Ausdruck unsagbarer Panik. Das Fahrrad schnellte am Heck nach oben, warf den Fahrer gnadenlos nach vorne ab und überschlug sich danach mehrere Male führerlos. Paul gelang es zu reagieren und dem gestürzten Freund auszuweichen, dennoch traf ihn dessen Vorderrad so heftig am Kopf, dass er jede Lust an einer weiteren Verfolgung verlor und benommen abdrehte. Jannis blieb unbeschadet, war abgestiegen und hockte neben Milan, der weinend am Boden saß und seinen verdrehten Arm stützte.

„Wer ist nun der Penner?“, wollte Richard ihnen zurufen, doch ihm fehlte die Kraft.

Mühsam überwand er das letzte Stück Steigung und erreichte den Stadtrand Barsinghausens. Zu einer Schar kleinerer Geschäfte gehörte Hoffmanns Lebensmittelladen, sein eigentliches Ziel. Das dreifarbige Werbelogo leuchtete weithin sichtbar, als versuche man auf diesem Wege den einzigen Wettbewerber des Viertels auszustechen. Unsicher schaute Richard die Straße entlang. Paul, Milan und Jannis waren ihm nicht länger gefolgt, wahrscheinlich war Milans Rad stark beschädigt und das bedeutete zweifelsohne neuen Ärger. Er nutzte den unbeobachteten Moment, um das eigene Gefährt in einem schmalen Durchgang zwischen zwei Häusern zu parken. Der ganze Körper zitterte, als die Anspannung von Richard abfiel. Seine Nase lief und es würden Tage vergehen, bis die Schwellung am linken Arm abgeklungen wäre. Auf keinen Fall wollte er seinen Verfolgern von Neuem begegnen und betrat, ohne zu zögern, das Geschäft. Hoffmann, Inhaber und gleichzeitig einziger Angestellter, empfing ihn mit verachtendem Blick. Scheu und kleinmütig suchte der Junge Zuflucht, der beabsichtigte Einkauf war nebensächlich geworden.

„Du bist doch Annes Neffe, nicht wahr?“

Richard nickte, sagte aber kein Wort. Noch immer rang er um Luft und Fassung.

„Was ist los? Kannst du nicht reden?“

Ohne die Antwort des merklich derangierten Jungen abzuwarten, trat Josef Hoffmann an sein Schaufenster. Es dauerte nicht lange, da entdeckte er die drei Jungen mit ihren Mountainbikes, auf dem Weg in die Stadt. Zu Fuß, teils verletzt und mit beschädigtem Fahrrad benötigten sie eine Weile. Richard trat verängstigt in den Schatten der Regale zurück und Josef betrachtete ihn argwöhnisch.

„Bist du mit den Jungs aneinandergeraten?"
„Was meinen Sie?", stotterte Richard leise.
„Dein Gesicht und dein Arm? Hast du dich mal angeschaut?" Mit einem Mal veränderte sich Josefs Miene. Er zeigte nach rechts zur Ecke mit den Makeups und dem darüber hängenden Spiegel.
„Du wartest hier, ich komme gleich wieder."
Der Ladenbesitzer verließ sein Geschäft, rannte nach draußen und winkte die Jungen herbei. Josef gehörte nicht zu den Menschen, dem sie mit einer pampigen Antwort ihre Respektlosigkeit gezollt hätten, brav stellten sie sich vor ihm auf.

Was die vier miteinander besprachen, genau genommen redete nur einer, konnte Richard nicht verstehen. Doch vorerst war es wichtiger, unbemerkt in seinem Versteck abzuwarten, als neugierig die Nase durch das Schaufenster zu strecken. Nach zwei Minuten kehrte Josef zurück und lächelte Richard aufmunternd zu.
„Hier hast du einen Lappen, mach dich mal sauber." Er warf dem Jungen ein Tuch zu und wartete geduldig ab.
„Weißt du was? Ich kenne deine Tante Anne. Recht gut sogar. Wir sind vor Jahren gemeinsam zur Schule gegangen und haben uns nachmittags zum Spielen getroffen. Hättest du nicht gedacht, oder?"
Neugierig und nach weiteren Informationen lechzend blickte Richard zu dem erwachsenen Mann auf. Tante Anne hatte in all den Jahren kaum etwas über sich selbst erzählt.

Was er über seine einzige Verwandte und über Barsinghausen wusste, hatte er in der Schule und von den zwei oder drei Kindern erfahren, die sich gelegentlich mit ihm abgegeben hatten.

„Ich weiß von deinem Schicksal. Ein verdammter Scheiß ist das! Niemand sollte in so jungen Jahren seine Eltern verlieren und als Waise durchs Leben ziehen müssen."

Richard sagte nichts.

„Das Leben bei deiner Tante wird wohl kein Zuckerschlecken sein, zumindest nicht, wenn sie so geblieben ist wie früher in der Schule."

Richard schluckte. „Es ist besser als im Heim. Glaube ich zumindest."

„Ich werde dir Folgendes anbieten ..." Josef legte eine Pause ein und begann anders. „Ich denke, ein wenig Selbstständigkeit würde dir nicht schaden. Wie alt bist du? Vierzehn, fünfzehn?"

„Fast fünfzehn."

„Das passt. Ich suche eine Vertretung, für mittags, nur zwei Stunden und mit Sicherheit nicht gut bezahlt. Aber ... du könntest deine ersten eigenen Piepen verdienen und dir auf diese Weise Wünsche erfüllen. Du hast doch Wünsche?"

„Ja. Seit langem würde ich gerne Moby Dick lesen. Anne war nie bereit, dafür ihr Geld auszugeben."

Überrascht zog Josef die Augenbrauen nach oben.

„Zu meinen Bedingungen: Wenn nichts zu tun ist, wirst du fegen oder die Ware sortieren. Organisiert wirst du sein, und selbstständig arbeiten wirst du auch können, sonst wärst du bei Anne längst untergegangen. Das Wechselgeld bleibt im Laden, damit du kassieren kannst. Solltest du deine Finger unrechtmäßig in die Kasse stecken, wird es dir ergehen wie den Jungs da draußen, wenn sie dich ..."

Josef redete nicht zu Ende, doch er hatte angedeutet, dass Richard sie nicht mehr zu fürchten brauchte.

„Keine Sorge", dachte Richard. „Ich beiße nicht die Hand, die mich füttert."

„Also, was sagst du? Ab morgen jeden Mittag nach der Schule? Haben wir einen Deal?"

„Das haben wir", sagte Richard stolz. „Mein erster Job. Vielen Dank."

Wenig später verließ Richard mit einer neuen, vollgepackten Einkaufstasche am Lenker Barsinghausen und radelte zufrieden zum Forsthaus.

Einerseits war der vergangene Tag besser verlaufen, als Richard vor zwei Stunden erhoffen konnte, andererseits sollte die neue Lebenssituation unvorhersehbare Veränderungen mit sich bringen. Sein erster Monatslohn verhalf ihm zu dem lang ersehnten Buch Moby Dick, der zweite ermöglichte den Kauf eines gebrauchten Mountainbikes mit achtzehn Gängen, der dritte Lohn brachte ihm Streit mit Tante Anne.

„Wer Geld verdient, kann auch für seine Unterkunft bezahlen", hatte sie gesagt.

„Und wer für seine Unterkunft bezahlt, kann auch ein anständiges Zimmer verlangen", hatte er gekontert.

So erhielt Richard sein neues Zimmer und Anne ab diesem Zeitpunkt eine kleine Miete. Der vierte Monatslohn verschaffte ihm neue Tapeten samt Farbe und damit das erste Mal seit seinem Einzug vor fast drei Jahren ein Gefühl von Geborgenheit und Wärme. Überdies erweiterte er seinen Bestand an Büchern und verbrachte viel Zeit beim Lesen auf seiner Lichtung im Wald.

Einige Monate hatten sich Anne und Richard in Nachsicht geübt, da eskalierte ihr Arrangement.

„Ein Junge von inzwischen fünfzehn Jahren kann sich selbst versorgen oder muss für die Verköstigung bezahlen. Wäsche waschen, neue Schulhefte, andere Schuhe ..."

Es war wieder einer dieser Tage, an denen er Tante Anne nichts recht machen konnte. Sie schimpfte bereits seit Stunden auf ihn ein.

„Kannst du dir alles selbst kaufen. Hast ja dein eigenes Geld."

Und dann passierte es.

„Ich habe mir schon mal einen Vorschuss für die kommenden Ausgaben aus deinem Sparstrumpf gefischt. Es wird Zeit, dass du mehr Zeit bei Hoffmann verbringst. Sicherlich könnte er dich einige zusätzlichen Stunden beschäftigen."

Richard sprang auf. Mit einem Mal sah er seine Träume schwinden und die wohlüberlegten Anschaffungen aus Gespartem und nächstem Monatslohn in Luft aufgehen. Wütend platzte es aus ihm heraus und er verlor die Fassung. Unaufhaltsam schrie er auf Anne ein; alles, was sich in den vergangenen Jahren an Zorn und Frustration in ihm aufgestaut hatte. Ängstlich und zugleich erstaunt wich seine Tante zurück und er trieb sie vor sich her. Erst nur mit Worten, dann fing er an, sie zu schubsen, zu stoßen, sie mit gezielten Schlägen zu zwingen, sich in eine bestimmte Richtung zu bewegen. In Panik flüchtete Anne den Flur entlang, suchte Schutz in dem kleinen, ehemaligen Zimmer ihres Neffen und verriegelte die Tür.

Vielleicht hatte Richard überreagiert, vielleicht hätte er die Tür zu dem kleinen Zimmer nicht drei Tage von außen verbarrikadieren sollen, vielleicht wäre es besser gewesen, dem Streit aus dem Weg zu gehen. Allmählich verstummten Annes Flehen und ihre Rufe. Doch nach drei Tagen ohne Wasser und Nahrung musste Richard sich eingestehen: So weit außerhalb der Stadt würde niemand kommen und Anne befreien, wenn er es nicht selbst tat, und so öffnete er demütig die Tür. Geschwächt und teilnahmslos schlurfte Anne zur Küche und trank einen großen Schluck Wasser, dann fixierte sie ihren Neffen mit stechendem Blick.

„Es ist aus und vorbei. Du wirst das Forsthaus noch in dieser Woche verlassen.“ Anne sprach langsam und leise, aber ihre Stimme ließ keinen Zweifel daran, dass sie es ernst meinte. „Wähle selbst. Zurück ins Heim nach Helmstedt oder zu Bruder Lazarus ins San Dolores Capistrello Kloster. Mehr werde ich nicht für dich tun und auch nicht für meine verstorbene Schwester.“

„Kloster? Heim? Wieso?“, stockte Richard.

„Eine Wahl, die ich schon vor über einem Jahr getroffen hatte. Jaqueline zuliebe habe ich dich dann doch hier behalten.“ Anne leerte ein weiteres Glass Wasser. „Alles kennt seine Grenzen und deine hast du in dieser Woche überschritten. Wenn deine Mutter dich sehen könnte, es hätte ihr das Herz zerrissen.“

„Fick dich“, schrie er. „Ich hätte dich in diesem Hühnerstall verrecken lassen sollen.“

„Es ist deine Entscheidung!“ Anne hatte bereits zum Telefon gegriffen und Richard konnte das Freizeichen hören.

„Helmstedt oder Capistrello? Entweder wir regeln das hier und jetzt und ich bekomme deine Antwort oder wir rufen 110. Mal schauen, was sie bei der Polizei von fünf Tagen Freiheitsberaubung halten?“

„Wieso fünf?“, schrie er sie an.

„Sieh mich an. Nicht einmal auf die Toilette hast du mich gelassen. Was denkst du, wem sie glauben werden?“

Die beiden Polizisten hatten getrennt voneinander ermittelt. Patrick war vor wenigen Minuten von der Befragung von Arne Barntrups Angestellten zurückgekehrt. Sarah hatte währenddessen über die Datenbank des Polizeireviers als auch über das Internet recherchiert und Informationen zum Opfer zusammengetragen. Mit ein wenig Überredungskunst war es Patrick gelungen, Sarah zu Büroarbeit im Freien zu überreden.

„Es ist warm hier draußen. Nicht einmal ein Lüftchen weht."

„So soll es sein, genieß den Juli!"

Patrick und Sarah liefen über den Parkplatz hinter dem Polizeigebäude und steuerten auf eine kleine Bank zu.

„Rechne in diesem Monat mit mehr als zweihundert Stunden purer Sonne."

„Genau aus diesem Grund bevorzuge ich Büros mit Klimaanlage", seufzte Sarah. „Erwartest du etwa Begeisterung?"

„Pass dich an das Wetter an, anstatt dich davor zu verstecken. Du wohnst nicht am Nordpol. Vielleicht könntest du eine kurzärmlige Bluse tragen, möglicherweise bedruckt mit einem netten Muster."

Sarah blieb verdutzt stehen und ein kritischer Blick traf ihren Kollegen.

„So stellst du dir das also vor? Eine Partnerin in luftigem Hawaii-Hemd?"

„Es geht nicht darum, Fantasien zu bedienen oder dir etwas vorzuschreiben." Patrick legte eine Pause ein, um den kommenden Satz im Kopf vorzubereiten.

„Ich stelle mir die Frage, was dir in der Vergangenheit widerfahren ist, dass du bei allem so argwöhnisch bist? Jeder Versuch, einfach nur nett zu sein, trifft auf eine Wand aus Misstrauen."

„Bist du jetzt der Polizei-Psychologe? Hattest du nicht selbst genug Probleme, nachdem es Frank erwischt hatte?"

Patrick rieb sich frustriert durch das Gesicht.

„Jetzt sind wir beide Partner. Ich bin für dich da, mehr nicht. Rechne nicht bei allem mit einem boshaften Plan."

Für einen Augenblick schien Sarah sich über das, was er ihr gesagt hatte, Gedanken zu machen. Irritiert blickte sie zu Boden. Patrick kniff die Augenbrauen zusammen, während er sie musterte. Dann blickte Sarah zu ihm auf.

„Wahrscheinlich hast du recht. Wenn mir jemand etwas Gutes will, bin ich immer sofort skeptisch. Du bist ein netter Kerl ... Verzeih mir."

„Oh je", schnaufte Patrick. „Dieses Gespräch entwickelt sich gerade nicht wirklich gut für mich."

„Wieso? Was meinst du?"

„Weißt du denn nicht, was man von netten Kerlen sagt?"

Sarah überlegte und lächelte. „Ja, sie kommen zuletzt."

„Nein, sie kommen unter der Dusche!"

Sarah lachte auf und es klang erleichtert und befreiend.

Einige Sekunden ging sie schweigend neben Patrick her, dann zeigte Sarah auf die Bank knapp vor ihnen.

„Wir sind angekommen. Unser vorübergehender Arbeitsplatz."

„Inklusive Kühlung", grinste Patrick und wies auf den Schattenwurf der dahinterstehenden Birke.

„Können wir gut gebrauchen, besonders im Juli."

Die beiden setzten sich.

„Willst du damit beginnen, was du zu Arne herausgefunden hast?“

„Ist gut.“ Patrick kramte seinen kleinen Notizblock hervor.

„Hast du eigentlich schon mal etwas von Organizer, Smartphone oder Netbook gehört? Ist witzig, wie du mit Blatt und Stift durch die Welt tingelst.“

„Weswegen? Bei meinem Block ist niemals die Batterie leer und er quengelt auch nicht dauernd um Aufmerksamkeit: Termin hier, Besprechung dort. So etwas kann mit einem Mal dein ganzes Leben bestimmen. Ich will das nicht. Ich will für mich selbst entscheiden.“

„Witzig! Ein analoger Typ in einer digitalen Welt.“

„Sarah, was willst du mir damit sagen?“

Sie lächelte und schüttelte den Kopf. Patrick blätterte einige Seiten nach hinten, dann entdeckte er die heutigen Aufzeichnungen.

„Für Barntrup arbeiteten, und ich denke in Anbetracht seines Todes darf ich arbeiteten sagen, ein Gärtner und eine Reinigungskraft. Luigi Francisco kam dreimal pro Woche. Dienstags, donnerstags und samstags. Er mähte den Rasen, schnitt die Büsche und versorgte alles mit Wasser. Für Arnes Todestag gibt ihm seine Familie ein Alibi. Andrea Borg kümmerte sich um Arnes Haushalt, putzte, machte die Betten, alles, was halt so dazugehört.“

„Und was ist mit Andrea? Hat sie etwas gesehen?“

„Hat sie nicht. Zwar arbeitete sie von Montag bis Samstag, aber sie kam nie vor vierzehn Uhr. Sie hat ausgesagt, Arne wollte morgens ungestört sein. Einmal hatte sie ihr Portemonnaie bei ihm vergessen und ist am nächsten Morgen vor dem Einkaufen bei Arne vorbeigefahren, um ... ach ist eigentlich auch unbedeutend.“

„Was ist mit ihrem Alibi?“

„Ich habe die Aussage ihrer Schwester. Du müsstest Andrea gesehen haben. Ich traue ihr keinen Mord zu."

„Da ist schon mancher überrascht worden", entgegnete Sarah. „Man wird nicht zum Mörder geboren. Es gibt eine Menge Faktoren, die zu einer Straftat gegen das Leben eines anderen Menschen führen."

„Wie aus dem Lehrbuch, sehr schön!" Patrick blätterte seine Notizen um. „ Barntrups Vorarbeiter, einer aus den angrenzenden Lagerhallen, ein gewisser Daniel Winter, hat mir nicht groß weitergeholfen. Er sagte, um sechs Uhr sei Feierabend. Niemand bleibt, um Überstunden zu machen. Aber von ihm habe ich die Adresse des ‚Werner Kubert Domizils'."

„Fühlst du dich nicht wohl?"

„Blödsinn! Dort wohnen Arnes Eltern. Das ist ein Heim für ältere, mittellose Mitbürger."

„Mittellos? Wieso das? Barntrups Import & Handelsgesellschaft scheint nicht schlecht zu laufen, zumindest machte das Anwesen einen protzigen Eindruck."

„Es gibt keine offiziellen Anschuldigungen, aber es stellt sich so dar, als habe Arne vor Jahren die Firma seines eigenen Vaters in den Konkurs getrieben, nachdem er zuvor auf fragwürdigen Wegen das gesamte Kapital aus dem Unternehmen gezogen hatte. Anschließend kaufte er den geschundenen Betrieb für ein Taschengeld auf und setzte die verarmten Eltern vor die Tür."

„Das nennt man Betrug", erklärte Sarah.

„Betrug ist es, wenn man es dir beweisen kann. Doch es ist niemals zur Anklage gekommen. Seltsamerweise haben die Eltern nicht viel Schlechtes über ihren Sohn gesagt. Es schien, als hätten sie sich einfach mit ihrer neuen Situation arrangiert."

„Wie haben sie auf den Tod ihres Sohnes reagiert?"

„Irgendwie war das seltsam. Der Vater hat kaum eine Miene verzogen, als ich ihm den Tathergang beschrieb."

„Und die Mutter? Was war mit Frau Barntrup?"

„Sie wurde blass und ist, ohne ein Wort zu sagen, im Schlafzimmer verschwunden. Herr Barntrup hat noch einige meiner Fragen beantwortet, dann ist er aufgestanden, um nach seiner Frau zu schauen, und ich bin gefahren."

Patrick zuckte mit den Schultern und schloss seinen Block.

„Wie ist es dir ergangen? Hattest du mehr Erfolg?"

„Lass mich überlegen. Ich habe die Datenbank ausgequetscht und weitere Informationen zu Arne Barntrup zusammengetragen. Insgesamt füllt das mehrere Seiten Papier. Aber leider nichts von Wert. Vor zwei Jahren hatten ihn die Ermittler wegen Steuerhinterziehung am Haken, ansonsten keine Vorstrafen."

„Was noch?"

„Ich habe mit Wagner telefoniert. Bei der Stempelfarbe handelte es sich um herkömmliche Tinte, wie es sie in jedem Bürogeschäft zu kaufen gibt. Die Marke ist die meistverbreitete und gibt uns keinen weiteren Anhaltspunkt. Wagner hat die Todeszeit weiter eingegrenzt: zwischen neun und halb zehn Uhr gestern Abend. Ach ja, Arne ist tatsächlich vergiftet worden. Angeblich ein schneller, wenig schmerzhafter Tod."

„Wie gesagt, Stefan ist gut und all seine Prognosen haben sich bestätigt."

„Stimmt. Zudem hat er Florian Zimmermann entlastet, denn die Streife der Nachtschicht griff den angeblichen Freund bereits vor der Tatzeit volltrunken auf."

Sarah wartete einen Moment ab.

„Aber ich bin mit der Ziffernfolge des Stempelabdrucks ein Stück weiter."

„Du hast das Rätsel geknackt?"

„Nicht wirklich. Ich denke, eine Auflösung wird mit nur einer Nummernfolge ohne weitere Anhaltspunkte nicht möglich sein. Aber wir können eine ganze Menge ausschließen."

Patrick lehnte sich entspannt zurück und hörte interessiert zu.

„Die Ziffern bilden Blöcke aus zwei Stellen. 04 ... 11 ... und so weiter. Wahrscheinlich müssen wir jedem Block eine eigene Bedeutung zumessen. Sie miteinander zu verrechnen, brachte keine sinnvollen Ergebnisse. Die letzte Zahl, die 8, irritiert mich. Warum ist diese Zahl als einzige einstellig geschrieben? Zudem fehlen uns arithmetische Operatoren. Um zu rechnen, eröffnet der Täter zu viele Alternativen. Wäre genau das sein Plan, kann man nicht erwarten, dass dieser Code jemals entschlüsselt wird."

„Also scheidet Mathematik aus."

Sarah nickte.

„Dann hatte ich die Idee, ob es sich möglicherweise um einen Code handeln könnte. Dafür orientieren wir uns erneut an der zweistelligen Gruppierung. Pro Block kämen einhundert unterschiedliche Zeichen in Frage. Im Ergebnis ein Codewort oder Hinweis aus den sieben Stellen."

„Verstehe ich nicht, wieso einhundert?", hinterfragte Patrick interessiert.

„Von 00 bis 99 ergeben sich einhundert verschiedene Möglichkeiten."

„Einverstanden. Aber was ist mit der Zahl im letzten Block?"

„Du hast recht. Da diese einstellig geschrieben wurde, also nicht als 08, ergeben sich an dieser Position nur zehn verschiedene Möglichkeiten."

„Du hältst auch das für unwahrscheinlich?"

„Irgendwie ist das unausgegoren. Zwei Stellen, beziehungsweise hinten sogar nur eine, beschränken die Vielfältigkeit. Ein uralter ASCII-Code aus dem Computer verarbeitete schon einhundertachtundzwanzig Möglichkeiten, gängige UTF-8 Codes ein Vielfaches davon."

„ASCII? UTF?"

„Das sind allgemeingültige Kodierungen, die seit den sechziger Jahren bestehen. Sie bestimmen, welche Zeichen dem Benutzer zur Verfügung stehen."

„Und die Möglichkeit, dass jemand einen eigenen Code abseits deiner Cyberwelt entworfen hat, kommt dir nicht in den Sinn?"

„Mag sein, habe ich für mich aber ausgeschlossen."

Patrick runzelte die Stirn, während Sarah überlegte.

„Ach ja. Was bleibt uns dann?", fuhr sie fort. „Denkbar sind Koordinaten, Schließfachkombinationen, das Abwassersystem der Stadt Bielefeld ist mit sehr ähnlichen Zahlenketten beschriftet." Sie stutzte. „Da war noch etwas, aber das muss ich oben im Büro nachschauen. Hier draußen auf der Bank sind wir offline."

Patrick klopfte auf die hölzerne Sitzfläche. „Ich werde mit Andreas sprechen. Er soll die Bank für dich verkabeln lassen."

„Spinner!" Sarah lachte.

„Dann sehen wir etwas alt aus, was die weiteren Ermittlungen angeht?"

„Kann ich im Moment nicht sagen."

„Sieh es so. Selbst vielversprechende Hinweise bringen uns für gewöhnlich nur zu weiteren Hinweisen.

Was denkst du, wie viele Mörder ungescholten davon kommen?“

„So ein Quatsch! Wir werden uns Arnes Mörder holen“, beharrte Sarah.

„Wir beide werden alles tun, was in unserer Macht steht. Aber wie du schon sagtest: Eine Auflösung wird ohne weitere Anhaltspunkte schwer möglich sein.“

„Hilfe! Ich wurde entführt!“, schrie die panische Männerstimme. „Ist da jemand?“

„Sie haben die Nummer der Notrufzentrale der Stadt Gütersloh gewählt. Nennen Sie Ihren vollständigen Namen und den Grund Ihres Anrufes.“

„Name? Ja ... ich heiße Jacob Rosenthal. Ich bin gekidnappt worden und benötige Hilfe. Sie müssen mich retten!“

„Herr Rosenthal. Bewahren Sie Ruhe, so schwer Ihnen ...“

„Fuck!“, schrie Jacob Rosenthal entrüstet. „Wir können gerne die Plätze tauschen! Helfen Sie mir!“

„Das werden wir. Aber sie müssen Ruhe bewahren und auf meine Fragen antworten.“

„Fragen?“

„Erklären Sie mir, was passiert ist.“

„Da war dieser Mann auf dem Parkplatz, Gütersloher Straße, östlich des Golfplatzes ...“

„Ein Mann? Bitte geben Sie uns eine kurze Beschreibung.“

„Schwarz gekleidet, dunkle Haare, vielleicht ein Meter achtzig groß, vielleicht größer. Er lehnte an seinem Auto.“

„Was für ein Fahrzeug war das?“

„Ein schwarzer Geländewagen, ich glaube ein Ford Edge. An der Heckscheibe klebt ein Logo, ein silberner Adler. Ich hatte gerade mein eigenes Auto abgeschlossen, da kam er so zielstrebig auf mich zu, als habe er nur auf mich gewartet.“

„Herr Rosenthal, was fahren Sie für ein Auto?“

„Einen weißen Mercedes SLK. Ich wollte mich einschließen, wollte fliehen, doch das verfluchte Schloss ging nicht mehr auf."

„Kannten Sie den Mann, haben Sie diese Person schon einmal irgendwo gesehen?"

„Nein! Natürlich nicht." Während einer kleinen Pause atmete Jacob Rosenthal schwer. „Auf jeden Fall klemmte mein Schlüssel, die Funkfernbedienung ist schon seit Wochen leer. Dieses Arsch muss gerannt sein, so schnell war er hinter mir. Ich spürte einen Pieks am Hals, wollte mich umdrehen, da wurde mir bereits schwarz vor Augen."

„Aber jetzt geht es Ihnen gut und Sie können telefonieren?"

„Hören Sie mal! Telefonieren?", rief Rosenthal aufgebracht. „Was machen wir beide denn sonst gerade?"

„Gut. Können Sie uns sagen, wo Sie sich befinden?"

„Wahrscheinlich liege ich im Kofferraum meines eigenen Autos. Es riecht nach Erde. Ich habe gestern ..."

Drei Piep-Töne unterbrachen das Telefonat.

„Hallo?" Von einem Augenblick auf den anderen klang Jacob Rosenthals Stimme hoffnungslos. „Sind Sie noch da?", fragte er entmutigt.

„Herr Rosenthal, wir hören Sie. Bitte reden Sie weiter."

„Mein Akku gibt auf." Jacob redete langsam. „Der Kofferraum besitzt keinen Durchgang zum Innenraum." Er wurde sich seiner eigenen Situation bewusst. „Ich bin gefangen!"

Das Handy versagte und das Gespräch brach ab.

Andreas stoppte die digitale Wiedergabe und musterte Sarah und Patrick.

„Dieser Anruf erreichte die Notrufzentrale vor zehn Minuten. Wir haben Entführung und Freiheitsberaubung. Drei Streifenwagen sind auf dem Weg zur Gütersloher Straße. Da ein Tötungsversuch nicht ausgeschlossen werden kann, schicke ich euch zur Unterstützung hinterher. Das ist ab sofort euer Hilferuf."

„Wir haben den Barntrup-Fall", erwiderte Patrick.

„Und füllt euch das aus? Ich mutmaße: Nicht. Also findet den Ford und den Mercedes und darüber Jacob Rosenthal."

„Ich hätte gerne einen Mitschnitt des Anrufs", forderte Sarah.

„Kein Problem." Andreas griff in eines seiner Ablagefächer und reichte Sarah zwei ausgedruckte Seiten. „Eine komplette Abschrift."

„Dankeschön."

„Habt ihr schon eine Spur hinsichtlich des Importhändlers?"

„Der Stempelabdruck bleibt rätselhaft." Patrick lächelte schief, stand auf und machte einen ersten Schritt auf die Tür zu. „Wir freuen uns auf den zusätzlichen Job, danke Chef."

„Keine Ursache und nun verplempert keine Zeit."

Sarah folgte ihrem Kollegen und gemeinsam verließen sie Andreas' Büro.

„Ich gehe davon aus, wir nehmen den Mustang?" Patrick blickte Sarah fragend an.

„Es sind bereits Kollegen vor Ort, hast du doch gehört. Was willst du unternehmen?"

„Suchen?"

„Stück für Stück den Golfplatz inspizieren? Weißt du, wie groß derartige Anlagen sind?"

„Überzeugt. Aber was wollen wir stattdessen unternehmen?" Patrick überlegte kurz. „Die Geländeüberwachung! Vor zwei Jahren wurde ein Wachdienst mit der kontinuierlichen Überwachung der Grünflächen und angrenzenden Liegenschaften beauftragt. Vandalen hatten mehrfach das Gelände verwüstet und die Gebäude beschmiert. Danach war Ruhe."

Sarah nickte. „Wer kann uns da helfen? Ich bin die ‚Neue' und darf mich damit rausreden, das System noch nicht zu kennen."

„Was ist mit mir?"

„Du bist Patrick! Also Grund genug, nicht zu erwarten, dass du weißt, wie wir die Bilder abrufen können."

Sarah blickte sich suchend um, ließ Patrick, ohne eine Chance zu antworten, stehen und lief zu Marc.

„Hallo."

„Hey ... Sarah."

„Wie sieht es mit deinen Computerkenntnissen aus? Hast du mehr drauf, als neuen Mitarbeiterinnen die Anmeldemaske am PC zu erklären?"

„Was willst du wissen?"

Patrick war Sarah gefolgt und stellte sich, ohne ein Wort zu sagen, neben sie.

„Können wir Zugriff auf die Kameras vom Golfplatz an der Gütersloher Straße bekommen?"

Marc benötigte einen Moment, kramte in einem Ordner und tippte anschließend mit seinem Finger auf den entsprechenden Eintrag.

„Sieht gut aus. GT-Wachgesellschaft. Mit denen arbeiten wir in Kooperation." Marc warf Patrick einen fragenden Blick zu, dann nahm er am Computer Platz.

„Wir haben Aufzeichnungen von sämtlichen Ein- und Ausfahrten. Jedes Mal, wenn ein Fahrer an der Schranke hält, wird ein Foto aufgenommen."

Sarah warf einen prüfenden Blick auf die Abschrift des Anrufprotokolls. „Rosenthal wurde auf dem Parkplatz angegriffen."

„Ich werde das passend eingrenzen. Welchen Zeitraum sollen wir betrachten? Den kompletten zwölften Juli?“

„Einverstanden.“

Marc wählte sich in das freigegebene System ein und startete ein Programm zur Abfrage des Bildarchivs. Ohne zu zögern, grenzte er die Auswahl entsprechend ein und verfolgte den Ladebalken, wie er sich langsam, aber unaufhörlich der Einhundert-Prozent-Marke näherte.

„Verdammt. Das sind weit über einhundert Fahrzeuge.“

Patrick beugte sich vor. „Definiere den Fahrzeugtyp!“

„Geht das?“, fragte Sarah interessiert.

„Die Software ist zumindest in der Lage, die Grundfarben zu erkennen. Darüber hinaus suchen wir einen Geländewagen, demzufolge ein Fahrzeug mit hohem Aufbau. Gib das ein, Marc!“

Marc Missler folgte Patricks Anweisung und präsentierte kurz darauf das Ergebnis der Abfrage.

„Dreizehn Fahrzeuge.“

„Hinten am Fahrzeug soll ein Logo kleben, ein silberner Adler.“

„Das ist kein Problem. Zu jedem Fahrzeug existieren zwei Fotos, Front- und Rückansicht. Wir blättern die Bilder einfach der Reihe nach durch.“

Es dauerte nicht lange, bis ein passender Geländewagen gefunden war.

„Ein Ford Edge in Schwarz, auf der Heckscheibe klebt der Vogel. Das dürfte euer Fahrzeug sein. Er ist durch die zweite Einfahrt reingefahren, südlicher Parkplatz. Hat erst heute Nachmittag eingecheckt. Aber wie ihr seht, wusste der Fahrer sich der Aufnahme zu entziehen.“

Sarah klopfte Marc auf die Schulter. „Das macht nichts. Gut gemacht, danke."

Patrick startete den Ford Mustang, ließ den V8 Motor aufheulen und steuerte vom Parkplatz des Polizeireviers. Während er das Lenkrad hart einschlug, betätigte er einen der zwei nachträglich eingebauten Schalter der Mittelkonsole. Das Dashlight, ein Blinklicht aus blauen Halogen-Glühlampen, blitzte hinter der Windschutzscheibe auf, die Frontscheinwerfer blinkten in pulsierendem Rhythmus.

„Nimm die B61 bis zum Stadtring Kattenstroth", riet Sarah. „Den kleinen Umweg holst du locker raus."

Patrick stieg aufs Gas, drückte das Sportcoupé fast schlagartig vorwärts und die überraschte Sarah tief in den Sitz. Konzentriert und mit beiden Händen am Lenkrad verfolgte Patrick den großstädtischen Feierabendverkehr.

„Wir müssen uns mehr Aufmerksamkeit verschaffen", rief er Sarah durch den aufkommenden Fahrtwind zu, drehte den Kopf und sein Blick zeigte zwischen die beiden Sitze.

Sarah folgte seiner Anweisung und betätigte den unangetasteten Hebel. Im gleichen Moment heulte die Sirene, gab sich redlich Mühe, die ansteigenden Fahrgeräusche zu übertönen, und verschaffte den beiden Ermittlern die erforderliche Beachtung der anderen Verkehrsteilnehmer. Vor ihnen schaltete eine Ampel auf Rot. Die vorausfahrenden Autos fuhren zur Seite, die Fußgänger blieben, teils verschreckt, teils neugierig, stehen. Ein zügiger, prüfender Blick nach rechts und links in die Seitenstraßen hinein, dann trat Patrick wieder aufs Gaspedal. Der Herzebrocker Straße folgte die B61. Hatte Sarah geglaubt, ihr Partner habe bereits die kompletten zweihundertzwanzig Pferdestärken seines Fahrzeug abgerufen, so irrte sie. Patrick fädelte sich in den Verkehrsfluss ein und beschleunigte. Zu dieser Tageszeit war die Bundesstraße voll von Feierabendverkehr und Pendlern zwischen Bielefeld und Wiedenbrück, doch im Vergleich zu den engen Straßen der Innenstadt boten die zwei Spuren Platz zum Überholen. Der Motor röhrte kräftig, kernig. Das stramme Fahrwerk übertrug jede Bodenwelle an die Insassen und ließ sie eins werden mit der Straße.

„Ganz rechts ist frei." Sarah zeigte zur Standspur.

Patrick schenke ihr einen knappen Blick, setzte den Blinker entgegengesetzt und zog nach links.

„Bei unserem ersten japanischen Einsatz machen wir das so."

„Was meinst du?"

„Ich meine, wenn du uns in deinem Honda Concerto zum Tatort fährst ...", Patrick grinste, „... dann nehmen wir die Standspur."

„Idiot!", schimpfte Sarah.

Ohne spürbare Verzögerung schaltete das Automatikgetriebe zum letzten Gang. Sarah schloss die Seitenscheibe und beobachtete die Tachoanzeige. Sie zwang sich, nichts zu sagen. Als Patrick einen nach dem anderen Verkehrsteilnehmer überholte und zweimal halb die Spur des Gegenverkehrs nutzte, wurde ihr flau im Magen, doch Sarah ließ sich auch davon nichts anmerken. Einige Minuten schossen sie dahin; das Auto an seinem maximalen Drehmoment, Patrick hochkonzentriert und Sarah ungewohnt schweigend und abwartend. Glücklicherweise erwies sich der Stadtring Kattenstroth als wenig befahren, ganz anders die Neuenkirchener Straße, die zum Golfplatz führte. Erst kurz vor dem Ziel entkrampfte sich ihr Körper.

Sie streckte die Beine durch, langte mit der Hand in ihre Hosentasche und kramte den Zettel ihres Telefonmitschnitts hervor.

„Zweite Einfahrt, südlicher Parkplatz. Habe ich mir notiert."

„Ist gut", antwortete Patrick und bremste ab.

Der beschriebene Parkplatz war schnell gefunden.

„Ich schlage vor, wir fahren rein." Patrick zog ein Ticket und steuerte auf das Gelände.

„Schau mal!", seine Beifahrerin richtete die Hand nach oben. „Dort befindet sich eine der beiden Überwachungskameras."

„Ich hoffe für Jacob, wir kommen nicht zu spät."

„An der Fahrt vom Präsidium bis hierher kann es zumindest nicht gelegen haben", stichelte Sarah.

Gemeinsam kontrollierten sie die Parkplatzreihen auf der Suche nach den beiden Fahrzeugen.

„Wo sind die Streifenwagen, die Andreas angeblich hierher beordert hat?"

„Vermutlich weiter nördlich."

„Ruf sie an, damit sie uns in diesem Areal suchen helfen."

Sarah folgte dem Vorschlag und benutzte den Funk.

„Da!", rief Patrick urplötzlich und bremste. „Ein schwarzer Ford Edge."

Die beiden stiegen aus und schauten sich um.

„Sieh mal, silberner Adler rechts oben auf der Heckscheibe. Das ist unser Fahrzeug. Aber der Edge steht noch an Ort und Stelle. Wo ist der Fahrer?"

„Was wäre mit dem weißen Mercedes?", rief Patrick, der den Geländewagen halb umrundet hatte, von der gegenüberliegenden Seite. „Hier drin befindet sich auf jeden Fall niemand."

Der erste der gerufenen Streifenwagen hielt hinter Patricks dunkelroten Ford Mustang. Ein junger Streifenpolizist, den er zuvor noch nie gesehen hatte, stieg aus und lief zu ihnen herüber.

„Hallo Leute."

Ohne Aufforderung zückte Patrick seinen Dienstausweis und hielt ihn dem Kollegen hin.

„Hallo. Den SUV haben wir gefunden. Nun suchen wir einen weißen Mercedes SLK."

„Er, der Entführer, lehnte an seinem Auto ... Ich hatte gerade mein eigenes abgeschlossen, da kam der Mann zielstrebig auf mich zu ...", zitierte Sarah ihre Aufzeichnungen. „Laut Protokoll sollten der Benz und dieses Auto in Sichtweite voneinander parken."

Die drei Polizisten verteilten sich, um zu suchen. Erfolglos.

„Da hinten steht ein grüner Mercedes SLK und eine Reihe daneben ein SLK in Silber", erklärte Sarah, als sie sich kurz darauf wieder am Startpunkt trafen. „Aber ich denke, wir können davon ausgehen, dass Herr Rosenthal sein eigenes Auto kannte."

„Wieso kannte?", wunderte sich Patrick.

„Wir wollen doch hoffen, er kennt sein Auto noch immer."

„Nimm es nicht so genau. Ich wollte nur sagen, diese Fahrzeuge kommen nicht in Frage."

Unterdessen trafen die beiden anderen Streifenwagen ein. Ihre Fahrer stiegen aus und wollten helfen.

„Hallo Jungs. Wir suchen noch immer einen weißen SLK, der Eigentümer ist ein gewisser Jacob Rosenthal. Besorgt das Kennzeichen des Nummernschildes und gebt eine Fahndung raus. Verteilt euch großräumig und sucht den gesamten Golfplatz ab. Wäre ärgerlich, wenn wir das Auto hier übersehen würden."

„Und ruft uns ein Team der Spurensicherung“, fügte Sarah hinzu. „Vielleicht hat der SUV eine Geschichte zu erzählen.“

Die Polizisten folgten den Anweisungen, stiegen in ihre Fahrzeuge und fuhren nach und nach davon. Währenddessen lief Patrick zu dem Geländewagen zurück, um die Heckklappe zu öffnen.

„Was hast du vor?“, rief ihm Sarah hinterher. „Du verwischst möglicherweise wichtige Spuren.“

„Kann sein. Aber ich denke, Jacob würde es uns danken, wenn wir ihn auf Grund neuer Hinweise finden würden.“

Patrick zog den Ärmel seines Hemdes über die Fingerspitzen und betätigte den Drücker am Kofferraum.

„Bingo, es ist nicht abgeschlossen!“

Geräuschlos schwang die Heckklappe nach oben.

Sarahs Telefon klingelte.

„Hier ist Marc. Wenn Ihr gleich ankommt ...“

„Wir sind bereits da“, erklärte Sarah und hielt eine Hand über das Mikrofon. „Es ist Marc“, flüsterte sie Patrick zu.

„Okay. Ich habe die verbleibenden Aufnahmen der Zugangsüberwachung nach dem Mercedes abgesucht. Das Auto hat den Parkplatz genauso wenig verlassen wie der Geländewagen.“

„Bist du sicher? Wir konnten das Auto bisher nicht finden, deshalb ist es jetzt zur Fahndung ausgeschrieben.“

„Die Bilder sagen: der SLK steht noch auf dem Gelände.“

„Danke, Marc. Dann werden wir wohl etwas gründlicher suchen müssen.“

Sie legte auf und wandte sich Patrick zu, der vor der geöffneten Hecktür des schwarzen Geländewagens abwartete.

„Sarah, sieh dir diesen Kofferraum an, wie bei einem Neuwagen. Keine Fusseln, keine Flecken, einfach nur steril."

„Beeindruckend. Gar nicht wie mein Auto."

„Stimmt, er besitzt sogar beide Stoßstangen."

Sarah knuffte den Kollegen in die Seite. Aus der Bewegung heraus erstarrte sie.

„Was ist das?"

„Was meinst du?", wollte Patrick wissen.

„Dort hinter dem Scharnier der Rückbank. Da ist etwas Gelbes."

„Stimmt ... Keine Ahnung, was das sein könnte."

„Hol es raus!", befahl Sarah.

„Ich? Jetzt? Was ist mit der Spurensicherung?"

„Hol es, oder ich werde es tun. Schließlich könnte das der Hinweis sein, nach dem du suchen wolltest."

Abermals zog Patrick den Ärmel seines Hemdes über die Fingerspitzen.

„Sicherst du mich, wenn ich in den Kofferraum greife? Nicht, dass ich hier verdächtige Spuren hinterlasse, und morgen lande ich als Entführer im Knast."

„Ich werde dir einen kräftigen Stoß geben, sei unbesorgt", lachte Sarah.

Patrick beugte sich tief in den Wagen hinein, Sarah hielt ihn am Hosenbund. Mit einem geschickten Griff erhaschte er den kleinen gelben Gegenstand und richtete sich auf.

„Ich habs."

Er drehte sich um und streckte seiner Kollegin den Fund entgegen.

„Ein Streichholzheftchen", stellte Sarah nüchtern fest. Sie las die Aufschrift: „Fantasiereiche Träume", darunter in Großbuchstaben: „SEBASTIANS HOTEL AN DER NEUENKIRCHENER STRASSE."

Vergiften, verstümmeln, verbrennen und töten. All das scheint an Orten, an denen wissenschaftliche Untersuchungen, Analysen und Versuche an lebenden Tieren zu wissenschaftlichen oder kosmetischen Zwecken durchgeführt werden, normal zu sein. Außerhalb eines Tierversuchslabors würden diese Misshandlungen, durchgeführt ohne Skrupel, Zurückhaltung oder Reue, Grauen hervorrufen und als Verbrechen betrachtet werden. Hinter den Wänden der P.r.i.d.e. Labore litten und starben täglich zahlreiche Tiere, ohne oder mit nur wenig Schutz vor derartigen Qualen. Spätestens seit der Baufreigabe einer zweiten Forschungshalle war jedem Idealisten und Tierliebhaber, der sich für das Beschäftigungsfeld der Firma P.r.i.d.e. interessierte, klar geworden, dass das Leiden und die ohne Unterlass durchgeführten Tierversuche in ihrem Ausmaß weiter ansteigen würden.

Von außen betrachtet wirkte das Firmengelände am Ölbach unscheinbar und verlassen. Ein hoher Stacheldrahtzaun, veraltete Videoüberwachung und verschiedene mit automatischen Toren abgesperrte Zufahrten vermittelten den Eindruck, nicht willkommen zu sein. Die drei Hauptgebäude, ausgerichtet in einer T-Form, hatte man über die Jahre hinweg vernachlässigt, an verschiedenen Stellen bröckelte der Putz. Doch das Äußere täuschte bewusst darüber hinweg, was in seinem Inneren passierte. Hinter den Wänden, verteilt auf vier Etagen und wahrscheinlich auch über weitere Kellergeschosse, verbarg das Unternehmen modernste Labore und Forschungseinrichtungen.

Rechts neben den Hauptgebäuden, außerhalb der bestehenden Umzäunung, entstand Bauabschnitt Zwei, eine mehrgeschossige Halle, die in Größe und Ausmaßen dem Hauptgebäude in nichts nachstand. Obgleich eine Gruppe von Tierschutzaktivisten in der vergangenen Woche den vorübergehenden Baustopp erwirkt hatte; der Rohbau war bereits abgeschlossen, Fenster und Tore montiert. War es nun Ironie des Schicksals oder inszenierte Tragikomik, dass der leitende Geschäftsführer der Firma P.r.i.d.e. das erste gefangene Lebewesen seines eigenen Neubaus geworden war? Weit abgelegen und ungeachtet der Öffentlichkeit, parkte der weiße Mercedes SLK im hinteren Teil der Halle. Darin, als Gefangener seines eigenen Kofferraums, ein verzweifelter, gelegentlich schimpfender, im Anschluss tobender und zuweilen in Selbstgesprächen vertiefter Jacob Rosenthal. Bereits vor zwei Tagen hatte Rosis Entführer das eingesetzte Betäubungsmittel zu niedrig dosiert, nun war es erneut passiert. Jacob war wach und niemand konnte sagen, seit wann er randalierte.

Dupont ließ den Blick durch das leere Gebäude schweifen, durch Raum, der bis auf das Lärmen Jacobs von Ruhe erfüllt war. Schon bald würde dieser Ort Leben in Hülle und Fülle beherbergen, eingepfercht und gequält von Menschen voller Verachtung vor der Schöpfung.

„Halts Maul, du jämmerlicher Kauz!“ Er schlug mit der flachen Hand auf die Kofferraumklappe des Benz.

Unerwartete Termine hatten Dupont in seinem heutigen Berufsalltag überrascht, den gesamten Dienstag durcheinander geworfen und einstweilen seine Entführung behindert. Um die Gefahr weiterer Gegenwehr zu minimieren, galt es die Wirkstoffmenge des Anästhetikums zu erhöhen.

„Wenn dir das hier entgleitet ...", dachte Dupont, „wird es dein persönlicher Albtraum, Endstation, lebenslängliche Verwahrung."

Er war wütend, stinkwütend. Nicht wegen dem, was Jacob am Ölbach trieb und weshalb er sich seiner angenommen hatte. Sondern weil dieser Mann seit Stunden versuchte, sich seinem Schicksal zu widersetzen; weil er es wagte, sich aufzulehnen und zu randalieren. Der ultimative Schock stellte sich hingegen ein, als Jacob begann, über seinen leeren Akku zu schimpfen und fluchte, gestern Abend nicht nachgeladen zu haben. Dupont konnte nicht glauben, wie einfach ihm sein Gegenspieler die Kontrolle hätte entreißen können. Ein simples Handy und er hatte es übersehen! Tausende von Gedanken schossen durch seinen Kopf, explodierten, kollabierten. Es schmerzte, pochte und offenbarte, was er nicht ignorieren durfte. Er schluckte eine Pille, wie er sie zuhauf in seiner Tasche trug. Das würde ihn von seinem Schmerz befreien, zumindest vorübergehend. In Gedanken an Rosis Flucht und die vorausgegangenen Tritte zwischen seine Beine verkrampften Duponts Finger, ballten sich zu Fäusten. Doch so wie sich diese Entführung entwickelte, versprach Jacobs Ableben keine besinnliche Abendveranstaltung zu werden.

Überrascht von der Tatsache, nicht mehr allein zu sein, wartete Jacob Rosenthal in seinem metallenen Gefängnis ab und lauschte. Er konnte sich nicht erklären, wer ihn auf dem Parkplatz überfallen hatte. Seit seinem Erwachen vor zwei Stunden grübelte er über das Warum und das Warum er? Ihm fiel kein plausibler Grund ein. Zuweilen hatten ihn Tierschutzaktivisten bedroht, aber der schwarz gekleidete Entführer wirkte gepflegter, weniger alternativ. Vielleicht ein Spinner, dem er mal die Vorfahrt genommen hatte, oder irgendjemand, dessen Frau er schöne Augen gemacht hatte. Aber ihn, den Geschäftsführer der Firma P.r.i.d.e., aus diesem Grund zu betäubten, von der Entführung einmal ganz abgesehen, erschien Jacob übertrieben, weshalb er hoffte, sich mit dem Mann einigen zu können.

Mit einem Mal, Jacob war keinesfalls darauf vorbereitet, schwang die Heckklappe des Kofferraums auf.

„Wer sind Sie? Was wollen Sie von mir?", schrie er erschrocken auf.

Verzweifelt schlug Jacob um sich, aber es gelang ihm nicht, die Hände, die nach seinem Hals griffen, abzuwehren. Der Täter trug dünne, schwarze Handschuhe. Dass der Stoff an seinem Hals kratzte, schien sein derzeit kleinstes Problem zu sein. Verzweifelt packte Jacob die knöchernen Handgelenke des Angreifers, während er sich gegen den Würgegriff wehrte.

„Wollen Sie Geld?", keuchte er. „Wir können ..., wir können das doch regeln."

„Das werden wir", entgegnete Dupont selbstsicher. „Denn J. C. schickt mich."

Jacob überlegte, so gut es ihm in dieser Situation möglich war, einen J. C. kannte er nicht. Gleichwohl bemerkte er, wie Duponts Griff umso fester wurde, desto mehr er sich dagegen wehrte.

„Du hast mich schwer enttäuscht!", fuhr der Angreifer fort. „Ich werde dich töten."

Perplex löste Jacob seinen Griff von Duponts Händen.

„Ich kenne keinen J. C. und Sie ..."

Atemlos brach er ab. Jacob wollte dieser Person eine verpassen, wollte das Blatt wenden. Doch als er zuschlug, traf er nur ins Nichts. Aus der unterlegenen Position des Kofferraums war es ein ungleicher Kampf zwischen zwei Männern, bei dem der Entführer schnell die Kontrolle zurückgewann. Kraftvoll drückte er die Fleece-Handschuhe zusammen und schnürte seinem Opfer den lebenserhaltenden Luftstrom ab. Allmählich legte sich ein aufkommender roter Schleier in Jacobs Blickfeld. In einem verzweifelten Versuch, sein Leben zu retten, nutzte Jacob die ihm verbliebenen Reserven seines Körpers und rangelte den Hals ein kleines Stück frei. Das bisschen Luft, das er einatmete, half, die schwarzen Punkte, die vor seinen Augen umherschwirrten, ernste Anzeichen eines Sauerstoffmangels, grau werden zu lassen. Dupont fluchte auf und fasste nach. Wie in einer Halluzination aus Albtraum und Erinnerung versank Jacob, als die fehlende Luft den grauen Schleier in schwarzes Nichts verwandelte und seine Glieder erschlafften. Dupont hielt den Hals seines Opfers für weitere Sekunden fest umklammert. Unzureichende Konzentration von Sauerstoff hatte zum Tode geführt.

Vorsichtig und voller Bedachtsamkeit legte er den leblosen Körper im Kofferraum ab. Ein Griff zur Tasche beförderte Duponts Prägewerkzeug hervor. Es war an der Zeit für sein Ritual, die Idee, einen roten Faden auszulegen. Er krempelte den Ärmel des Toten nach oben und glich den Zeitpunkt seines Sterbens mit den Ziffern des Stempels ab. Für einen Moment betrachtete er Jacob wehmütig, dann drückte er einem weiteren Opfer die individuelle Markierung auf den Oberarm und überprüfte den Tatort auf verräterische Spuren. Nachdem er sich sicher war, niemand könne es mit ihm aufnehmen, öffnete er die Fahrertür des weißen SLK. Ein gezielter Griff, dann flackerte die Warnblinkanlage des Fahrzeugs. Dupont lief zum Rolltor, betätigte den elektronischen Öffner, und während das Tor Zentimeter um Zentimeter nach oben fuhr, huschte er unter dem hüfthohen Spalt hindurch und verschwand in der Dunkelheit. Nach einigen hundert Metern blieb er stehen und schaute sich um. Das orangefarbene Licht, das den Neubau mit seinem Blinken durchstrahlte, würde nicht lange unbemerkt bleiben.

Sein Handy hatte einige Male geklingelt, bevor Sarah ihren Partner erreichte.

„Hey Patrick, was machst du gerade?"

„Ich genieße meinen Feierabend, solltest du auch tun."

Er legte eine kurze Pause ein.

„Weißt du, die Thunfisch-Sandwiches im ‚Miner's' sind die besten. Wahrscheinlich werde ich mir ein zweites mit Tomate-Mozzarella bestellen. Kann ich dir sehr empfehlen. Warum rufst du an?"

„Um dir zu sagen, dass wir ihn haben!"

„Wen haben wir, Sarah?"

„Den Besitzer des schwarzen Ford Edge, ein gewisser Diandro Milicevic! Er wohnt in einem Haus entlang der Hülsbrockstraße. Andreas hat mich eben informiert, dass sie seinen letzten Wohnort ermitteln konnten. Leider waren die Informationen der Zulassungsstelle ein wenig überholt. Diandro scheint so oft die Wohnung zu wechseln wie andere die Unterwäsche. Janas Informant hat uns den entscheidenden Hinweis gegeben."

„Hört sich gut an. Und? Sie haben ihn verhaftet?"

„Nein, noch nicht. Zwei Streifenwagen sind auf dem Weg zu ihm. Andreas schickt uns auch rüber."

„Prima. Also gibt es kein weiteres Tomate-Mozzarella-Sandwich."

„Sieht so aus."

„Von hier aus müsste ich nur den Franz-Birkhan-Ring entlang. Ich schlage vor, wir treffen uns an Diandros Unterschlupf."

„Ist gut. Er wohnt in einem der ersten Häuser auf der rechten Seite. Du wirst die Kollegen nicht übersehen können. Bis gleich."

Als Patrick eintraf, setzte die Abenddämmerung ein. Zwei Streifenwagen versperrten die Zufahrten zur Hülsbrockstraße, das Blinklicht eines weiteren erhellte die Gasse auf der Rückseite des Gebäudekomplexes aus weiß gestrichenem, zweistöckigem Wohnhaus nebst Wellblechhalle. Patrick parkte sein eigenes Auto abseits, lief auf zwei Polizisten zu, die hinter einem der beiden Streifenwagen Stellung bezogen hatten, und zeigte seinen Dienstausweis.

„Hey Jungs. Ihr seid wegen Diandro Milicevic hier?"

„Ist richtig", entgegnete einer der Polizisten aus der Deckung seines Streifenwagens heraus. „Code 444 - Einsatz mit Schusswaffengebrauch."

Patrick beugte sich nieder.

„Der Verdächtige ist also zu Hause?"

„Sieh dir die Heckscheibe an. Zwei Einschüsse. Ackermann wird uns den Hals umdrehen."

„Wird er nicht! Aber stell dich auf Stress ein, wenn uns der Kerl entkommt. Nach hinten ist alles abgesichert?"

„Wir haben zwei Mann am Hinterausgang; der Fluchtweg ist abgeschnitten."

„Dann warten wir auf Kommissarin Berger."

Wenig später fuhr Sarah in ihrem silbernen Honda Concerto über die angrenzende Kreuzung und hielt hinter Patricks Mustang. Sie verließ den Wagen, huschte zu ihren Kollegen und kniete sich daneben.

„Hallo." Sarah spendierte den drei Männern einen kurzen Blick, dann musterte sie das umstellte Gebäude. „Was ist passiert?"

„Nichts weiter“, antwortete Patrick. „Seit ich hier bin ist alles ruhig.“

Das war der Moment, in dem weitere Schüsse durch die Luft peitschten. Eine Kugel schlug hinter Sarah in den Asphalt, eine weitere in den Kofferraumdeckel des Streifenwagens, die dritte zischte über ihre Köpfe hinweg.

„Fuck!“, schimpfte einer der Polizisten.

„Lust auf Aktion?“, schaute Patrick Sarah fragend an, während er im gleichen Atemzug seine Dienstwaffe, eine Walther P99, aus dem Halfter zog.

„Wenn du da rein willst, muss ich mit“, entgegnete Sarah loyal. „Die Schüsse wurden aus dem ganz rechten Fenster abgefeuert. Wenn wir an der Hauswand Deckung suchen und den ersten Eingang nehmen, wird er uns kaum bemerken.“

„Ist mir recht“, willigte Patrick ein. „Jungs, gebt uns Deckung. Ich will nicht tot auf dieser Straße enden.“

Sarah holte ihre Pistole hervor, entsicherte und gab das Zeichen zum Aufbruch. Gemeinsam wetzten die beiden Kriminalbeamten über die Straße und schlichen, wie geplant, im Schutz der Wand auf die Haustür zu.

„Gib mir Deckung.“ Patrick drehte den Knauf der Eingangstür. „Ich versuche, ob abgesperrt ist.“

Quietschend sprang die Tür auf und gab den Zugang zur Wohnung frei. Mit vorgehaltener Waffe trat Patrick in die hell beleuchtete Wohnung, Sarah folgte ihm.

„Der Schütze befindet sich im Erdgeschoss. Wir dürfen ihn nicht nach oben entwischen lassen.“ Sarah zeigte auf den Treppenaufgang zur Linken. Patrick nickte. Nach etlichen Schritten endete der Flur vor zwei Türen.

„Links oder rechts", wollte Patrick wissen.

„Rechts. Diandro hat nach vorne raus geschossen."

Patrick fasste die Türklinke, zählte innerlich bis drei und drückte sie nach unten. Die Reaktion folgte prompt, als zwei Kugeln das Furnier der Zimmertür durchschlugen und den Fußboden mit Holzsplittern bedeckten. Erschrocken zuckte Patrick beiseite und riss seine Hand aus dem Gefahrenbereich.

„Bingo", flüsterte Sarah. „Diandro ist nervös. Er hätte warten müssen, bis wir im Türrahmen auftauchen."

„Danke der Nachfrage. Mir geht es auch gut."

Sarah verdrehte die Augen und richtete den Lauf ihrer vorgehaltenen Pistole zum Durchgang. „Komm schon, mach auf!"

Patrick holte tief Luft und kehrte in seine alte Position zurück. In einem Atemzug zerrte er die Klinke nach unten, trat mit dem Fuß vor die Tür, die weit aufschwang, und noch bevor ein weiterer Schuss fallen konnte, nutze er die schützende Wand als Deckung.

„Diandro Milicevic? Hier spricht die Polizei", schrie Sarah in den Raum hinein. „Schieben Sie uns ihre Waffe entgegen. Anschließend legen Sie sich flach auf den Boden!"

„Ich kann dir was anderes rüber schieben!", keifte Diandro. „Verpisst euch aus meinem Haus. Ihr habt hier nichts zu suchen!"

„Wir werden das klären. Aber es wird nach unseren Regeln gespielt. Haben Sie das verstanden?"

Zwei weitere Schüsse pfiffen durch die geöffnete Tür in die gegenüberliegende Wand.

„Ich denke, deine Aufforderung hat ihn erreicht", grinste Patrick.

„Er scheint deine Idee nicht zu teilen."

Die beiden Kommissare vernahmen ein metallenes Geräusch; Diandro wechselte das Magazin seiner Waffe.

„Zeit, einen Blick zu riskieren", flüsterte Sarah, beugte sich vor und inspizierte den angrenzenden Raum. „Verflucht."

„Was ist los?"

„Das ist ein verdammtes Labor."

„Labor? Was meinst du?" Patrick schaute Sarah fragend an. „Eine Schneeinsel?"

Sie nickte, verlor unerwartet Gesichtsfarbe und wurde aschfahl. Vergebens versuchte sie, ihr Gesicht vor Patrick zu verbergen.

„Geht es dir nicht gut?"

„Alles klar!", log Sarah. „Los, du gehst vor!" Mit diesen Worten stellte sie sich hinter ihren Kollegen und wartete ab.

Um sich ein eigenes Bild zu machen, kniete Patrick nieder und spähte durch die Öffnung. Dann trat er zurück.

„Der Raum ist mindestens fünfzig Quadratmeter groß. Sind dir die ganzen Tische mit Apparaturen, die Gläser, all die Behälter und die Tüten voller Pulver aufgefallen? Ich habe noch nie solche Mengen gesehen."

Sarah schien in Gedanken versunken. Er stieß sie an, worauf sie irritiert aufschaute.

„Wach auf!"

„Entschuldige ..."

„Hast du sehen können, von wo aus Diandro geschossen hat?"

Sie schüttelte den Kopf und versuchte ihre Gedanken zu ordnen.

„Mein Plan ist folgender: Auf der linken Seite befindet sich ein massiver Wandvorsprung, direkt neben den Tischen. Dort hast du gute Deckung. Ich hechte nach rechts und verschanze mich hinter der Schrankwand. Auf geht's!"

Bevor er mit vorgehaltener Pistole ins Zimmer stürmte, riskierte Patrick einen zweiten Blick, um dem Gegner nicht direkt vor die Schussbahn zu laufen. Sarah folgte ihm unmittelbar und wie besprochen verteilten sie sich zu beiden Seiten. Noch bevor Sarah die schützende Ecke erreichen konnte, peitschten weitere Schüsse über ihre Köpfe hinweg.

„Er ist ganz hinten!", rief Patrick seiner Partnerin zu. „Siehst du die Plastik-Palmen? Dahinter!" Dann wandte er sich zum Täter. „Milicevic! Gib auf. Die Polizei hat dein Haus umstellt."

Der Aufforderung folgte ein weiterer Schuss. Abermals splitterte Holz und sprengte ein Stück aus Patricks Versteck.

In gehockter Stellung wechselte Sarah hinter einen der nahe gelegenen Tische. Vorsichtig hob sie den Kopf, schaute über die Tischplatte, vorbei an unzähligen, aufgestapelten Tüten gefüllt mit Kokain. Sie schluckte und versuchte sich auf den Angreifer zu konzentrieren.

„Milicevic! Dies ist deine letzte Chance", rief Patrick. „Komm raus, oder wir werden dich stellen."

Diandro ließ sich nicht zweimal bitten, sprang aus seinem Versteck hervor und feuerte in stetiger Folge mal auf Patrick, mal auf Sarah. Die Kugeln schossen auf sie zu, die ersten perforierten die Schrankwand, die folgenden zerfetzten die Kokainbeutel. Weißes Pulver wirbelte durch die Luft, rieselte zu Boden wie feiner Schnee. Sarah warf sich schützend zu Boden, verfluchte diesen Tag und beantwortete den Angriff mit einigen unkoordinierten Schüssen aus ihrer Waffe. Sie hustete, spuckte, rieb sich mit dem Blusenärmel durch das weiß gesprenkelte Gesicht. Diandro fand Schutz hinter einem mannshohen Tresor aus grauem Stahl. Nun war es an Patrick, zu handeln. Mit nach vorne gestreckter Pistole verließ er seinen Schlupfwinkel und lief Schritt für Schritt auf den Verdächtigen zu.

„Du benutzt eine Ruger SR9. Der silberne Schlitten deiner Pistole ist unverkennbar."

„Was soll der Scheiß?", rief Diandro aus seiner Deckung.

„In deinem Magazin finden siebzehn Patronen Platz, doppelreihig geladen. Ich bin mir nicht sicher, ob du seit dem letzten Nachladen mitgezählt hast? Ich habe es!"

Es wurde still. Einige Sekunden vergingen, dann sprang Diandro auf, rannte vorbei an den Plastik-Palmen und verschwand hinter einer Trennwand. Kurz darauf schlug eine Metalltür, offensichtlich hatte er das Gebäude durch einen Nebeneingang verlassen. Mit pochendem Herzen marschierte Patrick vorwärts, um zu überprüfen, ob der mutmaßliche Besitzer des schwarzen Ford Edge nach draußen geflohen war und seine Flucht nicht nur vorgetäuscht hatte. Eine zweite Tür knallte, diesmal hinter ihm. Erschrocken fuhr Patrick zusammen und riss die Waffe herum. Sarah war verschwunden. Eine weiße Schicht aus Kokain überzog die Tische in der Nähe des Eingangs, bedeckte den Boden und wies eine eindeutige Spur Sarahs aus diesem Raum heraus. Hatte Patrick zu Anfang noch geglaubt, Sarah wäre so leichtsinnig, die Verfolgung ohne die Unterstützung ihres Partners aufzunehmen, so bemerkte er sehr schnell: Es sollte anders sein, als erwartet. Er riss die Holztür auf und rannte Sarah hinterher. Als ihre Fährte verblasste, folgte er dem Geräusch von fließendem Wasser und erreichte ein Badezimmer. Er betrat den kleinen, ungepflegten Raum und fand Sarah unter der Dusche. Sie zitterte am ganzen Körper. Ein Rinnsal kalten Wassers lief über ihr errötetes Gesicht, tränkte ihre Bluse und durchsetzte die dunkle Stoffhose. Unentwegt spülte sie den Mund aus, reinigte die Nase und schrubbte ihre Finger über jede freie Stelle Haut. Als Sarah Patrick im Türrahmen bemerkte, zuckte sie verängstigt auf. Der Ausdruck ihrer Augen sagte: „Bitte hilf mir", doch sie selbst sagte nichts, hielt ihre Arme vor dem Körper verschränkt und rang nach Luft. Sofort lief Patrick auf sie zu. Sprenkel eiskalten Wassers trafen ihn und er griff nach dem Wasserhahn, bemüht die Temperatur zu verändern.

„Er klemmt", bemerkte Sarah mit zitternder Stimme.

Patrick rüttelte die Armatur einige Male hin und her, da brach der Kalk unter dem Mischhahn und warmes Wasser schoss durch das Duschrohr. Den Kopf nach oben gestreckt, rieb Sarah den übrig gebliebenen Schmutz aus ihren Haaren. Patrick übernahm die für sie schwerer zu erreichenden Körperpartien, wenngleich es sich seltsam anfühlte, seiner Partnerin derart nah zu sein, und reinigte ihre Schultern und den Rücken.

„Es ist einfach überall! Ich werde es nicht los!", fluchte Sarah, knöpfte ihre Bluse auf und warf sie achtlos zur Seite. Danach folgten die Schuhe und Strümpfe samt Hose. Patrick ging auf Abstand und beobachtete, wie das Wasser am Boden der Duschwanne klarer wurde.

„Es ist weg. Sarah! Das Kokain ist weg."

Ungläubig betrachtete sie die Strähnen ihres Haars, anschließend die eigenen Hände und zuletzt den Abfluss. Erleichterte schluchzte sie auf, dann wandte

Sarah ihren Oberkörper ab. „Meine Klamotten. Kannst du ..."

„Natürlich."

Ohne ein weiteres Wort zu sagen, hob Patrick die Kleidung auf, ging zum Waschbecken und spülte ein Teil nach dem anderen durch. Er wrang das Wasser heraus und legte Sarah die Kleidung auf dem Boden zurecht.

„Ich bin draußen. Lass dir Zeit."

Mit diesen Worten verließ Patrick das Badezimmer und schloss die Tür.

Draußen war es Nacht geworden. Eine Mischung aus diffusem Licht der Straßenlaternen und dem Blinklicht der Streifenwagen erhellte das Viertel.

„Milicevic ist entkommen!", rief einer der Polizisten, der geradewegs auf Patrick zugelaufen kam. „Als wir bemerkten, dass es einen weiteren Nebeneingang gibt, war er schon halb die Straße runter."

Na prima.

„Und?", fragte er nüchtern.

„Wir sind alle hinterhergelaufen; so schnell wir konnten."

Patrick schaute fragend zwischen dem Polizisten und seinem Streifenwagen hin und her.

„Milicevic hatte seinen Wagen am Sandbrink geparkt. Er war verschwunden, noch bevor wir wussten, wie uns geschah."

„Verstehe. Habt ihr schon unter euch ausgemacht, wer es Andreas erklären soll?"

„Wir dachten, du als Kommissar könntest das für uns übernehmen."

„Das kannst du vergessen. Hier draußen, das war euer Terrain."

In diesem Moment öffnete Sarah die Haustür. Alle Augen richteten sich auf sie. Ihre Kleidung wirkte zerknittert und klamm, die nassen Haare hatte sie notdürftig nach hinten gekämmt. Patrick ließ seinen Kollegen stehen und lief auf Sarah zu.

„Komm, ich bringe dich zum Auto. Oder soll ich dich fahren?"

„Red' keinen Quatsch. Ich fahre selbst."

Einige Schritte gingen sie schweigend nebeneinander her und die Blicke der anderen Polizisten folgten ihnen. Morgen, auf dem Polizeirevier, würden sie das Gesprächsthema Nummer Eins sein. Ungeachtet der anderen blieb Sarah stehen und schaute Patrick an.

„Danke", sagte sie leise, dann ging sie weiter.

Patrick machte einige größere Schritte, um sie einzuholen, und geleitete sie zu ihrem Honda Concerto.

„Willst du darüber reden?", fragte er vorsichtig. „Nein, wahrscheinlich nicht", antwortete er sich selbst.

19. Bekenntnis / 12. Juli 2011 / 23:08

Sarah befand sich auf dem Rückweg zu ihrer Wohnung. Das Geschehene ließ sie nicht los, weshalb an Schlaf nicht zu denken war. Zwei Querstraßen vor der Schottischen Straße griff sie zum Handy und rief Patrick an.

„Hey. Darf ich dich noch einmal stören?"

„Klar. Was gibt es?"

„Kannst du mir nachfahren? Ich brauche jemanden zum Reden."

„Ich wende an der nächsten Kreuzung, bis gleich."

Ohne eine weitere Antwort abzuwarten, legte er auf. Ein Stück der angestauten Anspannung fiel von Sarah ab. Sie drosselte ihr Tempo, kreuzte über die Straße und parkte direkt am Bordstein vor ihrem Zuhause. Eine Zeit lang blieb sie im Auto sitzen, dann überlegte sie, sich schon umzuziehen und vielleicht drinnen auf Patrick zu warten. Als dieser in Sarahs Straße einbog, entdeckte er seine Kollegin auf dem Weg zur Haustür. Ihre nassen Haare lagen zerzaust nach hinten, die Bluse besaß ein durch das Auswringen ungewohntes, zerknittertes Aussehen, das ihr nach Patricks Geschmack ausgesprochen gut stand. Gleichwohl ahnte er, dass Sarah ihn nicht grundlos zu sich eingeladen hatte. Der heutige Abend versprach unerwartete Überraschungen, von denen Patrick nicht ahnte, wie er damit umgehen sollte und vor allem umgehen würde.

„Ich möchte dir danken, dass du noch Zeit für mich hast", begann Sarah, als sie hintereinander die Stufen zu ihrer Wohnung emporstiegen.

„Das musst du nicht. Ist selbstverständlich."

„Ist es nicht! Ich gehe eben nach hinten, mich umziehen. Du kennst ja den Weg ins Wohnzimmer."

Sie deutete ihrem Partner den Weg nach links, folgte selbst dem Karree-Flur geradeaus und verschwand im Schlafzimmer. Einige Minuten beobachtete Patrick den nächtlichen Verkehr vom Wohnzimmerfenster aus; zwischenzeitlich erklang Sarahs Föhn und ließ Patrick hoffen, nicht länger warten zu müssen.

Sarah erschien in grauem Sweatshirt und blauer Jeans. Ihre Augen waren glasig, eine Tränen rann entlang der Wange. Schnell verwischte sie die Spur mit dem Shirt. Patrick ging auf Sarah zu und umarmte sie.

„Pssst." Er hielt sie fest im Arm, gab ihr Halt, so gut er konnte und doch nicht mehr, als sie zuließ.

„Setzen wir uns aufs Sofa", schlug Sarah vor. Weitere Tränen kullerten über ihr Gesicht. „Ich möchte dir etwas erzählen."

Eine Weile schwieg Sarah. Patrick wartete geduldig und gab ihr Zeit.

„Hast du dir jemals einen Schuss gesetzt, während sich dein Freund an dir vergangen hat? Hast du Praktiken ertragen, in dessen Verlauf man dich zu Dingen gezwungen hat, die du ohne den Einfluss von Drogen nie getan hättest? Und hast du nach dem Akt gedacht: So ein Glück, der Rest von meinem Stoff hat nichts abbekommen, nichts von seinem Schleim und nichts von seinen Körperflüssigkeiten."

Patrick sagte nichts.

„Wahrscheinlich hast du niemals in einer Lache aus Kotze gelegen und dabei gedacht, dass es dir vollkommen egal ist, vom wem die Bröckchen stammen und wieso du da drin liegst. Du wusstest, es geht dir dreckig. Du wolltest wieder auf eigenen Beinen stehen, wolltest dein Leben in den Griff bekommen. Keine Ahnung, wie das gehen sollte, weil, es geht nur immer weiter bergab. Und wenn du glaubst, da ist ein Licht am Ende des Tunnels, dann kommt dein erbärmlicher Freund und besorgt dir den Rest."

Sarah stierte zu Boden.

„Jeder Deal wäre mir recht gewesen. Noah, so hieß er, hat die Situation ausgenutzt und ich gehirnamputiertes Schaf habe ihm jedes seiner Versprechen geglaubt. Wie sagt man doch: Liebe macht blind? Es zieht dich immer weiter rein, in den Sumpf, und du hast keine Ahnung, wie weit es noch geht. Erst ist es Alkohol, irgendwann probierst du Ecstasy und ein paar andere Partydrogen und eines Tages bist du in der Abhängigkeit von Kokain und Co angekommen. Am Ende bist du bereit für jeden Pakt mit dem Teufel."

Tränen rannen über Sarahs Gesicht, sie schluchzte. Patrick verspürte einen Kloß im Hals.

„Es ist gut, dass niemand in unser Innerstes blicken kann", tröstete Patrick und legte ihr seine Hand auf die Schulter. „Unsere Vergangenheit würde uns abstempeln."

„Meine Eltern, besonders mein Vater, wären fast an meiner Sucht zerbrochen. Ohne sie wäre ich heute nicht hier, hätte ich kein Leben mehr, keinen Beruf, keinen Partner wie dich." Sarah lächelte Patrick durch ihre verweinten Augen an.

„Da denkt man, Ackermann hat dich angewiesen, mich im Auge zu behalten, da befürchtet wird, dass ich nach dem Tod meines alten Partners nicht mehr richtig ticke." Patrick löste seine Hand von Sarah. „Und nun zeigt sich, wir sind ein Traumteam."

Sarah schaute Patrick in die Augen. „Andreas hat mich wirklich beauftragt, dich zu beobachten."

Patrick begann zu lächeln, kicherte und lachte.

„Wir werden dich in Zukunft auf Abstand zu einigen Substanzen halten und meinetwegen mach dir keine Sorgen. Das Leben kann uns in die Knie zwingen. Aber wir haben die Wahl, ob wir unten bleiben oder ob wir wieder aufstehen."

20. Psychologie / 13. Juli 2011 / 08:21

Der Mittwoch versprach kein besonders sonniger Tag zu werden. Kräftiger Wind blies von Norden aus auf die Kreisstadt zu und trieb dunkle, fast schwarze Wolken vor sich her.

Missgestimmt blickte Katrin unter der Sonnenblende ihres Autos hervor, als erste Tropfen auf die Scheibe schlugen.

Für gewöhnlich zieht so ein Unwetter schnell vorüber.

Doch heute empfand sie so ein unbeschreibbares Gefühl, dem Wetter nicht trotzen zu können.

Katrin aktivierte den Scheibenwischer, schaltete einen Gang herunter und betätigte im gleichen Atemzug den Blinker, um nach rechts abzubiegen. Wie vorgeschrieben bremste sie auf Schrittgeschwindigkeit und hielt nach etlichen Metern vor einer beschrankten Zufahrt an.

Roger hatte Dienst. Ausgezeichnet!

Ein in weißer Uniform gekleideter Mann verließ das kleine Wachhaus und warf einen Blick in das auffällige grasgrüne Cabrio, einen zweiten auf Katrins Dekolleté.

„Guten Morgen, Frau Mandel. Ist nicht gerade ein passender Tag für einen Ausflug."

Die Intervallschaltung ließ den Scheibenwischer ein weiteres Mal schlagen.

„Hallo Roger. Es geht um die Kinder. Um Mendoza, Maria und die kleine Sue. Mittwochs ist schließlich Ausflugstag. Das bisschen Regen hält uns nicht auf!"

„Und mich schon gar nicht von meinem Vorhaben ab", dachte sie und lachte Roger neckisch an.

„Wir fahren einfach in den Tierpark nach Olderdissen oder das Erlebnisbad in Bielefeld."

„Auf jeden Fall bleibt dieses Verdeck heute geschlossen." Bei diesen Worten trommelte Roger mit der Hand auf die Stoffbespannung und wandte sich von Katrin ab.

„Ich mache Ihnen auf. Viel Vergnügen!"

Der Wachmann schlurfte in seine Holzhütte zurück, ließ die blau-weiß gestreifte Schranke nach oben gleiten und winkte durch das Seitenfenster dem grünen Cabrio zu, das mit zügiger Fahrt dem kurvigen Pfad durch den künstlich angelegten Wald folgte.

Eine Blondine ganz nach meinem Geschmack. Leider zu viel soziales Getue.

Katrin Mandel hielt in einer der Parkbuchten vor dem Haupthaus, überlegte für einen Moment, ob sie den Schirm aus dem Kofferraum benötigen würde, und entschied sich stattdessen durch den tröpfelnden Regen zu sprinten. Ihr Äußeres wirkte gepflegt, nicht zuletzt alt-damenhaft, und das, obgleich sie erst vor sechs Wochen ihren dreiunddreißigsten Geburtstag gefeiert hatte. Eine exzessive Party mit gut dreißig Freunden, draußen am Rhedaer Schloss. Der Catering-Service hatte alles organisiert und ein atemberaubendes Fest inszeniert, sie hatte bezahlt.

Die helle, fast weiße Hose, das rotgeblümte Oberteil, die glänzenden, unübersehbaren Ohrringe, echte Silberringe mit mehreren Zentimetern Durchmesser, und die cremefarbenen Plateauschuhe im Bergsteigerstil vermittelten den Eindruck einer Geschäftsfrau mit Geld.

Schnellen Schrittes versuchte Katrin dem Regen zu entkommen und passierte kurz darauf die automatische Glastür. Der Pförtner winkte ihr vertrauensvoll zu und sie winkte über die Schulter zurück. Da ihn der Sportteil seiner Zeitung mehr interessierte, als das, was im Dienstplan eingetragen stand, verfolgte er nicht, ob Katrin, wie gewohnt, im Treppenhaus nach oben lief.

Das Kinderheim „St. Dorint“ lag am nördlichen Stadtrand Güterslohs. Ein gut gewählter Ort abseits des Trubels und fernab aller schädlichen Einflüsse einer Großstadt. Kinder aus „St. Dorint“ gehörten den verschiedensten Nationalitäten an. Und auch wenn sie es sich häufig erst im Erwachsenenalter eingestehen konnten, erhielten die Heranwachsenden in dieser Oase eine Chance für ihr weiteres Leben, eine Chance, obwohl sie die Kindheit ohne die Unterstützung und Geborgenheit von Vater und Mutter bewältigen mussten. Von Zeit zu Zeit bemühte sich Katrin den Kindern und sich selbst eine Freude zu machen und organisierte Ausflüge.

Ihr Ausweis baumelte über der Brusttasche der geblümten Bluse und bebte mit jedem Schritt.

„Kinderpsychologie und sozialer Dienst Gütersloh/Frau Katrin Mandel“, stand in großen, weit auseinanderstehenden Buchstaben darauf. Als sie vor die verriegelte Etagentür der Station Zwei trat, lächelte sie selbstsicher, hob das Schild mit den Fingern an und richtete es in den Fokus der Videoüberwachung.

„Kinderpsychologie ... Ich!“

Katrin hatte in ihrem Leben niemals eine Universität betreten, von einem Unifest einmal abgesehen, geschweige denn einen entsprechenden Abschluss. Doch eines hatte sie schon in jungen Jahren gelernt: Deine Vergangenheit interessiert niemanden wirklich. Ergo: Bei der Bewerbung auf eine neue Stelle benötigst du Qualifikationen, nicht Zeugnisse.

Als Katrin vor einigen Jahren über ein neues, ganz anderes Betätigungsfeld nachsann, ihrer vorausgegangenen Anstellungen im Supermarkt, in der Videothek und bei einem Weinhändler war sie überdrüssig geworden (Kunden konnten dermaßen anstrengend sein), las sie die Stellengesuche des städtischen Kinderheims. Sie mochte Kinder, wenngleich Katrin selbst keine bekommen wollte. Doch junge Menschen auf ihrem Lebensweg zu begleiten erschien ihr nicht besonders schwierig zu sein. Somit hatte es zwischen Katrin Mandel und dieser Anstellung nur ein kleine Hürde zu überwinden gegeben: die akademische Ausbildung.

Die Bolzen der schweren Metalltür klickten zweimal, dann schwang die Pforte zu Station Zwei beiseite.

„Hallo Katrin. Mendoza erwartet dich schon. Seit vorgestern Abend spricht er von nichts anderem, als diese Woche noch einmal in den Tierpark zu fahren."

Die Blondine lächelte und wartete geduldig ab. Für gewöhnlich geriet Stationsschwester Regine in einen Redeschwall, in dem sie sich nur ungern unterbrechen ließ.

„Diese Woche ist die letzte, in der Mendoza und der braune Luchs gleich alt sind. Der Besuch ist unserem kleinen Heimbewohner so wichtig, bevor er nächste Woche seinen achten Geburtstag feiert." Regine holte kurz Luft. „Wirst du zu seiner Party kommen?"

Kindergeschrei erhellte den Gang. Ein wahrlich niedlicher Junge philippinischer Abstammung kam mit großen Schritten um die Ecke gelaufen und hoffte auf Katrins geöffnete Arme. Seine Hoffnung wurde erfüllt.

Die vermeintliche Kinderpsychologin, Geschäftsfrau, blonder Augenschmaus, was immer sie war, sie kniete nieder und drückte ihren Schützling.

„Na, mein Kleiner. Geht es dir gut?"

Das will ich doch hoffen, schließlich gehen wir heute Geld verdienen.

„Endlich bist du da!" Seine Augen strahlten vor Glück, während sie ihn hielt. „Hmmm, und du riechst so gut", flüsterte er Katrin zu. Mendoza erhielt einen Kuss auf die Stirn, doch sogleich wurde er ungeduldig. „Besuchen wir jetzt gleich Bob?"

„Wie versprochen! Wir holen deine Jacke und die Schuhe, danach sind wir weg."

Und du hast deinen großen Auftritt.

Zehn Minuten später verließ das grasgrüne Cabrio mit zwei Personen das Gelände der Kinderklinik.

Katrin dachte zurück an vergangene Tage. Die meisten von ihren Schulkollegen hatten es weit gebracht, so auch Harald. Als Sohn einer Mediziner-Familie war er den Eltern in ihren Fußstapfen gefolgt und gehörte nach seinem bezahlten Abschluss ebenfalls zu den anerkannten Fachkräften in Weiß.

Geld regiert die Welt und öffnet Türen. Qualifikation auch!

Zu jenem Zeitpunkt, bevor sie über ihren Berufswechsel nachgedacht hatte, hatte Katrin über nur wenig Geld verfügt, dafür aber den festen Willen, genau diesen Umstand zu verändern.

Der Anruf bei ihrem ehemaligen Mitschüler war überraschend für Harald gewesen, nicht aber unwillkommen. Sie telefonierten nur kurz, doch der Vorschlag, den die junge Frau Harald unterbreitete, war dermaßen unverhofft und gleichwohl unglaublich, dass der Arzt sich bereits am selben Abend mit seiner ehemaligen Schulkameradin in einer Kneipe am Kolbeplatz treffen wollte. Schon als Harald die Kneipe betrat, wusste Katrin, die vor ihm eingetroffen war, ihr Plan würde funktionieren. An einem abgelegenen Tisch genossen die zwei eine Flasche Wein und sprachen über die gemeinsamen Erlebnisse ihrer Schulzeit. Irgendwann traute sich Harald das Thema zu wechseln.

„Dein Anruf kam unerwartet."

„Das ist mir klar", entgegnete Katrin. „Mein Anliegen ist schließlich auch nicht alltäglich. Ein Deal zwischen dir und mir."

„Wie stellst du dir das genau vor? Ich kann dir schließlich keinen Universitätsabschluss besorgen. Die Stellenanzeige, die du mir beschrieben hast, verlangt nach einer akademischen Ausbildung."

„Na und? Wie viele Jobs werden in Gütersloh jeden Tag aufgrund von Empfehlungen vergeben? Vitamin B! Du schreibst mir ein Zeugnis für eine jahrelange Tätigkeit als Kinderpsychologin. Ein gutes selbstverständlich. Für Rückfragen werde ich dich als Kontaktperson nennen. Der Name eurer Familie hat in dieser Stadt das nötige Ansehen, deinem Vater sei Dank. Damit werde ich mich in ‚St. Dorint' bewerben und du wirst mich unterstützen."

Harald dachte über das Gesagte nach, während er sein Glas leerte. Wahrscheinlich, so glaubte Katrin jedoch, beschäftigte ihn vielmehr der Preis, den sie bereit war, dafür an ihn zu zahlen. Lasziv beugte sie sich nach vorne und erlaubte ihrem Gesprächspartner einen tiefen Einblick in den Ausschnitt.

„Und für diese Qualifikation bekomme ich das ganze Wochenende?", fragte er abwiegend.

Katrin fasste ihre blonden Haare hinter dem Kopf zusammen.

„Von Freitagabend bis Montagmorgen kannst du mit mir machen, was du willst!"

Drei Tage gegen den Rest meines Lebens. Ein guter Deal!

Es wurde der beste Ritt in Haralds Leben.

„Wie wird man eigentlich Psylog?", wollte Mendoza wissen.

Katrin setzte den Blinker und bog auf den zweispurigen Ostwestfalendamm Richtung Tierpark ab. Sie schenkte ihrem kleinen Beifahrer einen liebevollen Blick und lachte aus ganzem Herzen.

„Kinderpsychologin?"

Mendoza nickte.

„Das erzähle ich dir mal, wenn du groß bist. Aber ich glaube, es hilft, wenn man so kleine Stöpsel wie dich gerne hat."

Und du machst, was ich sage.

Hatte Patrick schon länger auf dem Parkplatz des Polizeipräsidiums gewartet oder war er eben gerade erst eingetroffen? Eine Frage, die Sarah nicht beantworten konnte, doch sie wusste, die ersten herabfallenden Regentropfen des aufziehenden Unwetters würden Patrick ins Gebäude treiben.

Erstaunlich, wie gut man eine Person in so wenigen Tagen kennenlernen konnte.

Sarah folgte ihrem letzten Gedanken und dachte zurück an ihre Einsätze in Emsdetten.

„Du verbringst mit deinen Kollegen mehr Zeit bei der Arbeit als abends mit deiner Freundin oder Ehefrau", hatte einer der anderen Cops einmal zu ihr gesagt und er hatte absolut recht.

Sarah betrachtete ihr derzeitiges Single-Dasein ohne feste Bindung und entdeckte Parallelen. Tagsüber verbrachte sie wesentlich mehr Zeit mit Patrick als nach Dienst alleine.

Da war es wieder, das Märchen eines Kommissars mit geregelten Arbeitszeiten.

Es begann zu tröpfeln.

„Guten Morgen, Sarah."

„Hallo Patrick. Bist du etwa schon ausgeschlafen?"

„Das nicht, aber da ist so ein Gefühl, dass sich unser Fall heute entwickeln wird."

Sarah schaute ihn fragend an.

„Nicht umsonst hat Andreas uns angefunkt."

„Angefunkt?" Sarah schaute ungläubig auf ihr Handy. „Ich habe geschlafen. Bin froh, dass ich es bis halb neun überhaupt aufs Revier geschafft habe. Eine Lagebesprechung?"

„Genau 8:30 Uhr im Raum neben Andreas' Büro."

Sarah schaute zur Uhr. „Das ist in zwei Minuten."

„Richtig!", stimmte Patrick zu. „Lass uns gehen. Ich mag keinen Regen."

„Treffer", dachte Sarah amüsiert.

Den Weg bis zum Aufzug schwiegen die beiden Polizisten. Dann aber, ermutigt durch die abgeschiedene Zweisamkeit des Fahrstuhls, beschloss Sarah vor Dienstbeginn noch ein für sie wichtiges Thema zu bereden.

„Wegen gestern, du ... weißt schon ..."

Patrick blickte sie mit großen Augen an, ließ sie einen Moment zappeln, danach machte er es ihr leicht.

„Es gibt nichts zu erklären, nichts zu entschuldigen und nichts, wofür du dich schämen müsstest. Keine Sorge, niemand wird deine Geschichte von mir erfahren."

Sarah entspannte sichtlich.

Für gewöhnlich herrschte frühmorgens schon reger Betrieb im Großraumbüro der Mordkommission. Ein guter Tagesabschnitt, um vor den Außeneinsätzen Berichte zu schreiben, im Internet oder der Polizeidatenbank zu recherchieren und die angefallene Korrespondenz abzuarbeiten. Heute Morgen war das anders.

„Andreas' Tür steht offen. Vermutlich haben sie schon angefangen!" Patrick wies zum Büro ihres Vorgesetzten.

Ohne anzuklopfen, betraten Patrick und Sarah wenig später das Besprechungszimmer.

„Schön, dass ihr beiden auch den Weg hierher gefunden habt", raunte Andreas.

„Ich wünsche dir auch einen guten Morgen", entgegnete Patrick gelassen.

„Guten Morgen, Herr Hauptkommissar", folgte Sarah fröhlich. „Hallo Leute!" Sie stellte Augenkontakt zu jedem der Anwesenden her, die ihren Gruß entsprechend erwiderten: Marc, Jana und Stefan.

„Nehmt Platz und vertrödelt nicht meine Zeit. Schließlich ist es euer Fall. Wir warten hier seit Stunden."

Jana verdrehte wegen der allseits bekannten Theatralik ihres Chefs die Augen. Dieser wiederum wartete, bis alle saßen.

„Besprechen wir den aktuellen Stand der Dinge, anschließend überlegen wir unsere nächsten Schritte. Da draußen läuft ein Mörder durch die Stadt und wir besitzen nicht die geringsten Anhaltspunkte. Oder täusche ich mich?"

Niemand antwortete.

„Ich habe Stefan in unsere Runde geladen. Er hat interessante Neuigkeiten für uns alle." Der Hauptkommissar legte eine gekünstelte Pause ein. „Wie ihr seht ...", dabei schaute Andreas Sarah und Patrick an, „... habe ich Marc und Jana von ihren aktuellen Aufgaben abgezogen, um euch zu unterstützen."

Patrick hob die Augenbrauen und ein verschmitztes Lächeln zog sich durch sein Gesicht. Sarah wollte aufbrausen, doch als sie das Grinsen ihres Partners bemerkte, besann sie sich eines Besseren. Erst einmal abwarten, was diese Konferenz an weiteren Überraschungen für sie bereithalten würde.

„So wie es aussieht, haben wir es bisher mit fünf", Andreas betonte das Wort „fünf", „Morden zu tun. An jedem Tag, angefangen am letzten Freitag bis zum gestrigen Dienstag, einen. Wir suchen einen kranken

Drecksack, der an allen Opfern einen rätselhaften Stempelabdruck hinterlassen hat. Aus diesem Grund ordne ich die Leichen erst einmal dem gleichen Täter zu."

„Fünf Morde?", fragte Sarah ungläubig. „Das würde bedeuten, es gab vier weitere Leichen?"

„So sieht es aus! Der Tote von gestern Abend heißt Jacob Rosenthal. Er war Geschäftsführer der Firma P.r.i.d.e. Wahrscheinlich ereignete sich der Mord in der Zeit, in der ihr Diandro Milicevic gejagt und verloren habt. Dazu erwarte ich noch euren Bericht. Ist mir unerklärlich, wie so viele Polizisten einen einzelnen Mann entkommen lassen können."

Andreas war sichtlich erregt.

„Über die vorangegangenen Morde wird euch jetzt Stefan unterrichten." Er wandte sich an den Gerichtsmediziner. „Bring das in eine verständliche Reihenfolge!"

Stefan nickte und erhob sich von seinem Stuhl. Zielstrebig lief er zu dem Flipchart rechts neben der Tür.

„Ich habe das vorhin vorbereitet."

Er blätterte eine umgeschlagene Seite Papier nach vorne. „Hier seht ihr die Namen, die aufgestempelten Ziffernfolgen und den Fundort eines jeden Opfers."

Simon Roth	01 08 07 11 22 25 51	Brockweg
Sebastian Bond	02 09 07 11 21 10 91	Neuenkirchener Straße
Rosi Keller	03 10 07 11 22 12 06	Detemeyerstraße
Arne Barntrup	04 11 07 11 21 14 8	Spexarder Bahnhof
Jacob Rosenthal	05 12 07 11 20 48 40	am Ölbach

Stefan ließ die Informationen einen Augenblick auf sein kleines Publikum wirken.

Sofort griff Sarah Stift und Block vom Besprechungstisch und begann mit eigenen Notizen. Sie übertrug die Zahlenketten und trennte einzelne Bereiche mit Linien zu Gruppen ab.

„Die erste zweistellige Zahl scheint eine Nummerierung zu sein", warf Jana in die Runde ein. „Das lässt uns hoffen, dass der Mord am Freitag der erste dieser Art gewesen ist."

„Oder der erste eines Zyklus", fügte Marc lakonisch hinzu.

Die hellen, ausgedünnten Haare des Hauptkommissars standen wie elektrisiert zu allen Seiten ab, nachdem Andreas sich nervös mit beiden Händen über den Kopf gerieben hatte. Marcs Befürchtung mochte er nicht teilen, darüber nachgedacht hatte er ebenso.

„Kann jemand sagen, welches Datum wir am Freitag letzter Woche hatten?", überlegte Patrick laut.

„Ich verstehe, worauf du hinaus willst", griff Sarah seinen Gedanken auf. „Freitag war der achte Juli, also 07-08-2011. Na klar, es ist ganz offensichtlich. Die zweite, dritte und vierte Zahl beschreiben Tag, Monat und Jahr des Todestages."

„Einverstanden", antwortet Andreas zufrieden.

Stefan blätterte in den Unterlagen. „Wir können den Todeszeitpunkt einer Person aus forensischer Sicht auch mit modernsten technischen Mitteln nicht genau auf die Minute bestimmen. Mit dem Tod eines Menschen beginnt sein Verwesungsprozess und damit ergibt sich unter Berücksichtigung bestimmter Faktoren, wie zum Beispiel der Umgebungstemperatur und der Luftfeuchtigkeit, eine Möglichkeit auf den Moment des Ablebens zurückzurechnen. Wenn ihr mich fragt, macht sich unser Täter die Mühe und teilt uns an Postion fünf und sechs die Sterbestunde samt Minute mit. Das würde passen."

„Ein Wahnsinniger!", äußerte Marc.

„Wahnsinn und Genie liegen manchmal recht nah beieinander", erwiderte Patrick gelassen.

„Fünf Morde in fünf Tagen, das ist für mich wahnsinnig", ging Marc auf die Äußerung seines Freundes ein.

„Für mich auch. Aber welche Spuren haben wir bisher? Gibt es einen Täter? Welche Ziele verfolgt er? War das gestern der letzte Mord oder werden weitere folgen? Wir wissen eigentlich gar nichts! Wenn unser Mörder da einen Höhenflug bekommt, es würde mich nicht wundern!"

„Was mich interessieren würde", wechselte Sarah das Thema, „Patrick und ich waren nur an Barntrups Tatort. Woher kommen mit einem Mal die anderen Leichen?"

„Dass die drei Morde vom Wochenende heute erst publik werden, ist schwer zu entschuldigen, das weiß ich." Stefan legte seine Unterlagen auf den Tisch zurück. „Aber der Unfall auf der A2 letzten Sonntag hat uns komplett überrollt. Neunundzwanzig Tote. Die Forensik hat Überstunden gemacht, Urlaubssperre für alle, abends wenig Freizeit."

„Freizeit? So, genug lamentiert!", blockte Ackermann ab.

„Was war im Frühjahr? Ich erinnere mich an Geschichten unzähliger Grill-Aktivitäten auf dem Flachdach der gerichtsmedizinischen Abteilung."

Alle lachten, einer nicht. Der Hauptkommissar fuhr mit seiner eigenen Ausführung fort.

„Ich kann derzeit nicht sagen, warum Samuel die ersten drei Morde zwar aufgenommen und dokumentiert, nicht aber wie geplant an Patrick und Sarah übergeben hat."

„Was bedeutet das, Chef?", fragte Jana überrascht. „Ist er nicht auf Amerika-Reise?"

„Sonntagnacht ist er abgeflogen, kurz vor Mitternacht." Andreas wurde ruhiger.

„Samuel und ich hatten in der letzten Woche ein wenig Stress miteinander, wegen seiner vielen Überstunden und der ganzen Wochenendarbeit vor seinem Urlaub." Dann schnaufte Andreas. „Aber dieses Thema ist noch nicht durch. Auch wenn es an dem Sonntag der Massenkarambolage im Polizeirevier drunter und drüber ging, hier hat jemand geschlampt!"

„Wenn du doch sagst, Samuel hat sogar Berichte geschrieben ..."

„Was soll der Scheiß, Marc?", fauchte Andreas. „Willst du mir was sagen?"

„Schon gut." Marc hob entschuldigend die Hände. „Klärt ihr beiden das einfach, wenn Samuel aus dem Urlaub kommt."

„Das werden wir ... und nun weiter!"

„Wenn wir diese Daten betrachten, ...", überspielte Sarah die angespannte Atmosphäre, „... stellen sich die einzelnen Zahlenketten als eine Art Zeitstempel dar. Eine laufende Nummer, danach Datum und Uhrzeit der Ermordung. Lediglich die zwei Ziffern des letzten Blocks bleiben vorerst unklar. Seltsam finde ich, dass diese Stelle bei Arne Barntrup als einzige einstellig ist. Keine führende Null."

„Noch etwas fällt auf." Patrick zeigte auf die letzte Spalte von Stefans Notizen.

„Schaut euch die Straßennamen an!"

„Das sind alles Straßen entlang der A2."

„Richtig, Marc. Aber nicht nur das! Sondern in einer kontinuierlichen Reihenfolge von Westen nach Osten."

„Die Morde wurden alle abends verübt, der frühste um Viertel nach neun", ergänzte Jana.

Patrick stand auf und markierte die Tatorte auf einem Stadtplan. „Ohne das genauer überprüft zu haben, würde ich sagen, die Orte des Verbrechens liegen höchstens ein oder zwei Kilometer auseinander."

„Und so, wie es aussieht, bietet Gütersloh im Osten, oberhalb der Stadtgrenze, noch reichlich Platz für Leichen."

„Wenn ich lachen will, schaue ich ‚King of Queens'. Was soll das, Marc?"

„Im Gegensatz zu dir, Andreas, rege ich mich nicht auf, sondern ziehe einfach alle Möglichkeiten in Betracht."

Stefan und Patrick kehrten zu ihren Stühlen zurück und nahmen Platz.

„Was mir bisher fehlt, ist die Verbindung der Opfer untereinander." Sarah notierte schnell eine weitere Idee auf ihrem Block, dann fuhr sie fort. „Patrick hat uns eine Strecke entlang der Autobahn markiert, chronologisch, hintereinander. Aber warum haben wir die Leichen entlang dieser Strecke gefunden? Besteht die Möglichkeit, dass sich die fünf Menschen untereinander kannten?"

„Das ist zweifelsohne eine gute Frage, und wir brauchen hier schnellstens Klarheit, sonst liegt heute Nacht die nächste Leiche auf Stefans Obduktionstisch. Sarah und Patrick, ihr fahrt zum Hotel an der Neuenkirchener Straße. Schaut euch noch einmal um, befragt Angestellte, Nachbarn ... Das gesamte Paket. Anschließend prüft ihr das Umfeld von Rosi Keller, vielleicht hat Samuel irgendetwas übersehen." Andreas wandte sich an Marc und Jana. „Ich will alles zu Jacob Rosenthal und Simon Roth wissen. Das ist euer Job!"

Andreas überlegte, ob er etwas vergessen hatte.

„Ich will, dass jedes Team eine Kopie aller fünf Akten dabei hat, Fotos und persönliche Daten. Versucht einen Zusammenhang zwischen den Ermordeten zu finden. Habt ihr noch Fragen?"

„Ich möchte noch etwas sagen", hinderte Stefan die Kollegen am Aufstehen. „Das Streichholzheftchen aus Sebastians Hotel, das ihr in dem schwarzen SUV gefunden habt, ist nicht mehr als ein Hinweis auf genau dieses Etablissement. Keine Fingerabdrücke, keine Fasern."

„Was ist mit dem Fahrzeug?"

„Außer dass es auf Diandro Milicevic zugelassen ist, wissen wir nichts weiter. Der Innenraum des Wagens wurde vor wenigen Tagen aufbereitet. Wer immer den Ford Edge danach benutzt hat, hinterließ keine verwertbaren Spuren. Sorry."

„Die Fahndung nach Diandro läuft", erinnerte Andreas. „Wenn ihr das gestern Abend nicht versaut hättet, müsste unsere Abteilung heute keine Sonderschichten schieben."

„Schon klar." Patrick erhob sich und die anderen folgten ihm.

„Ihr wisst, was zu tun ist", rief ihnen Andreas hinterher. „Ich erwarte eure Berichte."

Ein Reihenhaus, eines von vielen. Ein kleiner, gepflegter Vorgarten mit einem großen Stück freier Wiese zum Spielen. Doch niemand, kein Kind, tobte oder lärmte hier. Anders auf den benachbarten Grundstücken. Jungen und Mädchen verschiedenen Alters hechteten umeinander, jagten sich durch die Zugangstore zwischen den Grundstücken, backten Kuchen aus Sand oder versuchten beim Schaukeln die Wolken zu berühren.

„Wir machen es wie immer", wies Katrin an und ihr kleiner Begleiter nickte schweigend. „Zeig ihnen deine Kulleraugen. Rede nur wenig."

„Ich weiß."

„Wenn sie von Süßigkeiten oder Kuchen reden ..."

„... dann werde ich höflich lächeln. Schon klar!"

„Und wenn die Worte ‚Mutter' oder ‚Vater' fallen wirst du traurig und bedrückt."

Zwei, drei Schritte gingen sie nebeneinander her, dann blieb Mendoza stehen.

„Was bedeutet ‚bedrückt'?"

Sei einfach wie immer, dann ist mir das Geld schon sicher.

„Sentimental", wiederholte Katrin. „Das bedeutet: Sei ruhig und nach innen gekehrt. Denk einfach, deine Geburtstagsparty in der nächsten Woche würde ausfallen."

Mendoza zog einen Flunsch.

Sie folgten dem Steinpfad zur Haustür des Reihenhauses. Mit ihrer Hand streifte Katrin Mendozas schwarze, kurze Haare glatt, zerrte an seiner Jacke und schloss mit geschicktem Griff den Reisverschluss seiner Hose.

Showtime!

Noch bevor die beiden Besucher die Klingel betätigen konnten, öffnete sich die Tür und eine Frau Ende vierzig trat heraus. Ihr Mann erschien hinter ihr. Unsicher lächelnd kniete die Frau auf einem Knie nieder und schaute den Jungen erwartungsvoll an.

„Hallo, mein Kleiner!"

Mendoza klimperte mit den Augen.

„Genau so!", dachte Katrin.

„Verrätst du mir deinen Namen?"

Mendoza blickte an seiner attraktiven, blonden Begleitung auf und sie ermutigte ihn, zu antworten.

„Ich heiße Mendoza."

„Das ist aber ein schöner Name." Die Frau schaute sich um, suchte Blickkontakt zu ihrem Ehemann und wandte sich dann wieder den Besuchern zu. In ihren Augen standen Tränen, dessen ungeachtet gingen ihre Mundwinkel freudig nach oben.

„Bitte kommen Sie herein", bat der Mann die Gäste ins Haus, half seiner Frau hoch und ging dann voran in das Wohnzimmer. Katrin und Mendoza folgten, die Frau schloss die Haustür und bildete das Ende der kleinen Gruppe.

„Einen Kaffee für Sie?", fragte Herr Lubega mit griffbereiter Kanne.

„Gerne", antwortete Katrin, während sie in einem breiten Sessel aus braunem Leder Platz nahm und ihre Beine überschlug.

„Und du magst bestimmt einen Keks, auch wenn es noch früh am Morgen ist?", fragte Frau Lubega und hielt dem Jungen eine weiß lackierte Dose entgegen. Mitten im Wort hielt sie inne.

„Er darf doch, oder?“

Katrin nickte.

„Also greif kräftig zu, mein Kleiner.“

Wie programmiert veränderte Mendoza seinen Gesichtsausdruck und ein breites Grinsen formte sich.

„Es freut uns sehr ...“, begann Herr Lubega nach einiger Zeit, „... dass es nach den Vorgesprächen nun möglich ist, den Jungen, also Mendoza natürlich, endlich einmal persönlich kennenzulernen.“

Herr Lubega war aufgeregt. Das Ziel, seines und das seiner Frau, schien nach so langer Zeit zum Greifen nah. Liebevoll tätschelte er dem Jungen den Kopf und dieser dankte es mit einem zufriedenen Blick aus seinen großen Kulleraugen.

„Wie Sie wissen, wird es Einwanderern in Deutschland nicht einfach gemacht, ein Kind zu adoptieren. Wir besitzen ein bezahltes Eigenheim. Auf dem Konto liegt Geld. Nur weil ich ein paar Mal meinen Arbeitgeber gewechselt habe, na ja, wechseln musste ...“

Nun traten dem Mann Tränen in die Augen und er schaute betroffen zu Boden.

„Entschuldigung.“

Frau Lubega reichte Mendoza ein weiteres Mal die Keksdose.

„Du darfst dir aber gerne nachnehmen, wenn du noch magst“, ermutigte sie ihn.

„Er ist so wohlerzogen“, lobte sie anschließend und schaute zu Katrin, als wäre sie seine leibliche Mutter.

Katrin hatte über die Jahre ein gutes Gespür dafür entwickelt, wann man seinem Gegenüber das Gespräch entreißen und in eigene Bahnen lenken musste und wann es sinnvoll war, einfach abzuwarten.

„Frau Mandel. Kinder waren von jeher ein Herzenswunsch von meinem Mann und mir. Leider hat die Natur uns einen Strich durch unsere Familienplanung gemacht."

Herr Lubega wischte sein Taschentuch über die befeuchteten Augen und lächelte den Jungen glücklich an.

„Leute wie Sie sind unser persönlicher Segen. Schauen Sie sich die Reihenhäuser zur linken und zur rechten Seite an. Die reinste Kinderschar! Nur unser Haus ist still und einsam. Ohne Ihre Unterstützung würden wir dieses Haus aufgeben und in ein anderes Viertel ziehen. Ich könnte es nicht länger ertragen."

„Sie sind unser letzter Versuch, als vollständige Familie glücklich zu werden", fügte Herr Lubega hinzu. Er stand auf und drückte seiner Frau unterstützend und ermutigend die Schulter.

Der passenden Moment! Nun bin ich am Zug.

Katrin öffnete ihre Tasche und holte einen großformatigen, braunen Umschlag hervor. Die Augen der beiden Lubegas glänzten.

„Letztendlich überlassen wir die Entscheidung natürlich Mendoza. Das Wohl unserer Kinder steht immer im Vordergrund unserer Arbeit."

Natürlich.

„Das verstehen wir", stimmte Frau Lubega zu. „Als wir gesehen haben, dass dieses Projekt von einer ausgebildeten Kinderpsychologin begleitet wird, hatten mein Mann und ich sofort ein gutes Gefühl." Für einen Moment verfiel Frau Lubega in Gedanken. „Aber denken Sie nicht, er würde gut zu uns und unserem Umfeld passen?"

Wieder, wie programmiert: Mendoza lächelte.

„Wir machen es wie besprochen", steuerte Katrin auf die Zielgerade zu. „Nach unseren vorausgegangenen zwei Gesprächen und dem heutigen ersten Kennenlernen, wäre es nun an Ihnen, eine Anzahlung zu tätigen. Verwaltungsgebühren, Spesen ... Sie wissen schon, der erste Abschlag."

Herr Lubega drehte sich zu dem Sekretär hinter ihm und holte nun seinerseits einen Umschlag hervor.

„Wie besprochen", wiederholte er flüsternd, um nicht Mendozas Aufmerksamkeit zu erwecken, der gerade mit zwei Aschenbechern aus Glas Verfolgungsjagd spielte. „Dreitausend."

Leicht verdiente Euros für drei Besuche. Zu arbeiten kann so schön sein.

Ein leichter Stoß und der braune Umschlag rutschte über den Wohnzimmertisch.

„Hier drin finden Sie beide die vorläufigen Unterlagen. Damit würden wir die Adoption rechtsgültig machen. Studieren Sie alles in Ruhe."

„Wann wird Mendoza uns wieder besuchen kommen? Wir könnten Ausflüge unternehmen, den Freizeitpark besuchen ..." Frau Lubega schien außer sich vor Freude.

„In den nächsten Wochen werden wir regelmäßige Treffen veranstalten. Nach und nach probieren wir Aktivitäten ohne meine Aufsicht."

Genau genommen werden wir uns nie wiedersehen. Und versucht mal mich anzuzeigen. Illegaler Kinderhandel, da kennt das Gesetz wenig Gnade mit Bezahl-Eltern.

„Danke", flüsterte Herr Lubega.

Derweil kniete sich seine Frau neben den Jungen und begann mit ihm zu spielen.

„Siehst du? Das Wetter hat sich geändert. So ist das hier bei uns in Gütersloh immer, der Regen bekommt keine echte Chance."

„Ist mir aufgefallen! Aber vor allem sehe ich, dass es einen unmittelbaren Zusammenhang zwischen dem Wetter und deinem Gemütszustand gibt."

„So? In welchem Sinne?"

„Im positiven. Schau dich an. Zufrieden, ausgeglichen, entspannt. Du bist ein echtes Sonnenkind!"

Patrick zerrte die Sonnenbrille aus seiner Brusttasche hervor, setzte sie auf und lächelte Sarah an. „Sonnenkind? Das gefällt mir!"

Die beiden Kommissare liefen einige Schritte über den Vorplatz der Gütersloher Kreispolizeibehörde.

„Patrick?"

Sie blieben stehen und er schaute seine Partnerin erwartungsvoll an.

„Was haben unsere fünf Toten miteinander gemein?"

„Sie sind verschieden!"

„Ich hätte es nicht in so wenigen Worten beantwortet, aber es ist wahrscheinlich genau das, was ich auch gedacht habe. Laut den Polizeiberichten gibt es keinerlei Verbindung zwischen den Opfern. Keine verwandtschaftlichen Bindungen und auch keine freundschaftlichen Beziehungen."

„Sie kannten sich nicht!", fiel ihr Patrick ins Wort.

„Genau! Aber was qualifiziert diese fünf?"

„Qualifizieren? Das ist gut!", lachte Patrick halbernst. „Ich habe keine Ahnung. Vielleicht geht es nur um geprellte Rechnungen. Denkbar, wenn der Mörder Handwerker wäre. Oder er besitzt ein Handicap und die fünf haben sich in der Vergangenheit über ihn lustig gemacht. Die Profile von Serienmördern weisen die vielschichtigsten Tötungsgründe auf."

„Mag sein ...", entgegnete Sarah mehr in Gedanken und bemerkte nicht, wie Patrick bereits den Weg zu seinem Auto eingeschlagen hatte.

„Wo ...?"

„Ich bin hier", rief Patrick lächelnd, blieb stehen und wartete.

„Wir müssen das Umfeld von Sebastian Bond und Rosi Keller genau durchleuchten. Da muss es eine Verbindung geben!"

„Das werden wir." Patrick hielt die blaue Akte nach oben. „Kopien aller fünf Akten! Du hast doch Andreas gehört. Marc und Jana werden zur gleichen Zeit recherchieren, ob eine Beziehung zwischen Simon Roth und Jacob Rosenthal bestand."

„Was hältst du davon?", fragte Sarah, nachdem sie einen Augenblick geschwiegen hatte.

„Wovon halte ich was?"

„Na davon, dass Marc und Jana an unserem Fall dranhängen?"

„Betrachte es von einer anderen Seite. Andreas steht derzeit unter massivem Druck. Ich hätte es an seiner Stelle nicht anders gemacht."

„Wieso?"

„Janus hängt ihm im Nacken."

„Janus? Der Bürgermeister?"

„Ich habe das von Ahmet. Er sagt, die Presse rennt Janus derzeit das Rathaus ein. Es erweckt den Eindruck, als habe jemand aus unserem Team der Presse Infos gegeben und ..."

„Du meinst einer von uns hat Informationen verkauft?"

„Klar! So stellt es sich dar. Was glaubst du, wie Janus Andreas morgen die Tür eintritt, wenn ein Artikel in der Glocke oder der Neuen Westfälischen erscheint?"

Sie gingen wieder ein Stück, dann wandte sich Sarah erneut an Patrick.

„Ich verstehe diese Morde nicht."

Patrick überlegte kurz.

„Er ..."

„Oder sie!", fügte Sarah hinzu.

„Richtig. Er, oder sie, ist wie ein kleines Kind, das gelobt werden will. Ohne auf sich aufmerksam zu machen, ohne diese Art der Werbung wären die Taten für den Täter unbedeutend und unbefriedigend. Deshalb gibt es dieses Muster mit den Leichen entlang der Autobahn, alle markiert auf die gleiche Art und Weise. Unser Serienmörder tötet, um zu existieren."

„In jedem Fall geht unser Täter methodisch vor", stimmte Sarah zu. „Du denkst, der Täter ist männlich?"

„Die Inszenierung der Morde spricht dafür. Das alles wirkt wie ein Ritual. Es hat einen Anfang und es wird ein Ende haben."

„Wir werden sehen, ob du recht behältst."

„Es ist bald Mittag. Wir sollten loslegen", schlug Patrick vor. „Sebastian oder Rosi?"

Sarah schaute ihn fordernd an.

„Deine Frage ist ungenau und erlaubt zwei Rückschlüsse."

„Ach wirklich?"

„Ja. Auswahl oder Reihenfolge?"

„Stimmt!", lobte Patrick. „Wähl dir einen Tatort aus, wir recherchieren heute Nachmittag getrennt." Er hob entschuldigend die Arme. „Also nichts mit Reihenfolge."

„Ich glaube, es wurmt dich schon ein bisschen, dass Marc und Jana uns den Rang ablaufen könnten."

„Möglicherweise. Verteilen wir uns und sparen wir Zeit."

„In Ordnung, ich besuche Sebastians Hotel. Was mir noch einfällt. Hast du im Bericht gelesen, welche Namen die einzelnen Zimmer haben? Ich sage nur: ‚Jungfrauengrotte' oder ‚Vorhof zur Hölle'. Das könnte spannend werden!"

„Es ist dir schon klar, dass dieser Laden kein ganz klassischer Beherbergungsbetrieb ist?"

„Du brauchst mir nichts zu erzählen, mein Bruder hat die größte Porno-Sammlung in ganz Emsdetten. Ich komme klar."

Mit diesen Worten ließ Sarah Patrick stehen und lief über den Parkplatz zu ihrem Auto.

Dann bleibt Rosis Umfeld für mich Sonnenkind!

Patrick setzte seine Sonnenbrille ab, kramte die eigenen Autoschlüssel hervor und beobachtete, wie Sarah in ihrem Honda den Parkplatz verließ.

Rot-weißes Polizei-Absperrband ließ erkennen, dass in Sebastians Hotel ein schlimmes Verbrechen stattgefunden hatte, und so überraschte es wenig, dass der Betrieb vorübergehend eingestellt worden war. Ein Schild verkündete Betriebsferien bis zum Ende der kommenden Woche. Nacheinander überprüfte Sarah die Türen und Fenster. Sich ohne Gewalteinwirkung Zutritt zu verschaffen, erschien ihr nicht möglich. Sie blätterte in der Akte und fand die private Anschrift von Sabine Engel, die bis vor kurzem hier angestellt war.

Nachdem Sarah zur Wohnanlage an der Fröbelstraße eingebogen war, benötigte sie ein wenig Zeit, um bei den unzähligen Aufgängen den richtigen zu finden.

„Hoffentlich ist jemand zu Hause", dachte Sarah, nachdem sie an den etlichen Balkonen nach oben geschaut hatte.

Ein kleiner Holzkeil blockierte die geöffnete Eingangstür und Sarah folgte dem Flur zum Aufzug.

Außer Betrieb. War ja klar!

Sie prüfte den Anwohnerplan, verschwand im Treppenhaus und joggte bis zu Sabines Etage. Sechs Wohneinheiten teilten sich einen verwinkelten Korridor, der aufgrund seiner labyrinthartigen Bauweise hinter jeder Ecke eine Gefahr vermuten ließ.

Ein Preis für den Architekten und täglich Angst für Dutzende.

Rot, Grün und Gelb, diese Farben bestimmten das selbstgemalte Namensschild an der Wohnungstür. Sarah betätigte den Klingelknopf, zog ihren Dienstausweis heraus und hielt ihn in den Sichtbereich des Türspions. Nichts geschah. Erneute Klingelversuche erzeugten eine Reaktion.

„Hallo, wer ist da?", fragte eine verängstigte Kinderstimme.

„Mein Name ist Sarah Berger. Ich bin Kommissarin bei der Gütersloher Polizei. Kann ich bitte mit Sabine reden?"

„Ich heiße Max. Aber wenn meine Mutter nicht zu Hause ist, darf ich die Tür nicht öffnen."

„Der Polizei darfst du aufschließen. Mein Ausweis wird dir meine Identität bestätigen."

Für eine Weile kam keine Antwort. Sarah wartete geduldig ab.

„Sind Sie noch da?", fragte Max irgendwann.

„Natürlich. Ich werde auch nicht gehen, bevor du und deine Mutter mir nicht einige Fragen beantwortet habt."

„Und ich werde diese Tür nicht öffnen! So einen Polizeiausweis kann sich jeder aus dem Internet herunterladen und ausdrucken."

„Was ist mit meiner Polizeimarke?"

„Gibt es in jedem Spielwarengeschäft!", antwortete der Junge schlagfertig.

Sarah bemerkte eine Person am Türspion. Max schied aus. Aufgrund seiner Stimme schätzte Sarah das Kind nicht groß genug, als dass er das Guckloch hätte erreichen können.

Wird da geflüstert?

Mit einem Mal schlugen alle Systeme in Sarahs Körper Alarm.

„Max?", rief sie und versuchte die Situation erneut einzuschätzen. „Ist deine Mutter im Moment in der Wohnung?"

Keine Antwort.

Was Sarah seinerzeit in der Polizeischule gelernt hatte, rettete ihr an diesem Tag das Leben: Immer abseits der Tür zu warten.

Die Wohnungstür wurde aufgerissen. Ein Mann erschien im Türrahmen, in der rechten Hand eine Waffe.

„Diandro Milicevic!", rief Sarah entsetzt aus, ließ ihren Ausweis fallen und ging instinktiv rückwärts. Sarah tastete nach ihrer Walther P99. Der hektische Versuch, den Halfter zu öffnen, scheiterte. Im Gegenzug erhob Diandro seine Pistole.

„Alte Bullenkuh! Diesmal bist du fällig!"

Sarah stolperte, fiel und rollte sich ab. Mit beiden Armen rudernd, krabbelte sie rückwärts, um hinter der nahe liegenden Ecke Schutz zu suchen. Diandro streckte den Arm durch und visierte sein Ziel. Er verließ den Türrahmen der Wohnung und folgte ihr. Während Sarah versuchte, weiter Abstand zu halten, kreisten ihre Augen nach rechts und links.

Treppenhaus, Aufzugtür, zwei Nebenflure zu weiteren Wohneinheiten.

Sarah krabbelte weiter und setzte zum rettenden Sprung an, als Diandro einen ersten, unglaublich lauten Schuss abfeuerte.

Schmerzen ließen sie aufschreien, als die Kugel in die Wand neben ihr einschlug und etliche Teile des herausgesprengten Putzes ihr Gesicht trafen.

Verdammt, war das knapp!

Irritiert vom Aufschrei der jungen Polizistin und im festen Glauben, sie getroffen zu haben, senkte Diandro die Waffe und überließ Sarah den Handlungsspielraum, den sie benötigte. Ein Sprung und eine anschließende Rolle brachten sie vor den Ausläufer des linken Nebenflurs. Es dauerte den Bruchteil einer Sekunde, dann hatte Diandro seinen Fehler realisiert und folgte ihr.

„Du bleibst in der Wohnung!", rief er Max dabei zu und Sarah hoffte, der Junge tat, was Diandro ihn angewiesen hatte.

Inzwischen auf die Beine gekommen, riss sie ihre P99 aus dem Halfter und nutzte die Deckung der Architektur, die sie vor wenigen Minuten noch verflucht hatte. Diandro tauchte in ihrem Schussfeld auf und Sarah wusste, dass sie sich auf keinen Fall in das Ende dieses Flurs zurücktreiben lassen durfte.

„Polizei Gütersloh! Werfen Sie ihre Waffe weg und legen Sie sich mit gespreizten Armen und Beinen auf den Boden. Dies ist die letzte Verwarnung!", rief Sarah, so laut sie konnte.

„Haben Sie das verstanden?“

Da Diandro sich der Situation erhaben schien und sich mit Worten nicht einschüchtern ließ, eröffnete Sarah das Feuer. Schuss um Schuss pfiff durch die Luft, geräuschvoll und abschreckend. Die Kugeln perforierten die Flurecke und löcherten die gegenüberliegende Wand. Nachdem Sarah fast die Hälfte ihrer Patronen verschossen hatte, griff sie nach hinten und kramte ein Reservemagazin hervor. Dann verließ sie die eigene Deckung, ging schnellen Schrittes den Flur entlang und feuerte ohne Unterlass. Als Sarah den Hauptflur erreichte, flüchtete Diandro bereits durch das Treppenhaus nach unten. Sie nutzte die Pause, das fast leere Magazin aus der Waffe fallen zu lassen und die Reserve einzustecken.

„Diandro Milicevic! Bleiben Sie stehen!“, rief sie ihm nach, sinnlos, denn seine Schritte verklangen bereits.

Außer Atem und gleichwohl erleichtert sicherte Sarah ihre Pistole, wischte sich den Schweiß von der Stirn und sackte, an die Flurwand gelehnt, zusammen. Endorphine schossen durch ihr Blut. Zittern, Schwindel, starkes Herzklopfen und Atemnot übernahmen die Kontrolle ihres Körpers.

Kräftig durchatmen. Geduld. Du hast es überstanden!

Noch einmal tastete sie über ihre sich schnell hebende und senkende Brust, den Bauch, die Beine.

Es ... geht ... mir ... gut. Kein Treffer.

„Einen Schluck Wasser?“

Sarah zuckte erschrocken zusammen.

„Entschuldigung. Ich wollte Sie nicht erschrecken. Ich dachte, das würde Sie stärken.“

Max hielt der Polizistin ein Glas entgegen.

„Danke.“

In einem Zug trank sie das Wasser und reichte das Glas zurück. Neugierig schaute Sarah an dem Jungen auf, der seinen Blick nicht von ihr abwandte.

„Wie alt bist du, Max?"

„Zwölf Jahre."

„Du bist ein aufgewecktes Kerlchen. Aber wolltest du nicht die Tür verschlossen halten, bis deine Mutter nach Hause kommt?"

„Sie sind Polizistin, bestimmt ändert das meine Regeln. Außerdem, so wie Sie schießen, dürften es die bösen Buben schwer mit Ihnen haben."

Ohne ein Wort zu sagen, stand Sarah auf und wandte sich Max zu.

„Was ist mit dem Mann? Hast du ihn gesehen?"

„Natürlich! Schließlich ist er aus unserer Wohnung gekommen!", antwortete Max aufgebracht. „Glauben Sie, weil ich erst zwölf Jahre alt bin, bin ich beschränkt?"

„Verzeih mir." Sarah schüttelte den Kopf. „Ich fühle mich noch ein wenig durcheinander. Was ich dich eigentlich fragen wollte: Kennst du den Mann?"

„Natürlich! Diandro ist mein Vater."

Um sich ohne seine Hände bemerkbar zu machen, trat Patrick mit dem Fuß an die Sicherheitstür der forensischen Abteilung. Bestückt mit zwei Bechern Cappuccino samt einer Portion Extrazucker, wartete er geduldig ab. Ein Mitarbeiter in weißem Tyvek-Vollkörperanzug aus papiervliesartigem Stoff mit thermisch verschweißten Fasern erschien am Sichtfenster. Zögerlich öffnete er den Durchgang zur Schleuse und schaute den Besucher fragend an.

„So können Sie hier nicht rein."

„Ich weiß", entgegnete Patrick.

„Kein Zugang für den Kaffee und für mich nur in Schutzkleidung."

Der Mitarbeiter nickte.

„Holen Sie mir mal Stefan Wagner an die Tür."

„Kein Problem. Bitte warten Sie."

Der Mann verschwand und die Sicherheitstür verriegelte automatisch den Zutritt. Kurze Zeit später tauchte Stefan hinter der Scheibe auf und schmunzelte zufrieden. Die Tür öffnete sich und Stefan trat heraus.

„Hey Patrick. Hat dich keiner reingelassen?"

Patrick hob seine Hände und deutete auf die beiden Cappuccinos.

„Gib her! Da drin ist die Luft so trocken. Ist nicht zum Aushalten."

Sie tranken einen Schluck, dann trat Patrick drei Schritte zurück und betrachtete Stefans Anzug.

„Schick, schick. Herr Wagner mal ganz in Weiß."

Stefan stellte seinen Becher auf den angrenzenden Tisch.

„Red' keinen Quatsch!" Er zupfte an dem papiervliesartigen Stoff. „Ohne dieses Kondom geht es in einem Reinraum halt nicht."

Er öffnete die Verschlüsse, streifte den Vollkörperanzug ab und griff erleichtert nach dem Cappuccino.

„Schon Feierabend?", fragte Patrick und blickte auf das Knäuel am Boden.

„Natürlich nicht! Aber wer einmal den Reinraum verlassen hat, muss den Overall wechseln. Die kaufen wir in so großen Stückzahlen, ich könnte ganz Gütersloh darin einwickeln."

„Verstehe. Ich glaube, den ganzen Tag im Labor zu arbeiten, wäre kein Job für mich."

„Du hast schon recht. Der Alltag eines Forensikers ist bestimmt von Routine, unterbrochen von gelegentlichen Außeneinsätzen. Wenn du magst, nehme ich dich gleich mit rein und zeige dir meine Welt."

„Gerne, das würde mich sehr interessieren."

Patrick griff in die Hosentasche und holte eine schwarze Filmdose hervor.

„Ach ja. Wie versprochen. Ich habe dir etwas mitgebracht."

„Die Samen?"

Patrick schüttelte das kleine Döschen. „Capsicum anuum!" Er lauschte dem Klang und hielt inne. „Halt, warte! Das ist die falsche."

Abermals griff er in die Hosentasche, kramte einen anderen, gleichaussehenden Behälter hervor und schüttelte diesen vorsichtig.

„Die Chili Samen!"

Patrick reichte Stefan die zweite Filmdose und ließ die erste in seiner Tasche verschwinden.

„Für die Aussaat wählst du eine Stelle mit viel Wärme. Später solltest du die Pflanzen an einen kühleren Ort stellen. Gerade im zweiten Jahr kannst du mit einer üppigen Ernte rechnen."

„Und das ist genau die Sorte, die du immer isst?"

„Die Samen stammen direkt von meinen Ablegern."

„Vielen Dank."

Überaus zufrieden steckte Stefan die Dose ein und deute Patrick an, ihm zu folgen.

„Entschuldigung, dass du warten musstest!" Stefan wirkte genervt.

„Das am Telefon war Andreas. Er macht Druck wegen der offenen Ermittlungsergebnisse zu Jacob Rosenthal."

Der Forensiker trat einen Schritt zurück und zeigte mit der geöffneten rechten Hand an Patrick entlang.

„Aber dir steht der weiße Anzug auch nicht schlecht. Siehst aus wie ein Spritzbaiser."

„Sehr witzig. Vielleicht nicht ganz so süß."

„Wo sind die anderen alle hin?" Stefan blickte sich um. Patrick und er waren die einzigen im Labor.

„Geburtstagstorte bei irgendeiner Emily."

Stefan zuckte die Schultern.

„Ich habe mich in der Zwischenzeit ein bisschen umgeschaut", erklärte Patrick. „Es ist erstaunlich, wie viele Fälle ihr hier gleichzeitig bearbeitet."

„Stimmt. Es ist wie Puzzle spielen. Immer wieder kommen neue Erkenntnisse hinzu. Aus diesem Grund werden die Fälle getrennt auf den einzelnen Tischen abgelegt. Aber du hast ja sicherlich das Chaos bemerkt? Derzeit gilt: Eine Kunstoffkiste je Vorgang. Die Spuren, Fotos und Beweise zu euren fünf Morden liegen da hinten auf dem blauen Tisch."

„Habe ich gesehen. Ist eine ganze Menge Kram."

„Für fünf Morde? Nein, es dürfte mehr sein."

Patrick wollte seine Hand über den Nacken reiben, wurde aber von der weißen Kapuze seines Overalls daran gehindert.

„Mist!"

„Passiert mir auch ständig", bestätigte Stefan. „Die Anzüge sind so leicht, man bemerkt sie kaum."

„Was hältst du von unserem Täter?"

„Was meinst du, Patrick?"

„Sarah und ich suchen immer noch nach dem gemeinsamen Motiv, nach der Schnittstelle zwischen allen fünf Opfern. Was denkst du? Verarbeitet unser Mörder mit seinen Taten ein Trauma?"

Stefan nickte heftig.

„Ich würde sogar einen Fünfziger darauf verwetten, dass der Täter eine psychologische Krankenakte besitzt, zumindest wenn er in Behandlung ist oder früher einmal war. Leider hat euer Delinquent bislang keine verwertbaren DNA-Spuren oder Fingerabdrücke hinterlassen."

„Wie kann das sein?", wollte Patrick wissen.

„Das ist gar nicht so schwer, wie die Menschen immer denken. Fernsehserien à la ‚CSI' oder ‚Bones' lassen den Zuschauer glauben, die Polizei findet eine Leiche und die Gerichtsmedizin benötigt sechzig Minuten weniger fünfzehn Minuten Werbung, um den Mörder zu identifizieren. So ein Blödsinn! Handschuhe oder eine Schicht über den Fingern waren schon vor neunzig Jahren ein guter Schutz, als in den USA Standards zur Beweisführung von Fingerabdrücken eingeführt wurden."

„Und was ist mit der DNA eines Menschen?"

„DNA-Spuren, wie Haare oder Hautpartikel, müssen für eine Untersuchung Körperzellen in ausreichender Qualität zur Verfügung stellen. Keine Frage, unsere Verfahren werden von Jahr zu Jahr besser, aber gerade in der Kriminaltechnik ist DNA-fähiges Material manchmal nur schwer sicherzustellen."

Patrick rieb sich durchs Gesicht. „Und was bedeutet das für unseren Fall?"

„Das bedeutet, ich muss mich beeilen, denn auf dem blauen Tisch liegen noch unzählige, nicht bearbeitete Positionen. Wenn Jan und Nils gleich vom Kuchenessen zurückkehren, setzte ich die beiden auf Rosenthals Nachlass an. Heute Nachmittag sollten wir damit durch sein. Zumindest ist das Andreas' Standpunkt. Sollten die Untersuchungen keine weiteren Erkenntnisse bringen, bleibt euch zurzeit nur der klassische Weg zur Tätereingrenzung."

Patrick dachte an das, was er gestern zu Sarah gesagt hatte.

„Selbst vielversprechende Hinweise bringen uns für gewöhnlich nur zu weiteren Hinweisen."

Patrick erinnerte sich an einen Fall von vor Jahren und ärgerte sich, die Akte, die er im Auto liegen gelassen hatte, nicht genauer studiert zu haben. Damals hatte ein Hund zwei Wochen neben der Leiche seines Herrchens verbracht und das Haus weder verlassen noch sich bemerkbar gemacht. Selbst bei nachgelagerten Ermittlungen kam es vor, dass man auf übersehene Haustiere stieß. Vermutlich war es diesmal ebenso.

Sich Gewissheit zu verschaffen bedeutet, den Rücken frei zu haben.

Einen Fuß vor den anderen setzend schritt Patrick zum Anfang der Treppe, nahm Stufe um Stufe und ließ seinen Blick über den Fußboden der kommenden Etage kreisen. Abermals ein Geräusch, ein bisschen so, wie wenn jemand versucht, kein Geräusch zu machen. Sein Herz begann wild zu klopfen, seine Atmung ging schneller und die Anspannung sensibilisierte Augen und Ohren. Er dachte an Sarah, wie sie wahrscheinlich in genau diesem Moment, angetrieben von Neugier, die Zimmer in Sebastians Hotel inspizierte. Vorbei war sein Mut, der ihn gerade noch beflügelt hatte. Vier Zimmer, drei davon mit offen stehenden Türen, bedeuteten keine gute Ausgangsposition für ein Überraschungsmoment. Noch während er darüber nachdachte, erübrigte sich jede Taktik, denn die letzte Treppenstufe ächzte unter seinem Körpergewicht unüberhörbar. Die Reaktion erfolgte augenblicklich: Jemand polterte im angrenzenden Zimmer. Patrick riss die Waffe nach vorne und atmete kräftig durch.

„Polizei Gütersloh! Nennen Sie Ihren Namen und kommen Sie mit erhobenen Händen heraus“, rief er und richtete seine Walther P99 auf die Türöffnung. „Keine Spielchen! Ich habe eine geladene Waffe und werde sie benutzen.“

„Gütersloher Polizei! Weisen Sie sich aus! Sie behindern eine Ermittlung", rief eine Stimme von drinnen.

„Nennen Sie ihren Namen und Dienstgrad!"

„Was soll der Scheiß?", fauchte Patrick. „Niemand beantwortet meine Aufforderung mit einer eigenen. Sofort rauskommen!"

„Schon gut, schon gut. Ich komme. Meine Waffe halte ich auf den Boden gerichtet."

Zuerst ein Schatten, dann der dazugehörige Polizist.

„Verdammt, Marc! Was machst du hier?", schrie Patrick seinen Kollegen aufgebracht an, sicherte seine Pistole und steckte sie verärgert in das Halfter zurück.

„Ich wollte dich nicht erschrecken. Tut mir leid, Kumpel. Aber als ich unten jemand an der Tür hörte, dachte ich nicht, dass ihr das schon seid. Ich wollte einfach abwarten, doch dann hast du die Treppe genommen und ich habe Schiss bekommen."

Patrick drehte sich um, ließ seinen Kollegen stehen und lief nach unten. Es dauerte nicht lange, da folgte ihm Marc.

„Wo ist denn Sarah?"

„Wir ermitteln getrennt", entgegnete Patrick, und Marc war froh, dass sein Freund ihm antwortete. „Sarah bei Sebastians Hotel und in Sabines Wohnung, ich schaue mich hier um."

„War das Sarahs Idee? Das wäre dann das gleiche, wie mit Jana. Sie wollte auch, dass wir uns aufteilen und Zeit sparen, indem wir getrennt voneinander recherchieren."

„Verstehe, aber was machst du hier?" Patrick blickte Marc ernst und gefühllos an. „Dies ist die Wohnung von Rosi. Die steht eindeutig auf unserer Liste, Simon und Jacob auf eurer."

Nervös strich Marc seine hellen, schulterlangen Haaren nach hinten und wandte sein Gesicht ab.

„Jana meinte, es könnte nicht schaden, schnell vorher hier vorbeizufahren. Einfach mal zehn Minuten die Augen offenzuhalten, um zu schauen, ob es etwas gibt, was die von der Streife übersehen haben."

„ Marc?"

„Ja?"

„Wollt ihr uns den Fall abspenstig machen?" Patrick legte eine Pause ein. „Wenn du Streit willst, sag Bescheid!"

„Nein, nein! Ich habe noch gesagt, so etwas gibt nur Ärger." Marc wischte Schweißperlen, die ihm über die Stirn rannen, mit seinem Arm ab. „Bitte vergiss einfach, dass ich hier war. Ich lade dich heute Abend auf ein Bier ein, dann ist wieder alles vergessen, okay?"

„Zisch ab!", murrte Patrick und deutete zur Tür.

„Du wirst mich doch nicht eines Tages bei einer dieser Familien zurücklassen?" Mendozas ängstlicher Blick stach Katrin mitten ins Herz. „Ich will weder bei den Lubegas noch den Brinks oder den Kürschners bleiben. Nicht ohne dich!"

„Kein Grund zur Sorge."

Schließlich machen dich deine süßen Kulleraugen zum meinem persönlichen Star.

Der Wind hatte die frühmorgendlichen Regenwolken Richtung Rheda getrieben und die ansteigende Wärme trocknete die zweispurige Bielefelder Bundesstraße. Katrin beschleunigte ihr grasgrünes Cabrio und die Mittelstreifenbepflanzung aus wild wachsenden Pflanzen und Plastiksichtschutz huschte an ihnen vorüber.

„Du warst gut, heute!", lobte sie und entfernte das Namensschild von ihrer Brusttasche.

„Zeig mal!"

Mendoza spielte eine Zeit lang mit der Plastikkarte. Irgendwann verlor er die Lust daran und steckte den Ausweis in das Kleinteilefach zwischen den Vordersitzen.

„Weißt du, es ist nur eine Art Theaterstück, in dem du der Hauptdarsteller bist. Es wird sich nichts ändern; die Ausflüge beginnen mit unserem gemeinsamen Auftritt, und wenn du alles richtig gemacht hast, folgt das Nachmittagsprogramm nach deinen Vorstellungen."

„Ist gut", stimmte Mendoza zu. „Ich dachte nur ..."

„Was?"

„In den letzten Wochen bist du häufig mit Maria oder Sue unterwegs gewesen. Ich dachte, du hättest mich nicht mehr lieb."

Katrin setzte den Blinker nach rechts, bremste ab und hielt auf der Parkspur.

„Hör mal. Du bist mein kleiner Freund. Ich habe dich natürlich genauso lieb wie all die anderen Kinder. Solange du unsere Vormittagsbesuche für dich behältst, werden wir noch viel Zeit miteinander verbringen." Sie legte eine künstliche Pause ein. „Es gibt einen einfachen Grund, der die Ausflüge mit den Mädchen erklärt. In den letzten Aufführungen verlangten die Leute nach weiblichen Schauspielern. Deshalb waren es Jobs für Maria und Sue. Oder bist du ein Mädchen?"

Mendoza schüttelte schnell den Kopf und lachte. „Natürlich nicht!"

„Siehst du! Übrigens. Schau mal aus dem Fenster. Die Wolken ziehen ab, die Sonne kommt heraus."

„Dann lass uns losfahren. Ich will in den Tierpark!"

„So machen wir das. Ab zu den Tieren."

Katrin fädelte sich in den laufenden Verkehr und bog wenig später ins Johannistal ein.

Das Aufblitzen der blauen Blinklichter riss Katrin aus ihren Gedanken.

„Verdammt!"

„Was ist denn?", wollte Mendoza wissen und schaute sich neugierig nach hinten um. „Oh, oh. Polizei, Hühnerei."

„Pssst", ermahnte Katrin. „Wo hast du denn so etwas gelernt?"

„Im Kinderheim. Das rufen wir immer, wenn Regines Freund sie abends abholen kommt. Der arbeitet bei der Polizei. Er besitzt sogar eine Pistole."

Na, der freut sich bestimmt jeden Tag aufs Neue, euch zu begegnen.

„Tu mir einen Gefallen und verhalte dich ruhig. Umso eher erreichen wir Bobs Zuhause."

Mendoza machte ein Zeichen, als würde er sich mit der Hand den Mund verschließen. Katrin versuchte ernst zu bleiben, doch es fiel ihr schwer.

Als sich der Polizist im Seitenspiegel andeutete, fuhr Katrin das Fenster herunter und wartete ab.

„Sie nehmen es wohl mit den Verkehrsregeln nicht so ganz genau?" Die dunkle Stimme des Streifenpolizisten überraschte sie.

„Entschuldigung. Was habe ich verbrochen?"

„Sie haben das Verlassen des Ostwestfalendamms nicht mit dem Blinker kenntlich gemacht. Kann ich bitte ihren Führerschein und die Fahrzeugpapiere sehen?"

„Wahrscheinlich war ich abgelenkt. Mein kleiner Freund und ich wollen den Tierpark besuchen."

„Sie waren abgelenkt beim Autofahren? Das sollten Sie nicht sein", tadelte der Polizist und streckte seine Hand aus, um sich die geforderten Dokumente geben zu lassen.

„Verdammt, verdammt, verdammt!", wiederholte Katrin in Gedanken. „Ich bin doch hoffentlich nicht aktenkundig. Nicht, dass mir plötzlich abgezockte Eltern gegenüber gestellt werden."

Für den Bruchteil einer Sekunde dachte Katrin über Flucht nach; einfach im Verkehrsdschungel abzutauchen oder über eine der unzähligen Querstraßen aus dem Sichtfeld des Ordnungshüters zu verschwinden. Schließlich, so glaubte Katrin, kannte sie sich in diesem Viertel recht gut aus. Doch, wie in Deutschland üblich, tat dieser Polizist nicht alleine Dienst, sein Kollege hatte bestimmt bereits das Nummernschild abgeglichen.

Ich muss ruhig bleiben, sonst ist mir ein Platz auf der Fahndungsliste sicher.

Katrin kramte ihre Handtasche hervor und reichte ihre Ausweise zum Fenster hinaus.

„Das ist doch sicherlich nur eine Kleinigkeit? Können Sie da nicht ein Auge zudrücken? Der Kleine und ich hatten uns so auf den gemeinsamen Ausflug gefreut."

„Warten Sie im Wagen, ich prüfe Ihre Angaben am Terminal."

„Ist das denn wirklich nötig?"

Der Polizist kehrte zu Katrins Fenster zurück.

„Wäre das ein Problem?"

Selbstsicher blickte sie ihm in die Augen.

„Natürlich nicht. Ich hatte nur gehofft, dass wir das auf die Schnelle regeln könnten."

„Wir können das nicht anders regeln ...", er warf einen Blick in den Führerschein, „... Frau Mandel. Also warten Sie, bis ich fertig bin."

Mendoza zeigte sich sichtlich eingeschüchtert und sagte kein Wort.

Zwei Minuten später erschien der Beamte erneut an ihrem Fenster.

„Es ist soweit alles in Ordnung, Frau Mandel." Er überreichte die beiden Ausweise, zudem einen Strafzettel.

„Für die Ordnungswidrigkeit erhalten Sie ein Ticket. Auf dem Durchschlag bekomme ich ihre Unterschrift, danach können Sie weiterfahren."

Gott sei Dank.

Ohne zu murren, quittierte sie und reichte die Kopie nach draußen.

„Schauen Sie mal, eine Schnapszahl!", grinste der Polizist. „Der Strafzettel hat die laufende Nummer 6969."

Der anschließende Besuch im Tierpark war ein voller Erfolg, Popcorn und Abenteuerspielplatz inklusive. Mendoza hielt ein für ihn einmaliges Foto in den Händen und strahlte. Es zeigte den Siebenjährigen am Rand des Luchsgeheges und im Hintergrund Bob, der mit seiner Zunge die Hand des Jungen abschleckte.

Eine halbe Stunde vor sechs erreichten sie das Kinderheim und Katrin übergab Mendoza in die Obhut Regines.

Wenig später stieg sie in ihr Auto und atmete tief durch. Sie griff zum Handschuhfach und holte den Umschlag der Lubegas hervor. Dreitausend Euro.

Ein gutes Gefühl.

Endlich fand sie die Zeit, das Bündel nachzuzählen, wenngleich sie keinen Zweifel hegte, dass Herr Lubega das Geld vorher sorgsam geprüft hatte.

Dreißig Scheine, alles korrekt.

Katrin leckte den Rand des Umschlags an, um das Kuvert zu verkleben, und steckte die Tageseinnahme in ihre Handtasche. Der zerknüllte Strafzettel von heute Mittag ließ sich nicht übersehen. Der Polizist hatte lediglich Katrins Nachnamen in das Adressfeld eingetragen, das Datum und die Ticketnummer waren maschinell aufgedruckt worden.

Strafmandat 6969. „Für 20 Euro eine wahrlich teure Schnapszahl", dachte sie. „Ich hoffe, die Nummer hat weiter keine Bedeutung."

Selten hatte Katrin sich so sehr geirrt.

Die drei Stunden, die Patrick investiert hatte, um im Haus von Rosi Keller die einstigen Besitztümer umzuschichten und jedes noch so kleine Indiz zu sichten, waren verschwendete Zeit gewesen. Frustriert und zugleich erschöpft suchte er einen freien Platz in all dem Durcheinander zwischen Kartons und Wäschekörben voller Krempel. Er wählte die genau eine Sitzgelegenheit des Sofas im Wohnzimmer. Eine Entscheidung, die er im gleichen Moment bereute, als ein Berg aus absortierten Kleidungsstücken und eine Schachtel voller Dokumente über die Rückenlehne nach hinten kippten und zwischen Gardine und Sitzmöbel aufschlugen.

Wie schrecklich, so zu wohnen!

Während seiner Suche hatte Patrick die Wohnung zweimal verlassen, um frische Luft zu schnappen und den Kopf freizubekommen. Nun studierte er Rosis Akte, die er bei seiner Exkursion aus dem Auto geholt hatte. Nacheinander telefonierte er mit den drei ehemaligen Arbeitgebern, die allesamt den Tod von Frau Keller bedauerten, an ihrem Arbeitseinsatz und ihrer Arbeitsmoral nicht das Geringste zu bemängeln hatten, jedoch darüber hinaus keine hilfreichen Auskünfte geben konnten. Der Vorsitzende des Gütersloher Bridge Clubs war tagsüber nicht zu erreichen, Patrick hinterließ seine Bitte um Rückruf auf dessen Anrufbeantworter. Von Rosis Freundinnen, die gelegentlich mit ihr an den Orgelnachmittagen in Hl. Christ teilgenommen hatten, erreichte Patrick zwei, doch in seinen Ermittlungen brachte es ihn nicht weiter. Was immer er anstellte, um an neue Erkenntnisse zu gelangen, Rosi schien weder reich gewesen zu sein, so dass Raub und Habgier als Tatmotive ihrer Tötung ausschieden, noch gab es in ihrem Umfeld Menschen, mit denen sie im Streit gelebt oder sich überworfen hatte.

Seine Versuche, Sarah im Verlauf des Vormittags auf dem Handy zu erreichen, verliefen genauso erfolglos, wie Patricks Bestreben in der Nachbarschaft ein Lunch-Paket zu organisieren. So entschied er zum Polizeihauptquartier zurückzukehren, um dort mit seiner Partnerin die Ergebnisse abzugleichen, von der absurden Begegnung mit Marc zu berichten und bei der Imbissstube um die Ecke ein paar Sandwiches zu besorgen.

Zwischenzeitlich am anderen Ende der Stadt. Sarah hatte das Geschäft erreicht, in dem Sabine arbeiten sollte. Die Streifenpolizisten, die nach der Schießerei in Engels Wohnanlage von den Nachbarn zu Hilfe gerufen worden waren, hatten Ackermann informiert, was passiert war und dass es Sarah gut ging. Jetzt, so hatte sie entschieden, wollte sie erst noch mit Sabine reden und klären, in welcher Beziehung Diandro Milicevic und Sabine Engel zueinander standen. Frustriert blickte sie auf das Smartphone in ihren Händen und entfernte SIM- und Speicher-Karte. Der Haufen Elektroschrott in ihren Händen, der nun nicht einmal mehr für einen letzten Datenabgleich ausreichen würde, war das Ergebnis ihrer Auseinandersetzung mit Diandro. Betrübt versenkte Sarah das kleine Technikwunder im Mülleimer neben dem Eingang des Supermarkts und wartete geduldig, bis die übergroße Glastür zur Seite gedriftet war. Der Geruch von frisch gebackenem Brot stieg ihr in die Nase, als sie das Geschäft betrat.

„Wo finde ich Sabine Engel?“

Der Junge, der unzählige Konservendosen vor sich auf dem Boden stehen hatte und noch einige Zeit mit dem Einräumen beschäftigt sein würde, zeigte den Flur entlang. „Ich glaube, sie ist drei oder vier Gänge weiter, dahinten einfach links.“ Dann stand er auf. „Saaabine?“, schrie er, so laut er konnte. „Hier sucht dich jemand!“

„Ich bin hier hinten.“ Eine Frau tauchte an der vom Jungen beschriebenen Regalreihe auf, sie wirkte ängstlich und eingeschüchtert. Skeptisch beäugte sie zuerst Sarah, dann die vorgehaltene Polizeimarke.

„Ja. Diandro ist der Vater von Max, das stimmt“, antwortete Sabine zögerlich, nachdem Sarah ihre Personaldaten abgefragt hatte. „Es war eine kurze Liebesbeziehung, zwei oder drei tolle Monate. Dann trennten sich unsere Wege. Nach der Geburt wollte er nichts von Max wissen. Doch vor ein paar Tagen tauchte er wieder auf.“

„An welchem Tag genau?“, fiel Sarah ihr ins Wort.

Sabine überlegte. „Letzten Freitag. Ja genau, Freitag. Er erzählte, er würde von der Polizei gesucht und wollte bei uns unterschlüpfen.“

„Das hat er ihnen gleich am Freitag erzählt, dass ihn die Polizei suchen würde?“

„Gleich nachdem er sich Zutritt zu unserer Wohnung verschafft hatte.“ Sabine zeigte auf ihre Wange und den großen blauen Fleck. „Das war er!“

Sarah warf einen Blick auf die abgeklungene Schwellung.

„Er sagte, er tut uns etwas an ...“, fuhr Sabine fort, „... wenn wir ihn nicht für ein paar Tage aufnehmen würden. Zum Glück hat er seitdem nur eine einzige Nacht bei uns geschlafen. Es war schrecklich.“

Sie brach in Tränen aus. Mit einem Mal, wie verwandelt, schaute sie auf. „Was ist mit Max? Sie sind doch nicht hier, weil dem Jungen etwas zugestoßen ist?"

„Nein. Machen Sie sich deshalb keine Sorgen. Max geht es gut, er ist zuhause. Sie können ihn ja später anrufen. Diandro dagegen ist wieder auf der Flucht. Ich bin mir sicher, er wird sich nicht mehr in die Nähe der Fröbelstraße wagen."

Sabine dachte an den Brief, den schwarz gekleideten Mann und an die Zeilen, die er ihr in der letzten Woche geschrieben hatte. Sie erinnerte sich an das gemeinsame, unsichtbare Band, das seit jenem Tag zwischen Sebastians Mörder und den Engels gesponnen worden war. Obgleich sie das Papier bereits am Samstagabend verbrannt hatte, kannte Sabine jede Zeile auswendig, jedes Wort.

„Haben Sie noch Fragen? Ansonsten muss ich weiterarbeiten. Eduard mag es nicht, wenn seine Angestellten untätig rumstehen."

„Was ist mit Sebastians Hotel? Ich habe dort niemanden angetroffen, nur einen Hinweis. ‚Betriebsferien'."

„Kann ich nicht sagen", antwortete Sabine knapp. „Ich war nicht mehr da, seitdem mich die Polizei informiert hat, dass mein ehemaliger Chef ermordet wurde. Selbst meine wenigen privaten Dinge habe ich zurückgelassen."

„Geben Sie mir eine Liste, ich lasse Ihnen Ihr Eigentum zukommen."

„Danke nein. Ich habe jetzt ein neues Leben und möchte nichts aus der Unterkunft eines Toten."

„Hatte Sebastian einen Kompagnon?"

„Er, ich und eine Putzfrau. ‚Personalkosten reduzieren den Gewinn', hat er immer gesagt. Tut mir leid, ich kann Ihnen nicht helfen."

„Schon gut. Ich weiß ja, wo ich Sie bei Fragen finden kann."

Sarah verließ das kleine Geschäft und kehrte zu ihrem Auto zurück. Der Griff zur Jackentasche erinnerte sie an den Verlust ihres Handys.

Fuck! Also ab zur Herzebrocker Straße, Patrick suchen und ein neues Telefon organisieren.

„Wenn ihr die Falschparker rund ums Revier aufschreibt, achtet auf meinen roten Mustang! Er steht direkt an der Hauptstraße. Hinterm Haus und in der Tiefgarage war nichts mehr frei."

Patrick hatte das Polizeikommissariat durch den Haupteingang betreten, um Tom vom Empfang zu informieren. Wie gewöhnlich um diese Tageszeit herrschte geschäftiges Treiben. Tom gehörte zu den wenigen Kollegen, die die Arbeit im Foyer liebten, dem es zu keinem Zeitpunkt zu voll sein konnte und der in jeder Situation die Oberhand und den Durchblick behielt.

„Kein Problem, Patrick. Ich sage es Petra, bevor sie ihre Runde dreht. Der Wagen steht oben an der Hauptstraße?"

„Genau vor der Baustelle von HochTief."

Mit der Hand auf den Tresen klopfend, wandte Patrick sich ab. „Ach ja, habt ihr Sarah gesehen?"

„Nein, sie muss noch unterwegs sein. Aber dahinten läuft Jana, siehst du? Vielleicht kann sie dir weiterhelfen."

„Jana, wo?"

Mit seinem Blick folgte er Toms ausgestrecktem Arm und entdeckte Marcs Partnerin.

„Danke dir. Tschau!"

Er lief quer durch die Halle, holte Jana ein und klopfte ihr mit seiner Hand auf die Schulter.

„Hallo Jana! Hast du Sarah gesehen?“

„Hey Patrick. Das letzte Mal heute Morgen, als ihr beiden über den Parkplatz gegangen seid. Ruf sie an!“

„Hab‘ ich versucht, sie geht nicht ran.“ Patrick legte eine künstliche Pause ein und beobachte dabei Janas Gesichtsausdruck sehr genau. „Da ist noch etwas anderes.“

„Ja, was gibt es?“

„Geht um den Zwischenfall heute Vormittag in Kellers Wohnung.“

„Marc hats mir eben erzählt. Ihr habt euch gegenseitig gejagt?“

„Na ja. Was hatte Marc an unserem Tatort zu suchen?“

„Warum fragst du mich das? Ich war doch nicht dort!“

„Marc sagt ...“

„Was Marc Missler sagt, ist mir eins. Ist dir mal aufgefallen, wie er in den letzten Wochen drauf ist? Er sagt, er hat riesigen Stress mit seiner Freundin, aber eigentlich hat er sich verändert, seitdem er diese schulterlangen, klebrigen Haare für cool hält.“

„Es war also nicht dein Vorschlag, Kellers Wohnung mal schnell eben eine Stippvisite zu verordnen?“

„Du kannst mich! Wäre es mein Vorschlag gewesen, wäre ich hingefahren. Vertraue nur dem, was du selbst tust.“

Wieder machte Patrick eine Pause und tat, als würde er nachdenken.

„Was habt ihr bei Simon und Jacob herausgefunden?“

„Zu Jacob kann ich nichts sagen, wir haben uns, genau wie ihr, auf zwei Fälle aufgeteilt. Simon Roth war Priester. Warum man ihn an der Tankstelle am

Brockweg gefunden hat und nicht im Bett seines angrenzenden Kirchenhauses am anderen Ende der Stadt, bleibt unklar."

„Wie war der Mann so?"

„Priester Roth hat die Gemeinde mit zwei anderen Geistlichen betreut. Doch keiner von den dreien soll dermaßen unbeliebt und hochmütig gewesen sein wie er."

„Wieso?"

„Die Nachbarn, also die, die ich angesprochen habe, mochten Simon nicht. Sie sagen, er war herrschsüchtig und anmaßend, er versuchte die Menschen zu manipulieren und unter Druck zu setzen. Wie ein Regent."

„Regent?"

„Ja, sagt man das nicht für Herrscher oder Gebieter? Ich schreibe jetzt meinen Bericht und schicke dir eine Kopie ins Postfach."

„Okay, und ich suche Sarah. Keine Ahnung, wo sie bleibt."

Während er ging, zückte Patrick das Handy und unternahm einen weiteren Versuch, seine Partnerin zu erreichen, ohne Erfolg.

Im Begriff in ein Tomate-Mozzarella-Sandwich zu beißen, bemerkte er nicht, wie sich jemand von hinten anschlich, doch den Geruch, den er mit einem Mal wahrnahm, erkannte er sofort.

„Sarah!", rief er erleichtert. „Wo bist du so lange gewesen?"

„Hat sich da etwa jemand Sorgen um mich gemacht?", versuchte seine Partnerin herauszufinden. „Vielleicht nicht ganz zu Unrecht. Ich bin vorhin auf Diandro getroffen."

Sarah lief um Patrick herum und stellte sich neben ihn. An seinem Gesicht konnte sie ablesen, dass er nicht verstanden hatte, was sie mit ‚auf Diandro getroffen' meinte. Ohne zu zögern, wählte sie den freien Platz ihm gegenüber, um anschließend in aller Ruhe von ihrem Morgen zu berichten.

„Das ist ja unglaublich! Bin ich froh, dass dir nichts passiert ist", sagte Patrick irgendwann. „In einem Wohnhaus das Feuer zu eröffnen." Er schüttelte den Kopf. „Wie verzweifelt und in die Enge getrieben muss Diandro sich gefühlt haben?"

Sarah öffnete ihre Jackentasche und holte zuerst die SIM-Karte, danach die Speicherkarte hervor. „Den Rest hat Diandro auf dem Gewissen."

„Dein Handy ist kaputt?", fragte Patrick ungläubig. „Jetzt wird mir klar, warum ich dich nicht erreichen konnte."

„Für diesen Verlust wird der Hurensohn noch bezahlen", schimpfte sie und steckte die Chipkarten in ihre Tasche zurück.

„Ist doch nur Elektronik. Sei froh, dass du keinen Kratzer abbekommen hast."

Patrick drehte sich zum Kellner. „Bringen Sie bitte zwei Becher Kaffee. Groß und heiß!"

Der Mann nickte. „Kommt sofort." Und er verschwand in der Küche.

„Eine tolle Idee, endlich Kaffee! Den letzten hatte ich heute Morgen nach dem Aufstehen."

„Das ist ja Stunden her", scherzte Patrick.

Im gleichen Moment tauchte die Bedienung auf und stellte den beiden Kommissaren ihre Bestellung auf den Tisch.

„Danke", entgegnete Patrick und wandte sich anschließend an seine Partnerin.

„So. Zeit, Energie zu tanken."

Dessen ungeachtet hatte Sarah bereits gierig den ersten Schluck getrunken und lächelte Patrick freudestrahlend an.

Im Kopf ließ er den eigenen Tag Revue passieren, dachte an die nicht enden wollende Hausdurchsuchung bei Frau Keller, an Marc, den unerwarteten Besucher, und sein späteres Gespräch mit Jana. Fürs Erste entschied er, das undurchsichtige Gerangel mit Marc und Jana für sich zu behalten, abzuwarten und ihr Verhalten zu beobachten.

„Ich muss dir noch etwas Lustiges berichten", fing Patrick nach dem nächsten Schluck Kaffee an zu erzählen.

„Nachdem ich Kellers Wohnung erfolglos durchsucht hatte und die Telefonate mit ihren Arbeitgebern nichts brachten, habe ich mich mit einer ehemaligen Freundin von ihr verabredet."

„Du hattest ein Rendezvous?", amüsierte sich Sarah. „Wo habt ihr euch getroffen?"

Patrick lachte.

„Rendezvous, nicht ganz! Rosi und ihre Freundinnen trafen sich immer zum Orgelvorspiel. Also bin ich in diese Kirche im Norden gefahren, und da ich zu früh dran war und warten musste, habe ich mir das Gotteshaus in Ruhe angeschaut."

„Was ist daran so lustig? Hast du deinen Glauben gefunden?"

„Darum geht es nicht. Es gibt da eine Stelle hinter dem Beichthaus. Wenn man dort vorbeigeht, kann man hören, was die Menschen dem Pastor beichten. Jedes Wort! Es ist, als reflektiere die steinerne Säule den Schall auf die ein oder zwei Sitzplätze hinter der Holzkonstruktion."

Sarah zog die Augenbrauen nach oben. Ihre Neugierde war geweckt. „Das musst du mir in den nächsten Wochen unbedingt mal zeigen, wenn wir an dieser Kirche vorbeikommen."

Unerwartet klingelte Patricks Handy. Er seufzte genervt auf, zog das Telefon aus der Tasche und betrachtete die Nummer auf dem Bildschirm.

„Es ist Andreas", teilte er Sarah mit und führte ein kurzes Gespräch.

„Was ist los?", wollte sie wissen, Patrick hatte kaum aufgelegt.

„Du erinnerst dich an Samuel Scholz?"

„Unseren Kommissar Samuel? Der seit Sonntag durch Amerika tourt und froh ist, aus Andreas' Dunstkreis entkommen zu sein?"

„Samuel wird seit kurz vor zwei mit internationalem Haftbefehl gesucht. Haare, die auf dem Beifahrersitz des weißen Mercedes sichergestellt wurden, sind ihm zweifelsfrei zugeordnet worden."

Bereits in der frühen Phase der Erdentwicklung hat es Menschen gegeben, die der Welt freiwillig entsagen wollten, um sich in Abgeschiedenheit, Besitzlosigkeit und Abstinenz zu Glaubensgemeinschaften zusammenzuschließen. Da eine egozentrische Lebensweise für derart gestaltete Gruppen wenig förderlich ist, erfanden die Gleichgesinnten Regeln, die ihr Beisammensein bestimmten sollten. Wenn man nun aber versucht Menschen, also Individuen, zum Gleichklang zu erziehen, werden sich unabdingbar drei Gruppen bilden. Die einen streben nach Macht, Anerkennung und Herrschaft.

Die anderen suchen nach Führung, nach einem übergeordneten Wesen, das ihr Schicksal lenkt. Die Verbleibenden werden die Missstände der Gemeinschaft tolerieren und geschützt in ihrem Umfeld eigene Ziele und Interessen verfolgen.

Seit drei Monaten bewohnte Ricky nun ein Zimmer im Kloster San Dolores Capistrello. Das Leben, wie der fünfzehnjährige Junge es bisher gekannt hatte, war mit einem Schlag ausgelöscht worden, nachdem Tante Anne ihn, ohne zu zögern, aus ihrem Leben ausgeschlossen hatte und er wieder einmal heimatlos geworden war. Sich für das Kloster und gegen das Kinderheim entschieden zu haben, hatte er nie bereut. Doch die unvertrauten Aufgaben und der neu gestaltete Tagesablauf bedurften einiger Gewöhnung. Ricky strengte sich an, so gut er konnte. Zu Beginn war es ungewohnt für ihn gewesen, den neuen Namen mit der eigenen Person gleichzusetzen. Aus Richard war nunmehr Ricky geworden, ein Brauch, dem der Junge mit der Aufnahme ins Kloster folgen musste. Glücklicherweise hielt Pater Lazarus von Anfang an seine schützende Hand über ihn, gab ihm Halt und Orientierung und hatte Ricky darüber hinaus den legitimen Trick mit der Modifizierung seines Vornamens verraten. Nie hätte er sich vorstellen können, Michael, William oder Jonas zu heißen.

Einige Tage Auszeit, danach war Ricky wieder zur Schule gegangen, eine mit neuen Klassenkameraden ohne Milan, Paul und Jannis. Erfolgreiche Klausuren und ein wenig Engagement im Kloster und schon ließen ihn die Ordensbrüder der Abtei in Ruhe. Nach und nach übernahm er Verantwortung, strebte nach den Leistungskursen der Schule, pflegte in seiner Freizeit den Klostergarten und hielt den Platz vor dem Haupteingang zur Kirche sauber.

Wie zu dieser Tageszeit üblich, wässerte Ricky gerade die Tomatensträucher, als Pater Lazarus über die kleine, steinerne Mauer des Klostergartens kletterte, um ihm Gesellschaft zu leisten.

„Hey Lazarus."

Ricky freute sich sichtlich über den inzwischen vertrauten Besucher. „Ich habe in den letzten Tagen darüber nachgedacht, was du mir über Gott, Kirche und Glauben erzählt hast."

Entspannt und zufrieden kämmte Lazarus einige Strähnen seines braunen Haars nach hinten. Die kahle Stelle, die sich am Hinterkopf bildete, glich einer Tonsur im Sinne eines kirchlichen Haarschnitts und war trotz alledem nur ein Zeichen seines Älterwerdens. Die großen silbergrauen Augen glänzten in der Nachmittagssonne, und als wolle der Ansatz von Bart, den er trug, beim Altern mit seinen Haaren wetteifern, verloren die Stoppeln bereits an Farbe.

„Ich habe eine Idee in deinem Kopf gepflanzt, etwas, das dich beschäftigen sollte, und wie es aussieht, scheint es funktioniert zu haben."

„Weiß nicht. Ich genieße es einfach, ohne zu glauben, endlich angekommen zu sein."

„Das ist aber nicht dein Weg, Ricky."

„Ich habe einen Weg? Ist das besser als ein Plan?"

„Es gibt nur einen einzigen Weg, um das zu überstehen ... du musst glauben."

„Lazarus, du weißt, dass ich dich immer um Rat fragen werde, aber Predigten machen mich müde. Ich erwarte keinen göttlichen Beistand. Das ist wie das Warten auf einen Bus, der nie kommt."

„Warum gehst du immer davon aus, dass ich Gott meine, wenn ich vom Glauben spreche? Erst einmal ist es wichtig, dass du an irgendetwas glaubst."

Ricky stellte seine leere Gießkanne beiseite.

„Eine Idee in den Kopf pflanzen, verstehe. Ich werde deine Worte überdenken und schauen, wie sich das in meinen Alltag integrieren lässt."

„Mehr kann ich nicht erwarten. Ach ja, und vergiss nicht die Gurken." Lazarus deutete auf das hintere Feld.

„Bruder Elijah liebt sie dick und wässrig."

Dann stand er auf und verschwand im Durchgang zu einem der Nebengebäude.

Der Tag neigte sich dem Ende zu, die Dämmerung brach über Barsinghausen herein. Ricky hatte im Gemeinschaftssaal zu Abend gegessen und entschied sich für einen Rückweg vorbei an Lazarus' Zimmer. Er klopfte an, öffnete die Tür und blieb überrascht stehen.

„Das ist eine Menge Geld!", staunte Ricky mit offenstehendem Mund.

„Für gewöhnlich klopft man an und wartet auf eine Aufforderung, eintreten zu dürfen", erwiderte Lazarus ohne ein Anzeichen von Verärgerung.

„Man könnte die Tür auch verriegeln ...", konterte Ricky, „... um Situationen wie diese zu vermeiden."

„Schließt du bitte jetzt ab. Das könnte weiteres Aufsehen verhindern!"

Wie gebeten, verschloss er die Tür.

„Woher kommt das viele Geld?"

„Einkünfte aus Geschäften", antworte Lazarus knapp.

„Du nimmst von den Menschen Geld für kirchliche Leistungen?"

„Richtig würde man sagen: für klerikale Leistungen", korrigierte der Pater. „Auf seine eigene Art zu denken ist nicht selbstsüchtig. Denn wer nicht auf seine eigene Art denkt, denkt überhaupt nicht. Was ist mit dir? Hattest du nicht auch einen Nebenjob, bevor du zu uns gekommen bist?"

„Das stimmt", bestätigte Ricky. "Ich habe in Hoffmanns Supermarkt gearbeitet. Josef hat immer gesagt: ‚Mit eigenem Geld kann man sich seine Wünsche erfüllen'."

„Genau so ist es! Geld regiert die Welt." Lazarus nahm die Geldbündel zusammen, verstaute sie in einer Blechschatulle und verschloss den Deckel. „Ich kann dir deinen Weg zeigen, gehen musst du ihn selbst."

Der Junge überlegte. „Aber, ich dachte immer, wer sich entscheidet in den Mauern des San Dolores Capistrello Klosters zu wohnen, darf sich nicht außerhalb beschäftigen?"

„Sprich mit Hoffmann, ob er dich wieder einstellt. Ich biete dir ein Alibi, täglich, für drei Stunden."

„Ist das nicht Sünde?"

„Was meinst du? Dass ich dir helfe, dein Leben mit einer positiven Einstellung zu meistern, oder die zehn Prozent, die du mir dafür abtreten wirst? Ricky, du musst lernen, dass es verschiedene Formen von Sünde gibt."

Lazarus klopfte auf die Metallschatulle.

„Glaubst du, ein Jesus interessiert sich für diese paar Scheine? Die Frage ist, wie ich dazu gekommen bin. Solange man Gutes tut und anderen hilft, und ich rede nicht von Dingen wie Betrug oder etwa Diebstahl, was hätte ich mir da vorzuwerfen?"

Ricky wartete ab und schwieg.

„Natürlich gibt es Sünder, denen man nicht verzeihen kann und die ihre gerechte Strafe erhalten werden. Nein - ich will mich verbessern, Sünder, die ihre gerechte Strafe erhalten müssen! Aber ... auf der anderen Seite gibt es auch Menschen, die von Gott erwählt werden und die seinem Ruf folgen. Denk beispielsweise an den hl. Georg und die anderen großen Märtyrer. Gott ist für dich da, wenn du es zulässt. Er ist derjenige, dem du vertrauen kannst, der verzeiht. Er gibt dir Zuflucht, Kraft und hilft dir beim Überleben."

Ricky grübelte, dann lächelte er.

„Da ist etwas in deinen Worten, es ist schwer zu beschreiben. Vielleicht ist es diese Art, mit der du die Menschen einfängst."

Lazarus grinste.

„Du bist schon in Ordnung, mein Junge. Eine Schande, welches Leben du bei deiner Tante verbringen musstest."

29. Anruf mit Auswirkung / 13. Juli 2011 / 17:19

Mittwoch, kurz vor dem regulären Feierabend. Fast alle Ermittlungsteams der Mordkommission waren unterwegs und verfolgten Hinweise aus offenen Fällen, dementsprechend verlassen zeigten sich die Schreibtische des Großraumbüros. Die dazugehörenden Bildschirme verharrten im Standby-Modus oder präsentierten das Logo des Landes Nordrhein-Westfalen. Zuweilen schaltete irgendjemand die Beleuchtung der Neonlichtschienen ab, um Strom zu sparen, so auch heute. Die umherstehenden Leichtbauwände und die unzähligen Grünpflanzen behinderten das einströmende Tageslicht, so dass der Raum in diffusem, mattem Licht schimmerte. Die zwei Mitarbeiter, die anwesend waren, wirkten derart mit sich selbst oder ihrer Aufgabe beschäftigt, dass sie gar nicht bemerkten, wie Sarah und ihr Kollege das Büro betraten. Erst als Patrick den Schalter betätigte und die komplette Deckenbeleuchtung wieder einschaltete, schreckten sie auf.

Sarah lief auf ihre verbundenen, sich gegenüberstehenden Schreibtische zu und setzte sich. Patrick folgte ihr.

„Ich habe noch einmal über Samuel Scholz nachgedacht", begann sie, nachdem sie ihr Postfach auf neue Nachrichten geprüft hatte. „Wieso hat man seine Haare auf dem Beifahrersitz des weißen Mercedes gefunden?"

Patrick schürzte die Lippen.

„Denk mal an Rosenthals Notruf." Er zerrte seinen Notizblock aus der Tasche, blätterte und las den aufgeschlagenen Eintrag vor: „... auf jeden Fall klemmte mein Schlüssel, die Funkfernbedienung ist schon seit Wochen leer ..."

„Du meinst, der Täter hatte das gleiche Problem wie Rosenthal? Er hat die Fahrertür nicht öffnen können?"

„Wäre eine Möglichkeit, und so stieg er letzten Endes über den Beifahrersitz hinters Lenkrad. Ist in einem SLK wahrscheinlich kein Vergnügen." Patrick schaute Sarah in die Augen „Dabei könnte er ohne Weiteres ein oder mehrere Haare am Sitz gelassen haben."

„Und was nun?"

„Laut Andreas läuft die Suche nach Samuel auf Hochtouren. Interpol richtet seine Bemühungen auf die Flughäfen, Bahnhöfe und Hotels. Ahmet wurde beauftragt ..."

„Ahmet? Der, von dem du den Hinweis bekommen hast, dass dem Bürgermeister die Presse im Nacken hängt?"

„Richtig. Ahmet soll Samuels Berichte und Aufzeichnungen auseinandernehmen."

Sarah schaue sich um, wohlwissend, dass nur zwei andere Personen im Büro anwesend waren.

„Bisher scheint er mit anderem beschäftigt zu sein. Hier ist er nicht."

Patrick nickte.

Nun bemerkte Sarah, was sie die ganze Zeit unterbewusst gestört hatte. Eines der Telefone, Samuels, schellte ohne Unterlass. Genervt sprang sie vor und übernahm den Ruf an ihrem Tischapparat.

„Hallo? Polizei Gütersloh."

„Ich will Samuel sprechen", erklang eine dunkle Stimme mit südländischem Akzent.

„Wer spricht dort?"

Der Anrufer reagierte nicht auf die Gegenfrage. „Was ist mit Samuel?", fuhr er fort. „Ist er da?"

„Samuel ist unterwegs. Kann ich Ihnen helfen?"

„Sind Sie Samuels Assistentin?"

Sarah betätigte einen Knopf am Telefon, um das Gespräch auf den Lautsprecher zu schalten. Patrick lehnte sich entspannt auf seinem Stuhl zurück und verschränkte die Arme hinter dem Kopf.

„Assistentin? Sagen wir ..., wir arbeiten zusammen."

„Gut. Wann kommt er zurück. Diese Woche?"

Wenn er eintrifft, dann aller Voraussicht nach in Begleitung von Interpol.

Als Patrick merkte, dass Sarah stockte, gab er ihr ein Zeichen, fortzufahren.

Er griff einen Stift, kritzelte einige Wörter auf den Block, der auf seinem Schreibtisch gelegen hatte, und hielt ihn Sarah entgegen: „Versuch herauszufinden, was der Mann von Samuel will!"

„Samuel hat mich beauftragt, seine Fälle und Anrufe abzuwickeln."

Sarah legte eine kurze Pause ein, in der Hoffnung, den Anrufer nicht misstrauisch gemacht zu haben. „Sagen Sie mir, wie ich Ihnen helfen kann?"

Diesmal war es der Anrufer, der für eine Unterbrechung sorgte. Sarah und Patrick hörten ihn atmen, doch eine Zeit lang blieb es still.

„Für gewöhnlich habe ich kleinere Probleme. Rangeleien mit der Polizei. Sie verstehen? Samuel hilft mir dann und ich revanchiere mich dafür."

„Revanchieren? Wie funktioniert das?"

„Ich gebe ihm Informationen."

„Welche Art von Problemen haben Sie denn im Moment?", versuchte Sarah das Vertrauen des Anrufers zu gewinnen.

„Falschparken. Ich habe einige Strafmandate. Wie soll ich sagen? Es sind zu viele. Die Stadt will mir die Fahrlizenz entziehen."

Sarah verdrehte die Augen und tippte sich gegen die Stirn. Patrick zuckte mit den Schultern und wartete, wie so häufig, geduldig ab.

„Hören Sie! Diese Abteilung, in der Sie angerufen haben, kann Ihnen nicht helfen. Klären Sie das Führerscheinproblem bei den Kollegen der Verkehrspolizei."

„Ich bin auf den Schein angewiesen. Schließlich liefere ich täglich Medikamente aus. Ein guter Grund, auch mal auf dem Bürgersteig zu parken. Finden Sie etwa nicht?"

Patrick hielt abermals den Block in Sarahs Richtung. „Warum ruft er bei Samuel an?"

„Sie sprachen von Informationen. Was für Auskünfte könnten Sie bieten, die Samuel interessieren würden?"

Abermals wurde es ruhig in der Leitung.

„Wie wäre es mit einer Spur zu Diandro Milicevic?"

Der letzte Satz ließ Sarah im wahrsten Sinne zusammenzucken und schmetterte ihr vor Augen, was sie am heutigen Morgens erlebt hatte. Ihre Gedanken überschlugen sich, sie biss sich auf die Lippe und kniff die Augen zusammen. Patrick sprang auf und witterte eine Chance, die verloren geglaubte Spur wieder aufzunehmen. Zu gerne hätte er seiner Partnerin den Hörer entrissen, um selbst mit dem Anrufer zu sprechen. Doch die Gefahr, den Mann zu verschrecken, war einfach zu hoch.

„Sie sind doch an Milicevic interessiert?", fragte der Anrufer ungeduldig nach.

Sarah führte den Hörer zurück ans Ohr.

„Woher wissen Sie von der Fahndung nach Diandro Milicevic?"

„Gütersloh ist eine große Stadt und bleibt letztendlich doch nur ein Dorf. Ich weiß, was die Polizei interessiert und was nicht. Schließlich bin ich genauso auf Hilfe angewiesen. Denken Sie an meine Strafmandate. Sie werden das regeln?"

„Lassen Sie uns herausfinden, wie glaubwürdig ihre Quelle ist."

Sarah versuchte sich zu beruhigen. Die Chance, Diandro dingfest zu machen, war einfach zu verlockend.

„Geben Sie uns Milicevics Aufenthaltsort und ich werde schauen, was wir für Sie tun können. Ich benötige Ihren Namen und die Personalausweisnummer, wegen der Tickets."

„Alessio Rotolo, 5491894015D."

Sarah notierte die Angaben.

„Diandro hat ein Faible für große Autos, besonders mag er SUVs. Nach dem Diebstahl seines Ford Edge hat er gleich einen neuen geordert. Der hat es nicht mit warten."

„Bei einem Händler der Stadt?", drängte Sarah.

„Klar. Verler Straße, stadtauswärts."

„Wenn ich mich recht erinnere, liegt da ein Autohaus kurz vor der Autobahnauffahrt", vergewisserte sich Sarah.

Alessio machte ein Geräusch, als stimme er zu.

„Ich bin dort während meines Umzugs vorbeigekommen. Das Ford-Logo am Eingang war einfach unübersehbar."

In der Zwischenzeit notierte Patrick den Namen des Autohändlers und dessen Anschrift.

„Diese Auskunft wird Sie jedoch nicht weiterbringen", erklärte Alessio.

„Das neue Fahrzeug wird frühestens in zwei Wochen geliefert."

„Dann verstehe ich nicht, wie Sie uns helfen wollen Diandro zu finden."

„Das könnte daran liegen, dass Sie nicht Samuel sind. Der hört mir immer genau zu, nicht so oberflächlich wie Sie."

Sarah widersprach nicht, sondern wartete stattdessen unwillig schweigend ab.

„Er hat es nicht mit warten, hatte ich doch eben gesagt. Also hat Diandro sich einen Leihwagen besorgt und mit dem fährt er bereits durch die Stadt. Ich gebe Ihnen den Namen des Leihwagen-Vermieters und Sie regeln meine Tickets."

Patrick nickte und deutete Sarah an, unbedingt auf diesen Deal einzugehen.

„Sollte uns die Spur zu Diandro führen, werden wir Ihnen helfen, Herr Rotolo. Zumindest werde ich alles tun, was in meiner Macht steht."

„Ich nehme Sie beim Wort. Einen Moment. Ich suche eben den Zettel mit dem Namen."

Am anderen Ende der Leitung hörten Sarah und Patrick, wie das Telefon abgelegt wurde und kurz darauf Papiere raschelten. Münzen schienen auf einen Tisch zu fallen, vielleicht ein Feuerzeug oder etwas anderes aus Plastik. Dann bekamen sie mit, wie Alessio fluchte.

„Ich kann die Erinnerung nicht finden", erklärte er, nachdem er wieder zum Hörer gegriffen hatte. „Es ist eine Art Gedächtnisproblem, wenn es darum geht, mir Namen zu merken. Deshalb benutze ich für die wichtigen Dinge kleine Zettel, die ich in den Fächern meines Geldbeutels bei mir trage. Alles andere stecke ich locker in die Hosentaschen."

„Das ist nicht ihr Ernst?", fluchte Sarah aufgebracht.

„Tut mir leid. So ist es.“

Alessio war gerade im Begriff aufzulegen, da besann er sich des Namensschriftzugs.

„Warten Sie!“, rief er ins Telefon. „An den Namen der Firma werde ich mich nicht erinnern können, doch ich bin mir ziemlich sicher, er begann mit einem D.“

„Mit einem D“, wiederholte Sarah frustriert und hatte dabei im Hinterkopf, wie viele Firmen im Kreis Gütersloh mit Autovermietung ihr Geld verdienten.

„Das kann doch nicht wahr sein“, schimpfte Sarah, nachdem sie aufgelegt hatte, bis sie das große „D“ entdeckte, das Patrick mit seinem Kuli auf die Schreibtischunterlage gemalt hatte.

„Was soll das jetzt?“, fauchte sie. „Warum telefoniere ich mit so einem Spinner? Hat der eine Macke?“

„Nun reg dich doch nicht auf“, antwortete Patrick ruhig. „Schließlich haben wir einen neuen Hinweis.“

„Bist du verrückt? Wir haben ein D! Dies ist doch nicht die Sesamstraße.“ Sie holte kurz Luft. „Wir suchen einen mutmaßlichen Mörder und bauen auf die Hinweise eines Alzheimer-Kranken?“

Frustriert schlug sie die flache Hand auf den Schreibtisch.

„Geht das vielleicht ein bisschen leiser?“, rief einer der beiden Kollegen aus dem hinteren Teil des Großraumbüros. „Wir müssen uns konzentrieren.“

„Deshalb sitzt ihr hier auch bis eben im Dunkeln“, keifte Sarah ohne langes Überlegen zurück. „Um eure Sinne zu schärfen, wie die Nacktmulle?“

Der andere der beiden flüsterte etwas, dann standen sie auf und verließen kopfschüttelnd den Raum.

„Okay. Nachdem ihr das nun geklärt habt, könnten wir uns wieder unserem Fall zuwenden.“ Patrick hielt

Sarah das aufgemalte „D“ entgegen. „Das ist unser Hinweis! Autovermietungen mag es unzählige in diesem Landkreis geben, aber lass uns erst einmal überprüfen, wie viele mit einem D im Namen beginnen.“

„Was ist, wenn Alessio sich den Buchstaben einfach ausgedacht hat?“

„Mehr haben wir nicht. Also lass uns schauen, was wir daraus machen können.“

Patrick reaktivierte seinen Monitor und tippte, den Zeigefinger benutzend, Zeichen für Zeichen in die Passwortmaske. Währenddessen umrundete Sarah die Schreibtische und stellte sich hinter ihn. Planlos ließ Patrick den Mauszeiger über den Bildschirm kreisen und entschied sich irgendwann, einfach über das Internet nach Autovermietungen zu fahnden. Wiederum benötigte es seine Zeit, bis er das Suchfeld mit Buchstaben gefüllt hatte.

„Ich kann das nicht mitansehen. Benutzt du den Computer eigentlich nur, um deine E-Mails zu lesen?“

„Nein. Letzte Woche habe ich eine Internetseite mit fantastischen Chili-Rezepten gefunden. Da fällt mir ein, ich wollte Stefan noch den Link schicken.“

Sarah schaute Patrick fragend an. Immer wieder überraschte er sie mit seiner unfreiwillig komischen Art.

„Und womit bist du abends sonst so beschäftigt?“, schweifte sie ab. „Was machst du in deiner freien Zeit?“

„Hin und wieder ein kleines Spielchen an der Spielkonsole kann nicht schaden.“

„Und wie hast du dich beschäftigt, als es noch keine Playstation 3 gab?“

„Mit der Playstation 2!“, antwortete er, als wäre die Antwort einfach zu offensichtlich gewesen. „Kennst du ‚Final Fantasy VII', das Rollenspiel? Das war einer der größten Hits und hat seinerzeit neue Maßstäbe, insbesondere wegen seiner Grafik, gesetzt. Ich spiele es noch heute gelegentlich."

Sarah schüttelte den Kopf, als wolle sie ihre Gedanken vertreiben, dann drängte sie Patrick sanft beiseite.

„Komm, lass mich das machen."

Flugs hüpften ihre Finger über die Tastatur und binnen weniger Suchergebnisse stand fest, wie viele Autovermietungen im Kreis Gütersloh für die weitere Verfolgung in Frage kamen.

„Wenn wir die am äußersten Rand ausschließen, weil wir glauben, Diandro ist zu bequem, um so weit rauszufahren, so bleiben ‚Dodos-Autovermietung', ‚Detlefs Mietcars' und ‚Daniels Sportwagen'."

Patrick griff zum Telefonhörer und wählte die erste, der gelisteten Rufnummern. Nach drei Freizeichen meldete sich eine weibliche Stimme.

„Guten Tag, mein Name ist Patrick Gruber. Ich möchte für einige Wochen ein Auto mieten."

Die Frau am anderen Ende besaß eine hohe Stimme und sprach sehr schnell. Sarah konnte nicht verstehen, was sie sagte.

„Ja, das ist richtig", antwortete Patrick. „Allerdings interessieren mich große Autos, genau genommen SUVs. Haben Sie den Edge von Ford?"

Wieder redete die Frau.

„Verstehe. Und sie haben auch keinen SUV, der derzeit verliehen wäre?"

Ein weiterer kleiner Wortwechsel, dann bedankte sich Patrick und legte auf.

„Fehlanzeige. Dodos verleiht keine SUVs. Versuchen wir, ob Diandro bei ‚Detlefs Mietcars' gebucht hat."

Sarah zeigte am Bildschirm auf die Rufnummer und Patrick wählte. Es läutete, viele Male, dann meldete sich ein junger Mann.

„Guten Tag, mein Name ist Patrick Gruber. Ich bin auf der Suche nach einem SUV für einige Wochen."

Patrick nickte zustimmend, während der Mann auf ihn einredete. Ungeduldig wartete Sarah ab, ob Alessio ihnen eine brauchbare Spur hinterlassen hatte.

„Danke, nein", beendete Patrick irgendwann das Gespräch. „Wenn Sie keine Sport Utility Vehicle verleihen, bin ich nicht interessiert."

Er legte auf.

„Nun wird die Auswahl dünn", bemerkte Sarah und fühlte sich bestätigt, in die Aussage von Samuels Anrufer nicht allzu viel Gewicht gelegt zu haben. „Letzter Versuch für D wie ‚Daniels Sportswagen'. Hier ist die Nummer." Sarah hielt ihren Finger unter die Durchwahl und Patrick wählte.

„Guten Tag, mein Name ist Patrick Gruber."

Die Stimme am anderen Ende begrüßte ihn, kräftig und tief. Patrick hörte eine Zeit lang schweigend zu.

„Herr Delacroix, ich interessiere mich für SUVs."

Der Mann, mit dem Patrick telefonierte, begann eine ganze Reihe von Geländefahrzeugen aufzuzählen.

„Richtig, ein SUV. Am liebsten wäre mir ein Ford Edge."

Für einen Augenblick kehrte Ruhe in das Gespräch.

„Er schaut in seiner Liste nach", flüsterte Patrick Sarah zu.

Sarah trat ungeduldig von einem Fuß auf den anderen, doch sie sagte nichts.

„Ja, ich bin noch dran", antwortete Patrick dann einige Zeit später. „Sie haben derzeit beide SUVs verliehen... Das ist schade... Verstehe... Nein, einen Sportwagen benötige ich nicht... Auch nicht, wenn Sie mir dafür einen besonderen Preis machen."

Der Mann am Telefon war Verkäufer durch und durch. Ohne Unterlass redete er auf seinen Kunden ein.

„Entschuldigung", fiel ihm Patrick ins Wort. „Können Sie mir vielleicht sagen, ob Sie heute oder gestern einen SUV vermietet haben? An einen männlichen Kunden mit schwarzem Bart und nach hinten gegelten Haaren."

Von einer Sekunde auf die andere verlor der Mitarbeiter von „Daniels Sportwagen" all seine Redseligkeit.

„Warum wollen Sie das wissen? Sind Sie ein Bulle?"

„Nein!", wiegelte Patrick ab und dachte hastig über einen Plan nach, um die Situation zu retten. „Ich suche meinen Bruder. Er ..."

„Verarschen kann ich mich selber!", schrie Delacroix ins Telefon. „Wir sind ein seriöses Vermietungsunternehmen. Unsere Kunden lieben die Verschwiegenheit und Diskretion, die wir bieten. Rufen Sie uns nie wieder an!"

Das Gespräch brach ab und Patrick blieb das Rauschen der Leitung.

„Bingo!", freute sich Sarah. „Ein Volltreffer! Wer hätte das gedacht?"

„Da könntest du recht haben", schloss sich Patrick Sarahs Begeisterung an.

„Natürlich habe ich recht! Diandro hat seinen Mietwagen von ‚Daniels Sportwagen'. Ich wette einen Fünfziger darauf, er ist wieder mit einem Ford Edge unterwegs."

„Schicken wir eine Streife rüber." Patrick war im Begriff, erneut zum Telefon zu greifen. „Sie sollen uns Delacroix aufs Revier bringen."

„Warte", bremste Sarah ihn aus.

„Ich halte das für keine gute Idee. Überleg mal! Was kann Delacroix uns schon erzählen? Diandro wird cash gezahlt haben, denk an sein Kokainlabor, die Schneeinsel, wie du so schön gesagt hast. Der schwimmt im Geld und Bargeld hinterlässt bekanntlich zu dünne Spuren. Versauen wir es uns nicht damit, dass Delacroix stur ist oder bezahlt wurde und dicht hält."

Patrick überlegte.

„Gut. Was schlägst du vor?"

Eine halbe Stunde war vergangen. Für Sarahs Empfinden genug Wartezeit, um nicht zweimal unmittelbar hintereinander wegen Diandro Milicevic anzurufen. Sie war ungeduldig, endlich ihren frisch geschmiedeten Plan auszuprobieren, stellte das Telefon vor sich und wählte. Es schellte. Dreimal, viermal, dann meldete sich Delacroix und sie aktivierte den integrierten Lautsprecher ihres Telefons, um Patrick am Gespräch teilhaben zu lassen.

„Guten Tag", begann Sarah freundlich und bemüht, dem Klang ihrer Stimme eine unüberhörbare französische Aussprache zu verleihen.

Sollte sich der Unterricht am Emsdettener Gymnasium und die damit verbundenen drei Austauschmonate in Frankreich doch noch als nützlich erweisen?

„Bin ich verbunden mit ‚Daniels Sportwagen'?"

„Ja, das sind Sie. Wie kann ich Ihnen helfen?"

Obwohl Sarah bei Patricks Gespräch gelauscht hatte, klang Delacroix' Stimme noch tiefer und dunkler als vermutet.

„Ich bin für vier Wochen auf Rundreise durch Nordrhein-Westfalen. Von Gütersloh nach Dortmund, einen kleinen Abstecher nach Düsseldorf, Essen und dann zurück."

„Sie kommen aus Frankreich?", wollte Delacroix wissen.

„Ich lebe in Rouen. Aber ich habe Verwandte in Paris, Le Mans, Cognac und Bordeaux", versuchte sie alle großen Städte, die ihr just einfielen, in das Gespräch einzubinden.

„Das ist unglaublich", antwortete Delacroix. „Paris? Meine Eltern haben dort gewohnt, ich wurde in dieser Stadt geboren. Als ich sechs war, sind wir ausgewandert, doch ich kann mich noch immer an meine Zeit im Kindergarten erinnern. Frankreich war ein schönes Land."

Sarah musste sich konzentrieren, um den aufgesetzten Akzent nicht zu verlieren. Patrick zeigte seine volle Bewunderung und deutete mit seinem ausgestreckten Daumen nach oben. Fast hätte sie lachen müssen.

„Wir fahren jedes Jahr zum vierzehnten Juli nach Paris", holte Sarah weiter aus. „Bei so vielen Verwandten, wissen Sie, drei Onkels und Tanten leben dort."

„Incroyable!", schwärmte Delacroix. „Der Bruder meines Vaters wohnt noch am Stadtrand Paris."

Nun hatte Sarah ihren Anrufer da, wo sie ihn haben wollte, und zu ihrem eigenen Erstauen schneller als erwartet.

„Wir haben noch drei Tage Aufenthalt in Gütersloh. Danach benötige ich einen Mietwagen für unsere Rundreise."

„Selbstverständlich", entgegnete Delacroix und augenblicklich hörte man, wie Papier hin und her geblättert wurde.

„Wissen Sie, dass es reiner Zufall ist, dass wir beiden aufeinander getroffen sind?"

„Zufall? Das kann ich mir nicht vorstellen", schwafelte Delacroix. „Schließlich sind wir fast Landsleute."

„Da haben Sie natürlich recht. Aber es war Ihre Werbung, die uns zu Ihnen geführt hat."

„Werbung?" Delacroix überlegte. Er hatte vor Jahren mal auf Plakaten geworben und letztes Jahr eine Flugblatt-Aktion gestartet, gleichwohl, das war zu lange her.

„Ich habe hier eine Visitenkarte Ihres Unternehmens, so eine orangene." Sarah lächelte und blickte zum Bildschirm ihres Computers. Im Hintergrund erstrahlte die orangefarbene Homepage von „Daniels Sportwagen".

„Jemand hat uns empfohlen?"

„Eher indirekt. Auf der Suche nach einer Autovermietung habe ich ein Portemonnaie gefunden." Sarah legte eine kurze Pause ein, dauerhaft mit Akzent zu sprechen war nicht einfach. „Darin befand sich die Visitenkarte ihrer Autovermietung, ein Ausweis, Bargeld und ein Führerschein."

„Oh", reagierte Delacroix überrascht.

„Ich hatte nun gehofft, bei Ihnen nicht nur einen Mietwagen für drei Wochen zu buchen, sondern gleichzeitig einem Menschen helfen zu können. Ohne Papiere ist bekanntlich schlecht."

„Wie wahr! Kommen Sie einfach vorbei. Wir machen einen Mietvertrag und Sie zeigen mir, was Sie gefunden haben. Bestimmt findet sich der Name des Besitzers in unseren Listen. Ich könnte mir vorstellen, da ist sogar ein Finderlohn für Sie drin."

„So ähnlich hatte ich mir das auch vorgestellt", log Sarah, um ihre Geschichte nun in die gewünschte Richtung zu lenken. „Doch leider ist meinem Mann heute Mittag ein Taxi über den Fuß gefahren. Nichts Schlimmes, doch ich denke, wir werden hier noch eine Zeit lang festhängen."

Patrick riss überrascht die Augenbrauen nach oben. „Verstehe. Was können wir unternehmen?"

„Ich hatte gehofft, Sie helfen mir mit der aktuellen Wohnadresse des Besitzers. Mit Sicherheit muss man so etwas bei Ihnen angeben, um ein Auto mieten zu können. Die Adresse auf dem Ausweis, den ich gefunden habe, scheint nicht mehr gültig zu sein. Dort konnten wir niemanden erreichen."

„Sie haben versucht, das Portemonnaie dem Besitzer nach Hause zu bringen?", fragte Delacroix ungläubig.

„Wenn das mal nicht typisch französisch ist, was dann?" Delacroix lachte. „Aber dafür genießen Sie meinen vollen Respekt!"

Patrick lehnte sich auf die Tischplatte neben Sarah und konnte kaum glauben, wie das Telefonat zwischen seiner Partnerin und Delacroix ablief.

„Nun aber bin ich ratlos", fuhr sie fort. „Wegen meines Mannes und seinem Fuß. Am besten bringe ich den Fund zur Polizei. Da war ein Revier, unten an der Ecke. Sollen die sich darum kümmern."

Da war es gewesen, das Wort, das alle Alarmglocken in Delacroix' Kopf aktivierte: Polizei!

„Nein!", bat Delacroix und dachte an die Diskretion, die er seinen Kunden schuldete. „Was kann die Polizei schon tun, wenn Sie an seiner Haustür erfolglos waren? Geben Sie mir den Namen aus dem Ausweis und ich überprüfe mal eben meine Unterlagen."

Sarah tat, als müsse sie nach dem Portemonnaie suchen, dann nannte sie den Namen.

„Diandro Milicevic?", fragte Delacroix zweifelnd und verstummte.

Sollte es Zufall sein, dass sich am gleichen Tag zwei Personen für Diandro interessierten?

Sarah hielt am anderen Ende der Leitung die Luft an, in der Hoffnung, mit ihrer Geschichte ausreichend glaubwürdig zu sein.

Dann stand Delacroix' Entscheidung fest. Leute von der Polizei erkannte er einhundert Meter gegen den Wind. Zu lange hatte er schon in diesem Geschäft gearbeitet, niemand konnte ihm etwas vormachen und diese Frau, mit ihrem französischen Akzent, die war auf jeden Fall eines: vertrauenswürdig, hilfsbereit, einfach typisch französisch.

„Passen Sie auf", begann Delacroix. „Ich gebe Ihnen die aktuelle Adresse von Milicevic für Ihr Wort, die Papiere nicht bei der Polizei abzugeben. Wir wollen doch keine Rangeleien und Probleme, weil es wieder Tage dauert, bis die Ausweise ihren rechtmäßigen Besitzer erreichen."

„Genau das war mein Anliegen", stimmte Sarah zu. „Deshalb hatte ich auf ihre Unterstützung gehofft."

Patrick schüttelte ungläubig den Kopf.

„Diandro bewohnt derzeit ein Zimmer im Parkhotel, das mit der blauen Glasfront."

„Kenne ich", antwortete Sarah. „Wir sind daran vorbeigekommen. Vielen Dank Herr Delacroix, und wir sehen uns in drei Tagen, um einen Mietwagen zu buchen."

„Gerne. Also nicht vergessen: Parkhotel!"

30. Eingekreist / 13. Juli 2011 / 19:22

Um möglichst unauffällig vorzugehen und niemandem einen Hinweis zu geben, der Diandro warnen könnte, hatte Andreas den Einsatz von Streifenwagen untersagt. Patrick, der als Erster mit Sarah am Einsatzort eingetroffen war, parkte seinen Mustang in der Gasse hinter dem Parkhotel. Es dauerte nicht lange, da bog ein weiteres Fahrzeug in die ansonsten verlassene Nebenstraße. Scheinwerfer blitzten auf, Ackermann in seinem braunen Ford Scorpio hielt unmittelbar hinter ihnen. Im Rückspiegel beobachtete Patrick, wie sich der Hauptkommissar zum Handschuhfach herunterbeugte, bevor er aus dem Wagen stieg.

„Der Chef ist eingetroffen", erklärte Patrick monoton.

„Dann lass uns gehen", antwortete Sarah und sie verließen das Auto.

„Das GSG 9 Team ist unterwegs", begann Andreas, noch bevor die beiden Ermittler etwas hätten sagen können. „Wir werden schnell und überraschend vorgehen. Ich will nicht, dass Diandro uns ein drittes Mal entkommt."

Ein Handy klingelte. Andreas griff zur Tasche, klappte sein Telefon auf und führte ein kurzes Gespräch.

„Die Spezialeinheit ist in einer Minute hier. Wir werden derweil warten. Anschließend geht ihr beiden zur Rezeption. Ein Mann, eine Frau, ein Hotel. Das wird für wenig Aufsehen sorgen."

Patrick schmunzelte. Weniger über Andreas' Plan, gemeinsam mit seiner Partnerin als Paar aufzutreten, als über das Gesicht, das Sarah in diesem Moment aufsetzte. Die Reaktion folgte geradewegs, wenngleich sie ihren Ellenbogen nur gespielt in Patricks Seite rammte.

„Findet an der Rezeption seine Zimmernummer heraus, informiert uns und wir fahren nach oben, um diese Jagd ein für alle Mal zu beenden."

„Nach oben?"

„Glaubt ihr, Diandro mietet ein Standardzimmer? Bestimmt nicht! Die Suiten befinden sich in den obersten drei Etagen!"

„Verstanden", antwortete Sarah knapp und deutete über die Schulter des Hauptkommissars hinweg auf einen schwarzen Lieferwagen, der sich mit hoher Geschwindigkeit näherte.

„Das GSG 9 Team!" Patrick hatte sich bereits abgewandt, um zu Fuß zum Haupteingang zu gehen. „Komm Sarah, lass uns einchecken."

Die Lobby des Parkhotels wirkte warm und einladend. Elegante Teppiche auf weiß glänzendem Marmor, eine Reihe aus gleichhoch gewachsenen Pflanzen auf der linken und ein kleiner, in den Boden eingelassener Wasserlauf auf der rechten Seite waren erste, klare Indizien, dass es dem Gast in diesem Hotel an nichts fehlen würde. Einen Augenblick verfolgten Sarah und Patrick das Kommen und Gehen der Gäste. Plötzlich zeigte Sarah auf den linken der vier Angestellten hinter dem Rezeptionstresen.

„Komm! Dort ist jetzt frei."

Zielstrebig lief Sarah voraus, während Patrick versuchte, mit ihr Schritt zu halten.

„Guten Abend und herzlich willkommen im Parkhotel, einer der luxuriösesten Unterkünfte der Stadt."

„Guten Abend", entgegnete Sarah.

Patrick schaute sich um. Nachdem er sichergestellt hatte, dass die übrigen Mitarbeiter der Rezeption beschäftigt waren, zeigte er seine Polizeimarke.

„Bitte bewahren Sie Ruhe und helfen Sie uns bei der Suche nach Diandro Milicevic. Wahrscheinlich ist er erst seit Kurzem Ihr Gast."

Der Concierge gab den Namen an der Tastatur seines Buchungscomputers ein, doch die Abfrage lieferte kein Ergebnis.

„Leider nein. Einen Diandro Milicevic haben wir nicht."

„Versuchen Sie Engel", schlug Patrick vor und wartete.

„Nein ... leider auch nicht."

„Probieren wir es anders."

Patrick kramte sein Handy hervor, benutzte die Menüsteuerung, wählte den Bilderordner und blätterte einige Sekunden suchend hin und her.

„Wir suchen diesen Mann!"

Der Concierge betrachtete das Foto auf dem Handy-Bildschirm und überlegte.

„Du hast ein Foto von Diandro auf deinem Handy?", fragte Sarah ungläubig.

„So arbeitet man heute bei der Polizei! Die technischen Möglichkeiten gehen auch an mir nicht spurlos vorüber."

„Quatschkopf!", flüsterte Sarah Patrick zu. „Wer hat dir geholfen? Marc oder Ahmet?"

„Es tut mir leid", unterbrach der Hotelangestellte. „Diese Person habe ich noch nie gesehen. Aber wenn Sie möchten, fragen wir die Kollegen."

Gleich darauf verließ er seinen Platz.

„Nein! Bitte kommen Sie zurück!" Patrick wartete, dann wandte er sich an Sarah. „Warum sollte Diandro auch unter seinem Namen einchecken? Würde ich auch nicht machen, wenn ich von der Polizei gesucht würde."

„Sagen Sie" Patrick blickte den Concierge an, „Sie besitzen mit Sicherheit eine Tiefgarage?"

„Selbstverständlich. Einhundert Stellplätze im klimatisierten Untergeschoss."

Sogleich schaute Sarah sich suchend um.

„Nehmen Sie den Fahrstuhl oder die braune Tür, da vorne neben dem Wasserlauf."

„Danke." Sarah beugte sich nach vorne über die Rezeption. „Bitte hören Sie mir genau zu! Um die polizeiliche Ermittlung nicht zu gefährden, sind wir weiterhin auf Ihre Unterstützung angewiesen. Kein Wort zu Ihren Kollegen!"

Der Concierge nickte.

„Mittäterschaft ist Ihnen ein Begriff?"

Der Hotelangestellte schaute Sarah entsetzt an. „Warum fragen Sie mich das?"

„Ein Wort zu irgendjemandem und Sie beenden Ihre Schicht auf unserem Revier!"

„Ich habe Ihre Drohung verstanden. Nun lassen Sie mich, die Leute gucken schon."

Die beiden Kommissare folgten dem Treppenverlauf nach unten und standen kurz darauf in der Tiefgarage.

„Außergewöhnlich", staunte Patrick. „Diese Garage ist aufgeräumter als mein Zuhause."

„Kann ich mir vorstellen."

Patrick stutzte.

„Wird übrigens mal Zeit, dass du mir deine Wohnung zeigst."

„Mache ich gerne, sobald ich durchgekehrt habe."

„So schlimm?"

„Für mich nicht, ich finde mich zurecht, alles hat seinen Platz." Patrick legte eine kurze Pause ein. „Gemessen an deinem Standard, verbesserungswürdig. Wenn wir etwas mehr Freizeit haben, werde ich Ordnung schaffen."

Er schaute sich um.

„Nun zu Diandro. Er hat in dieses Hotel eingecheckt, also wird er auch hier unten parken. Wir suchen einen gemieteten Ford Edge und über die Stellplatznummer kommen wir an seine Zimmernummer."

„Ist klar!" Sarah verschwand nach rechts. „Ich überprüfe diese Seite", rief sie zurück.

„Habe ich gesehen", dachte Patrick und begann seine Suche in dem anderen Teil der Tiefgarage.

Beinahe hatte er den einhundertsten Stellplatz erreicht, da hörte er Sarah rufen. Er kehrte um, lief an den geparkten Autos vorbei, erreichte den Treppenaufgang nebst Fahrstuhl und folgte ab da Sarahs Laufrichtung.

„Ich bin hier drüben! Und schau, was ich gefunden habe." Sarah zeigte auf einen schwarzen Ford Edge. „Siehst du das Nummernschild? Eindeutig von ‚Daniels Sportwagen'."

Patricks Handy fiepte. Überrascht griff er zur Hosentasche, um den Grund herauszufinden.

„Eine Provider-SMS! Zwei verpasste Anrufe von Andreas."

„Wahrscheinlich hattest du für einen Moment Empfang." Sarah rümpfte die Nase. „Diese Stahlbetonwände werden wohl alles abschirmen."

„Hast recht, nicht ein einziger Empfangsbalken. Rufen wir ihn an, wenn wir wieder im Foyer sind."

„Dann lass uns gehen. Hier unten gibt es nichts weiter zu entdecken", drängte Sarah. „Der Wagen auf Stellplatz 11 ist der einzige SUV."

„Gut. Klären wir den Rest oben."

In die Lobby des Parkhotels zurückgekehrt, telefonierten Patrick und Andreas wegen der ersten erfolglosen Suche und dem anschließenden Plan, Diandro mithilfe seines Stellplatzes aufzuspüren. Der Hauptkommissar und das vierköpfig GSG 9 Team hatten das Hotel bereits durch den Bediensteteneingang betreten, bereit, ihren Aufzug in die ermittelte Etage zu starten. Während Patrick sich hinsichtlich der Verzögerung rechtfertigen musste, recherchierte Sarah gemeinsam mit dem Concierge, welcher Gast Parkplatz 11 gemietet hatte.

„Sag Andreas: Zweites Obergeschoss, Appartement 6c!"

Sarah wies den Concierge an, ihnen vorauszueilen, um, oben angekommen, mit einem Universalschlüssel aufzuschließen. Es dauerte eine halbe Minute, da trafen sich beide Gruppen vor Diandros Tür.

„Ab hier übernehmen wir!", legte eines der vier vermummten GSG 9 Mitglieder mit ruhiger aber bestimmender Stimme fest.

„Selbstverständlich", willigte Andreas ein und kratzte sich nervös den Vollbart. Ein Teil des grauen Baumwollhemdes hing über seiner Bundfaltenhose. Er nahm sich die Zeit, sein Hemd zu richten, dann holte er die Dienstwaffe hervor. Besorgt und zugleich entschlossen ging er in Position, schenkte Sarah und Patrick einen prüfenden Blick und gab das Zeichen, bereit zu sein.

„Wir gehen rein, stellen die gesuchte Person und sichern den Raum. Niemand folgt uns, bevor wir entwarnen. Es geht um Ihre Sicherheit! Sperren Sie mit Ihren beiden Kollegen den Gang ab und bringen Sie diesen Zivilisten aus dem Schussfeld, nachdem er die Tür entriegelt hat." Dabei zeigte der Anführer der Sondereinheit auf den Concierge, der sich inmitten der ganzen Polizisten sichtlich unwohl fühlte.

Sarah entsicherte ihre Waffe und gemeinsam mit Andreas bezog sie auf der linken Seite Position. Patrick wartete rechts, um von dort den Angestellten zu übernehmen.

„Es geht los!" Die vier Mitglieder der GSG 9 überprüften ihre Maschinenpistolen, stellten sich hintereinander auf, klopften sich nacheinander auf die Schulter und warteten auf das Öffnen der Tür.

Die folgenden Sekunden verliefen wie ein Film im Schnelldurchlauf. Binnen Sekunden waren die schwarz gekleideten Männer in der Suite verschwunden. Es wurde gerufen, ein Gerangel folgte, irgendein Gegenstand fiel zu Boden, alles ohne Schusswechsel. Kurz darauf erschien einer der vier an der Tür und deutete an, hereinzukommen. Sarah und Andreas sicherten ihre Pistolen und folgten mit Patrick.

Die Augen des Mannes, der auf dem Bauch liegend mit Kabelbindern an den Armen und Beinen gefesselt worden war, waren voller Angst und Panik. Offensichtlich hatte er geschlafen. So war es einfach gewesen, ihn zu überraschen und dingfest zu machen.

„Das ist nicht Diandro Milicevic!", stellte Andreas frustriert fest.

„Verdammt!"

Der Anführer der GSG 9 Einheit half dem Gefesselten auf, so dass er auf der Bettkante sitzen und von den Polizisten ungehindert betrachtet werden konnte.

„Nein, Diandro ist viel größer", stimmte Patrick zu. „Wartet mal!"

Er schaute sich um. „Concierge! Wo sind Sie?"

Schüchtern streckte der Hotelangestellte seinen Kopf durch die Tür.

„Sagen Sie, mir ist da in der Tiefgarage etwas aufgefallen ..."

Er dachte zurück und erinnerte sich, wie Sarah ihre Nase gerümpft hatte, als sie dem SUV gegenübergestanden hatten. Da war ein tropfendes Geräusch gewesen, von einem Abwasserrohr. Jetzt fiel es ihm wieder ein: Ein undichtes Rohr, gegenüber von Parkplatz 11.

„... können Sie die Stellplatznummer gegenüber von Bucht 11 herausfinden und prüfen, welcher Gast eigentlich dort parken müsste?"

Der Concierge nickte. „Am Ende des Flurs ist ein Haustelefon. Ich werde unten anrufen. Bin sofort wieder da."

Schon war er verschwunden.

„Was hast du vor?", wollte Sarah wissen. Gleichwohl schien den anderen Anwesenden die gleiche Frage durch den Kopf gegangen zu sein. Der Anführer der Spezialeinheit löste dem Gefangenen die Fesseln und gab ihm zu verstehen, sich ruhig zu verhalten.

„Niemand würde sein Auto auf einem zugewiesenen Platz abstellen...", erklärte Patrick, „... wenn es von oben aus einem Abwasserrohr tropft. Was ist, wenn Diandro dort parken sollte?"

Der Hotelangestellte betrat die Suite, außer Atem. „Parkbucht 7", keuchte er. „Reserviert für Appartement 4d. Folgen Sie mir!"

Der Gast von Suite 6c und ein Mann der Sondereinheit blieben zurück, die anderen rannten dem Hotelangestellten hinterher. Abermals formierten sie sich, prüften ihre Maschinenpistolen, stellten sich der Reihe nach auf und warteten darauf, dass der Concierge die

Tür öffnete. Den Überraschungsmoment ausnutzend, stürmten sie in das Zimmer hinein, drängten einen völlig überraschten Diandro Milicevic an die Wand und entwaffneten ihn. Als Sarah und ihre Kollegen die Suite betraten, kniete Diandro am Boden, überwältigt und gefesselt.

Um weiterhin möglichst unauffällig vorzugehen, verließen das Sondereinsatzkommando und der Gefangene das Hotel auf demselben Weg wie beim Eintreffen. Der schwarze Lieferwagen stand bereit, um Diandro Milicevic in eine Zelle der Gütersloher Kreispolizeibehörde zu überführen. Der Polizei dankbar dafür, als seriöses Hotel nicht diskreditiert worden zu sein, bemühte sich der Geschäftsführer des Parkhotels, den missgestimmten Gast aus Appartement 6c mit einer persönlichen Entschuldigung gepaart mit einer Flasche besten Weines zu beruhigen. An der Stelle, an der noch vor wenigen Minuten ein Krimineller gekniet hatte, stand nun Andreas Ackermann. Zufrieden ließ er den Blick durch das großzügige Hotelzimmer schweifen, bevor er auf Sarah und Patrick zuging.

„Das war gute Arbeit!"

„Danke, Boss."

„Ein Lob kann niemals schaden", erwiderte Patrick.

„Zumindest nicht, wenn die Anerkennung an der richtigen Stelle ausgesprochen wird." Andreas zog seine Bundfaltenhose in Position. „In diesem Fall habt ihr die neue Spur zum Parkhotel entdeckt und Diandro in seiner Suite ausfindig gemacht, zumindest im zweiten Anlauf."

„Was ist eigentlich mit dem Gast aus Appartement 6c?", interessierte sich Sarah. „Ist noch jemand bei ihm?"

„Der Geschäftsführer wollte ihn aufsuchen. Patrick, würdest du überprüfen, wie es dem Mann geht?"

„Natürlich."

Während Patrick das Zimmer verließ, durchwühlte Andreas nacheinander die zwei Schubladen und das seitliche Schrankfach des Hotelschreibtisches, in der Hoffnung, weiteres Belastungsmaterial gegen Diandro zu finden.

„Wenn es vorerst nichts weiter zu besprechen gibt, mache ich Feierabend." Sarah zeigte auf die Uhr. „Es ist Mittwochabend und es ist kurz nach acht. Ich muss mich sputen."

Andreas blickte auf.

„Ach ja, das vorgegebene Programm, mittwochs und freitags. Heute ist dein zweites Treffen?"

„Das zweite in dieser Stadt, richtig."

Nachdem er die Schubladen wieder halbwegs ordentlich geschlossen hatte, nutzte Andreas die Tischplatte, um sich anzulehnen.

„Auf ein Wort. Erklärst du mir, wie so eine ..., ich weiß nicht, wie ich es sagen soll, ohne taktlos zu wirken. Also, wie so eine Gruppe funktioniert?"

„Derzeit sind wir fast zwanzig Leute, Männer und Frauen. Die Mitgliedschaft steht jedem Süchtigen offen. Die Art der Abhängigkeit und die Art des konsumierten Suchtmittels spielen keine Rolle, auch nicht, welche oder wie viel Drogen, Medikamente oder deren Kombination eingenommen wurden."

„Dort treffen sich also Alkoholiker, Medikamentenabhängige und Drogensüchtige?"

„So ist es. Man muss nicht einmal clean oder nüchtern sein. Das zweite allerdings bedauere sogar ich. Wir hatten letzten Freitag einen Kandidaten."

Sarah stockte.

„Zumindest hat er uns allen gezeigt, wie weit unten wir eigentlich noch sind."

Andreas' Augen weiteten sich, doch er sagte nichts.

„Die Mitglieder dieser Therapie verpflichten sich zur vollständigen Abstinenz ihrer Drogen."

„Das scheint nicht immer zu funktionieren? Jedenfalls nicht bei diesem Freitagskandidaten?"

„Das Einhalten der Empfehlung ist keine Bedingung für die Mitgliedschaft. Entscheidend ist der Wunsch des Betroffenen, mit dem Konsum von Suchtmitteln aufzuhören."

„Verstehe." Andreas überlegte einen Augenblick, dann wechselte er das Thema. „Was ist mit Patrick?"

„Was soll mit ihm sein? Wir arbeiten nun seit drei Tagen zusammen. Er hat so seine Eigenarten, aber von denen habe ich bestimmt nicht minder. Anfangs musste ich mich an seinen Humor gewöhnen, ist irgendwie schräg."

„Du behältst ihn im Auge?"

„Wir verbringen pro Tag so viel Zeit miteinander, da bleibt das nicht aus."

„Patrick hat Glück, dich als Partnerin zu haben ... Okay, und nun los! Deinen Bericht erwarte ich morgen früh."

„Und keine Minute eher", scherzte Sarah, dann verließ sie das Hotelzimmer.

32. Pharmakon / 13. Juli 2011 / 21:10

Feierabend. Nach einem langen Tag voll Arbeit. Mit gewandtem Griff öffnete er die Wohnungstür, zügig und ohne zu viel Zeit im Treppenhaus zu verlieren. Die Nachbarn waren ihm überwiegend fremd und durften es seinethalben auch bleiben. Soziale Beziehungen konnten zuweilen ziemlich unentspannt sein.

Ein Duft von Kamille, von Pflanzen, die zu einem Bund gebunden von der Decke des Flurs hingen, ließ ihn aufatmen. Erinnerungen flammten vor seinem inneren Auge auf. Erinnerungen an eine Zeit, in der er in Helmstedt die Grundschule besucht hatte, nachmittags nach Hause kam und von seiner Mutter liebevoll empfangen wurde. Sie hatte Kamille geliebt und ein blühender Strauß hatte immer auf dem Regal hinter der Eingangstür gestanden.

Nach einem anstrengenden Arbeitstag in die Wohnung zurückzukehren und ebendiesen Duft einzuatmen, war wie eine Reise in die Vergangenheit, wie die Rückkehr zu den lang verstorbenen Eltern.

Von einer Sekunde zur anderen, wenngleich nicht unerwartet, überkam ihn ein Anfall. Schlagartig stieg der Tonus all seiner Körpermuskeln an, die Augen verdrehten und das Gesicht verzerrte sich. Aufkommende, unkontrollierbare Krämpfe in der Kaumuskulatur fügten ihm blutige Verletzungen an der Zunge zu. Es folgten heftige Zuckungen der Extremitäten, des Rumpfes und des Kopfes. Er schwankte, suchte Halt, aber fiel. Irgendwie gelang es ihm, das Fallen über die Knie abzumildern und sich anschließend zur Seite abzurollen. Zumindest glaubte er, den Sturz beeinflusst zu haben. In den letzten Tagen verkürzten sich die Abstände der Schmerzwellen im Kopf. Wie erschlagen blieb er liegen, schaute nach oben zur Decke und fragte sich, ob dies der Beginn vom Ende sein würde.

Ohne die vollständige Kontrolle seiner Körperfunktionen zurückerhalten zu haben, glitt die Hand zur Hosentasche und kramte eine seiner weißen Plastikdosen hervor.

Zwei Pillen. Vier oder fünf Minuten ausharren, dann wird es wieder gehen.

Die unbeherrschbaren Kontraktionen seiner Muskeln behinderten die Einnahme, und er benötigte etliche Versuche, bis zwei der Kapseln den Mund erreichten. An diesem Punkt wurde ihm schwarz vor Augen und er verlor das Bewusstsein.

Langsam kehrte seine Wahrnehmung zurück, doch er fühlte sich unruhig und verwirrt. Seine Atmung normalisierte sich. Die Tortur hatte ihn müde gemacht und hinterließ Kopf- und Muskelschmerzen.

Verflucht!, durchfuhr es ihn, während er, auf allen Vieren krabbelnd, die herumgeschleuderten Pillen einsammelte. Die Tagesration! Hab ich heute total vergessen!

Er verharrte eine Zeit lang in zusammengekauerter Haltung, irgendwann stemmte er sich hoch und schleppte seinen ermatteten Körper in das angrenzende Wohnzimmer. Es dauerte nicht lange, bis ihm das Aroma des ausgesuchten Whiskeys – er hatte sich ein Glas einen Fingerbreit gefüllt – ein Lächeln ins Gesicht trieb. Er wusste, die Medikamente untersagten den Konsum von Alkohol. Dessen ungeachtet ging es nicht um Konsum, es ging um Genuss. Und was sonst blieb ihm, wenn nicht ein wenig Gaumenkitzel? Hingebungsvoll neigte er den Kopf nach hinten, schloss die Augen und inhalierte den lieblichen, nussigen Wohlgeruch. Er stöhnte leise, leerte das Glas und ließ ein wenig Zeit verstreichen. Danach schluckte er weitere Pillen, um die vergessene Tagesration auszugleichen.

Überstanden!

Zehn Minuten später fühlte er sich wie verwandelt. Die nachträgliche Medikamentierung verdrängte sämtliche Schmerzen und ließ ihn das Ereignis vergessen. Er verließ das Wohnzimmer, lief zum Badezimmer und betrachtete das Abbild seiner ausgestreckten Zunge im Spiegelschrank.

Halb so wild. Nichts, dass mir den Abend verderben könnte.

Mit beiden Händen umfasste er das geschlossene Möbelstück, hob es an und löste es auf diese Weise von den Haken der Wand. Das freigegebene Loch beherbergte eine größere, metallene Dose, die er entnahm, nachdem er den Spiegelschrank behutsam am Boden abgestellt hatte. Er löste den Deckel. Der Inhalt lag ordentlich sortiert nebeneinander, so, wie zurückgelassen: Ein Paar gepflegte, schwarze Schuhe, das die eigene Schuhgröße um eine Nummer überragte. Ein probandes Mittel, eine falsche Fährte zu legen. Des Weiteren ein Haarteil, dessen Aufgabe es ursächlich nicht war, sein Aussehen zu verstellen, sondern um zu verhindern, dass er eigene Haare an einem Tatort zurückließ. Neben den Schuhen klemmten mehrere Tuben Sekundenkleber, eine wahrhaft vielseitige Flüssigkeit. Auf der einen Seite ersetzte „Superflex Gel", auf allen zehn Fingerkuppen aufgetragen, die Handschuhe, von denen er glaubte, sie engten ihn in seinem Tun ein. Auf der anderen Seite hinterließ die künstliche Haut selbst keine verwertbaren Spuren, zumindest nicht, wenn er es nicht wollte. Nach seinem nächtlichen Streifzug genügten fünf Minuten in warmer Seifenlauge, um alles abzulösen.

Er schaute zur Uhr. Es war fast zehn. Heute gab es für ihn keine Eile, denn das auserwählte Opfer gehörte zu den nachtaktiven Menschen dieser Stadt. Die Auskundschaftungen der letzten Wochen hatten Ort und Zeit des Übergriffs bestimmt. Über die Problematik, dass die Narkotisierung zweier seiner Opfer zu gering ausgefallen war, hatte er sich reichlich Gedanken gemacht. Schließlich musste und wollte er beenden, was er begonnen hatte. Daran durften ihn weder seine Opfer, noch der Zustand seines eigenen Körpers hindern. Aus erstem Grund hatte er das schlaferzwingende Medikament „Etomidat" gegen „Propofol" getauscht und erhoffte sich nun eine genauere Dosierbarkeit des Betäubungszeitraums.

„Der halbe Weg liegt bereits hinter mir", dachte er. „Nun wird es Zeit, Martin Sander zu besuchen und seinem Tun Einhalt zu gebieten."

Er nahm die Metalldose, trug sie hinüber ins Schlafzimmer und begann sich umzuziehen. Die ausgewählte schwarze Jeans gehörte zu denen, die zu tausenden in dieser Stadt getragen wurden, dazu ein unauffälliger dunkler Troyer. Rückverfolgung ausgeschlossen. Nachdem er vollständig angekleidet war, betrachtete er sich im Spiegel und entdeckte den kleinen Herstellerschriftzug, der seitlich am Kragen des Pullovers prangte. Er dachte an Sebastian Bond und lächelte siegessicher. Die Perücke mit ihrem Mittelscheitel ließ ihn ein wenig älter wirken, die schwarzen

Lederschuhe glänzten, wirkten elegant. In das Badezimmer zurückgekehrt, trug er sorgsam den Sekundenkleber auf die Fingerkuppen auf und wartete, bis sich eine harte Schicht gebildet hatte. Anschließend verstaute er die Dose in ihrem Wandversteck und hängte den Spiegelschrank an seinen alten Platz.

Martin Sander, in der einschlägigen Szene bekannt als einer der namhaften Zuhälter Güterslohs, liebte es, gegen dreiundzwanzig Uhr Essen zu gehen. Das „Marco Polo", der „Fasan" oder das „Schiffchen" gehörten dabei zu seinen bevorzugten Adressen. Entscheidend war jedoch nicht die Frage, wo Martin heute Abend Essen gehen würde, sondern vielmehr das Wissen, dass sein Auto, ein silberner Ferrari California, in einer kleinen Gasse mit nur fünf Parkplätzen neben seinem Club geparkt wurde.

Zwischen dem Ferrari und einem roten Jaguar Cabrio kniend, beobachtete Dupont jeden Gast, der den Eingang des „Lucky Cock" passierte. Es überraschte ihn wenig, als Martin seinen Club fünf Minuten früher als gewöhnlich verließ und geradewegs auf sein Luxusfahrzeug zustürmte, ohne auf den Fahrdienst seines Parkplatzpersonals zurückzugreifen. Erstaunlich, was der imitierte Anruf eines Mannes bewirken konnte, der behauptete, den Ferrari beim Einparken touchiert zu haben. Außer Atem stand Martin hinter seinem Fahrzeug und untersuchte argwöhnisch die Stoßstange, die Rücklichter und anschließend die Fahrerseite. Er bemerkte nicht, wie Dupont sich aus seinem Versteck erhob und von hinten annäherte. Er hatte keine Ahnung von der Spritze, die bis zum Anschlag des Kolbens mit „Propofol" aufgezogen worden war und sich in wenigen Sekunden in seinen Hals bohren sollte. Aber er hörte die Cola-Dose, die Dupont auf dem Boden übersehen hatte und nun mit ihrem blechernen Geräusch über die Pflastersteine schepperte. Aufgeschreckt schwang Martin herum und entdeckte den schwarz gekleideten Mann, den er, so war er sich sicher, nie zuvor in seinem Leben gesehen hatte.

„Was willst du von mir?", schrie Martin seinen Angreifer an.

„Gerechtigkeit", antwortete Dupont zögerlich und noch immer überrascht von seinem eigenen Fehltritt.

„Gerechtigkeit? Was ist das für ein Bullshit? Haben dich die Mädels des ‚Lucky Cock' übervorteilt oder hattest du Probleme, deinen Mann zu stehen?"

Martins schäbige Lache schallte über den Parkplatz. Mit einem Mal veränderte er seine Körperhaltung, streckte seine Hände vor und signalisierte, dass er durchaus in der Lage war, sich ohne Unterstützung seiner Angestellten zu verteidigen.

„Dein Club interessiert mich nicht." Dupont warf einen prüfenden Blick auf seine Spritze. „Deinetwegen dir bin ich hier!"

„Ich kenne dich nicht, aber ich werde dich fertigmachen, wenn du nicht augenblicklich verschwindest!"

„J. C. schickt mich", erklärte Dupont und trat auf Martin zu.

„Wer soll das sein?"

„Jesu Christi!", entgegnete Dupont entrüstet. „Er hat mir aufgetragen, dir deine Herrschaft zu entziehen."

„Herrschaft? Du willst mich hochnehmen? Glaubenskriege wurden im sechzehnten und siebzehnten Jahrhundert geführt."

Dupont hob anerkennend die Augenbrauen.

„Ehebruch, Vergewaltigung, Prostitution und Zuhälterei stellen einen vor Gott untragbaren ..."

Dupont bekam nicht die Chance, seinen Satz zu beenden. Martin preschte nach vorne und schlug in einer Abfolge von Schlägen in Duponts Magen, sein Gesicht und auf den Oberarm, in dessen Hand er die Spritze hielt. Komplett überrumpelt, brach dieser zusammen und krümmte sich vor Schmerzen.

„Pah!", schrie Martin. „Pam, Pam, Pam! Willst du Nachschlag, du Kasper?"

Dupont blickte auf. Blut rann aus seiner Nase, tropfte auf den Ärmel seines Pullovers, um im gleichen Moment in die Fasern einzudringen. Er röchelte und kreiste den Kopf, als wollte er seinen Nacken lockern.

Mit einem Mal hörte er, wie sich zwei oder drei Personen näherten.

„Hey Boss", rief jemand. „Benötigst du Hilfe?"

Martin Sander trat einige Schritte zurück, ohne seinen Gegner aus den Augen zu lassen.

„Alles im Griff! Nur ein Verrückter, der auf Randale aus ist."

„Sollen wir den Rest für dich erledigen?"

„Auf gar keinen Fall! Das Beste kommt bekanntlich zum Schluss. Dimitrij, Jegor, Dominik. Geht rein und rockt den Laden. Die Leute sind nicht hier, um wieder mit vollen Portemonnaies zu fahren. Ich bin gleich im ‚Marco Polo'. Komme gegen eins zurück."

„Ist okay." Mit diesen Worten kehrten die Angestellten des „Lucky Cock" ihrem Chef den Rücken und verschwanden.

„Nun zu uns!", legte Martin los. „Ich wollte dir noch deinen gottverdammten Jesus aus den Knochen prügeln. Und da Sport bekanntlich hungrig macht, lass uns das jetzt schnell beenden."

Die Hand rot, vollgetropft vom Blut seiner Nase, hievte sich Dupont am silbernen Ferrari nach oben und hinterließ ekelerregende Abdrücke. Seine wohlüberlegte Provokation zeigte Wirkung und ließ Martin, ohne die Lage genauer einzuschätzen, angreifen. Während Martins Kinnhaken Dupont nach hinten schleuderte, schnellte seine mit der Spritze bewaffnete und hinter dem Rücken verdeckte Hand nach vorne. Der Schmerz ließ den Clubbesitzer unmittelbar in seiner Bewegung erstarren, als sich die Nadel tief in dessen Oberschenkel bohrte, und sein Angreifer befürchtete, der laute Schrei würde das Personal in die Seitengasse zurückbeordern. Noch taub vom Hieb gegen sein Kinn, holte Dupont nun mit der anderen Hand aus und schlug den Kolben nach unten. Binnen eines Wimpernschlags presste er die vollständige Ladung des schlaferzwingenden Medikaments aus der Spritze. Viel zu viel, um einen Gegner nur vorübergehend zu betäuben. Martin lächelte apathisch, taumelte und brach wenig später zusammen.

Dupont benötigte Zeit, um sich seiner Situation bewusst zu werden. Sein Widersacher lag am Boden und hatte aufgehört zu atmen. Während der Ferrari unübersehbare DNA-Spuren aufwies, würde ein Team von Spurensuchern kaum länger benötigen, um auch an den Fäusten des Toten beweisfähiges Tatortmaterial sicherzustellen. Inzwischen hatte die Nase aufgehört zu bluten und er wischte das, was an Spuren im Gesicht und an seiner Hand zurückgeblieben war, mit dem Ärmel ab. Bedächtig streifte Dupont seinen Troyer ab, wendete ihn auf links und schlüpfte wiederum hinein. Er klemmte den Bund des Pullovers in die Hose und vertraute darauf, auf diese Weise keine sonstige Fährte zu hinterlassen. Ein Blick in den Außenspiegel des Ferraris verriet ihm, dass seine Blessuren eher unbedeutend waren, nichts gebrochen, nichts verrenkt.

Gleichwohl stand Dupont nun einem neuen Problem gegenüber. Der ursprüngliche Plan, Martin im Kofferraum des am Ende der Gasse geparkten Kia Sorento abzulegen und nahezu unbeobachtet vom Parkplatz zu rollen, schied aus. Auf keinen Fall durfte der Sportwagen des Clubbesitzers an diesem Tatort zurückbleiben. Er musste improvisieren! Dupont öffnete die Türen an Martins Auto und schleppte sein Opfer, keuchend und schwitzend, im Schutz der Dunkelheit, auf den Beifahrersitz. Erschöpft nahm er hinter dem Steuer Platz, keuchte schwer und benötigte Zeit, um durchzuatmen. Die Erkenntnis, keinen Schlüssel für dieses Auto zu besitzen, ließ ihn verärgert aufs Lenkrad schlagen. Improvisieren zu müssen lag Dupont gar nicht. Nervös durchwühlte er die Taschen des Toten, bis er letzten Endes Erfolg hatte. Nun galt es, das Gelände des „Lucky Cock" möglichst unauffällig zu verlassen. Er kurbelte Martins Rückenlehne so weit nach unten wie möglich und erweckte den Eindruck, nur eine Person würde den Club im Ferrari verlassen. Beide Sonnenblenden nach unten geklappt, startete er den Motor, rollte langsam aus der Parkbucht heraus und wendete. Geduldig wartete er eine freie Passage ab, gab dann Gas und preschte vom Parkplatz.

Es war nicht besonders schwierig gewesen, zu dieser späten Stunde einen gefüllten Benzinkanister und ein Hemd zu besorgen, dazu einen Beutel voll Eis, mit dem er die Schwellung im Gesicht kühlen konnte. Das kleine Waldstück zwischen der Surenheider Straße und der A2 erschien kein besonders guter Platz zu sein, um seine hinterlassenen Spuren zu entsorgen. Einfamilienhäuser reihten sich in Sichtweite Haus an Haus. Aber auf einen derartigen Verlauf des Abends war er nicht vorbereitet gewesen und dieser Ort stellte die beste und schnellste Lösung dar, um anschließend noch einige Stunden unbekümmerten Schlaf bekommen zu können. Nachdem er seinen blutverschmierten Pullover gegen das neue Hemd getauscht hatte, überprüfte er seine Hose und seine Schuhe auf weitere Spuren. Er öffnete den Benzinkanister, übergoss seinen Troyer und reinigte damit zuerst seine Hände, danach warf er das Kleidungsstück zu seinem Opfer in das Fahrzeug. Anschließend übergoss er den silbernen Ferrari mit dem restlichen Kraftstoff. Leidenschaftslos betrachtete er das angerichtete Chaos, riss einige Streichhölzer über die Reibefläche des Streichholzbriefchens und schnippte die zündelnden Hölzer ins Auto. Eine gewaltige Flamme schoss tosend empor, erhellte den dunklen Nachthimmel. Dupont zuckte zusammen, als die tagaktiven Vögel kreischend aus ihren Nachtquartieren ausbrachen und flüchteten. Er vergewisserte sich, dass der Brand alle Beweismittel, insbesondere seine DNA-Spuren, vernichtete. Dann griff er zur Hosentasche und holte den Stempel hervor, ließ ihn durch seine Finger gleiten, spielte damit. Einen Augenblick lang hielt er das kleine Gerät dem Feuer entgegen, als wolle er fragen: Was soll ich nun tun? Dupont schüttelte den Kopf, steckte den Stempel wieder ein und verschwand in der Dunkelheit.

33. kurze Nacht / 14. Juli 2011 / 08:02

Schon früh am Morgen, weit vor seinen Kollegen, hatte Andreas Ackermann das Polizeipräsidium betreten, um sich über die Vorfälle der vergangen Nacht zu informieren. Sichtlich zufrieden schwang er auf seinem Stuhl hin und her, während er das Eintreffen seines Teams erwartete. Nacheinander betraten Sarah, Patrick und wenig später Marc und Jana das Besprechungszimmer. Obgleich Sarah nach dem gestrigen Einsatz im Parkhotel noch ihre Therapiegruppe besucht hatte, war es Patrick, der übermüdet dreinblickte, gefolgt von Marc und Jana, die wirkten, als hätten sie die Nacht durchgearbeitet.

„Leute, Leute!", begrüßte Andreas seine Sonderkommission. „Wer wird an einem so schönen Tag schwächeln wollen?"

„Es ist gerade mal acht!", fluchte Marc. „Ich dachte, ihr hättet Diandro Milicevic gestellt? Da hätte die Teambesprechung bis zehn Uhr warten können. Irgendwann müssen wir mal die Überstunden abfeiern."

Sarah beugte sich besorgt auf ihrem Stuhl nach vorne. „Es gibt doch nicht etwa einen weiteren Serienmord?"

Andreas wich Sarahs Frage aus und zeigte sichtlich Freude daran, der versammelten Mannschaft die nächtlichen Ereignisse auf seine ganz eigene Art vorzutragen.

„Für Gütersloh war es eine ruhige Nacht. Wir hatten eine versuchte Vergewaltigung." Der Hauptkommissar streckte einen Finger in die Höhe. „Zwei Einbrüche.“ Er hob einen zweiten Finger. „Einen Familienstreit mit versuchtem Totschlag. Doch die Ehefrau hat sich erfolgreich gegen ihren Mann zur Wehr gesetzt, bis die Streife ihr zur Hilfe kam.“ Andreas hob einen weiteren Finger. „Zu guter Letzt hat es wahrhaftig einen Toten gegeben. Nördlich des Küchenherstellers Nobilia stand ein Luxusfahrzeug in Flammen. Lamborghini oder etwas in der Art. Dem Beifahrer ist ganz schön heiß geworden.“

„Das ist makaber!“, wandte Sarah ein.

Ohne Beachtung überging Andreas ihren Einwand.

„Wurde die Leiche identifiziert?“, wollte Jana wissen.

„Wagner ist schon vor zwei Stunden zum Tatort aufgebrochen. Ich warte auf seine Rückmeldung.“

„Können wir einen Zusammenhang mit den vorherigen Morden ausschließen?“

„Natürlich, Patrick! Es gibt weder einen obskuren Stempelabdruck noch eine Leiche entlang der A2.“

„Dir ist schon klar, dass Nobilia direkt an der Autobahn liegt? Die Surenheider Straße ist nicht allzu weit entfernt.“

„Bielefeld liegt auch irgendwo an der A2. Das ist doch Unfug! Ich hatte so ein Gespür, dass wir mit Diandro Milicevic auf den richtigen Mann gesetzt haben, und ihr werdet sehen, ich habe recht.“

Eine Melodie erklang, Andreas griff zur Tasche und zerrte sein Handy hervor. Eine Zeit lang lauschte er dem Anrufer, der ohne Unterlass redete. Gelegentlich nickte er zustimmend mit dem Kopf, als könne sein Gesprächspartner ihn sehen.

„Ist gut“, sagte er irgendwann. „Komm hoch! Wir sitzen im Besprechungsraum.“

Er legte auf und positionierte sein Mobiltelefon vor sich auf dem Tisch.

„Das war Stefan", erklärte Andreas knapp.

„Gibt es Neuigkeiten vom Tatort?", wollte Sarah wissen, ohne schlichtweg auf eine Antwort ihres Vorgesetzten zu hoffen.

„Das Fahrzeug, ein italienischer Sportwagen, genau genommen ein Ferrari California, gehörte einem gewissen Martin Sander. Ein einschlägig bekannter Zuhälter und Clubbesitzer. Unter anderem gehört ihm das ‚Lucky Cock'. Schon einmal jemand von Euch dort gewesen?"

Niemand antwortete, einzig Jana vollführte eine abwertende Geste.

„Nun gut. Bezüglich des verbrannten Beifahrers haben wir noch keine klaren Erkenntnisse. Die Analysen laufen. Fest steht, die Leiche ist männlich."

„Könnte der Tote Sander sein?"

„Kann sein, kann auch nicht sein, Patrick. Wird sich vielleicht schwer ermitteln lassen, denn das Feuer hat gemäß Stefans Aussage ganze Arbeit geleistet. Wir wissen, dass Martin Sander spät gestern Abend zum Essen fahren wollte. Einige Leute haben ihn vom Parkplatz des ‚Lucky Cock' abfahren sehen. Ab da verliert sich seine Spur."

Die Tür schwang auf und Stefan trat ein.

„Hallo Leute!"

Er legte dem Hauptkommissar eine Kladde mit Informationen auf den Tisch.

Sofort griff Andreas danach und studierte die Beurteilung. Stefan wählte den ersten freien Stuhl und blickte in die Runde.

„Was ist?", fragte er, nachdem er bemerkte, wie die Augen aller Anwesenden, Andreas ausgenommen, auf ihn gerichtet waren.

„Was wollt ihr wissen?"

„Lass dir einfach nicht alles aus der Nase ziehen!", empört schlug Jana ihre flache Hand auf den Tisch. „Was ist mit dem Toten? War es dieser Sander?"

Stefan nickte. „Der Befund ist ganz frisch. Den Anruf habe ich gerade erst auf dem Weg nach oben erhalten. Mit großer Wahrscheinlichkeit können wir sagen: Ja, das ist oder war Martin Sander." Er zeigte auf Andreas' Kladde. „Davon steht noch nichts in den Unterlagen."

„Was war das für ein Mord? Besteht möglicherweise ein Zusammenhang mit den Opfern unseres Stempel-Killers?"

„Stempel-Killer?", wiederholte Stefan belustigt.

„Hör auf!", beugte sich Sarah abermals nach vorne. „Uns interessieren Gemeinsamkeiten, Übereinstimmungen, Parallelen! Passt der Tote in das Muster der letzten Serienmorde?"

„Ich denke, nicht. Euer, wie ihr ihn nennt, ‚Stempel-Killer' ...", wieder musste Stefan grinsen, „... hat seine Opfer für gewöhnlich betäubt, an einen anderen Ort verbracht und dort getötet. Es schien ihm von Anfang an darauf anzukommen, die Leichen befleckt zurückzulassen."

„Befleckt? Du meinst durch den Stempel?", hinterfragte Patrick.

Andreas schloss die Mappe und blickte auf.

„Vielleicht wäre gebrandmarkt das bessere Wort", stimmte Stefan zu. „Als Zeichen für die Nachwelt. Er hat seine Opfer in den Tod gespritzt, mit feiner Klinge erstochen, per Elektroschock ausgeschaltet, ..." Der Kriminaltechniker überlegte einen Augenblick. „Ach ja, es fehlten vergiftet und erdrosselt."

„Das ist richtig", bestätigte Patrick, als habe er die Morde in seinen eigenen Gedanken ebenfalls skizziert.

„Eine Person zu verbrennen stellt zweifelsohne eine von den bisherigen Morden abweichende Art zu töten dar", griff Andreas in das Gespräch ein. „Deshalb stimme ich Stefan in seiner Theorie zu. Jemanden abzufackeln nimmt unserem Mörder die Chance, sein Opfer zur Schau zu stellen."

„Zumindest war es unmöglich, Rückstände von Tinte zu analysieren", fuhr Stefan mit seiner Schilderung fort. „Ihr könnt mir jedoch glauben, dass ein Feuer derartigen Ausmaßes nur wenig verwertbare Spuren preisgibt."

Ackermann sah zur Uhr.

„Es wird Zeit! Milicevic wird gegen neun zur Befragung eintreffen. Wir werden ihn in die Mangel nehmen und klären, was es mit den Stempel-Abdrücken auf sich hat."

Abermals klingelte ein Handy, diesmal Patricks. Er schaute zur Anzeige.

„Anrufe ohne Rufnummernübermittlung müssten von Gesetzes wegen verboten sein", stöhnte er genervt auf. „Ich stehe in keinem Telefonbuch, aber irgendwie kennt jedermann meine Nummer."

„Hier spricht Patrick Gruber ... Hallo?"

Niemand meldete sich, folglich legte er auf. Keine Sekunde verging, da vibrierte das Telefon und signalisierte eine eingegangene Nachricht.

„Patrick kurz vor dem medientechnischen Supergau", lachte Sarah. „Ein Anruf und eine SMS in der gleichen Minute."

„Junge, Junge", fügte Marc hinzu, der, so wie es schien, bisher in Gedanken eher woanders gewesen war, während er teilnahmslos der Besprechung beigewohnt hatte. „Vor drei Monaten war er nicht einmal im Besitz eines mobilen Telefons." Mit ausgestrecktem

Finger zeigte er auf Patrick, dann steckte er seine Hand in die Jackentasche zurück.

„Das nennt man Fortschritt", rechtfertigte sich Patrick und öffnete den virtuellen Posteingang seines Handys.

Überrascht verharrte er in seiner Bewegung und starrte auf den angezeigten Text. Ohne lange zu überlegen, schubste er das Telefon über die Tischplatte, Sarah entgegen. Gleichzeitig griff er nach Andreas' Handy, wählte eine Nummer und lauschte ungeduldig dem Klingelsignal.

„Hier spricht Patrick Gruber", erklärte er kurz. „Ich benötige eine Anrufrückverfolgung auf mein Diensthandy. Ein Gespräch und eine eingehende SMS innerhalb der letzten zwei Minuten. Ermitteln Sie den Anrufer samt Standort. Ich warte."

Mit einem Mal wirkte die Luft des Besprechungsraums wie elektrisiert.

Was hatte in der eingehenden Nachricht gestanden?

Neugierig sprangen Stefan und Jana auf und liefen um den ovalen Tisch herum. Andreas griff nach seiner Kladde und folgte ihnen. Lediglich Marc schien unentschlossen, ob er seinen Platz verlassen sollte, doch dann stand er auf. Nacheinander verschloss er die Außentaschen seiner leichten Sommerjacke und gesellte sich zu Jana und dem Rest des Teams.

Sarah hatte unterdessen Patricks Telefon aufgenommen und betrachtete die kleine Anzeige, erstaunt und ungläubig, so wie ihr Kollege kurz zuvor.

„Neuer Tag - neues Problem!", erklärte sie entschlossen und zeigte die Nachricht den anderen.

Langsam wurde Patrick, der für gewöhnlich durch nichts aus der Ruhe zu bringen war, ungeduldig. Am Ende der Leitung arbeiteten Experten der Gütersloher Sondereinheit mit Hochdruck daran, den letzten Anrufer auf Grubers Diensttelefon ausfindig zu machen.

„Was nun?", fragte er erwartungsvoll. „Lokalisiert?"

Er wechselte Andreas' Handy an das gegenüberliegende Ohr.

„Ja ... ich warte!", entgegnete er wenig später genervt.

Patrick wandte den Blick den fünf Kollegen zu und beobachtete, wie diese auf die Textnachricht auf dem Display seines Mobiltelefons reagierten. Besonders eine Person fasste er gespannt ins Auge.

Textnachricht: 07-14-2011 / 8:34
06 13 07 11 23 13 03

Eine Zahlenkombination mit enormer Tragweite.

Sarah hielt ihrem Vorgesetzten den kleinen Bildschirm samt angezeigtem Code entgegen.

„Chef, es ist noch nicht vorbei! Zweifelsohne ist Diandro schuldig, schuldig der Herstellung und Veräußerung von Drogen. Darüber hinaus können wir ihm tätlichen Angriff mit Tötungsversuch gegen verschiedene Polizisten dieses Reviers vorwerfen." Sarah wurde unwohl, als sie an den Vorfall im Flur vor Sabines und Max' Wohnung dachte, und konzentrierte ihren Blick auf Andreas. „Aber Diandro ist nicht unser Stempel-Mörder."

„Ich gestehe ein, mich zu früh auf einen Täter eingeschossen zu haben, wenngleich Milicevic eine stimmige Spur hinterlassen hat. Begonnen mit seinem schwarzen Geländewagen, der am Tatort auftauchte, seinen illegalen Machenschaften in der Hulsbrockstraße und letztendlich und gleichwohl überraschend der Zusammenhang mit der Familie Engel aus der Frobelstraße. Schon ein großer Zufall, dass seine Frau Sabine für den ermordeten Sebastian Bond gearbeitet hat."

„Schon recht", stimmt Jana dem Gespräch zu, „aber vielleicht auch nur geschickt eingefädelt."

„Vielleicht", murmelte Andreas.

„Rückwirkend betrachtet war das gar kein so schwieriger Schachzug", überlegte Stefan. „Wenn wir unterstellen, unser Mörder hätte seine Opfer im vornherein ausgewählt, so bot sich ihm die Möglichkeit, deren Umfeld zu durchleuchten. Um Verwirrung zu schaffen, hat es letztendlich gereicht, das Auto von Sabines Ehemann zu klauen und dieses Fahrzeug bei mehreren Taten einzusetzen."

„Und schon gab es eine Spur von Sebastian über Sabine zu Diandro", ergänzte Jana zufrieden.

Insgeheim schloss Marc sich Janas Überlegung an, dass alles vielleicht nur ein geschickt eingefädeltes Täuschungsmanöver gewesen war. Dessen ungeachtet verließ er die diskutierende Gruppe, ohne ein Wort zu sagen, und gesellte sich zu Patrick, der sich ein wenig abseits gestellt hatte, um ungestört telefonieren zu können.

„Die lassen ganz schön auf sich warten, oder?", versuchte er ein Gespräch anzufangen.

Patrick nickte und wiederholte seine Ermittlungsanfrage. „Habt ihr den Anrufer lokalisiert?"

Wieder vergingen Sekunden.

Als Sarah zur Tasche griff, fluchte sie.

„Verdammt, Andreas! Wann kommt das neue Handy?"

„Ist bestellt. Soll diese Woche eintreffen."

Stefan zog sein eigenes Telefon hervor und reichte es Sarah.

„Danke."

„Was hast du vor?", wollte Stefan wissen.

„Ich habe darüber gegrübelt, warum Patrick diese Nachricht erhalten hat? Warum nicht einer von uns? Warum nicht die Zentrale?"

„Du meinst, Patrick und unser Täter sind miteinander bekannt?"

„So weit würde ich nicht gehen", antwortete Sarah und legte eine kurze Denkpause ein. „Aber wenn Patrick sagt, er stehe in keinem Telefonbuch, dann bleibt die Frage, wie konnte unser Mörder ihn anrufen?"

Sie wählte die Nummer der Zentrale und wartete.

„Hallo Tom ... Ja, es geht mir gut ... Ja, ich dir auch ... ja ... Tom! Ich benötige deine Hilfe. Soweit ich weiß, dokumentiert ihr an der Zentrale jeden Anruf und jede Anfrage ... richtig. Kannst du herausfinden, ob sich in dieser Woche jemand für Grubers Handynummer interessiert hat?"

Als Patrick Sarahs Anfrage mitbekam, starrte er sie aus seinen dunklen Augen an und schob die Augenbrauen zusammen. Beide waren sie durch das Besprechungszimmer spaziert, beide mit Telefon am Ohr, wartend und ungeduldig. Nun standen sie sich gegenüber und Sarah formte ihren Mund zu einem aufmunternden Lächeln.

„Ja? Ein Anruf ohne Nummernübermittlung ... verstehe ... gestern Abend um Viertel vor zwölf. Ihr habt die IMEI-Nummer? Das hilft auf jeden Fall!"

Sogleich notierte Sarah die angesagte fünfzehnstellige Zahl.

„Danke. Bis später, Tom ... Ja, ich dir auch."

Inzwischen erhielt auch Patrick Rückmeldung auf seine Anfrage, griff nach Sarahs Block und begann Ziffern aufzuschreiben. Unvermutet stutzte er, brach seine eigene Aufzeichnung ab. Stattdessen folgte er Sarahs Zahl Stelle für Stelle, um festzustellen, beide Nummern waren identisch.

Abermals lauschte Patrick der Stimme am anderen Ende der Leitung.

„Wie lange wird es dauern? Zwei bis drei Minuten? Ist gut, rufen Sie mich zurück, sobald ihre Peilung steht."

Nachdem Patrick aufgelegt hatte, klopfte er mit dem Stift auf den Block.

„Die Seriennummern sind identisch."

„Das bedeutet ...", reflektierte Jana. „Derjenige, der sich gestern Nacht nach deiner Rufnummer erkundigt hat, und die Person, die dir die SMS geschickt hat, sind eins."

„Das Handy wird derzeit noch genutzt. Zumindest ist es im Netz eingebucht." Patrick legte Andreas' Telefon auf den Tisch und griff nach seinem eigenen. „Sie versuchen gerade den Anrufer zu orten und werden sich gleich melden."

„Gute Arbeit, Patrick!", lobte Andreas. „Also setzen wir alle uns wieder hin und warten ab."

Nachdem Marc die ganze Zeit über so gut wie nichts gesagt hatte, meldete er sich nun zu Wort.

„Wer kümmert sich um Diandro? Ich dachte, er wird gegen neun zur Befragung eintreffen."

„Richtig!", entsann sich Andreas. „Schnapp dir Jana. Ihr beiden könnt schon mal anfangen. Sollte nicht allzu schwierig sein, ihn zu einem Geständnis wegen Drogenhandels und tätlichen Angriffs ..."

„Das kann doch jetzt nicht wahr sein!", schimpfte Jana, noch bevor ihr Vorgesetzter den Satz zu Ende gesprochen hatte. „Erst sind wir gut, um das Team zu verstärken, und wenn es spannend wird, sollen wir gehen, um diesen Penner zu verhören?"

„Alles kein Problem", erwiderte Marc. „Ich kann das alleine übernehmen. Ist das okay, Andreas?"

„Einverstanden. Aber sieh zu, dass die Videoaufzeichnung im Verhörzimmer aktiviert ist, bevor ihr den Raum betretet."

„Geht klar. Bis später."

Marc hob zum Abschied die Hand, dann verließ er das Besprechungszimmer.

Als Patricks Telefon klingelte, nahm er gespannt ab. Eine Weile lauschte er, bat den Anrufer im Nachhinein um einen Moment Geduld und übergab das Gespräch an das Wandtelefon des Besprechungszimmers. Er benötigte drei Klingelzeichen, bis es ihm gelang, den eingebauten Lautsprecher einzuschalten und alle Anwesenden an dem Anruf teilnehmen zu lassen.

„So. Nun können wir Sie alle hören", erklärte Patrick.

„Autobahnpolizei." Die Stimme des Polizisten klang ruhig und angenehm. Im Hintergrund surrte der Motor des Mercedes Benz E-Klasse Streifenwagens. „Sie sprechen mit Polizeihauptmeister Korte."

„Guten Morgen, Hauptmeister Korte", übernahm Andreas das Gespräch. „Hauptkommissar Ackermann vom der Gütersloher Kreispolizeibehörde. Können Sie uns mitteilen, wo Sie sich derzeit befinden?"

„Ich befahre die A 2 in Richtung Osten. Vor gerade einmal einer Minute habe ich die Autobahn A 33 gekreuzt."

„Richtung Osten", wiederholte Andreas und lenkte seinen Blick auf die große Wandkarte.

Sarah griff eines der unbenutzten roten Platikfähnchen, die am Rand untereinander aufgereiht warteten, und bohrte dessen silbernen Dorn einen Zentimeter östlich des A 33 Autobahnkreuzes ins Papier.

„Geben Sie uns Ihre Einschätzung der Lage", bat Andreas den Hauptmeister.

„Das Signal meiner Peilung ist stabil. Nach einer kurzen Aufholjagd habe ich meine Geschwindigkeit auf einhundertzehn Kilometer pro Stunde reduziert. Ich schätze den Abstand zum Ziel auf zwei Kilometer und warte auf Ihre Anweisungen."

Stefan nickte. „Die Funkzellen des Handynetzes sind im Kreis Bielefeld verhältnismäßig klein. Das erlaubt eine recht genaue Ortung, zumindest von stehenden Zielen. Ist ein Objekt in Bewegung, muss die Verbindung permanent an den nächsten Sendemasten abgegeben werden. Das sorgt für häufige Gesprächsabbrüche, wenn das Netz überladen ist."

„Verstehe", entgegnete Andreas. Dann wandte er sich wieder zum Wandtelefon. „Nähern Sie sich dem Flüchtigen nun bis auf Sichtkontakt."

Das Wandtelefon vibrierte, als der Lautsprecher den wummernden Klang des aufheulenden Biturbo-V8 Mercedes Motors übermittelte, der den Einsatzwagen der Autobahnpolizei beschleunigte.

„Nett", würdigte Patrick.

„Neidisch?" Sarah dachte an den vergangen Dienstag, an die gemeinsame Tempojagd in Patricks Mustang, die Strecke vom Revier über die Autobahn bis hin zum Flughafen.

„Keine Frage: Beachtliche Kraft gepaart mit famosem Klang."

„Aber?", hakte Sarah nach.

„Ein Mustang ist halt ein Mustang", entgegnete Patrick nüchtern.

Stefan und Jana lachten.

Andreas räusperte sich. „Polizeihauptmeister Korte, würden Sie uns beschreiben, was Sie sehen, damit wir uns ein Bild von Ihrem Einsatz machen können?"

„Selbstverständlich." Für einen Augenblick wurde es ruhig. „Entschuldigung. Ich musste gerade den Empfänger nachjustieren. Also, ich befinde mich auf der linken Spur der A 2. Zahlreiche Autos machen mir Platz, doch da ich ohne Sirene fahre, muss ich behutsam vorgehen."

„Was denken Sie, wie weit Sie noch von unserer Zielperson entfernt sind?"

„Höchstens einen halben Kilometer. Ich komme zügig näher. Bitte warten Sie!"

„Kann Korte eigentlich mit Unterstützung rechnen?", erkundigte sich Jana, während die anderen angespannt schwiegen.

„Er hatte bereits Verstärkung angefordert, als er anrief", erklärte Patrick. „Ein zweiter Streifenwagen wartet an der Auffahrt der Bundesstraße 239 bei Herford."

Mit einem Mal knackte der Lautsprecher des Wandtelefons und die Verbindung brach ab.

„Verdammt!", fluchte Andreas. „Ausgerechnet jetzt!"

„Schnell, rufen wir Korte zurück!", schlug Jana vor.

„Was soll das bringen?", fragte Sarah verständnislos. „Er wird versuchen, uns zu erreichen. Probieren wir das gleiche, werden wir uns gegenseitig die Leitung belegen."

Wie erwartet klingelte Patricks Handy.

„Hier Gruber", nahm er das Gespräch entgegen. „Prima. Ich stelle Sie auf Lauthören."

Abermals übergab Patrick das Telefonat an den Wandapparat und aktivierte den Lautsprecher.

„Ich bin bereits Höhe Lockhauser Heide“, erklärte der Autobahnpolizist. „Hier ist das Netz nicht besonders gut ausgebaut. Deshalb sind Gesprächsabbrüche an der Tagesordnung.“

„Hoffen wir, dass die Verbindung hält“, erklärte Andreas zuversichtlich. „Was ist mit unserem Verdächtigen?“

„Der fährt mir unmittelbar voraus. Aber ...“

„Aber was?“ Patrick gelang es nicht, die Besorgnis in seiner Stimme zu verschleiern.

„Das ist so ziemlich der Klassiker! Wir fahnden nach einem eingebuchten Mobiltelefon in Bewegung. Vor mir, direkt in meiner Peilung, fährt ein Kipplaster, die Laderampe voll beladen mit Altmetall.“ Korte lachte gekünstelt auf. „Wer hat Lust, mir bei der Suche nach dem Handy zu helfen?“

Enttäuscht schlug sich Patrick gegen die Stirn. Beinahe genoss er den kurzen Schmerz, der durch seinen Kopf kroch, war danach aber dankbar, als das Stechen so schnell verschwand, wie es entstanden war. Unzufrieden verließ er seinen Platz, ging zur Tür und verschwand, ohne ein Wort zu sagen.

„Es wird Zeit, den Lastwagen zu stoppen“, erklärte Korte.

„Ist gut“, bestätigte Andreas. Unruhig und bemüht, für sich selbst die Wartezeit im Besprechungszimmer zu verkürzen, griff der Hauptkommissar zu Stefans Kladde und nutzte die entstandene Pause, um eine weitere Seite des kriminologischen Berichts zu lesen.

„Ich konfrontiere Sie jetzt mit einer veränderten Situation“, meldete sich Korte wenig später mit neuen Informationen. „Der Lastwagen ist meiner Anweisung zu Halten gefolgt, gleichzeitig entfernt sich das Peilsignal."

Die hochfrequenten Sirenentöne des Mercedes E-Klasse setzten dem kleinen Lautsprecher merklich zu, mehr noch als das tieftönige, wummernde Rumoren des Biturbo-V8 Motors. Stefan rannte zum Wandapparat und reduzierte die Lautstärke der Übertragung und verbesserte damit die Klangqualität.

„Das bedeutetet, Sie verfolgen nun ein anderes Fahrzeug?", erkundigte sich Andreas neugierig. Er wandte sich zu Sarah, Jana und Stefan, dabei hielt er sich schützend die Hand vor den Mund. „Ich wünschte, dieser Polizist wäre redseliger und würde uns sehen lassen, was er sieht."

„Hier spricht wieder Korte." Als hätte er Andreas' Wunsch verstanden. „Das Ziel ist nun eindeutig identifiziert."

Sarah lief zur Tür und blickte nach draußen. Unbedingt sollte Patrick die Neuigkeit erfahren, doch er wartete weder im Gang noch an seinem Schreibtisch. Um am letzten Teil der Verfolgung teilzunehmen, kehrte Sarah in den Besprechungsraum zurück.

Abermals knackte die Leitung.

„Hauptmeister Korte. Können Sie uns noch hören?" Andreas stand auf und näherte sich dem Wandtelefon.

„... voraus ... Cabrio ... eingreifen."

„Korte?", wiederholte Andreas.

„Ja ... ich kann Sie hören. Das Peilsignal weist eindeutig auf das vor mir fahrende Cabrio. Der Fahrer, weiblich, ist alleine unterwegs. Ich werde das Fahrzeug nun stoppen. Bleiben Sie in der Leitung!"

Die vier Polizisten lauschten der Übertragung, hörten das erneute Aufheulen der Sirene, verfolgten jeden Laut, bis der Wagen der Autobahnpolizei irgendwann abbremste, sein Fahrer aus dem Wagen hechtete und die Tür ins Schloss warf. Dann war es still, mit einem Mal. Und es war, als wäre die Zeit stehen geblieben. Gespannt und zugleich neugierig betrachtete die kleine Gruppe das Telefon und hoffte auf den fallentscheidenden Durchbruch.

„Wenn ich mir in all meinen Dienstjahren etwas angeeignet habe", begann Autobahnpolizist Korte unerwartet, „dann ist es Menschenkenntnis. Diese junge Dame, die wir angehalten haben ... ach so, ich sage wir, weil der zur Verstärkung gesandte Kollege ebenfalls eingetroffen ist."

„Was ist mit dem Handy? Was ist mit der Frau?", unterbrach Andreas.

„Das Handy, ein Prepaid-Modell, lag auf der Rückbank des Cabrios. Für mich sieht es aus, als habe jemand das Telefon dort deponiert. Ich glaube nicht, dass es der Fahrerin gehört ... Warten Sie, ich habe hier den Führerschein, eingetragen auf Mandel, Katrin Mandel."

35. Du sollst nicht / 14. Juli 2011 / 10:05

„Wer ist diese Katrin Mandel?"

Patrick saß an seinem Schreibtisch, Sarah gegenüber, und realisierte, dass er den Besprechungsraum zu vorschnell verlassen hatte. Neugierig lauschte er seiner Partnerin, die in der Zwischenzeit einige Informationen zusammengetragen hatte, während er selbst eine Runde um das Polizeigebäude spazieren gegangen war, einfach, um sich abzureagieren.

„Katrin Mandel ist Mitte dreißig, blond, unverheiratet." Sarah betrachtete ihre Notizen. „Sie wohnt in Wiedenbrück. Heiligenhauschenweg."

„Heiligenhauschenweg? Die Autobahn verläuft nicht weit davon entfernt!"

„Mag sein. Ich glaube aber nicht, dass Katrin etwas mit den Morden oder gar deinem Handyanruf zu tun hat."

„Was macht dich so sicher?"

„Katrin arbeitet als Kinderpsychologin im Kinderheim ‚St. Dorint'."

„Das ist kein Grund! Was hatte sie denn um diese Uhrzeit auf der A 2 zu suchen?"

„Du solltest wissen, Deutschland ist ein freies Land", frotzelte Sarah, die bemerkte, wie Patrick immer missmutiger wurde. „Unsere Bürger dürfen hinfahren, wo immer sie wollen."

„Ich lach mich weg!" Patrick atmete aus, übertrieben, befreiend. Dann legte er eine kurze Pause ein. „Nein", begann er von Neuem. „Ich meine das anders. Wieso fuhr sie auf der Zweiten Richtung Osten? Hätte sie nicht im Kinderheim sein sollen?"

„Frau Mandel betreut Familien mit Kinderwunsch, bei denen es aber nicht so klappt."

Patrick runzelte die Augenbrauen.

„Sie führt Beratungsgespräche, vermittelt, hilft beim Papierkram. Heute Morgen hatte sie genau so einen Termin, deshalb ihr Ausflug. Alles überprüft, alles stichhaltig."

„Verstehe. Und das Handy?"

„Ein Prepaid-Modell mit vollgeladenem Chip. Frau Mandel fährt ein Cabrio. Schau nach draußen, natürlich fährt sie offen. Jeder hätte das Telefon dort platzieren können. Vielleicht hat es ihr einfach jemand ins Auto geworfen."

Es klingelte. Patrick griff zum Handy, ohne das Display zu betrachten, und meldete sich mit vollständigem Namen. In groben Zügen lauschte er dem Anrufer, um das Gespräch sogleich abzukürzen.

„Ist in Ordnung, Stefan. Ich komme in die Forensik."

„Was wollte Wagner?", erkundigte sich Sarah, nachdem Patrick aufgelegt hatte. „Gibt es Neuigkeiten hinsichtlich des gefundenen Prepaid-Telefons?"

„Nein, das nicht. Es geht um Samuels Haarprobe. Stefan möchte, dass wir zu ihm kommen. Etwas hat sich geändert."

„Geändert?"

„Genau das hat er gesagt."

Sarah und Patrick erreichten die forensische Abteilung, gerade als die Sicherheitstür sich öffnete. Stefan und ein bisher unbekannter Mann traten heraus. Stefan wirkte bekümmert, irgendwie unglücklich, der andere, schlaksig, hager, mit einer locker-lässigen Art an sich. Seine unglaublich blauen Augen zuckten nervös hin und her, als er bemerkte, wie Stefans Kollegen ihn beobachteten. Angesichts der saphirgleichen Augenfarbe hätte Sarah jemanden mit hellen, wahrscheinlich blonden Haaren erwartet. Die dunkle Kurzhaarfrisur ließ den Unbekannten jünger aussehen, nie hätte sie ihn auf Ende dreißig geschätzt.

„Das ist Bastian Hartmann, ein neuer Kollege."

Hartmann reichte zur Begrüßung förmlich die Hand.

„Wie schön, du bekommst Unterstützung. Da gibt es eigentlich keinen Anlass, mit einem Mal so betrübt zu sein."

Patrick klopfte Stefan aufmunternd auf die Schulter.

„Bastian ist seit einer Woche dabei. Indirekt habt ihr ihn schon kennengelernt, denn er hat einige eurer Spuren und Anhaltspunkte untersucht. Die vom Stempel-Killer. So nennt ihr ihn doch?"

„Verstehe. Aber das ist offensichtlich nicht der Grund, warum du uns herbeordert hast?"

Stefan kratzte sich nervös über den Oberarm.

„Es geht um die Haarprobe, die vom Beifahrersitz aus Jacob Rosenthals SLK. Wir müssen ausschließen, dass der Beweis zweifelsfrei Samuel zugeordnet werden kann."

„Ich habe einen Fehler in der Dokumentation gemacht", bedauerte Bastian. „Dadurch ist die Probe nicht mehr eindeutig." Bastian schnappte nach Luft. „Es tut mir leid, und das habe ich auch schon Stefan gesagt. Trotz alledem, es lässt sich nicht rückgängig machen."

„Aber es sind Samuels Haare?", erkundigte sich Sarah.

„Das schon, jedoch ohne jede Beweiskraft vor einem Gericht."

„Andreas wird mir den Kopf abreißen. Ich höre ihn schon brüllen, dass ich verantwortlich bin und alles zu überprüfen habe."

„Du bist verantwortlich, Stefan", bestätigte Patrick. „Verantwortlich als Laborleiter für deine Mitarbeiter und darüber hinaus für die Ergebnisse deiner Abteilung. Aber niemand kann dir die Schuld an einer fehlerhaften Studie geben, die du nicht selbst durchgeführt hast."

Stefan reagierte nicht.

„Sieh es so", bemühte sich Sarah in einem weiteren Versuch, Stefan aufzumuntern. „Blick in der Hierarchie nach oben, mit Andreas als unserem gemeinsamen Vorgesetzten. Was ist, wenn Patrick in der Ausübung seiner Pflicht jemanden erschießen würde?"

„Wieso ich?"

„Pssst!", ermahnte Sarah ihren Partner und wandte sich abermals an Stefan. „Ackermann wäre wohl kaum Schuld daran, oder?"

„Wahrscheinlich habt ihr beide recht. Ich werde später zu Andreas gehen und den Vorfall beichten."

Einen Augenblick standen sie beisammen, ohne dass ein Wort fiel, dann tippte Bastian Stefan an und deutete auf dessen Hosentasche.

„Du wolltest ihnen noch etwas zeigen."

„Richtig. Aber nicht hier draußen auf dem Gang."

Die vier wählten den erstbesten freien Raum und Stefan kramte ein zusammengefaltetes Blatt Papier hervor, legte es auf den Tisch und bügelte mit seiner Hand über die zerknickten Ecken. Neugierig betrachteten Sarah und Patrick den Text des gewellten Dokuments.

Du sollst keine anderen Götter haben neben mir
Du sollst den Namen des Herrn nicht missbrauchen
Du sollst den Feiertag heiligen
Du sollst deinen Vater und deine Mutter ehren
Du sollst nicht töten
Du sollst nicht ehebrechen

Interessiert lasen sie die aufgeschriebenen Zeilen. Patrick schluckte und schaute Stefan fragend an.

„Was ist das?"

„Das sind die ersten sechs der Zehn Gebote. Gott wollte den Menschen mit diesen Verhaltensregeln Orientierung für ein erfülltes Leben geben."

„Schon klar!", erwiderte Sarah. „Aber warum hast du das aufgeschrieben?"

Stefan griff nach seinem Stift und erweiterte jede der Zeilen um einen Namen.

Du sollst keine anderen Götter haben neben mir
Simon Roth
Du sollst den Namen des Herrn nicht missbrauchen
Sebastian Bond
Du sollst den Feiertag heiligen
Rosi Keller
Du sollst deinen Vater und deine Mutter ehren
Arne Barntrup
Du sollst nicht töten
Jacob Rosenthal
Du sollst nicht ehebrechen
Martin Sander

Patrick zuckte verlegen, fast schon entschuldigend, die Schultern.

„Der Zusammenhang ist, wenn man ihn einmal entdeckt hat, recht einfach zu erkennen." Stefan setzte sich auf die Ecke des Schreibtisches.

„Warum wurde dieser Simon umgebracht? In den Berichten steht, er sei anmaßend und hochmütig gewesen. Er habe versucht die Menschen zu manipulieren und unter Druck zu setzen."

„Ja und?"

„Er maßte sich Rechte an, die nur Gott zustehen. Simon machte sich zu 'Gottes Stellvertreter' auf Erden und übertrat damit das erste Gebot", steuerte Bastian bei.

Sarah zeigte auf Sebastians Namen.

„Bonds Hotel! Denk an die abstrusen Namen der einzelnen Zimmer: ‚Vorhof zur Hölle', ‚Jungfrauengrotte', ‚Nonnenhimmel'."

„Er hat den Namen des Herrn missbraucht", bestätigte Stefan.

„Richtig. Nehmt Rosi Keller!", forderte Bastian die anderen auf.

Patrick schien nachzudenken, dann nickte er mit dem Kopf

„Drei Arbeitgeber, drei Jobs. Eigentlich arbeitete sie an jedem Tag, auch sonntags. Doch laut den Zehn Geboten sollst du den Feiertag heiligen."

„Weiter!", fieberte Sarah. „Arne Barntrup. Er reißt die Firma seines Vaters an sich und schiebt die Eltern anschließend ins ‚Werner Kubert Domizil' ab."

„Jacob Rosenthal?" Patrick schnippte die Finger. „Das ist offensichtlich! Unzählige Tierversuche, dazu der geplante Neubau mit weiteren Laborräumen und zusätzlichen toten Tieren."

„Es bleibt Herr Sander", erklärte Stefan und zeigte auf den letzten der Namen.

„Ein Nachtclub voller Strichbienen", überlegte Sarah. „Wie passt das auf das sechste Gebot? Ehebrecher sind, wenn man es genau nimmt, die Gäste, nicht der getötete Clubbesitzer."

„Dafür habe ich auch etwas Zeit benötigt", gestand Stefan. „Aber dem Internet sei Dank. Vergewaltigung, Prostitution und Zuhälterei gehören zu den schweren Vergehen des Sechsten Gebots."

„Erstaunlich!", lobte Sarah. „Aber genau das könnte es sein! Ein plausibler Grund, warum wir bisher zwischen den Opfern keine Verbindung ermitteln konnten."

„Weil sie sich nämlich gar nicht kannten!", stimmte Patrick zu.

„Weil sie sich gar nicht kannten", wiederholte Sarah in Gedanken. „Stefan, wie hast du das herausgefunden?"

„Ehrlich gesagt, hat mich Bastian auf diese Spur gebracht."

„Nur wegen des Kaffees?", fragte Bastian ungläubig.

„Das war der Gedankenanstoß! Richtig."

„Hey ihr zwei. Wollt ihr uns von diesem Kaffee-Ding erzählen?", drängte Patrick und fasste zu Stefan Blickkontakt.

„Es war so eine Alberei", begann Stefan. „Heute Morgen, vor unserer Telefonverfolgung mit der Autobahnpolizei. Ich hatte den letzten Kaffee aus der Maschine im Labor genommen und Bastian ging leer aus."

„Und da habe ich so etwas gesagt wie: ‚Du sollst nicht den letzten Kaffee nehmen, ohne für neuen zu sorgen'."

„Bastians ‚du sollst nicht' ist mir danach nicht mehr aus dem Kopf gegangen und irgendwie habe ich immer wieder darüber nachgedacht. Kurz bevor ich dich ...", er schaute Patrick an, „... angerufen habe, formte sich alles zusammen. Die Gebote und die Morde." Stefan zeigte wieder zu seinem Zettel. „Bisher gibt es sechs Leichen. Doch ich bin mir sicher, das Morden geht bereits heute Abend in die nächste Runde."

36. wo alles begann / Oktober 1986 / 11:02

Drei Monate bevor der Knochenmann Walter Morgenstern besucht und ihm sein Stundenglas unter die altersschwachen Augen gehalten hatte, war Walts ältere Tochter in seinem Haus eingezogen, um ihn zu pflegen. Auf die Launen, Bedürfnisse und Gebrechen des alten Mannes einzugehen, war für Anne nicht immer leicht gewesen, doch sie passte sich an und näherte sich ihrem Ziel durch große Beharrlichkeit und Geduld. Die zahlreichen Auseinandersetzungen und Streitigkeiten vergangener Tage schienen mit dahinschreitender Krankheit Walters zu verblassen. Nach einiger Zeit empfand Anne die Passion ihres Vaters für seine beiden Jagdhunde als einzige Hürde zwischen sich und ihrem aussichtsreichen Erbe. Um es sich im Wettkampf mit den Hunden nicht zu verderben und gleichwohl weiterhin den Weg in das Herz ihres alten Herrn zu bahnen, bedurfte es einer Veränderung. Es wurde Zeit, die Widersacher beiseite zu stoßen. Als Anne die traurige Schicksalsnachricht von Walts Lieblingen überbrachte – die Hunde waren auf unerklärliche Weise verschwunden –, sah es für sie selbst aus wie Fügung, den Vater brach es. Wennschon, ab diesem Tag konnte sie ungehindert in ihrer Kunst fortfahren, sich bei dem Mann einzuschleichen, den sie über viele Jahre hinweg verachtet und gehasst hatte.

Er klopfte einmal. Zweimal. Zuerst reagierte niemand, dann hörte der Besucher, wie sich jemand schlurfend über den Flur näherte. Eine Vorhängekette schlug beim Entsichern gegen Holz, der Zylinder des Schlosses knarzte, und nachdem die letzte Sicherung entriegelt worden war, schwang die Haustür auf.

„Was wünschen Sie?"

Mit verschlafenen Augen blickte die Frau aus einer verdunkelten Wohnung in das helle, gleißende Sonnenlicht. Ihr Haar war auf der einen Seite toupiert, mit der anderen Seite, so erweckte es zumindest den Eindruck, war sie gerade vor dem Klingeln beschäftigt gewesen. Ihr Gesicht besaß einen blassen Teint, ein Hinweis darauf, dass die Mittfünfzigerin ihr Haus genauso selten verließ wie früher. Die zerknitterte Bluse, die sie trug, war zerschlissen und in Kombination mit der dunkelbraunen Reiterhose wirkte das Ganze wenig schick.

„Ich benötige kein Bezahlfernsehen, kein Zeitungsabo und ich sehe bestimmt nicht aus, als wolle ich etwas für mir fremde Menschen spenden!"

Mit einer abfälligen Geste ihrer rechten Hand signalisierte sie dem jungen Mann das Grundstück zu verlassen. Erfolglos. Ohne ein Wort zu sagen, wartete er regungslos ab. Nach sechs vergangenen Jahren schien seine Tante ihn nicht in ihr eigenes Leben einordnen zu können. Er dagegen hatte sie erkannt, genau in dem Moment, in dem sie ihr Gesicht zur Tür herausgesteckt hatte.

„Das Haus hat sich in all der Zeit kaum verändert." Mit einem umherschweifenden Blick betrachtete er die Außenfassade.

Da wurde Anne Morgenstern gewahr, wer ihr an diesem Morgen gegenüberstand.

„Richard? Bist du es?"

Er nickte. „Ich bin erwachsen geworden. Nenn mich Rick! Der alte Name birgt nicht gerade die schönsten Erinnerungen!"

„Was willst du hier?"

Anne trat einen Schritt nach hinten in den Schutz ihres Flures zurück, die Hand vorbereitet, um die Tür binnen eines Wimpernschlags zuwerfen zu können. Rick hob beschwichtigend die Arme.

„Was führt einen wie dich zum Forsthaus?", fragte Anne gereizt.

Da Rick nicht auf Annes Provokation reagierte, fuhr sie fort. „Drei Tage ohne Nahrung. Du hast mich eingeschlossen wie einen Hund!"

„Und du hast mich, einen Zwölfjährigen, behandelt wie einen Geächteten. Tage reichen als Maßeinheit nicht aus, um diesen Zeitraum zu beschreiben."

„Leute deines Schlages gehören ins Gefängnis!", keifte Anne.

„Untersuchungshaft", antwortete Rick ruhig. „In ein Gefängnis kommt man erst, wenn man verurteilt worden ist."

„Klugscheißer!", schleuderte seine Tante ihm entgegen.

„Glaubst du, deine Art der Kindererziehung ..." Rick brach den Satz ab.

„Es war eine kalte und lieblose Zeit. Natürlich warst du nicht meine Mutter. Aber du hast auch nicht eine einzige Minute lang versucht, einem jungen Menschen das Gefühl von Geborgenheit oder Obhut zu geben."

„Ich frage dich erneut. Was willst du hier?", raunte Anne ihrem Neffen entgegen.

Rick griff in seine Hosentasche und zerrte ein gefaltetes Blatt Papier hervor.

„Mit meiner Volljährigkeit ist es amtlich. Ich erbe das Forsthaus meiner Eltern. Dein Wohnrecht ist vor vier Tagen erloschen. Wenn du magst, darfst du mir noch rückwirkend zu meinem Geburtstag gratulieren."

„Dein Haus? Bist du wahnsinnig geworden? Walter hat es mir, seiner älteren Tochter, auf dem Sterbebett vermacht. Deshalb wohne ich hier seit Jahren."

„Nicht aus diesem Grund!", antwortete Rick gelassen. „Sondern weil Jaqueline und Pat eine tolle Wohnung und eine gut bezahlte Arbeit in Barsinghausen besaßen. Für meine Eltern gab es keinen Grund, dich nach Opas Tod nicht hier wohnen zu lassen. Über deinen Versuch, dir das Haus zu erschleichen, haben sie wohlwollend hinweggesehen."

Rick wedelte mit seinem Zettel.

„Hier steht etwas von ‚beschränkt geschäftsfähig', das bezieht sich wohl auf dich, und ‚zugunsten der jüngeren Tochter', das bezieht sich auf meine Mutter."

Aufbrausend trat Anne mit dem Fuß gegen den Türrahmen.

„Des Weiteren möchte ich dir den Passus zu meinem achtzehnten Geburtstag nicht vorenthalten. Lass es mich dir noch einmal erklären: Der Hauseigentümer hat gewechselt."

Mit einem Mal pirschte Anne aus dem abgedunkelten Flur heraus ins Freie, entriss einem völlig überrumpelten Rick den Zettel, um sich darauf in den schützenden Durchgang zurückzuziehen.

„Ist nur eine Kopie. Das Original liegt in der Stadt."

Anne stutzte.

„Ich habe auch ein Schreiben", entgegnete sie nach kurzem Überlegen und öffnete die Tür bis zum Anschlag.

„Komm herein. Ich zeige dir, was ich meine."

Da Rick auf sie zutrat, machte sie kehrt und lief voraus, den Flur entlang.

„Tür schließen! Ansonsten zieht mir die Wärme ins Haus."

Was immer seine Tante ihm zugerufen hatte, Rick hatte es nicht mehr wahrgenommen. Dutzende Kindheitserinnerungen schossen in ihm hoch, als er die Tür zu seinem ersten, kleinen Zimmer passierte. Vorsichtig betätigte er die Klinke. Eine Gänsehaut wanderte über seine Oberarme und er bemerkte, wie der leichte Flaum darauf sich aufstellte.

Ohhh nein!

Dies war der karge Raum ohne Heizung, in dem er unfreiwillig viel Zeit verbracht hatte. Zu seiner Verwunderung war auch später nichts verändert worden. Zweiteiliger Schrank, dem noch immer die rechte Tür fehlte, lädiertes Bettgestell, stümperhaft gekürzter Schreibtisch, selbst der hellgrüne Flickenteppich war noch vorhanden.

Wieder schüttelte es ihn bei der Erinnerung an seine Vergangenheit.

In Gedanken dachte er an die große Kippmulde, die er in den nächsten Tagen vor dem Haus mit all diesem Schrott füllen würde. Langsam lief er weiter und passierte die Küche, in der Tante Anne und er die wenige gemeinsame Zeit verbracht hatten.

Kaum Geborgenheit, kaum Fleisch.

Rick blieb stehen und wunderte sich, warum er diese beiden Dinge in einem gemeinsamen Satz assoziierte. Dann schaute er sich um. Wo eigentlich war seine Tante geblieben?

Als Rick die Tür zum Wohnzimmer öffnete, entdeckte er Anne auf einem Stuhl, einen Fuß auf der Sitzfläche, den anderen oben auf der hölzernen Lehne. Vertieft in ihren Versuch, einen lädierten Karton aus einem hohen Regal zu ziehen, schien sie nicht zu bemerken, was um sie herum passierte. Wie sehr Anne auch an der Pappschachtel zerrte, offensichtlich hatte sich die Kiste verklemmt.

Neugierig darauf, was seine Tante ihm zeigen wollte, durchquerte er das Zimmer. Im gleichen Augenblick drückte warme Zugluft von draußen herein.

„Soll ich dir ...?"

Ein leichtes Ächzen verriet, die Wohnzimmertür geriet in Bewegung. Kurz darauf schlug das alte Holz mit ohrenbetäubendem Knall ins Schloss und übertönte Ricks restliche Worte. Anne zuckte, wie elektrisch getroffen, zusammen, und während sie sich verstört umblickte, geriet ihr klappriger Stuhl ins Wanken. Verzweifelt fischten ihre Hände nach Halt, ruderten, versuchten den schwankenden Körper auszutangieren. Ungläubig und gleichzeitig versteinert sah Rick das alte Möbel nach hinten kippen. Solange der Stuhl Annes Gewicht über die Stuhlbeine der Rückenlehne getragen hatte, wirkte der sich anbahnende Sturz dramatisch, keinesfalls jedoch lebensbedrohlich. Der ausgeblichene Teppich würde die schlimmsten Verletzungen verhindern. Doch als eine der beiden Stützen brach, wurde Annes Körper herumgerissen und auf einen dahinter stehenden Beistelltisch geschleudert. Mit dumpfem Geräusch schlug ihr Kopf inmitten der Glasplatte auf, die Scheibe zerbarst und Anne sackte zu Boden.

„Anne!", schrie Rick entsetzt auf und lief auf seine Tante zu.

Kraftlos hob die alte Frau einen ihrer beiden Arme. Die Wange und das Ohr fühlten sich feucht an und sie wischte mit der Hand darüber. Entsetzt betrachtete sie das Blut. Ihre ganze Hand war rot davon.

Unschlüssig griff Rick zum Handy. „Ich rufe einen Notarzt!"

Die Verwundete hob den Kopf. Ein kleines Stück. Glasscherben lösten sich vom Hinterkopf, fielen zu Boden und hinterließen ein unschönes Geräusch. Anne röchelte, doch ihr Wille schien ungebrochen. Ungebrochen, ein gestecktes Ziel zu erreichen. In dieser Absicht wandte sie sich Rick zu, ihre Augen weiteren sich, Schmerzen verzerrten ihren Mund.

„Du wirst dein Leben lang ein Richard bleiben", keuchte sie. „Da kannst du deinen Namen ändern, so oft du willst!"

Dann brach sie zusammen.

Eine Zeit lang hatte Rick seine Tante beobachtet. Wie sie da vor ihm lag, so ruhig und friedlich. Sie war nicht tot. Kraftlos und unregelmäßig schwang ihr Brustkorb nach oben.

Unerwartet konnte dieser Tag alles verändern. Konnte ein Befreiungsschlag werden für all die verlorene Zeit in Annes Obhut, die Entschädigung für das, was er hatte ertragen müssen. Rick spürte, nein, er war sich sicher, der heutige Tag hatte das Potential, sein Leben für immer zu verändern.

Er stand auf, und ohne einen weiteren Blick zurückzuwerfen, ging er zur Wohnzimmertür. Mit einem Taschentuch in der Hand entfernte er seine Spuren an den Türklinken von Wohnzimmer, Kinderzimmer und Haustür.

Zwei Stunden hatte er im Wald verbracht, hatte die Flugkünste der Bussarde verfolgt und der Musik des Windes gelauscht. Er durchquerte die Lichtung auf der er vor Jahren unzählige Stunden mit Lesen verbracht hatte. Irgendwann umrundete er sein zukünftiges Zuhause in einiger Entfernung. Dann, an der Haustür angekommen, schellte er mehrmals. Als niemand öffnete, griff er zur Hosentasche, zog den Haustürschlüssel hervor, den der Notar ihm vor vier Tagen übergeben hatte, und schloss auf. Zielstrebig folgte Rick dem Flur zum Wohnzimmer, schwang die Tür auf und fand seine Tante tot am Boden. Er nahm sein Handy, wählte 110 und wartete, bis sich eine Stimme am anderen Ende meldete.

„Ich möchte einen schrecklichen Unfall melden. Bitte kommen Sie schnell!"

37. verseuchte Datei / 14. Juli 2011 / 10:34

An den Arbeitsplatz zurückgekehrt, bemerkte Patrick, dass die drei Türen an der Stirnseite des Großraumbüros noch immer geschlossen waren. Er nahm an seinem Schreibtisch Platz und nutzte die Ruhepause, um einige frisch eingetroffene E-Mails abzuarbeiten. Sarah näherte sich mit einem dampfenden Becher vom Kaffeeautomaten und setzte sich, nach einem kurzen Gespräch mit Jana, Patrick gegenüber.

„Warten wir ab, bis Stefan Andreas' Büro verlassen hat?"

„Natürlich warten wir das ab!", erwiderte Patrick und warf Sarah einen fragenden Blick zu.

„Meinst du nicht, Stefan könnte gerade jetzt unsere Unterstützung gebrauchen?"

„Es geht um seinen Fachbereich und darum, wie sich einer seiner Mitarbeiter mit fallentscheidenden Beweisen verhalten hat. Wir helfen Stefan nicht gerade, indem wir das Büro seines Vorgesetzten wie Groupies belagern."

„Dann lass uns die Zwischenzeit nutzen, um ..."

Sarahs Tischapparat klingelte und unterbrach das Gespräch. Sie rollte auf ihrem Stuhl an den Schreibtisch heran und griff zum Hörer.

„Sarah Berger, Morddezernat."

Einen Moment lauschte sie dem Anrufer.

„Nein, warten Sie! Ich verbinde Sie mit Patrick Gruber."

Sarah drückte die Rückfragetaste am Telefon.

„Hey! Ist wahrscheinlich für dich. Hast du einen Satz neuer Reifen für deinen Mustang bestellt?"

Mit einem Mal strahlte Patrick über das ganze Gesicht und Sarah übergab ihm den Hörer.

„Gruber ... Wunderbar ... Ich komme vorbei."

Er legte auf, versperrte den Zugriff auf seinen PC und kramte die Autoschlüssel aus der obersten Schreibtischschublade hervor.

„Ich bin für zwei Stunden unterwegs. Du hältst so lange die Stellung?"

„Du willst mich jetzt hier alleine lassen, mit Stefan, Andreas und unseren ganzen Überlegungen?"

„Das will ich! Hier geht es um private Interessen höchster Wichtigkeit."

Patrick stand auf und verließ schmunzelnd das Büro.

Der kurze, aber prägnante Doppelpiep des Virenscanners ließ Systemadministrator Michael Funke aufhorchen und brachte dessen volle Aufmerksamkeit binnen Sekunden auf den Hauptdatenserver des Gütersloher Polizeireviers. Die mittägliche Analyse sämtlicher Dateien hatte einen Computervirus entdeckt, ein Programm, dessen Ziel es war, die in Dokumenten enthaltenen Daten zu manipulieren und möglicherweise zu zerstören. Für gewöhnlich besaßen Viren auf Funkes Server keine hohe Lebenserwartung. Da es sich in diesem Fall bei der verseuchten Datei aber um ein persönliches Dokument eines Mitarbeiters der Mordkommission handelte, galt es, bestimmte Regeln einzuhalten. Nichts wäre schlimmer als der Verlust tatkräftiger Beweise. Um den Inhalt sicherzustellen, entschied der Administrator, die Datei mithilfe eines speziellen Extraktionsverfahrens in eine schlichte Textdatei zu exportieren. Im Nachgang würde er das Geschriebene in ein benutzerfreundliches EDV-Dokument zurückkonvertieren. Den Virus kostete dieses Verfahren sein Leben, für den Besitzer bedeutete es, dass er seinen Text neu gestalten musste. Eine Minute später. Michael Funke betrachtete am Bildschirm die Essenz seiner Arbeit, die Textdatei.

temporäre_Datei.txt

Die zehn Gebote (als möglicher Schlüssel):
- erstes bis sechstes Gebot = wurde den Morden (Leichen) zugeordnet
- siebtes Gebot = du sollst nicht stehlen (offen, ohne rechten Ansatz)

Diebstahl (Thema des siebten Gebotes):
- Entwendung, Hinterziehung, Plünderung, Raub / viele Formen denkbar / vielschichtig interpretierbar
- mögliche Motive: Güter: alle erdenkbaren Waren / Geld: auch Konten / Abstrakta: Liebe, ...

Profil des Mörder (fünf verschiedene Ansätze vorstellbar):
- arbeitet in der Kirche (Pastor, ...)
- streng gläubiger Mensch
- Fanatiker, der Sünden gesühnt wissen möchte
- die zehn Gebote dienen nur der Ablenkung / Diandros geklauter PKW war auch eine List
- immer wieder Autobahn A 2 / Zusammenhang zwischen den Tatorten und dem Mörder?

sonstige Spuren:
- Haarprobe vom Beifahrersitz des Mercedes SLK passt zu Samuel

- Marc hat sich gegenüber früher verändert / Einzeltouren
- Patrick / warum erhielt ausgerechnet er die SMS mit dem virtuellen Zeitstempel zu Sanders Mord?
- was hat es mit dem löchrigen Arbeitszeitkonto von Jana auf sich?
  (Maria vom Lohnbüro ein Dankeschön für die Informationen schicken!)
- Forensik / könnte Stefan die Ergebnisse der Untersuchungen manipuliert haben?
- ist Diandro nur ein Drogendealer, dem das Auto geklaut wurde?
- Vorfälle (Unfälle) in der Nähe der A 2 im Umfeld Güterslohs überprüfen (letzten 50 Jahre)
- recherchieren, ob vergleichbare Morde (orientiert an den zehn Geboten) in der Vergangenheit irgendwo anders in Deutschland aufgetreten sind

Mit einem Klick speicherte Funke den Text in ein neues Dokument und verschob die Datei anschließend an ihren ursprünglichen Speicherort. Nachdem er den alten Dateinamen übertragen hatte, griff er zum Telefon. Nun war es an der Zeit, den rechtmäßigen Besitzer über seinen erfolgreichen Eingriff und die damit zusammenhängende Datenrettung zu informieren.

38. weggesperrt / November 1986 / 13:13

Die Deister-Leine-Zeitung und die Hannoversche Allgemeine hatten eine Woche lang im Wettstreit miteinander gelegen, wer die reißerischsten Neuigkeiten über den Vorfall im Forsthaus von Anne Morgenstern berichten konnte. Mord, Totschlag, Einbruch, Räuberische Erpressung. Kein Szenario erschien unglaublich genug, dass man es nicht seinen Lesern hätte präsentieren können. In einem Punkt jedoch waren sich beide Zeitungshäuser von der ersten Sekunde an einig gewesen, obwohl im Polizeibericht gestanden hatte, Annes Neffe habe die Wohnung erst nach ihrem Tod betreten: Rick konnte nicht unschuldig sein.

Der Mann, der schnellen Schrittes den Parkplatz überquerte, war sich nicht sicher, was ihn in der darauffolgenden Stunde in dem angrenzenden Gebäude aus teils rot geklinkerten, teils weiß verputzen Wänden erwarten würde. Die einfallslose Konstruktion aus Stein hatte im ersten Bauabschnitt aus einem nach außen hermetisch abgeschotteten, mehrgeschossigen Hauptgebäude bestanden.
Ein Jahr später war die Stadt Hannover gezwungen gewesen, die Anstalt um vier angrenzende Nebengebäude zu erweitern.

Den schnurgeraden Weg zwischen Parkplatz und Haupteingang säumten penibelst gepflegte Grünflächen, dazu unzählige, üppige, wie durch Zufall platzierte Bäume. Grün, das die Mehrheit der Insassen der Justizvollzugsanstalt Hannover auf kurze Zeit nicht wiedersehen würde.

Auf einem kleinen Vorplatz blieb der Mann stehen, prüfte die Zeitanzeige seiner Armbanduhr und betrachtete nervös die vier vergitterten Eingangstüren. Als er wenig später die Eingangshalle betrat, zählte er drei Wachleute, wenigstens fünf Überwachungskameras, dazu Bewegungssensoren in den vier Ecken des Raumes. Die freundliche und hilfsbereite Art, mit der einer der Wachmänner auf ihn zugetreten kam und ihm das Anmeldeverfahren erklärte, konnte nicht darüber hinwegtäuschen, wie eingehend Besucher in dem sich anschließenden Prozedere durchleuchtet wurden. Der Abgabe des Personalausweises, des Handys und jeglicher Metallgegenstande folgten digitale Bilderfassung samt Datenbankabgleich, Leibesvisitation und der vom Flughafen bekannte Marsch durch einen Metalldetektor.

„Dieser Besucherausweis legitimiert Sie zum Besuch der Sicherheitszone A“, wies der Beamte freundlich lächelnd hin. „Bitte beachten Sie die integrierte Technik.“

Es war sein erster Besuch in einer Justizvollzugsanstalt und wahrscheinlich blickte er allzu fragend auf den kleinen Anstecker in seiner Hand.

„Legen Sie auf dem Weg zum Besprechungsraum keine Pausen ein und schweifen Sie nicht vom direkten Weg ab. Jeder dieser Ausweise weist einen Sender auf. Über das Ortungssystem kennen wir den Standort derer, die später wieder nach Hause wollen.“

Leichter Schweiß breitete sich auf der Stirn des Mannes aus, der gekommen war, einen langjährigen Freund zu besuchen. Aufgeregt befestigte er den Ausweis an der Brusttasche seines Hemdes.

„Sie wollen doch wieder nach Hause?“, scherzte der Beamte. „Ach ja. Natürlich gilt diese Regelung nicht für den Besucherraum.“

Der Mann nickte, doch im gleichen Moment verspürte er Bedenken.

„Darf ich fragen, was geschieht, wenn ich aus irgendeinem Grund eine Pause einlegen muss?"

„Sie lösen einen Präventivalarm aus."

„Präventivalarm", murmelte er nachdenklich.

„Genau! Wenn ich einen Tipp aussprechen darf. Damit machen Sie sich bei den Kollegen des inneren Bereichs keinesfalls beliebt."

„Verstehe. Danke."

„Folgen Sie nun der Beschilderung zum Besucherraum. Ein Beamter wird Sie dort empfangen."

Die Schleuse wurde geöffnet und der Mann durchschritt einen käfigartigen Tunnel, dessen zweite, nach innen weisende Tür erst geöffnet wurde, nachdem die äußere verriegelt worden war. Wieder Kameras.

Die Gänge der Sicherheitszone A waren sauber gefegt oder blank ausgespült, so dass der schwarze Fußboden regelrecht glänzte. Nach wenigen Metern wiesen drei silbern glänzende Schilder den Weg. Zielstrebig folgte er den Hinweisen, blieb dann aber überrascht hinter der ausgeschilderten Abzweigung stehen. Massive Eisenstreben versperrten den Durchgang.

„Kommen Sie hier herüber zu mir!", forderte eine Stimme ihn auf.

Der Besucher blickte sich fragend um und entdeckte eine in die Wand eingelassene Scheibe, darüber einen Lautsprecher, dahinter einen weiteren Wärter.

„Sie müssen sich in den gelben Kreis stellen! Ist der zu übersehen?"

Verunsichert den Kopf schüttelnd begab er sich in die auf dem Boden markierte Position.

„Ist gut."

Ein tiefes, elektrisches Summen ertönte und ließ den Wartenden erschrocken zusammenzucken.

„Was ist los? Nun gehen Sie schon!"

Bis der Mann realisiert hatte, dass eine Tür seitlich der Gitterstreben geöffnet worden war, vergingen Sekunden. Er verließ den Kreis und schritt hindurch.

„Beilen Sie sich! Ich habe nicht den ganzen Tag Zeit!"

„Was sonst hast du zu tun, als hinter deiner Aquariumscheibe zu sitzen und andere Leute zu schikanieren?", dachte er, doch er sprach seine Überlegungen nicht aus. Hier drin konnte er nur den Kürzeren ziehen.

Der Besucherraum lag im Zentrum des Gebäudekomplexes, verborgen vom Sonnenlicht. Neonstangen mit künstlich-kalter Beleuchtung, montiert fünfreihig entlang einer unerwartet hohen Decke, und die ansonsten spartanische Ausstattung schafften einen Saal voll von Unbehaglichkeit. Um Kontaktbesuche zu unterbinden, erwartete den Gefangenen und dessen Besucher ein Käfig aus Glas, zehn dieser Bauart standen aufgereiht nebeneinander. Eine zusätzliche Trennscheibe verhinderte die direkte Kommunikation zwischen den beiden Teilnehmern, stattdessen gab es Telefone, Mitschnitt inklusive.

„Nehmen Sie Kabine drei!", wies eine Wärterin ihn an.

Überrascht, auf eine weibliche Vollzugsbeamtin getroffen zu sein, überlegte er, ob die Frau sich wohl freiwillig für den Dienst an diesem lieblos gestalteten Ort gemeldet hatte. Fraglos trafen hier Menschen aufeinander, tauschten miteinander aus, was sie erlebt hatten, und viele hätten alles dafür gegeben, sich für einen kurzen Augenblick berühren zu können.

Hier ereignen sich die Dramen. Vielleicht ist dieser Arbeitsplatz gar nicht so schlecht, besser als die Tätigkeit hinter der Aquariumscheibe allemal. Bei meinem nächsten Besuch werde ich darauf achten, ob die Brünette wieder Aufsicht hat.

Nun endlich saßen sie sich gegenüber, nur durch eine Scheibe voneinander getrennt. Eine Weile musterten sie sich wortlos. Rick auf der einen Seite, Lazarus auf der anderen. Schließlich war es Rick, der als Erster nach dem Telefonhörer griff und das Gespräch begann.

„Wie konnte das geschehen? Was ist mit den Beweisen, sind die schlüssig?"

„Hallo Rick. Ich freue mich auch, dich zu sehen."

„Ach entschuldige. Natürlich empfinde ich genauso." Verhalten blickte er sich um und entdeckte die Beamtin auf der anderen Seite neben dem Eingang. „Wie geht es dir hier drin? Benötigst du irgendetwas?"

Lazarus schüttelte den Kopf.

„Soweit geht's mir gut. Unterkunft und Verpflegung sind auch nicht schlechter als im San Dolores Capistrello."

„Wann kommst du hier raus?", drängte Rick. „Ohne dich ist es einsam im Kloster."

„Einsam? Du bist seit einem Monat erwachsen! Langsam mach ich mir Sorgen um dich. Solltest du dir nicht ein Mädchen suchen und das Leben genießen?"

„Hast du schon vergessen, ich wohne in einer Abtei?" Rick lachte bei dem Gedanken, welchen Aufruhr eine junge Frau unter den Ordensbrüdern verursachen würde.

„Du besitzt ein Haus im Wald und du bist immer noch nicht dort eingezogen?"

„Auf gar keinen Fall! In dieses Gruselkabinett werde ich nie wieder einen Fuß hineinsetzen. Außerdem sind Gebäude und Grundstück so gut wie verkauft. Der Makler glaubt, die derzeitigen Interessenten würden wohl diese Woche zuschlagen. Endlich eine Familie, die sich nicht von den plakativen Geschichten über Annes Ableben vergraulen lässt. Die Zeitungsberichte haben mir auf jeden Fall geschadet, was den möglichen Verkaufspreis angeht."

„Trotzdem Glückwunsch! Dann bist du nicht nur erwachsen, sondern auch vermögend."

„Zumindest ein kleines bisschen. Aber was ist mit dir?"

Der Pater rieb sich über seinen mehrere Tage alten Bart und genoss es, wie die Haut seiner Hand von den Stoppeln massiert wurde.

„In der Hauptanklage geht es um Betrug, wegen der Einkünfte aus meinen freischaffenden Geschäften."

„Deine ‚klerikalen Leistungen'?", schmunzelte Rick, als hätte er immer gewusst, dass sein Gegenüber eines Tages damit auffliegen würde.

„Richtig. Irgendjemand hat mich verpfiffen", murmelte Lazarus.

„Ich habe da auch so einen Verdacht."

Bedächtig schob er einen Zeigefinger vor die Lippen, gleichzeitig hob er Rick seinen Telefonhörer entgegen und dieser verstand, dass sein Freund und Mentor zu diesem Zeitpunkt nicht weiter darüber reden konnte.

„Gestern hat der Pflichtverteidiger eine Kaution für mich erstritten. Doch woher sollte ich das Geld dafür nehmen? Was ich verdient hatte, wurde beschlagnahmt, urkundlich verbrieft sind wir Ordensleute mittellos."

„Darum mach dir keine Sorgen. Sobald ich das Haus verkauft habe, hole ich dich hier raus."

Eine Woche später saßen Rick und Lazarus im Zweite-Klasse-Abteil der Deutschen Bundesbahn.

„Gütersloh wird dir gefallen. Fast einhunderttausend Einwohner. Da ist mehr los als in Barsinghausen. Und nirgendwo könnten wir besser untertauchen als bei diesen Ordensbrüdern in Westfalen. Joseph ist mir seit der Kindheit ein guter Freund. Er wird keine Fragen stellen und mir Zuflucht gewähren."

„Ich freue mich auf die Stadt", stimmte Rick zu.

„Erst einmal beendest du das Gymnasium. Es ist dein letztes Jahr! Wenn du wirklich studieren gehen willst, musst du an deinem Notenschnitt arbeiten."

„Das werde ich", antworte Rick in Gedanken versunken.

Und dann endlich kaufe ich mir einen schnittigen Sportwagen.

Freiberuflich zu arbeiten bot Katrin die Gelegenheit, ihren Tagesablauf abwechslungsreicher zu gestalten, als es vielen anderen Mitmenschen möglich war. Ungebunden und mit finanziellem Spielraum, den ihr ihre Betrügereien ließen, erfreute sie sich abwechslungsreicher Freizeitaktivitäten. Neben Tennis liebte die blonde Frau Crosslauf, Besuche in Galerien und Museen und die andächtigen Nachmittage in der Kirche an der Westheermannstraße. Katrin besuchte Hl. Christ mehrmals im Monat, weil ihr dieser Ort etwas bot, das sie draußen für Geld nicht kaufen konnte: den Ausbruch aus einer hektischen und schnelllebigen Welt.

Erwartungsvoll betrachtete Katrin das gotische Gebäude westlich der Autobahn. Schon beim Öffnen der Eingangspforte verspürte sie die spirituelle Energie, die von diesem Ort ausging. Warmes Licht strömte durch die bunten Gläser der Mosaikfenster und der Duft von verbrannten Harzen tränkte die Luft. Katrin war jedes Mal aufs Neue überrascht, welche Wirkung dieses Gotteshaus auf sie ausübte. Gemächlich schritt sie den Hauptgang entlang und würdigte die vier großen Säulen, die das Dach des gedrungenen Mittelschiffs stemmten. Lampen mit elektrischen Kerzen flackerten an den Außenwänden und erhellten die Sitzflächen der sechsundvierzig Bankreihen des Hauptschiffes, zudem die beiden kleineren Nebenschiffe. Nach all der Zeit hatte Katrin das Gefühl, jedes Detail in dieser Kirche zu kennen, und noch immer störte sie das deplatzierte Beichthäuschen, das vorne rechts den Sichtkontakt zwischen dem Großteil der Gemeinde und den Besuchern im Seitenschiff behinderte. Am Eingang saß für gewöhnlich ein älterer Herr, so auch heute. Freundlich lächelte er ihr zu. Wann immer Katrin diese Kirche besuchte, mindestens eine Hand voll Menschen war zu jeder Tageszeit zugegen, jetzt waren es sogar mehr.

„Ob sie das Gleiche empfinden wie ich?", dachte Katrin und ließ sich inspirieren von der Kombination aus Ruhe, farbenprächtigem Lichtspiel und andächtiger Stimmung.

Sie musterte die anderen Anwesenden. Eine Frau mit Einkaufstüten, ein älterer Mann, der gelegentlich seinen Enkel mitbrachte, und der fast erwachsene Junge mit dem akkuraten Seitenscheitel gehörten genauso zu den regelmäßigen Besuchern wie eine Gruppe älterer Frauen, die sich gemeinsam zu den Orgelspielen trafen. Von dieser Regelmäßigkeit abweichend zählte sie zehn Personen in der Nähe des Beichtstuhls.

Warteschlange der Sündenvergebung. Wieder großer Andrang, heute.

Bevor sie den Altarraum erreichte, bog Katrin nach rechts ab und lief hinter dem Beichtstuhl entlang.

Da ist er wieder! Wie seltsam.

Der Mann, der ihr in den vergangenen Wochen wiederholt aufgefallen war, hatte sich abseits der anderen einen Sitzplatz im Seitenschiff hinter dem Beichthäuschen gesucht. Bei den letzten Malen war er dunkel gekleidet gewesen, schwarz wie die Farbe seiner Haare. Den kräftigen Bart hatte er zwischenzeitlich abgenommen, das ließ ihn jünger und attraktiver erscheinen, und die Kleidung, die er heute trug, hinterließ einen moderneren Eindruck als das sonstige Schwarz in Schwarz. Trotz aller Veränderungen erkannte Katrin ihn sofort an seiner eigenwilligen, aufrechten Art zu sitzen. Während sie auf eine ausgewählte Bankreihe zusteuerte, beobachtete sie den Fremden, der sich nicht von der blondhaarigen Frau ablenken ließ, sondern stattdessen das schlichte Holzkreuz im Altarraum betrachtete.

Was für ein seltsamer Kerl.

„Schön, dich zu sehen", erklang eine Stimme hinter Katrin und riss sie aus ihren Gedanken.

„Pater Lazarus!"

Der kleine, verschwitzte Mann, der sich schnellen Schrittes näherte, besaß braunes, schütteres Haar, große silbergraue Augen und einen Ansatz von Bart. Mit ungefähr sechzig, vielleicht fünfundsechzig, genoss Lazarus eine unglaubliche Präsenz, frei von Angst vor Hässlichkeit. Seine Nase sah aus, als wäre sie einmal gebrochen gewesen, denkbar war auch ein ausschweifender Genuss von weißem Pulver, möglicherweise auch die Kombination aus beidem. Die dunkle Hose und das weite weiße Hemd kaschierten den aufgedunsenen Bauch nur mäßig. Gleichwohl wirkte Pater Lazarus stets zufrieden mit sich und der gesamten Welt.

„Und, Katrin. Wie geht es?"

„Gut, danke. Ich hatte in der Gegend zu tun und ..."

Liebevoll drückte Lazarus Katrins Schultern.

„Ich freue mich, dich auch diese Woche in unserer Gemeinschaft begrüßen zu können."

Sie antwortete nicht, doch ihr Blick verriet ihre Ungewissheit, Bedenken, die sie schon einige Male mit Lazarus diskutiert hatte.

„Woran man auch immer glaubt, letztendlich ist es egal!", begann Lazarus und bemerkte die Regung in

Katrins Augen. „Für die einen sind es die zeitgenössischen, einen allumfassenden Gott kennenden Religionen wie Judentum, Christentum, Islam, Sikhismus oder das Bahaitum."

Überrascht verfolgte Katrin, was der Pater ihr erzählte.

„Die anderen verehren einen Gott im nicht monotheistischen Sinne, möglicherweise Buddah. Oder Krishna, den wollen wir nicht vergessen."

„Dies ist eine christliche Kirche. Ich frage mich, ob das, was du mir gerade erzählst, im Sinne deines kirchlichen Oberhaupts ist?"

„Es ist im Sinne Gottes, das ist meine feste Überzeugung."

„Verstehe. Aber wie sieht es mit meiner eigenen religiösen Weltanschauung aus? Die reduziert sich auf die Erfahrungen aus Kommunion und Firmung."

„Ich weiß, du hattest mir seinerzeit davon erzählt. Aber ist das schlimm? Niemand darf dir deine kanalisierte Sichtweise zum Vorwurf machen. Das Haus des Herrn, dieses Haus, steht jedem offen, der ihn besuchen möchte, egal aus welchem Begehr."

„Auf jeden Fall ist es hier frei und ungezwungen."

„Das nehme ich als Lob. Danke. So, es wird Zeit für's Orgelspiel. Wie du siehst, füllt sich das Haus und sie warten schon."

Pater Lazarus lächelte den älteren Damen im Mittelschiff zu.

„Ich werde bleiben und warten."

„Gerne."

Lazarus wandte sich ab, kletterte die Treppe zur Orgelbühne empor und stimmte das Air aus der Orchestersuite Nr. 3 von Johann Sebastian Bach in einer modifizierten Eigenkreation an. Binnen Sekunden verstummte das Geflüster der Kirchenbesucher, die andächtig den Klängen lauschten.

Zwanzig Minuten später. Der Beifall hallte von den steinernen Außenwänden wider, nachdem die letzten Töne der Musik erklungen waren, und selbst der Mann, den Katrin beobachtet hatte, applaudierte. Katrin wartete ab, bis Lazarus von der Orgelbühne herabgestiegen war, dann traute sie sich, den Mann aus dem Seitenschiff anzusprechen.

„Entschuldigung. Wollen Sie auch beichten? Dann müssten Sie sich auf der anderen Seite einreihen."

„Einreihen?", fragte dieser, überrascht von dem unerwarteten Gespräch.

„Ja. Die Menschen, die beichten möchten, sitzen in der dritten Bank neben dem Beichthäuschen."

„Danke. Aber ich denke, bis zu meiner eigenen Beichte hat es noch ein paar Tage Zeit. Heute von meinen Sünden und Vergehen zu erzählen wäre verfrüht."

„Verfrüht?", wiederholte Katrin in Gedanken, ohne zu verstehen, was ihr Gesprächspartner damit gemeint haben könnte.

„Okay, dann entschuldigen Sie. Ich wollte nicht stören."

„Das haben Sie nicht. Es war schön, mit Ihnen zu reden."

Irritiert von der Art, wie die beiden miteinander gesprochen hatten, durchquerte Katrin den Altarraum und stellte zu ihrer Erleichterung fest, dass die Schlange am Beichthäuschen bereits abgenommen hatte. Kurzes Warten, dann empfing sie Pater Lazarus.

Sich der eigenen Sünden und ihrer Umstände bewusst zu werden, Taten zu bereuen, gute Vorsätze zu hegen und Wiedergutmachung zu tun, das alles kannte Katrin aus ihren Kindheitstagen, doch Lazarus drängte niemanden, der sich ihm anvertraute, in kirchliche Fesseln. Gegen eine Spende für die Gemeinde hatte er jedoch wenig einzuwenden.

Als Katrin die Kirche verließ, steckte sie eine Zwanzig-Euro-Note in den Opferstock neben dem Ausgang. Sie bemerkte nicht, wie der ehemalige Banknachbar ihr folgte. Die Suche nach den Autoschlüsseln lenkte sie ab.

Die junge Frau war einige Schritte gegangen, da verspürte sie einen kräftigen Schlag. Sie registrierte Schmerzen am Arm und am Bein, dann wurde ihr schwarz vor Augen und sie verlor das Gleichgewicht.

Wie lange sie auf dem Boden gelegen hatte, konnte sie nicht beantworten, wahrscheinlich waren es nur Sekunden gewesen. Ein Junge hockte neben ihr, sein Fahrrad lag auf dem Boden vor ihnen.

„Es tut mir leid!"

„Was ist passiert?" Fragend blickte Katrin sich um, während sie mit ihren Händen über die Knie rieb.

„Ich habe Sie nicht gesehen", stotterte der Junge. „Mein Fahrrad ... wir sind zusammengestoßen."

„Puhhh. Kannst du mir aufhelfen?"

„Natürlich!"

Katrins Handtasche lag auf dem Pflaster des Kirchenvorplatzes, der Verschluss weit geöffnet. Verschiedene Papiere, ihr Adressbuch und der Umschlag mit dem Geld der Lubegas, das sie bis jetzt immer noch nicht auf ihr Konto eingezahlt hatte, lagen um sie herum verstreut.

„Würdest du meine Tasche holen?"

Sofort sprang der Jungen auf, um den Inhalt zusammenzutragen.

„Ich glaube, das ist alles." Noch einmal blickte er sich prüfend um. „Darf ich jetzt weiterfahren?"

„Schon gut. Fahr nur!“

Unbemerkt und völlig gleichgültig gegenüber Katrins Zusammenstoß, wartete ihr Verfolger abseits im Schutz einer Zypressenhecke. Doch eine passende Gelegenheit sollte sich an diesem Tag nicht einstellen. Nachdem der Junge gefahren war, eilten zwei Frauen herbei, die den Zusammenstoß aus der Ferne beobachtet hatten.

„Verdammt“, schimpfte der Mann mit sich selbst im Verborgenen. Einfach zu riskant.

Verärgert betrachtete er die beiden Frauen, die Katrin zu ihrem grasgrünen Cabrio halfen, mit dem sie kurz darauf aus seinen Augen entschwand.

Er wollte gerade gehen, als ihm etwas anderes ins Auge stach. Dort, wo Katrin gerade eben noch gesessen hatte, lag einen kleiner weißer Zettel. Zielstrebig lief er darauf zu, kniete sich nieder und hob das Papier vom Boden auf.

Ein Strafmandat! Oh, ohne Adressangabe. Typisch Streifenpolizisten.

Da steht lediglich der Nachname, Mand... . Diese Schrift kann ja niemand lesen.

Aber ... wer braucht einen Namen, wenn er die Ticketnummer besitzt.

6969. Welch glorreiche Zahl!

40. Druck der Öffentlichkeit / 14. Juli 2011 / 11:12

Mit bewährt sicherem Blick erkannte Andreas die Nummer des Anrufers auf Leitung zwei. Jegliches Gespräch wäre ihm zu diesem Zeitpunkt lieber gewesen, selbst eines mit seiner Mutter aus Hamburg. Aber den Anruf seines Bürgermeisters Janus Grone konnte er nicht ignorieren. Ohne lange zu zögern, griff er zum Hörer.

„Hier Andreas Ackermann."

„Und hier spricht Janus Grone."

„Morgen, Janus."

„Hallo Andreas. Zweifelsohne hast du heute Morgen die Berichte in der Glocke und der Westfälischen gelesen? Gestern waren es noch knappe, maximal zehnzeilige Artikel, platziert ab Seite fünf. Alles in allem eher unbedeutend und vage. Aber seit dem Aufgang der Sonne haben wir die Aufmerksamkeit dieser Stadt wachgerüttelt. Die halbe erste Seite berichtet über ungeklärte Morde entlang der A 2. Dabei schreibt die Glocke von wenigstens vier Opfern und bezieht sich auf vertrauliche Quellen. Was immer das heißen soll. Aber erst einmal klingt es gut, wenn jemand das liest. Das ist doch alles ein verdammter Bullshit!"

Mit jedem weiteren Satz war die Stimme des Bürgermeisters angeschwollen, war höher geworden und kurzatmiger.

„Kannst du mir erklären, wie so etwas durchsickern konnte?", hakte Janus nach.

„Von unserer Seite gibt es keine offizielle Stellungname", rechtfertigte sich Andreas. „Kein Wort verlässt dieses Gebäude, und Tom vom Empfang erkennt einen Reporter, noch bevor dieser das Foyer betritt."

„Trotzdem gibt es ein Leck im Kommissariat!", schnaufte Janus. „Irgendjemand versucht da sein Gehalt aufzubessern!"

„Ich gestehe, nachdem ich den Zeitungsbericht gelesen hatte, kam mir der gleiche Verdacht. Andererseits würde ich für meine Leute die Hand ins Feuer legen." Andreas räusperte sich. „Doch weil mich mein Gefühl auch täuschen kann, habe ich bereits jemanden darauf angesetzt. Sollte es einen Spitzel in unseren Reihen geben, werden wir die Person finden und es wird Konsequenzen haben."

Für einen Moment schwiegen beide.

„Janus, wir tun alles, um die Stadt sauber zu halten."

Auch wenn das gerade nicht leicht fällt.

„Ich erwarte Ergebnisse! Holt diesen Verrückten von der Straße!"

Ein kurze Pause, dann ergriff Janus erneut das Wort.

„Ich musste heute bereits ein Seniorenheim einweihen und eine Rede vor den Angestellten der Stadtreinigung legen, um einen drohenden Streik abzuwenden. Ich habe in diesen Tagen genug Termine um die Ohren."

„Ich weiß, du bist viel beschäftigt", entgegnete Andreas nüchtern.

„Willst du mich verkohlen oder mir in meinen Arsch kriechen?", schrie Janus ihm aus dem Hörer entgegen.

„Du bist umgeben von Teams, die dich unterstützen", antwortete Andreas unbeeindruckt. „Verwaltungsapparat, Finanzen, Soziales, Schule und Gesundheit. Mein Team sorgt für die Sicherheit Güterslohs und wir machen unseren Job. Da kannst du dir zu jeder Minute des Tages sicher sein!"

„Andreas! Ich will dir mal etwas erklären. Ich bin der Bürgermeister dieser Stadt. Zwar leiste ich nichts, zumindest nicht im körperlichen Sinne. Aber dafür bin ich präsent, Tag und Nacht und wo immer es geht. Leute wie du, das hast du richtig erkannt, arbeiten mir zu."

Janus atmete kräftig aus.

„Mein unermüdlicher Einsatz bedeutet eine Bürde für's Privatleben. Jedem in diesem Landkreis musst du es recht machen, für jedermann sollst du ein offenes Ohr und mitfühlendes Herz haben."

„Sicherlich", stimmte Andreas gleichgültig zu.

„Dann sorge dafür, dass ich auch im nächsten Jahr für dieses Amt kandidieren kann! Denn wenn die Bewohner Güterslohs erst glauben, Bürgermeister Grone könne seine Stadt nicht schützen, beginnt das Fundament zu bröckeln, auf dem ich mein Leben errichtet und nach dem ich es ausgerichtet habe."

„Ich werde mich melden, sobald ich Neuigkeiten berichten kann."

In der Hoffnung, nun auflegen zu können, stellte sich Andreas auf das Ende des Telefonats ein.

„Andreas? Darf ich dich noch etwas fragen?"

Der Hauptkommissar stutzte über den veränderten Tonfall seines Anrufers.

„Erklär mir, warum finden all diese Morde entlang der A 2 statt?"

Andreas wechselte den Hörer an sein anderes Ohr.

„Ich halte persönliche Gründe für am wahrscheinlichsten. Vielleicht wegen einer Person, die dem Täter früher einmal wichtig gewesen ist, die ihm nahestand. Die Opfer sind ihm egal. Es geht um die Frage, wo ein Mord passieren soll, nicht um die Frage, wer letztendlich der Leidtragende sein wird."

„Das ist krank!", raunte Janus.

„Das ist krank und macht einen normal denken Menschen echt wütend", stimmte Andreas zu. „Aber genau deshalb ist es für uns derzeit so schwierig. Es geht darum, eine Gemeinsamkeit zwischen den Opfern zu finden."

„Ich hatte unserem letzten Telefonat entnommen, dass die Getöteten sich untereinander nicht kannten?"

„Das stimmt, bedeutete gleichzeitig aber nicht, dass es keine Gemeinsamkeiten geben kann. Dies ist der Schlüssel, den wir finden müssen, um diesen Psychopathen zu knacken."

„Verstehe. Telefonieren wir heute Abend. Andreas, rufst du mich an?"

„Ich melde mich gegen sechs."

„Lieber ab sieben, denk an meine Termine."

„Um sieben. Bis dann, Janus."

„Bis dann, alter Klassenkamerad."

„Verdammt!"

Andreas legte den Hörer auf die Gabel und fluchte. Nicht wegen Janus. Hinsichtlich des Telefonats fühlte er sich unbeschwert und zuversichtlich. Ein abgerissener Knopf an seinem Hemd regte ihn auf, zum Glück der unterste in einer Reihe von sieben. Er stand auf, zog den Bauch ein und steckte das Hemd straff unter den Ledergürtel seiner beigefarbenen Bundfaltenhose. Um den Bildschirmschoner seines Computers zu deaktivieren, schnippte er mit dem Finger hinter die Maus und beobachtete, wie die schlagartige Bewegung des kleinen Stück Plastiks das vor wenigen Minuten betrachtete Täterprofil auf dem Bildschirm zurückbrachte. Andreas strich über seinen Vollbart und dachte nach. Die Zeitvermerke wiesen darauf hin, dass es diese Woche bereits unzählige Abfragen und Veränderungen in diesem Datensatz gegeben hatte. Mit wenigen Klicks dokumentierte er die bedeutendsten

Veränderungen und übertrug das Ergebnis in eine private Datei. Anschließend setzte er ein zwölfstelliges Kennwort und sicherte seinen Auszug auf dem Server. Kurz danach verließ Andreas das Polizeipräsidium. Bestimmte Dinge konnte man nur eigenhändig erledigen, da halfen keine Freunde, da half kein Team.

Im Norden der Stadt. Er hatte genau fünfzehn Minuten für die Fahrt bis zu seiner Wohnung benötigt, zu dieser Tageszeit eine ansehnliche Leistung. Nun parkte das Auto im Hinterhof auf dem einzigen Parkplatz, den es dort zu mieten gab, abseits der Straße und von außen nicht einsehbar. Für die monatliche Pacht hätte er locker einen gesicherten und gut beleuchteten Parkplatz in einem der komfortablen Parkhäuser um den Kolbeplatz buchen können. Doch wenn er sein Auto in der Nähe wissen und nicht täglich in den Straßenzügen nach einer freien Abstellmöglichkeit suchen wollte, gab es keine Alternative. Die Eingangstür zum Treppenhaus stand weit offen, und er verfluchte die Kinder der Nachbarn, die zu bequem waren, Ordnung zu halten, und denen anscheinend niemand die grundlegenden Regeln und festen Abläufe des Miteinanderlebens vermittelt hatte. Er hatte Verständnis, wenn sie lärmten und spielten. Es waren Kinder, das war ihre Natur. Doch er wusste um die Bedeutung sozialer Erziehung.

Vierundsechzig Stufen, dann erreichte er seine Wohnungstür, schnörkellos und ohne Namensschild. Ein Blick zur Armbanduhr. Keiner seiner Kollegen würde ihn um die Mittagszeit vermissen, und wennschon, im Zweifelsfall, wenn es wichtig wäre, kannten sie seine Handynummer. Nachdem er aufgeschlossen hatte, strömte ihm der behagliche Duft von Kamille entgegen. Er betrat den Flur und ließ die Atmosphäre auf sich wirken. Erst jetzt drehte er sich um, drückte die Tür ins Schloss und überprüfte, ob sie zuverlässig sperrte.

Wir alle haben etwas zu verbergen. Da ist etwas in uns, das wir andere nicht sehen lassen wollen. Nach außen tun wir so, als wäre alles in Ordnung. Wir hüllen uns in einen schützenden Kokon und spielen das Theaterstück unseres Lebens.

Dupont reihte seine Schuhe neben die drei anderen Paar im Flur und lief ins Wohnzimmer. Ein benutztes Glas erinnerte ihn an gestern Abend. Er füllte es einen Fingerbreit mit seinem Lieblingswhiskey und genoss den Wohlgeruch des nussig, halb-süßen Aromas. Noch bevor er die angrenzende Balkontür öffnete, nippte er am Glas und wurde des leichten Hauchs von Eiche gewahr, den er so liebte. Nach dem ersten Schluck trat er nach draußen, streckte die Arme aus und erfreute sich der wärmenden Sonnenstrahlen. Dupont stellte das Glas auf die Brüstung und betrachtete die zahllosen Wohnungen der benachbarten Wohnblocks. Oft hatte er nachts auf diesem Balkon gesessen und das Treiben seiner Mitbürger beobachtet.

Von außen betrachtet ist dies ein normales Zuhause, durch nichts von der Unterkunft eines Psychopathen zu unterscheiden. Aber in seinem Innern beherbergt es Geheimnisse, die die Welt da draußen erschüttern würden.

Einige Minuten verfolgte er den Verkehr auf der Straße unter ihm, schlürfte nach und nach seinen Whiskey und kehrte mit leerem Glas in die Wohnung zurück. Schon den ganzen Tag über hatten ihm die Augen gebrannt, und Dupont entschied, die beiden getönten Kontaktlinsen herauszunehmen. Mit gekonntem Griff entfernte er die Haftgläser, die seiner Iris den gleichen Farbton verliehen, wie dem Mann auf dem Foto seines Führerscheins. Aus Braun wurde strahlendes Grün. Später, wenn er entscheiden sollte, die Wohnung zu verlassen, würden ihn die Gläser aufs Neue verwandeln. Vorsichtig nebeneinander gelegt fanden die Linsen auf der Ecke seines Mahagoni-Schreibtisches Platz, danach zog er den Stuhl zurück, setzte sich hin und öffnete das Schließfach mit den Fotoalben. Ohne zu zögern, griff er das grüne Album, um es vor sich auf den Tisch zu legen. Das Buch, eine Ansammlung von Fotos, Zeitungsberichten und Ausdrucken, dokumentierte das Tun und Wirken von Serienmördern, die in Deutschland, Amerika und Frankreich in Erscheinung getreten waren. Siebzig Seiten, gefüllt mit Schicksalsgeschichten.

Ein eigenes Kapitel hatte Dupont weiblichen Serienmördern gewidmet. Frauen, die Menschen seriell ermordeten und dies ohne eine wirkliche Beziehung zum Opfer taten, waren selten, aber unbestritten vorhanden. Häufig verfolgten Frauen andere Ziele als Männer, wenngleich ihnen die Ausübung von Macht über das Leben und den Tod ihrer Opfer eine ähnliche innere Befriedigung lieferte. Über viele Jahre hinweg hatte Dupont weibliche Serienmörder dokumentiert. Sie faszinierten ihn, denn tatsächlich blieben Frauen wesentlich länger unentdeckt als ihre mordenden männlichen Kollegen.

„Es ist ihr Profil", dachte Dupont. „Oder genau genommen, dass sie sich so schwer in ein Profil pressen lassen."

Neugierig wie ein kleiner Junge, der zu Weihnachten das ersehnte Lieblingslexikon geschenkt bekommen hat, stöberte er durch die Seiten. Gelegentlich verharrte er hier und da, um einige Textauszüge zu den Berichten zu lesen, oder er erfreute sich an den Fotos, die seine Gedanken beflügelten.

Dupont selber hielt die überwiegende Zahl der populären Serienmörder für belanglose Dilettanten. Am

Ende waren sie gefangen oder getötet worden, weil ihr Tun kalkulierbar für ihre Verfolger geworden war. Auf der Suche nach dem unstillbaren Kick mordeten sie in immer kürzeren Abständen und irgendwann fanden sie kaum noch Ruhe. Sie wurden selbstherrlich und im Glauben, niemand könne ihnen etwas anhaben, nachlässig. Das Ergebnis lag vor Dupont auf dem Tisch. Ein ganzes Buch voller Killer, über die man nur berichten konnte, weil sie gefasst worden waren.

Dupont ging es darum, zu bestrafen und gleichwohl keinem Profil zu genügen. Wie ein Schauspieler in stetig wechselnden Rollen. Bei seinen Taten kamen die unterschiedlichsten Tötungsarten zum Einsatz, der Ablauf eines jeden Mordes verlief anders, und auf gar keinen Fall gehörte er zu denen, die immer nach einem festen Ritus töten mussten. Lediglich der Stempelabdruck hielt zusammen, was alle Opfer Güterslohs verband.

Nachdem er das Ende des grünen Fotoalbums erreicht hatte, schloss er den Einband und stellte das Buch in das Schließfach zurück. Erneut dachte Dupont an Simon Roth, Martin Sander und die anderen. Es war immer sein Ziel gewesen, keinem seiner Opfer einen leidvollen Abgang zu bereiten, zumindest fast keinem. Niemand sollte mehr Qualen ertragen müssen, als gerade notwendig war, um den letzten Atemzug auszustoßen. Das Leben an sich barg schon Schmerzen genug, war eine tägliche Tortur, die im Laufe der Jahre immer schlimmer wurde. Schlimmer als ein Stich in den Hals oder ein kurzer Stromschlag mitten aufs Herz. Er kannte Videodokumentationen, verschiedene Filme des Mondo-Genres, wie „Gesichter des Todes“ oder „Faces of Gore“, in denen Menschen auf grausame Weise starben oder brutal aus dem

Leben gerissen wurden. Doch niemand hatte es verdient, derart zu sterben.

Der Wecker an seinem Handy erinnerte ihn, wie schnell die Zeit schon wieder vergangen war. Er löschte den einprogrammierten Alarm, griff zu den getönten Kontaktlinsen und steuerte anschließend auf das Badezimmer zu. Mit wachen, großen Augen betrachtete Dupont das eigene Gesicht im Spiegel. Auf der rechten Wange deutete sich das Rot der Prellung an, die ihm Martin Sander im Kampf zugefügt hatte. Genau wie heute Morgen nach dem Aufstehen würde er das Ganze mit etwas Kosmetik verdecken. Noch immer spürte er ein Brennen in den Oberarmen, wahrscheinlich Muskelkater vom gestrigen abendlichen Einsatz. Er massierte die Stelle und bemerkte seinen angespannten Bizeps. Zufrieden mit sich selbst betrachtete er sein Spiegelbild.

Die Eitelkeit, erinnerte sich Dupont, lenkt das Denken des Menschen von Gott ab und damit hin zu sich selbst, zu seinem eigenen Körper und zu seinem Äußeren.

Für einen Moment verharrte er regungslos, und während er nachdachte, belächelte er die Idee der sieben Hauptsünden der katholischen Glaubens- und Sittenlehre. Nur wenn sein eigener Körper attraktiv und leistungsfähig war, konnte er Gott auch als nützliches Werkzeug dienen.

Ja, Herr. Du hast mich gerufen!

Als er die Wohnung verließ, trug er die gleichen Schuhe, die bräunlichen Linsen und ein frisches Make-Up. Er griff in seine Tasche und blickte auf den Bußzettel mit der Nummer 6969. Es wurde Zeit, den Wohnsitz von Frau ‚Mand...-irgendwie' herauszufinden.

42. Regines Freund / 14. Juli 2011 / 12:58

Patrick folgte dem kurvigen Verlauf der Landstraße und erfreute sich der ruhigen Laufgeräusche und geringen Vibrationen, die seine neuen Reifen erzeugten. Er beschleunigte den Ford Mustang, überholte einige Kleinbusse und einen Sattelschlepper eines Transportunternehmens, dann setzte er den Blinker und verließ den Zubringer über die vor ihm liegende Ausfahrt. Vergnügt griff er zum Telefon, ließ Sarahs Nummer wählen, bereit, seine Partnerin zu einer kleinen Spritztour einzuladen.

„Mobilfunkteilnehmer nicht eingebucht", erklang die knappe Ansage des Netzbetreibers.

„Natürlich", tadelte Patrick sich selbst. „Wieso nur ist das so schwierig, ihr ein neues Handy zu besorgen?"

Er versuchte Sarah über ihr Bürotelefon zu erreichen, erfolglos. Enttäuscht blätterte Patrick über die gespeicherten Favoriten seines Adressbuches und wählte den darunterstehenden Eintrag aus. Es klingelte siebenmal, bis Marc das Gespräch entgegennahm.

„Hey Marc. Glückwunsch! Ich habe vorhin den Kurzbericht auf mein Handy geschickt bekommen. Wie ich lesen konnte, ist das Verhör mit Milicevic ein voller Erfolg gewesen."

„Hi Patrick." Windgeräusche beeinträchtigten die Sprachqualität. „Sieht so aus, als wären wir einen Schritt weiter."

„Weiter? Nun mal nicht so bescheiden, alter Kumpel. Das ist der Durchbruch! Du hast eine Beschreibung unseres Täters. Das engt die Suche nach dem Stempel-Killer massiv ein."

„Sag ich doch! Wir sind weiter", frotzelte Marc. „Der Steckbrief ist in allen Polizeistationen des Kreises ausgeschrieben. Nun heißt es: Augen offen halten."

„Da ist noch etwas anderes", wechselte Patrick das Thema. „Ich wollte hören, ob du oder Jana mir sagen könnt, wo ich Sarah finde?"

„Wir sind auf dem Weg zu einem Hinweis, ein Treffpunkt im Norden der Stadt. Warte kurz." Es wurde einen Augenblick still. Marc schien seine Hand vor die Sprachöffnung des Telefons zu halten. „Da bin ich wieder. Nein, Jana weiß auch nicht, was Sarah derzeit treibt. Frag doch Andreas, der sollte es wohl wissen."

„Ist gut, schade. Bis später."

Patrick legte auf, steckte das Handy in die Brusttasche zurück und bog in die Herzebrocker Straße ab, direkt auf das Polizeidepartement zu.

Zur gleichen Zeit erreichte Marc das Kinderheim „St. Dorint". Ohne eine Miene zu verziehen, betrachtete er den Beifahrersitz. Er war allein. Marc hielt vor der blau-weiß gestreiften Schranke. Der Wachmann erkannte ihn und ohne den sonst üblichen Smalltalk öffnete sich die Absperrung. Im Gegensatz zu anderen Tagen, wenn er erst abends kam, um Regine von der Arbeit abzuholen, brannte die Mittagssonne. Er grüßte kurz, indem er seine Hand zum Fenster herausstreckte, beschleunigte dann sein Auto und folgte dem kurvigen Pfad. Vor dem Kinderheim steuerte Marc den Wagen nach rechts auf den Parkplatz für Angestellte. Als er Regines Auto entdeckte, bremste er, schaute sich suchend nach einer Parkgelegenheit um und wählte einen Stellplatz direkt an der Durchfahrt. Eher ein Behelf, aber ausreichend.

Marcs Vorhaben war heikel, dementsprechend flau fühlte sein Magen sich an. Zögerlich stieg er aus und umrundete Regines Volkswagen. Der Golf, Typ Cabriolet, hatte zweifelsohne bessere Tage gesehen. Über die Jahre war der Lack verblichen, und das Fahrzeug hatte sich zu einem gewöhnlichen Alltagsgegenstand entwickelt, den niemand pflegte. Marc überprüfte die Türen. Abgeschlossen. Schnell, ohne lange zu suchen, spürte er eine marode Stelle am Faltdach auf. Mit geübtem Griff, als hätte der Polizist sich nie mit etwas anderem beschäftigt, legte er einen Zugang zum Innenraum frei. Eine Minute später erreichte seine ausgestreckte Hand den Verriegelungshebel der Beifahrerseite, die Tür sprang auf. Noch bevor er seine Suche fortsetzte, und um keine Spuren zu hinterlassen, investierte Marc Zeit, den Stoff der Bespannung in die alte Position einzuhaken. Anschließend nahm er Platz und schaute sich um. Tatsächlich, da war ein Navigationsgerät.

Gleich wird es sich zeigen. Doch ich benötige Gewissheit, um zu entscheiden, wie ich handle. Unbedingt!

Zwei Minuten später. Marc war zu seinem Auto gelaufen und hatte die Abschrift des Verhörs geholt. Nun saß er wieder auf Regines Beifahrersitz. Der Blick wechselte zwischen Navigationsgerät und der Kladde in seiner Hand. Er zögerte, dann öffnete er die Aufzeichnungen.

Abschrift Gesprächsprotokoll
Datum: 14.07.2011 / 9:05 Uhr
Ermittler: Marc Missler (M.M.)
Zeuge: Diandro Milicevic (D.M.)

M.M.: Mein Name ist Marc Missler. Ich bin der verantwortliche Kommissar in diesem Verhör.

D.M.: Und der einzige, wie mir scheint. Zumindest, wenn wir von der Kamera dort oben absehen wollen.

M.M.: Herr Milicevic. Es geht um das Labor in der Hulsbrockstraße, um tätlichen Angriff auf eine Polizistin und um die Frage, warum Sie den Diebstahl ihres schwarzen Ford Edge nicht gleich gemeldet haben.

D.M.: Ich erzähle Ihnen gar nichts ohne eine Zusage auf Strafmilderung! Vergessen wir mein kleines Labor. Das mit der Polizistin war Notwehr. Sie hat sich nicht ausgewiesen und mich ohne Grund in meiner eigenen Wohnung an der Frobelstraße überfallen.

M.M.: Sie wollen einen Deal aushandeln? Ich sage nur eins: Keine Zusagen, keine Versprechungen! Genau so viel kann ich Ihnen garantieren. Es war Ihr persönlicher Wunsch, heute Morgen eine Aussage zu machen. Wissen Sie, was den Steuerzahler ein Personentransfer aus der Untersuchungshaft ins Präsidium kostet? Ach, drauf geschissen. Wenn Sie etwas zu erzählen haben, das uns weiterbringt, dann reden Sie. Wenn nicht, auch gut. Dann lasse ich Sie gleich wieder abholen.

D.M.: Schon gut, schon gut. Ich habe heute Morgen im Knast die Neue Westfälische gelesen. Sofort war mir klar, genau dieser eine Bericht von Seite 2 ist mein Freifahrtschein ins Glück.

M.M.: Legen Sie los!

D.M.: Ich erzähle alles, was ich weiß, und Sie verbürgen sich für ein gutes Wort.

M.M.: Liefert ein kleiner Fisch einen großen, wen interessiert dann noch die Sprotte? Also los!

D.M.: Es war Freitag, der 08. Juli, ich denke so gegen 16:00 Uhr. Natürlich, denn jeden Freitag um vier kommt meine Schwägerin zum Quatschen vorbei. Ich verstehe nicht, wie Sabine und sie sich immer und immer wieder über die gleichen Dinge unterhalten können. Sind halt Frauen. Ich saß im Wohnzimmer. Plötzlich summte der stille Alarm an der Funkfernbedienung meines SUV. Ich bin sofort aufgesprungen und zur Tür gerannt. In letzter Zeit lungerte immer so eine Clique in unserem Viertel herum. Doch die hatte ich zu Unrecht in Verdacht.

M.M.: Was war passiert?

D.M.: Als ich aus der Wohnung trat, verließ mein geliebtes Auto gerade die Frobelstraße. Ich sah noch den Blinker und wie es verschwand. Meine Schwägerin ...

M.M.: Einen Moment bitte, nur für das Protokoll. Ihre Schwägerin heißt Regine Thomas und ist die Schwester von Sabine Milicevic.

D.M.: Das ist korrekt. Meine Schwägerin kam gerade passend. Ich habe mir ihren Autoschlüssel geschnappt und die Verfolgung auf meinen Ford gestartet. So ein Arschloch!

M.M.: Sie haben den Diebstahl nicht gemeldet?

D.M.: Natürlich nicht! Glauben Sie etwa, ich wollte die Bullen in meiner Wohnung haben? Ich bin ihm also gefolgt. Sie hätten sehen sollen, wie dieser Dieb mit meinem Wagen durch die Stadt gefahren ist. Ganz relaxt, immer mit der vorgeschriebenen Geschwindigkeit. Der hatte es nicht eilig, fürchtete sich vor nichts. Ich bin an ihm dran geblieben, wollte wissen, wo dieser Mistkerl wohnt, und ihm zeigen, was Leuten passiert, die meine Sachen stehlen.

M.M.: Was meinen Sie?

D.M.: Ich wollte mein Auto zurück! Das war ein individueller Umbau. Anderer Motor, Stoßdämpfer, Turbo und so weiter. Sie wissen schon, innere Werte. Nichts Protziges, was jeder gleich sehen kann.

M.M.: Verschwenden Sie hier meine Zeit oder kommt jetzt die Stelle mit dem Freifahrtschein ins Glück?

D.M.: Ist gleich soweit! Leider ist der Kerl nicht nach Hause gefahren. Vielleicht hätte ich ihm dann seinen Tag versaut, und er hätte nicht mehr tun können, was er getan hat.

M.M.: Geht das auch etwas genauer?

D.M.: Von vier Uhr bis abends um zehn habe ich meine Zeit damit verschwendet, diesem Kerl zu folgen. Hab versucht herauszufinden, was das für ein Spinner ist, was ihn antreibt und was er vorhat. Denn das war offensichtlich, er hatte etwas vor. Wir sind verschiedene Ziele angefahren, gelegentlich ist er ausgestiegen. Es wirkte, als überprüfe er die jeweiligen örtlichen Gegebenheiten. Später, das Auto stand halb hinter einer Mauer, hat er etwas eingeladen. In mein Auto! So ein Wichser!

M.M.: Was hat er verladen?

D.M.: Hören Sie mir nicht zu? Er stand halb verdeckt! Aber es muss schwer gewesen sein. Der Kerl war ganz außer Atem.

M.M.: Könnten Sie mir später aufschreiben, wo Sie überall angehalten haben?

D.M.: Natürlich kann ich das! Besonders der Brockweg dürfte Sie interessieren. Da war unsere Reise nämlich zu Ende. Da hat er ihn kalt gemacht. Abgemurkst. Getötet!

M.M.: Wen hat er umgebracht?

D.M.: Keine Ahnung, aber ich kann eins und eins zusammenzählen. Brockweg. Freitag, 08. Juli. Bericht in der Neuen Westfälischen über den stempelnden Serienmörder von Gütersloh. Ich habe ihn gesehen, ich habe alles beobachtet.

M.M.: Was haben Sie danach gemacht?

D.M.: Gemacht? Ich bin abgehauen! Was sonst? Oder sehe ich aus, als wollte ich mich mit so jemandem anlegen?

M.M.: Sie wollen auf diese Frage keine echte Antwort?

D.M.: Ey Mann. Was soll das? Bin ich nun ein guter Zeuge, oder was?

M.M.: Könnten Sie uns eine detaillierte Personenbeschreibung geben? Geschlecht, Alter, Aussehen, Besonderheiten?

D.M.: Das kann ich!

M.M.: Bleibt das Problem Ihrer Glaubwürdigkeit.

D.M.: Was ist damit?

M.M.: Wie sollen wir wissen, dass Sie wirklich dort im Brockweg gewesen sind, dass Ihre Aussage stimmt?

D.M.: Ich hatte bereits erwähnt, wir waren länger unterwegs, als ursprünglich geplant. Regines Auto verfügt über ein Navigationssystem. Jede Stelle, an der wir gehalten haben, habe ich abgespeichert. Ein Klick, schon ist der Standort als Sehenswürdigkeit dokumentiert.

M.M.: Verstehe ich nicht.

D.M.: Anfangs hatte ich noch geglaubt, ich könnte später Kapital aus meiner Idee schlagen.

M.M.: Sie wollten den Dieb erpressen?

D.M.: War so eine Idee. Nach dem Mord habe ich mich aber aus dem Staub gemacht, alles auf sich beruhen lassen, bis heute Morgen. Der Tageszeitung sei Dank.

M.M.: Was noch?

D.M.: Sonst nichts, das ist meine Geschichte.

M.M.: Nun gut. Wir werden versuchen, Ihre Angaben zu überprüfen. Benutzen Sie dieses Papier und schreiben Sie mir alle Adressen auf, die Sie angefahren sind. Darüber hinaus alles, was Ihnen am Täter aufgefallen ist. Glauben Sie, es macht Sinn, einen Phantombildzeichner kommen zu lassen?

D.M.: Auf jeden Fall. Jede Minute, die ich nicht in Untersuchungshaft verbringen muss, ist gut investiert.

Ende des Gesprächsprotokolls

Profil vom Täter / Zeuge: Diandro Milicevic

- geschätztes Alter des Täters: Anfang bis Mitte vier zig
- wahrscheinliches Geschlecht des Täters: männlich
- Hautfarbe und Nationalität: weiß, vermutlich Deutscher
- geschätzte Körpergröße: ein Meter achtzig bis ein Meter neunzig groß
- äußere Merkmale: dunkle Haare, gepflegter Sei tenscheitel, Vollbart
- getragene Kleidung: Hose, Pullover, Schuhe, alles in grau-schwarz, elegant
- wo lebt der Täter höchstwahrscheinlich? Aufgrund der guten Ortskenntnisse ist SD denkbar
- eingesetztes Fahrzeug? Schwarzer Ford Edge, Merkmal: silberner Adler auf der Heckscheibe
- Körpersprache des Taters? Offen, selbstsicher, ruhig
- kriminelle Vergangenheit möglich? Vorgehens weise wirkte routiniert, keinesfalls Einmaltäter

angefahrene Ziele gemäß Zeugenaussage / Zeuge: Diandro Milicevic

- am Ölbach

- Detemeyerstraße
- Brockweg

Marc schloss die Kladde und verweilte regungslos auf dem Beifahrersitz.

Fuck! Warum ausgerechnet Regines Auto?

In den letzten Wochen hatte es immer wieder Stress zwischen ihm und seiner Freundin gegeben. Aber trotz alledem, was gewesen war, sie war seine Traumfrau und mit ihr wollte er alt werden.

Ein letztes Mal überflog er die Zeilen des Protokolls. Diandros Aussage wurde gestützt durch die letzten Sätze seiner Aufzeichnung und Marc konnte die entscheidenden Worte nicht ignorieren.

Ein Klick, schon ist der Standort als Sehenswürdigkeit dokumentiert.

Bestand das Leben eines jeden Menschen doch daraus, unablässig Alternativen abzuwägen, so traf Marc genau jetzt die für ihn wichtigste Entscheidung des Tages. Das Navigationssystem in Regines Golf benötigte wenige Sekunden, um aus dem Standby-Modus zu starten. Zielstrebig navigierte er durch die Untermenüs der Routenplanung und entschied sich für die Anzeige individuell programmierter Sehenswürdigkeiten. Zehn Einträge dokumentierten eine ausschweifende Fahrt durch die Straßen der Stadt, genau an dem Tag, den Diandro zu Protokoll gegeben hatte. Am Ölbach, Detemeyerstraße und Brockweg waren Bestandteil dieser Reise gewesen, darüber hinaus andere Ziele entlang der Autobahn A 2. Über die Abbruch-Taste ins Hauptmenü zurückgekehrt, wählte Marc die Geräteeinstellungen aus und bestätigte den Wunsch, den Wegplaner in den Auslieferungszustand herabzusetzen und alle individuellen Benutzerdaten zu löschen. Ein kurzer Beep, das Gerät startete neu und jungfräulich. Zufrieden prüfte er seine Arbeit, dann griff er nach einem Taschentuch, wischte über die benutzten Knöpfe und Regler und bemühte sich auch beim Aussteigen keine verwertbaren Spuren zu hinterlassen.

Nachdem er Diandros Aufzeichnungen in seinem Auto abgelegt hatte, folgte Marc dem gepflegten Kiesweg, der den Parkplatz mit dem Haupteingang des Kinderheims verband. Während des Tages wurden Angehörige von Angestellten nicht gern auf dem Grundstück gesehen, und so nahm Marc einen kleinen Umweg in Kauf, um nicht in den Sichtbereich des Westflügels zu gelangen, in dem die Büros der Geschäftsleitung lagen. Regine sollte seinetwegen keine Reibereien bekommen. Auf Boris vom Empfang konnte er vertrauen. Seitdem Marc ihm vor ein paar Wochen eine Flasche Hochprozentigen spendiert hatte, gab es zumindest am Eingang ein kleines Stück Rückendeckung, und so lächelte der Pförtner Marc verbunden an, als dieser ihn kommen sah.

„Guten Tag, Herr Missler."

„Guten Tag, Boris."

Ein kurzer Handschlag, dann wies der kleine, ältere Mann mit einer Geste den Weg.

„Sie ist im Keller? Danke."

Kinderlärm schallte durch das weitläufige Treppenhaus, doch weder draußen, noch hier unten im Flur waren die kleinen Bewohner des Heims zu entdecken. Marc blickte zur Uhr. Mittagszeit.

Wahrscheinlich sitzen sie alle am Esstisch und stopfen ihre hungrigen Mägen.

Mit einem Mal roch es nach Kartoffeln, nach Fleisch und nach Nudeln mit Soße. Der Geruch erweckte in

Marc Erinnerungen. Kurz dachte er darüber nach, dann verwarf er den Gedankenblitz und folgte den Stufen zum Keller. Vermutlich war Regine in einem der ersten beiden Abstellräume. Keinesfalls würde es lange dauern, sie hier unten zu finden.

Die Beleuchtung in dem alten Gewölbe war schummrig. Drei klassische Glühbirnen verbrannten Energie, wo einige Leuchtstoffröhren für ein Fünftel der Kosten einen gut ausgeleuchteten Flur hätten schaffen können. Auch wenn der Polizist sich bemühte, über den Steinboden zu schleichen, so schallten die Tritte seiner harten Ledersohlen von den Wänden wider.

Da ist sie!

Die Tür zum zweiten Raum stand offen, Licht schien nach außen. Besonnen und immer darauf vorbereitet, auf einen von Regines argwöhnischen Kollegen zu treffen, lief Marc auf die Tür zu. Genau heute sollte sein Instinkt sich bewähren. Zwei Personen, eine davon Regine, diskutierten über den Inhalt eines Kartons. Unerwartet und ohne einen zum Flur hin erkennbaren Grund, wandte sich die für ihn fremde Frau von Regine ab. Diese flüchtige Sekunde nutze Marc, um beiseite zu hechten und hinter einem Vorsprung Schutz zu suchen. Den Atem anhaltend verweilte er regungslos, bis die Tritte der Unbekannten oben im Erdgeschoss verklangen. Er holte Luft, zu kräftig, um nicht unbemerkt zu bleiben.

„Hallo? Ist da jemand?" Sofort erkannte Marc Regines Stimme, hörte ihre Schritte, verhalten, sich langsam nähernd. „Monique, bist du es?"

Marc schwieg, er überlegte. Schließlich trat er in den Türrahmen und gab sich zu erkennen.

„Marc! Mein Gott, hast du mich erschreckt!"

„Das wollte ich nicht.“

Befangen trat er auf Regine zu, streichelte ihren Oberarm und gab ihr einen zärtlichen Kuss auf ihre Wange.

„Was machst du hier unten in unserem Keller?“

„Ich wollte dich sehen. Wegen Diandro, wegen Sabine. Wollte schauen, ob es dir gut geht?“

„Natürlich geht es mir gut.“

Regine erwiderte die Annäherung, umfasste anschmiegsam Marcs Hals und küsste ihn auf den Mund. Dann drückte sie ihn behutsam zurück, hielt ihn so weit auf Distanz, dass sie ihm in die Augen schauen konnte.

„Was ist mit Diandro? Du hast gesagt, ich müsse mir wegen Sabine keine weiteren Sorgen machen. Die Beweise sind doch ausreichend, um ihn wegzuschließen?“

„Die Beweise sind einwandfrei! Mach dir bitte keine Sorgen“, entgegnete Marc ermutigend. „Seine ganze Wohnung war voller Stoff. Hinzu kommt die Anzeige wegen tätlichen Angriffs auf einen Polizisten.“

„Du weißt, was Diandro meiner Schwester angetan hat. Ich könnte es nicht ertragen, wenn Sabine weiterhin leiden müsste, nur weil Diandro ein Schlupfloch findet, um einen Deal mit der Polizei einzugehen.“

Marc legte seine Hände in Regines Taille und zog sie zu sich heran.

„Wir werden Diandro so schnell nicht wiedersehen?“, hakte Regine nach.

„Dein Schwager hat heute Morgen eine Aussage gemacht.“ Marc beobachtete, wie Regines Augen sich weiteten. „Doch das ist nur eine Geschichte ohne jeglichen Beweis. Mach dir keine Sorgen! Diandro Milicevic wird Sabine nicht weiter behelligen.“

43. lokalisiert / 14. Juli 2011 / 14:16

Seit beinahe einer Viertelstunde hatte Linda Francis das Gebäude abgesucht. Nun betrat sie den Aufenthaltsraum in der Hoffnung, ihre Suche an diesem Ort abschließen zu können. Die Kollegen standen in Gruppen beisammen, tranken Kaffee oder Tee und diskutierten über Themen, die sie bewegten. Einen Großteil beschäftigte der Fall Dupont, sie tuschelten hinter vorgehaltener Hand oder boten zahlreiche Vorschläge zu Duponts Überführung. Doch insgeheim war niemand daran interessiert, in Sarahs, Patricks, Janas und Marcs Haut zu stecken, seitdem Andreas den Druck auf die Sonderkommission erhöht hatte.

„Immer stehen alle im Durchgang", nörgelte Linda. „Lasst Ihr mich mal durch?"

„Kannst heute Abend um acht bei mir vorbeikommen", erklang eine männliche Stimme aus dem Schutz der Menge. „Ich lasse dich dann durch."

Einige lachten, andere vermieden es, Partei zu ergreifen.

„Ja, ja. Das Zeitalter der Ritterlichkeit ist wahrscheinlich vorbei." Genervt zwängte sich Linda durch die Ansammlung der Menschen, die es bevorzugten, nach der Benutzung des Getränkeautomaten in unmittelbarer Nähe des Eingangs stehen zu bleiben, anstatt die Sitzgelegenheiten entlang der Fensterseite zu nutzen.

„Hab ich dich endlich gefunden!" Linda wedelte mit einer dünnen, dunkelbraunen Pappkladde, darin vielleicht zwei oder drei Blatt Papier.

Die beiden Personen, die sich zu einer Pause an einen in der Ecke des Raumes stehenden Tisch zurückgezogen hatten, blickten Linda erwartungsvoll an. Ihre Tassen waren zwei Drittel gefüllt und dampften. Allem Anschein nach saßen sie erst seit Kurzem hier.

„Frau Francis. Was verschafft uns zwei die Ehre? Lust auf Gesellschaft?"

„Danke nein, Marc. Aber wenn du uns einen Augenblick alleine lässt, könnten wir dies hier ...", Linda hielt ihre Unterlagen in die Höhe, „... besprechen."

„No problemo! Wenn ihr keinen Bedarf an einem gut aussehenden Sunnyboy habt, mache ich mich wieder an die Arbeit."

Mit seiner eigenen Tasse bestückt, stand er auf, warf seiner Pausengesellschaft einen fragenden Blick entgegen und entschwand wenig später durch die Menschentraube am Getränkeautomaten.

Linda wählte Marcs Sitzplatz und legte die Kladde zwischen ihnen ab.

„Du hast sie gefunden?"

„Katrin Mandel? Ja, das habe ich! War nicht einfach. Ist derzeit ein ziemliches Durcheinander im Archiv."

„Durcheinander? Wie das?"

„Ich meine das auch nicht im klassischen Sinne. Zwei Schreibtische, ein Schrank und drei PC Arbeitsplätze bieten nicht viel Spielraum für Chaos."

Ein fragender Augenausdruck traf Linda, die sogleich errötete.

„Es geht um die Straftatendatenbank. Seit den Problemen in der letzten Woche sind wir immer noch nicht auf dem aktuellen Stand. Der Vorgang 6969, den du mir genannt hattest, wurde erst heute eingepflegt."

„Interessant, aber egal. Hauptsache, das Strafmandat wurde dokumentiert und zugewiesen."

„Hier drin steht alles, was du brauchen wirst." Linda tippte mit einem ihrer Finger auf die dunkelbraune Kladde. „Alles zu Katrin Mandel. Ihr Nummernschild und ihre Wohnadresse."

„Klasse, ich schulde dir was."

Linda schaute sich um, doch niemand der am Eingang stehenden Kollegen schien sie weiter zu beachten.

„Das tust du! Schließlich kann es mich meinen Job kosten, Archivaufzeichnungen ohne Anforderungsbeleg herauszugeben."

Keine Sorge, ich werde mich bei nächster Gelegenheit bedanken. Dann bringe ich meinen Stempel mit und wir machen es amtlich.

Nachdem Patrick vom Reifenwechsel zurückgekehrt war, hatte er einige Zeit investiert, das Gebäude nach Sarah abzusuchen. Dem Großraumbüro ihres eigenen Morddezernats waren Aufenthaltsraum, Asservatenkammer und der Vorplatz des Gütersloher Polizeireviers gefolgt. Erfolglos. Trotz seines Eifers hatte er Sarah nirgends entdecken können. Bei seiner Heimkehr zum Arbeitsplatz begegnete ihm zuerst Jana, anschließend Stefan. Mit beiden hielt er einen kleinen Plausch und interessierte sich vor allem für deren aktuellen Ermittlungsstand im Fall Dupont.

Jana war genervt gewesen. „Marc ist schon wieder unterwegs und ich kann dir nicht sagen, welch schräger Spur er jetzt schon wieder aufgesessen ist." Dann hatte sie sich von Patrick abgewandt, um ein anscheinend für sie wichtiges Telefonat auf dem Handy entgegenzunehmen.

„Ich bin in Eile", hatte Stefan ihm erwidert. „Es scheint ein Problem im Labor zu geben. Anscheinend läuft dort nichts, wenn El Stefano nicht anwesend ist." Dabei klopfte er sich selbst lobend auf die Brust und verschwand.

Für den Weg nach oben benutzte Patrick die Treppe, fünf Etagen, die er mühelos bezwang. Schon auf den letzten Stufen konnte er abschätzen, wer an diesem Nachmittag im Büro arbeitete, denn wie so oft ignorierten die Angestellten die installierte Zugangskontrolle. Die Tür stand weit aufgesperrt, der Raum für jeden zugänglich. Zu seiner Überraschung musste er feststellen, dass Sarah inzwischen an ihrem PC saß.

Konzentriert arbeitend, bemerkte sie Patrick erst, als dieser seinen Schreibtisch erreichte. Überrascht schreckte sie hoch. Schnell schloss sie die virtuellen Fenster, die sie nebeneinander auf ihrem Bildschirm arrangiert hatte.

Sarah wirkte angespannt, doch da sie keine Anstalten machte, erzählen zu wollen, was sie gerade recherchiert oder entdeckt hatte, ging ihr Partner nicht weiter darauf ein.

„Ich habe dich gesucht", begann Patrick ein Gespräch.

„Und du hast mich gefunden."

Sarah setzte sich aufrecht und zog ihre blaue Bluse in Form. Dann, wie ausgewechselt, veränderten sich ihre Gesichtszüge und sie wirkte erleichtert, fast fröhlich.

„Ich muss dir etwas zeigen!" Mit einer Hand griff sie nach unten, öffnete eine ihrer Schreibtischschubladen und holte ein Mobiltelefon hervor.

„Mein neues Handy. Tada!"

Patrick stand auf, umkreiste die beiden Tische und stellte sich neben Sarah.

„Sieht cool aus. Wahrscheinlich mehr Minicomputer als Telefon?"

„Stimmt. Jetzt habe ich unterwegs wieder alles dabei, was ich benötige. Kontakte, Mails und Aufzeichnungen. Andreas hat mir das Handy erst vor wenigen Minuten gegeben und es ist bereits vollständig eingerichtet. Ein feines Spielzeug!"

Patrick schaute zu Andreas' Büro hinüber.

„Dann warst du vorhin beim Boss?"

Sarah nickte.

„Hat länger gedauert als erwartet. Aber zumindest bin ich jetzt wieder online."

Sie zeigte Patrick die Fotos, die sie in den letzten Tagen von ihm geschossen hatte, Bilder aus dem Stadtpark und vom Parkplatz hinter dem Kommissariat.

„Du hast ja wirklich alles auf das neue Telefon übertragen", staunte Patrick. „Wäre doch nicht schlimm gewesen, wenn diese Aufnahmen zerstört worden wären."

Sarah lachte. „Das hättest du wohl gerne. Ich kann dich trösten. Ich habe sogar noch eine Sicherung auf dem PC."

Insgeheim musste Patrick sich eingestehen, dass ihn doch interessierte, womit sich Sarah eben an ihrem Computer beschäftigt hatte. Noch einmal musterte er den Bildschirm und versuchte zu erkennen, ob irgendwelche geöffneten Programme einen Hinweis verrieten. Doch da war nichts.

„Es gibt neue Fakten. Lagebesprechung!"

Überrascht schauten Sarah und Patrick sich um und entdeckten den Chef im Türrahmen. Keinem der beiden war aufgefallen, wie sich eine der Bürotüren geöffnet hatte und Andreas herausgetreten war. Für gewöhnlich fiel es Patrick schwer, dessen Mimik zu deuten. Doch in diesem Fall war er sich sicher, dass ihn und Sarah eine Hiobsbotschaft erwarten würde.

„Nun lasst euch nicht lange bitten!"

„Schon gut. Wir kommen."

Nachdem die Kommissare vor dem hellen Schreibtisch Platz genommen hatten, begann Andreas ohne Umschweife.

„Punkt eins. Diandro steht uns für weitere Befragungen nicht zur Verfügung."

Andreas hatte den Namen des Mannes, den sie in den letzten Tage aufwendig gejagt und letzten Endes verhaftet hatten, kaum ausgesprochen, da besaß er die volle Aufmerksamkeit seiner Mitarbeiter.

„Dem Vorschlag seines Anwalts folgend, hat Diandro Milicevic seine Zeugenaussage zu den Vorfällen vom Freitag, den 08. Juli, nicht unterschrieben."

„Anwalt?", hakte Sarah fassungslos nach. „Er wurde entlassen?"

„Diandro hat eine Kaution in Höhe von einhundertfünfzigtausend Euro hinterlegt."

Patrick schlug seine flache Hand auf Andreas' Tisch. „Das kann doch nicht wahr sein! Milicevic ist ein Drogendealer!"

Er schluckte.

„Beinahe hätte er Sarah erwischt."

„Ich kann nichts machen. Das Gericht sieht keine Fluchtgefahr, da seine Ehefrau und sein Sohn in dieser Stadt wohnhaft sind."

„Das ist doch Bullshit!", blaffte Sarah. „Unsere Gesetze bieten solchen Menschen eine Chance zur Flucht. Verdammt! Ich bin vor Sabines Wohnung fast draufgegangen."

„Da kannst du recht haben, Sarah. Doch so sind die Fakten. Diandro wurde bereits aus der Haft entlassen. Was wir von seiner Zeugenaussage halten können, bleibt fraglich. Vielleicht passt seine Beschreibung auf unseren Täter, den Stempel-Killer. Vielleicht aber auch nicht."

Patrick schüttelte den Kopf und lehnte sich frustriert im Stuhl zurück.

Was für eine großartige Entscheidung.

„Immerhin konnte Diandro uns Brockweg, Detemeyerstraße und am Ölbach als Orte nennen, die sie angeblich am Freitagabend anfuhren."

„Der Brockweg wurde in der Westfälischen erwähnt", erinnerte Sarah.

„Das ist richtig, aber nicht die anderen Straßen!"

Patrick streckte sich, dann fixierte er Andreas. „Ich befürchte, nach Punkt eins wirst du uns mit weiteren Ereignissen konfrontieren."

„Das war es?", fiel Sarah aufbrausend dazwischen. „Diandro ist raus und wir widmen uns dem nächsten Punkt der Tagesordnung?" Sie sprang auf, ging zum Fenster und blickte frustriert nach draußen.

„Sarah!" Andreas gab seiner Mitarbeiterin ein wenig Zeit. „Sarah? Das wird dir nicht zum ersten Mal in deiner Laufbahn als Polizistin passieren, dass eine vermeintlich schuldige Person auf freien Fuß gesetzt wurde."

„Natürlich nicht!", antwortete sie und drehte sich zu den beiden Männern um.

„Allerdings bin ich auch noch nie so knapp dem Tod entkommen. Ich glaube, so etwas verändert alles, da bekommt man eine andere Sichtweise auf bestimmte Entscheidungen."

„Schließlich wurde Diandro nicht freigesprochen", ergänzte Patrick im Versuch, Sarah beizustehen. „Er ist lediglich auf Kaution draußen. Seine Verhandlung vor Gericht wird anberaumt."

„Optimist!", schimpfte Sarah frustriert und kehrte zu ihrem Stuhl zurück. „Also, was ist? Gibt es einen Punkt zwei?"

Andreas nickte.

„Es geht um Samuel."

Der Hauptkommissar griff nach seinem beigefarbenen Kaffeebecher. Trotz unzähliger Flecken und brauner Ränder nahm er einen großen Schluck. Er bemerkte Patricks widerwilligen Blick, öffnete eine der Schreibtischschubladen und ließ den leeren Pott darin verschwinden. „Also. Unser Kollege Scholz hat Gütersloh zu keiner Zeit verlassen. Weder die umliegenden Flughäfen, noch Bahnhöfe konnten das dokumentieren."

„Was ist mit seinem Telefon, oder seiner Wohnung? Das wurde überprüft?"

„Natürlich, Sarah. Jeder Versuch, ihn zu erreichen, verlief erfolglos."

„Was, außer den sichergestellten Haarproben, bringt Samuel auf die Tagesordnung von Punkt zwei?" Patrick öffnete den obersten Knopf seines Hemdes und stöhnte über die Hitze.

„Ich dachte, es kann dir nie heiß genug sein?", lachte Sarah.

„Eigentlich nicht. Aber irgendwie ... ach egal. Was also hat sich geändert? Die Haarproben alleine können doch nicht der Grund sein, warum sich Samuel der Aufmerksamkeit von uns dreien erfreuen darf?"

„Samuel ist in der Stadt! Zwei Überwachungskameras am Kolbeplatz haben gestern Aufnahmen von ihm gemacht."

Abermals griff Andreas zu seinen Schreibtischfächern. Die vier Fotos, die er hervorholte, breitete er nebeneinander auf der Tischplatte aus.

„Hier, auf diesem Foto", Sarah zeigte auf das dritte Bild, „telefoniert er. Man kann genau sehen, wie er sich ein Handy ans Ohr hält."

„Samuel ist in der Stadt. Er ist sich garantiert dessen bewusst, dass das gesamte Gebiet um den Kolbeplatz der Touristen wegen überwacht wird, doch es scheint ihm egal zu sein, und er benutzt ein Telefon, auf dem wir ihn nicht erreichen können."

„Passend zusammengefasst", stimmte Andreas zu. „Hängt euch an Samuel dran! Stattet seiner Wohnung eine Visite ab, anschließend sucht ihr im Touristenviertel. Ich will wissen, was da los ist. Schließlich gehört er zu unserem Team."

„Prima", antwortete Patrick lustlos.

„Nun jagen wir schon die eigenen Leute."

„Nicht nur die!", fiel Andreas ins Wort. „Kommen wir zu Punkt drei. Katrin Mandel."

„Die Cabrio-Fahrerin, bei der wir das Wegwerfhandy auf der Rückbank gefunden haben?"

„Genau die, Sarah. Wenn mich mein Bauchgefühl nicht ganz täuscht, lohnt es sich, da dran zu bleiben. Diese Geschehnisse können kein Zufall sein."

Fragend schauten Sarah und Patrick ihren Vorgesetzten an.

„Da sind drei Dinge, die mir aufgefallen sind. Warum ausgerechnet finden wir das Handy des Stempel-Killers auf ihrer Rückbank? Warum bekommt Frau Mandel genau in der gleichen Woche ein Strafticket, ist zuvor aber nie polizeilich aktenkundig geworden? Und warum interessiert sich derzeit jedermann für sie?

„Was meinst du damit, jedermann interessiert sich für sie?", hakte Sarah irritiert nach.

„Setzt euch an den Computer und ruft ihre Polizeiakte auf. Die Anzahl der Abfragen auf diesen Datensatz ist größer, als ich Finger an meiner Hand habe." Dabei streckte Andreas, um seine Aussage zu unterstreichen, die offene Hand aus.

„Wenn Katrin zuvor nie aktenkundig gewesen ist, was finden wir in ihrem Datensatz?"

Patrick beugte sich vor und schob die vier Fotos der Überwachungskamera zusammen. „Nur ein Strafmandat?"

„Nur ein Strafmandat", bestätigte Andreas. „Und ihre personenbezogenen Daten. Macht euch auf den Weg und versucht etwas über diese Frau in Erfahrung zu bringen. Wie wohnt sie? Was arbeitet sie? Wo hält sie sich für gewöhnlich auf? Vielleicht stolpern wir dabei über irgendwas Interessantes."

Patrick nahm die Fotos. „Samuel ist dann anschließend dran?"

Sarah stand auf und ging zur Tür. „Natürlich! Schließlich ist es wahrscheinlicher, dass Katrin mit unserem aktuellen Fall zu tun hat, als Samuel."

„Ich hoffe sehr, dass du dich da nicht täuschst", willigte Andreas ein. „Also los, besucht Frau Mandel!"

„Willkommen in der Geburtsstadt von Liz Mohn."

„Wahrhaft ein schönes Fleckchen Erde", bestätigte Sarah, während sie den Ausblick vom Beifahrersitz auf die vorbeiziehenden Fachwerkhäuser und Grünflächen genoss.

Fast so hübsch wie zu Hause.

Ihre Sonnenbrille schützte vor dem Fahrwind, der durch das weit geöffnete Fenster hereinströmte und der in nicht enden wollenden Wogen mit ihren Haaren spielte.

„Wiedenbrück lebt von seinen exklusiven Geschäften. Die weitläufige Landesgartenschau spiegelt den gehobenen Lebensstil seiner Einwohner wider. Wenn wir nach unserer Stippvisite noch Zeit haben, spendiere ich dir ein Eis bei Toldo."

Sarahs Augenbrauen schwangen überrascht nach oben.

„Toldos Eis ist das beste der Stadt. Wirst' schon sehen."

„Da lasse ich mich überraschen. Schließlich werde ich nicht jeden Tag auf ein Eis eingeladen."

„Erdbeere?"

„Ist das ein vollständiger Satz?"

Intensiv damit beschäftigt, einen Stellplatz zu finden, dauerte es, bis er Sarahs Gegenfrage realisiert hatte. Zufrieden mit der Parkplatzwahl, zog er die Handbremse und ließ den Motor verstummen. Irgendetwas lenkte Patricks Gedanken auf die Geschehnisse im Großraumbüro. Nachdenklich betrachtete er Sarah.

Was führst du im Schilde?

Ohne eine Antwort auf seine Frage zu finden, entsann er sich des vorangegangenen Gesprächs.

„Bist du nun ein Erdbeertyp, oder eher nicht? Ich habe eine These, nach der ein Mensch Erdbeereis mag oder es hasst."

Sarah griff mit ihren beiden Händen nach oben und kämmte die braunen Haare nach hinten. Anschließend tat sie, als müsse sie über Patricks Frage nachdenken.

„Keine Frage, ich hasse es. Wer weiß schon, ob das echte Fruchtstücke sind. Im letztem Jahr lief ein Bericht auf RTL, seitdem meide ich Erdbeeren. Ananas, Zitrone und Melone kannst du dir für die spätere Bestellung vormerken."

Patrick nickte, öffnete seine Tür und stieg aus. Obwohl er Sarahs merkwürdiges Treiben, vorhin an ihrem PC, mitbekommen hatte, war seine Entscheidung gefallen, sich nichts anmerken zu lassen. Er wollte keine weitere Zeit darein investieren, über das Geschehene nachzudenken oder dies zum Gesprächsthema zu machen. Schlussstrich, Ende.

„Dort entlang!", Patrick zeigte in Richtung See und gemeinsam folgten sie dem Weg vorbei an eleganten Wohnanlagen. Interessiert nahm Sarah das Flair Wiedenbrücks auf.

„Luxuriös und gepflegt. Mehr fällt mir dazu nicht ein."

„Und nur zehn Kilometer südlich des Gütersloher Zentrums gelegen", fügte Patrick wie selbstverständlich hinzu. „Nach dem, was wir über Katrin Mandel in Erfahrung gebracht haben, sollte sie sich nahtlos in dieses Leben integrieren." Bei seinen Worten zeigte er umher und pickte sich verschiedene, noble Einkaufsgeschäfte heraus. „Schließlich zeigt das Foto der Akte eine junge, attraktive Glamour-Frau."

„Das kann ich mir ebenfalls gut vorstellen", stimmte Sarah zu.

„Ich wusste gar nicht, dass Kinderpsychologen so gut verdienen."

Unerwartet rief jemand Sarahs Namen.

„Hallo Sarah! Hallo. Hier drüben!"

Verwundert blieb sie stehen und ließ ihren Blick kreisen. Dann, auf der anderen Straßenseite, entdeckte sie eine alte Bekannte.

„Das kann doch nicht wahr sein! Bitte gib mir einen Moment, ich bin gleich zurück." Mit diesen Worten ließ sie Patrick stehen, wartete zwei vorbeifahrende Autos ab und überquerte die Hauptstraße.

„Martina Degenhart! Was machst du denn hier in Wiedenbrück?"

Seit der letzten Woche hatte Martina sich verändert. Die Stadtstreicherin trug andere Kleidung. Nicht weniger gepflegt und gleichwohl eleganter. Ihre mausgrauen Haare waren geschnitten worden und den Einkaufswagen, den Sarah ihr nach dem Zusammenstoß besorgt hatte, hatte Martina gegen einen modernen, stoffbezogenen Trolli eingetauscht.

„Ich genieße mein Leben", bekundete Martina.

„Das sehe ich!" Sarah musterte die ältere Dame aufmerksam. „Du hast dich verändert."

„Das liegt an Wiedenbrück. Du machst dir kein Bild, was die Leute hier so wegschmeißen, obwohl es noch in tadellosem Zustand ist."

Dabei zeigte sie auf ihren dünnen, braunfarbenen Mantel und wackelte mit ihrem modernen Trolli, den sie hinter sich herzog.

„Alles wie neu! Es lebe die Konsumgesellschaft!"

„Das freut mich", entgegnete Sarah, anschließend wandte sie sich Patrick zu. „Das da drüben auf der anderen Straßenseite ist mein Kollege. Wir recherchieren hier in einem Fall."

Martina grüßte. „Verstehe, die Arbeit ruft. Lass dich von einer alten Frau nicht aufhalten." Dabei klopfte sie Sarah zum Abschied aufmunternd auf den Oberarm.

„Das war Martina, der Grund für meine abgerissene Stoßstange", erklärte Sarah im Nachhinein.

Ein schelmisches Grinsen zog in Patricks Gesicht.

„Die Frau macht einen recht lebendigen Eindruck. Es scheint, du hast sie nur tangiert."

Sarah bemerkte, wie ihr Gesicht errötete.

„Sie besaß einen Airbag."

Patrick verstand nicht, was seine Partnerin meinte.

„Ihr Einkaufswagen! Der hat sie vor meiner Unachtsamkeit gerettet."

Bald darauf erreichten die zwei Kommissare ein ansehnliches, mehrstöckiges Appartementhaus am Heiligenhauschenweg. Hinter der automatisch rotierenden Drehtür erstreckte sich ein großzügig gestalteter Empfang, ein Guss aus Marmor und Glitzersteinen. Ein junger Mann in dunkelroter Uniform, offensichtlich der Portier, fungierte sowohl als Ansprechpartner als auch als Wachmann. Schnell wurde klar, dass sich Besucher nicht einfach Zugang zu den oberen Appartementräumen verschaffen konnten.

„Guten Tag, wir möchten zu Katrin Mandel."

„Haben Sie einen Besuchstermin?", entgegnete der Portier emotionslos.

„Termin?", erkundigte sich Patrick irritiert. „Wir wollen Frau Mandel in einer privaten Angelegenheit sprechen." Dabei holte er seinen Dienstausweis hervor und hielt ihn dem Portier unter die Nase. „Sie verstehen?"

„Sehr privat, ist klar! Aber Frau Mandel ist nicht zu Hause", antwortete der junge Mann abweisend. Offensichtlich konnte ihn die Anwesenheit zweier Polizisten nicht einschüchtern.

Genau genommen war dort heute schon ein anderer Besucher gewesen, der sich für Frau Mandel interessiert und der den entstandenen Aufwand mit zwei Fünfzig-Euro-Scheinen vergolten hatte, doch diese Information behielt der Portier für sich.

„Wie wäre es mit der Nummer ihres Appartements?"

„Sie dürfen sich hier umschauen, denn das kann ich Ihnen nicht verwehren. Ansonsten aber können sich die Mieter dieser Anlage auf meine Diskretion verlassen."

„Diskretion ist gut, keine Frage. Trotzdem könnten Sie uns Zugang zu Frau Mandels Wohnung verschaffen?"

„Auch wenn Sie noch so hübsche Augen haben", der Portier hielt Sarahs Blick mühelos stand, „solange Sie keinen Durchsuchungsbefehl haben, kann ich Ihnen nicht aufschließen."

„Wir nutzen die Zeit, während wir warten ...", lenkte Patrick die Aufmerksamkeit des jungen Mannes auf sich, „... und fahren nach oben."

„Meinetwegen. Aber bitte haben Sie Verständnis, dass ich Sie im Auge behalte." Dabei zeigte er auf die Bildschirme neben dem Empfangstresen. „Hier ist alles videoüberwacht."

Patrick vermied es, seine Gedanken auszusprechen. „Ach bitte, wo kann ich eine Toilette finden?", und ohne eine Antwort abzuwarten, bewegte er sich auf den einzigen Durchgang zu, den er hatte erkennen können.

„Exakt! Folgen Sie dem Gang. Eine der Türen ist mit ‚Videoraum' beschriftet. Zur Linken finden Sie die WCs."

Sarah wartete. Wenig später kehrte ihr Partner erleichtert zurück.

„Wasserhähne mit Lichtschranke. Nicht schlecht!"

Der Portier verdrehte ungläubig die Augen.

Die Ermittler durchquerten die Eingangshalle, passierten eine Wand mit Postfächern und erreichten den Aufzug. Eine rotfluoreszierende Anzeige informierte über die verbleibende Wartezeit, noch drei Stockwerke. Patrick nutzte die Zeit, um sich umzuschauen. Noch bevor die Tür aufschwang, machte er kehrt.

„Entschuldigen Sie? Können Sie mir sagen, was ich aufbringen müsste, um mir eine Wohnung in dieser Anlage leisten zu können?"

Wenngleich Sarah nicht verstand, was Patrick mit dieser Frage bezweckte, beobachtete sie den abschätzigen Gesichtsausdruck, mit dem der Portier ihren Partner betrachtete.

„Ich denke nicht, dass ..."

„Denken Sie nicht!", fuhr Patrick dem jungen Mann über den Mund. „Haben Sie Unterlagen?"

Der Portier kniete sich nieder und verschwand hinter der Verkleidung des Tresens. Diesen Zeitpunkt nutzte Patrick, um sich umzudrehen, die Postfächer abzusuchen und einen der dort abgelegten Briefe in seiner Tasche verschwinden zu lassen.

„Ach wissen Sie was? Ich nehme Ihre Unterlagen später mit."

Patrick trat neben Sarah in den Fahrstuhl, die Tür schloss. Während sie nach oben fuhren, kramte Patrick den entwendeten Briefumschlag hervor, wedelte damit und Sarah verstand.

„Katrin Mandel. Appartement 5c."

„Ausgezeichnet!", lobte Sarah. „Warum bin ich nicht selbst drauf gekommen?"

Patrick antwortete nicht. Stattdessen lief er voran, als die Fahrstuhltür den Ausblick auf den Flur freigab.

„5c. Hier ist es!"

Entschlossen und ohne zu zögern, zog Patrick seine Kreditkarte aus dem Portemonnaie hervor, nahm am Schloss Maß und drückte den Plastikausweis zwischen Rahmen und Holz.

„Warte! Wir sollten überprüfen, ob Frau Mandel nicht doch zu Hause ist."

Sarah schellte, einmal, zweimal.

„Scheint niemand daheim zu sein." Sarah griff nach Patricks Arm. „Bist du sicher, dass du ohne Befugnisse einbrechen willst?"

„Andreas hat gesagt, wir sollen uns umschauen, und ich bin hierher gefahren, um etwas herauszufinden. Du kannst dich gerne raushalten und die Suche außerhalb der Wohnung übernehmen."

Sarah schüttelte zögerlich den Kopf. Der geschickte Umgang mit der Kreditkarte ließ erkennen, dass Patrick so etwas nicht zum ersten Mal gemacht hatte. Nur wenige Sekunden später sprang das Schloss auf.

„Voilà. Bitte eintreten."

Die Schwingtür zur Küche kam just zum Stillstand, als die beiden Polizisten das weitläufige Appartement betraten. Ohne zu bemerken, nicht allein zu sein, betrachteten sie die moderne und hochwertige Ausstattung. Wohnzimmer, Bad und Schlafzimmer waren von hier aus einsehbar, und jeder der Räume schien weit von dem entfernt, was zwei Ermittler wie Sarah und Patrick, sich hätten leisten können. Stillschweigend ließen sie das Ambiente auf sich wirken.

„Riechst du das?“

Patrick entdeckte einen Strauß frisch geschnittener Blumen auf einem Regal des Wohnzimmers. „Sieh dort!“ Er deutete Sarah die Richtung. „Riecht fast wie auf einer Sommerwiese.“

„Ja, herrlich ... Wir sollten uns aufteilen. Ich übernehme die Küche, du das Wohnzimmer.“

Patrick ging einige Schritte, dann drehte er sich um. „Warte! Lass die Küche!“

„Was meinst du?“

„Na ja. Was willst du da finden? Zucker und Mehl? Hilf mir im Wohnzimmer.“

Sarah nahm ihre Hand von der Schwingtür und folgte ins Wohnzimmer.

„Schau hier!“ Patrick zeigte auf eine Sammlung von Bilderrahmen, die ordentlich platziert nebeneinander eine Kommode füllten, darin die Fotos von Mendoza, Maria und Sue. Zudem einige Aufnahmen von Katrin Mandel mit weiteren Kindern.

„Vermutlich alles kleine Patienten. Vielleicht fühlt sich die Kinderpsychologin mit ihnen besonders eng verbunden.“

Nacheinander fotografierte Sarah jeden einzelnen Bilderrahmen, anschließend das Wohnzimmer in der Totalen, dann steckte sie das Handy zurück in die Gesäßtasche ihrer Hose.

„Schaust du dir das mal an?“

Patrick hatte einen Karton geöffnet, der neben einem Schreibtisch stand, und zog einige Akten heraus. Eine nach der anderen blätterte er durch und entdeckte weitere Fotos samt Detailbeschreibungen der darauf abgelichteten Kinder.

„Was sind das für grüne Blätter? Immer am Ende einer jeden Akte“, wollte Sarah wissen.

Patrick benötigte einen Moment, die Informationen zu überfliegen, dann antwortete er.

„Das sind Adressen von kinderlosen Familien. Ihre Anschriften, Besuchstermine, Gesprächsbewertungen und Zahlungsbestätigungen."

„Zahlungsbestätigungen? Verstehe ich nicht."

„Wahrscheinlich Vermittlungsgebühren. Schau dir diese Menge Akten an. Da scheint eine Menge Geld geflossen zu sein."

„Ich sehe diese Wohnung und ich ahne, wofür das Geld verwendet wurde."

Patrick pustete seine Wangen auf und ließ die Luft hörbar entweichen. „Nicht jedermanns Geschmack, aber zweifelsohne kostspielig."

Das knatschende Geräusch der Küchenschwingtür ließ die Polizisten aufgeschreckt herumfahren. Offensichtlich waren sie zu unbedarft vorgegangen, denn für ein kleines Lüftchen, das Patrick heute mehr als recht gewesen wäre, war die Bewegung zu stark gewesen.

„Da ist jemand!", warnte Patrick.

„Polizei Gütersloh!", rief Sarah, so laut und unüberhörbar sie konnte, griff zur Waffe, entsicherte und zielte auf den Durchgang. „Geben Sie sich zu erkennen!"

Keine Antwort. Patrick klopfte seiner Partnerin von hinten auf die Schulter.

„Soll ich vorgehen oder soll ich dich sichern?"

Auch Patrick hatte seine Waffe gezogen und hielt seine Walther P99 im Anschlag. Die Antwort entfiel, als aus der Küche weitere Geräusche erklangen und Sarah losstürmte.

„Polizei! Wir sind bewaffnet!" Eine kurze Pause, um die Gedanken zu sortieren, dann riss Sarah die

Schwingtür nach außen auf und riskierte einen Blick in die Küche.

Einen Fuß vor den anderen setzend schlich sie vorwärts. Die Pistole von rechts nach links in ihrem Blickfeld mitführend, erfasste sie jedes Detail. Unverhofft blieb sie stehen. Patrick versuchte von hinten zu erkennen, was seine Partnerin irritierte.

„Was ist los?", flüsterte er leise. „Wer ist da?"

„Nicht wer, sondern was", flüsterte sie zurück.

Auf dem Boden lag eine umgeworfene Schachtel Frühstücksflocken, rundherum verteilt dessen Inhalt. Als mehrere der Cornflakes unter Sarahs unachtsamen Schritten zerplatzten, zuckte Patrick zusammen. Vorsichtig drängte er sich neben sie, da passierte es. Sarah kreischte auf, etwas im ersten Moment undefinierbares schoss auf sie zu, ging blitzschnell zu Boden und hechtete durch ihre Beine und den Spalt der noch halb geöffneten Küchentür.

„Verdammt!", schrie Sarah entsetzt auf.

„Mietz, mietz, wo ist die kleine Muschi?", lachte Patrick, sicherte seine Waffe und trat aus der Küche heraus.

„Wo ist die kleine Muschi?", fauchte Sarah. „Was soll der Scheiß?"

Patrick zuckte die Achseln.

„Mein Herz! Ich bin zu jung zum Sterben."

Sarah folgte ihrem Kollegen, und sie entdeckten eine weiße Katze, verängstigt und zusammengezogen in der hinteren Ecke des Wohnzimmers.

„Magst du keine Tiere?"

„Zumindest hasse ich Katzen", gab Sarah freimütig zu. „Und an Tagen wie diesen ganz besonders."

Das Erlebte zwang Patrick, jeden Raum genauer zu inspizieren. Drei Minuten später kehrte er zurück und gab Entwarnung.

„Was nun? Ich habe den Karton und einen Auszug der Akten fotografiert. Ansonsten konnte ich nichts Verdächtiges entdecken."

„War in den anderen Räumen das gleiche. Ich habe einen Blick in die Schränke geworfen, unters Bett, in den Spülkasten der Toilette. Alles ist, wie es sein sollte."

„Schauen wir uns den Rest des Hauses genauer an?"

„Einverstanden. Einer geht nach oben. Im Penthouse und auf dem Dach soll es einen Fitnessraum und eine Laufbahn geben. Im Keller warten Waschräume, Schwimmbad und Lager."

„Ich will nach unten", entschied Sarah. „Wer etwas entdeckt, ruft den anderen an."

„Wie du befiehlst", scherzte Patrick.

Sie verließen die Wohnung, vorsorglich darauf bedacht, nirgends Spuren zu hinterlassen, und trennten sich am Aufzug. Sarah fuhr mit dem Lift nach unten, Patrick benutzte das Treppenhaus für die zwei Etagen nach oben.

Sarah konnte nicht sagen, wie lange sie sich im Untergeschoss aufgehalten hatte. Staunend betrachtete sie, was sie erwartete. Das Schwimmbad, purer Luxus. Der Waschkeller ähnelte einem Waschsalon und die von Patrick erwähnten Lagerräume kamen gepflegten, fast wohnlichen Abstellflächen gleich. Jede versehen mit einem Zugang aus vergittertem Edelstahltor samt unüberwindbarem Zahlenkombinationsschloss. Wohin Sarah sich auch wandte, immer wieder überraschten sie neue Details. Das Schellen ihres Handys erinnerte sie an Patrick, sein Name erschien im Display.

„Hi! Hier ist Sarah. Hast du etwas Verwertbares entdecken können?"

Niemand antwortete.

„Hallo Patrick? Bist du dran?"

Ein schepperndes Geräusch ertönte aus dem Lautsprecher, laut rumpelnd, so als wäre Patricks Telefon zu Boden gefallen. Doch die Verbindung stand. Die übertragenen Geräusche glichen den Wirren eines Kampfes, offensichtlich wurden Gegenstände umgeworfen.

„Patrick? Was ist da oben los? Ich komme!"

Noch während Sarah sich in Bewegung setzte, wurde sie Würgegeräusche gewahr. Irgendjemand atmete schwer.

Dann, unerwartet, fiel ein Schuss.

Es fiel ihr schwer, einen klaren Gedanken zu fassen, während der Fahrstuhl sich die sieben Etagen nach oben arbeitete. Wie oft Sarah auch den Aufwärtsknopf zum Dachgeschoss drückte, sie wusste, dass es nichts half. Der Lift würde ihretwegen nicht beschleunigen.

In was bin ich nun schon wieder hineingeraten?

Ein kurzer Anruf bei Andreas hatte gereicht, um die benötigte Unterstützung anzufordern. Doch bis die Kollegen eintreffen würden, würde einige Zeit vergehen. Sarah griff nach ihrer P99, prüfte die Waffe und vergewisserte sich, mit einem vollständig gefüllten Magazin bewaffnet zu sein. Ein anschließender Griff entsicherte die Pistole, dann war sie bereit, oben angekommen aus dem Lift zu hechten.

Gütersloh und Emsdetten hätten unterschiedlicher nicht sein können. In ihren kühnsten Träumen wäre Sarah nicht in den Sinn gekommen, was diese Stadt ihr bereits in der ersten Woche abverlangte. Der größte Fall, den die Polizistin vor beinahe zwei Jahren zu klären gehabt hatte, war der Ehestreit der Kincaids gewesen. Damals hatte Austin die nicht enden wollenden Auseinandersetzungen mit ihrem Mann ein für alle Mal beendet, mit einem Küchenmesser.

Adrenalin schoss durch Sarahs Körper, das Herz raste. Der Lauf ihrer Pistole zeigte auf die Fahrstuhltür, als der Aufzug sein Ziel erreichte. Wie in hunderten Trainingseinsätzen geübt, ging die Polizistin in Position.

War das ein Schuss aus Patricks Waffe, oder hatte jemand anderes geschossen?, überlegte sie, da schwang die Tür auf. Anders als erwartet, war der Lift nicht bis ganz oben auf das Dach gefahren. Misstrauisch musterte Sarah die Umgebung. In ihrem Blickfeld, hinter einer halbtransparenten Scheibe, reihten sich Trainingsgeräte und Hantelbänke.

Verdammter Mist!

Nach kurzer Suche entdeckte sie ein Schild mit dem Hinweis zur Dachterrasse. Zwei Stufen auf einmal nehmend, strengte sie sich an, ihrem Partner zu Hilfe zu eilen. Doch was würde sie erwarten? Eine unbekannte Situation auf einem nie betretenen Terrain, so viel war sicher. Nun galt es, vorsichtig zu sein, um nicht erneut in einen Hinterhalt zu geraten, wie vor Sabines Wohnung.

Auf wen ist Patrick bloß gestoßen? Was hat er herausgefunden?

Sarah verließ das Treppenhaus und trat durch eine offen stehende Tür ins Freie. Zu ihrer Verwunderung behinderten drei Aufzugtürme den freien Blick über das ausgebaute und ringsherum mit hüfthohen Gittern abgesicherte Dach. Die angekündigte Laufbahn verlief in keinem klassischen Oval, sondern umwand die steinernen Türme in großzügigen Bögen, doch das genauer zu beobachten, dafür fehlte Sarah die Zeit. Behutsam bewegte sie sich über die Dachfläche, auf der so gut wie keine Deckung vorhanden war. Sie bemerkte die umgeworfenen Basketballkörbe, wie sie die Eltern ihren Kinder gerne in den Vorgärten aufstellten, daneben eine zerborstene Plastikbank. Als sie Patricks Handy entdeckte, zog sich alles in ihrem Körper zusammen. Sie kniete nieder. Ein kräftiger Tritt hatte das kleine Gerät in seine Einzelteile zerlegt. Den Aufkleber, der das Telefon auf der Rückseite geziert hatte, erkannte Sarah unter hunderten. Sofort stand sie auf.

Nach wenigen Schritten erreichte sie den ersten der drei Aufzugtürme. Alles in ihrem Körper arbeitete in höchster Alarmbereitschaft. Die Hand, in der sie die Pistole führte, schwitzte. Das leichte Zittern versuchte sie zu ignorieren. Auf der Suche nach weiteren Spuren marschierte Sarah auf die gegenüberliegende Seite des Flachdachs zu. Sie wusste, jede Sekunde zählte. Gerade war ihr in den Sinn gekommen, nach ihrem Partner zu rufen, da zerstörte ein zweiter Schuss, gefolgt von einem gellenden Schrei, die trügerische Idylle der Dachterrasse. Besorgt um Patricks Zustand, sprintete Sarah auf die äußerste Steinwand zu. Bei allem Übel hatte der Knall zumindest den entscheidenden Hinweis gegeben, und nun bedurfte es ihrer Entscheidung, auf welcher Seite sie das Hindernis umrunden sollte. Eine Wahl, die über Leben und Sterben entscheiden konnte. Sarah entschied sich für links und hechtete weiter. Ihr Atem ging schnell, und ihr Herz presste Blut mit einer solchen Kraft durch den Körper, dass ihr schwindelig wurde. Doch jetzt war keine Zeit zu schwächeln, nicht wenn sie Patrick als Partnerin beistehen wollte. Nie zuvor hatte sie einen derartigen Drang gespürt, ihr Ziel erreichen zu müssen. So schnell ihre Beine sie trugen, umrundete die Polizistin den Aufzugturm. Sie entdeckte Patrick dicht gedrängt am Geländer, Marc, mit dem Rücken zu ihr, direkt daneben. Nichts ließ sie zweifeln, dass die beiden miteinander gerungen hatten und Patrick unterlegen war. Aus einer Schusswunde an seinem linkem Arm strömte Blut, sein Gesicht war schmerzverzerrt. Marc dagegen schien die Situation zu beherrschen, und Sarah entdeckte, was sie kaum glauben konnte: Auf einem der Geländerpfeiler stand ein Stempel aus poliertem Edelstahl.

Der Stempel!

Gewaltsam drückte Marc den einstigen Freund gegen die künstliche Barriere, augenscheinlich fest entschlossen, diesen Kampf gewinnen zu wollen. Erst jetzt bemerkte Sarah die Pistole, die Marc auf Patrick ausrichtete. Obwohl sein Arm blutete und brannte, kämpfte Patrick dagegen an, griff Marcs Handgelenke und versuchte mit letzter Kraft die tödliche Gefahr von sich abzuwenden. Als Patrick Sarah bemerkte, gewann Marc endgültig die Oberhand und richte die Pistole auf dessen Herz. Zwei Schüsse führten zum Tod. Getroffen sackte Marc zusammen, kippte zur Seite, und als wäre es ein Omen, fiel der Stempel von seinem Sockel. Patrick riss die Augen auf und schrie, nicht aus Schmerz, sondern aus Reflex. Sarah zitterte wie nie. Doch ihre Kugeln hatten getroffen, hatten Marcs Leben ein Ende gesetzt. Langsam nahm sie die Pistole nach unten und betätigte den Sicherungshebel. Gezeichnet und gleichzeitig ungläubig richtete Patrick sich auf.

„Was für ein Wahnsinn", hauchte er aus, während er sich bemühte, die Wunde an seinem Oberarm zuzudrücken.

Sofort holte Sarah ihr Taschenmesser hervor und schlitzte Patricks Hemdsärmel bis oben hin auf.

„Sieht aus wie ein Durchschuss. Du wirst es überleben."

Patrick antwortete nicht, sondern beobachtete, wie aus dem abgetrennten Stofffetzen des Ärmels ein notdürftiger Druckverband wurde.

„Danke, sieht sehr professionell aus. Was ist mir dir?"

„Was soll sein?"

„Du hast mir das Leben gerettet und gleichzeitig einem anderen Menschen sein Leben genommen."

„Sein Leben genommen?“ Sarah grübelte. „Ich habe einen Freund erschossen.“

Jählings wechselte sie das Thema. „Sag, was ist hier oben geschehen?“

„Marc saß dort vorne auf der Bank, als ich aus dem Treppenaufgang trat. Ich setzte mich zu ihm und wir redeten.“ Patrick schluckte. „Ich fragte ihn, was er hier zu suchen hätte, erklärte, dass ich überrascht wäre, ihn hier anzutreffen.“

Sarah nickte.

„Mit einem Mal stellte er diesen Stempel neben sich ...“, Patrick zeigte zu Boden, „... und erwartete meine Reaktion. Er wollte wissen, wie wir ihm auf die Schliche gekommen sind. Ich hielt ihn hin, und es gelang mir, nebenbei mein Handy zu benutzen, um dich anzurufen.“

„Ich habe den Anruf erhalten“, stimmte Sarah zu.

„Das ist wohl mein Glück gewesen, sonst läge ich jetzt dort an Marcs Stelle. Du hast das Chaos am Eingang gesehen? Marc hat den Anruf bemerkt, schlug mir das Telefon aus der Hand und ging auf mich los. Wir kämpften. Als ich ihm später seine gezogene Waffe aus der Hand schlug, löste sich ein Schuss. Ich flüchtete und er hat mich über das Dach gejagt. Es war schrecklich. Hier hinten kam es erneut zum Kampf, das Ende kennst du.“

Patrick schaute sich um. „Komm, lass uns nach vorne gehen. Ich will nicht hier oben bleiben.“

„Natürlich, gehen wir.“

Den Schritten, die sie kurz darauf im Treppenhaus hörten, folgte eine bekannte Stimme.

„Sarah? Seid ihr hier oben?“

„Ja, Andreas, wir sind hier.“ Sarah blieb erleichtert stehen und wartete, bis der Hauptkommissar ins Freie trat.

Detailliert, fast kleinlich, hinterfragte Andreas die Vorkommnisse in Katrin Mandels Wohnanlage. Während Sarah und Patrick alle Fragen beantworteten, reinigte ein Arzt Patricks Schussverletzung und legte anschließend einen Druckverband an. Ohne eine Miene zu verziehen, ließ Patrick die Behandlung über sich ergehen. Erst als zwei Sanitäter mit einer Trage erschienen, protestierte er.

„Ich werde wohl laufen können. Niemand wird mich von diesem Dach tragen."

„Sie müssen mit uns ins Krankenhaus kommen. Das sollte genäht werden", erklärte der Arzt mit ruhiger, fast schläfriger Stimme.

„Geben Sie uns ein paar Minuten", bestimmte Andreas. „Danach gehört Kommissar Gruber Ihnen. Er wird Sie begleiten. Zu Fuß, wenn es sein Wunsch ist."

Die Sanitäter traten zur Seite, als zwei Männer der Pathologie Marcs Leichnam in einem Metallsarg fortbrachten. Sarah erschauderte, doch Andreas legte ihr ermunternd die Hand auf die Schulter.

„Es war ein Akt aus Notwehr."

„Vielleicht ...", haderte Sarah, „... hätte ich auf seine Arme schießen können, oder sonst wohin."

„Die Situation hat schnelles Handeln erfordert. Du hast reagiert, wie du es für nötig gehalten hast. Zweifelsohne wird die Dienstaufsicht das genauer untersuchen. Bis dahin werde ich dich beurlauben."

„Dann haben wir jetzt beide frei?", erkundigte sich Patrick.

Noch bevor Andreas darauf antworten konnte, fiel der Arzt den dreien ins Wort.

„Entschuldigen Sie. Wir warten unten im Foyer. Sobald Sie hier fertig sind, kommen Sie runter. Wir fahren dann ins Sankt-Elisabeth-Hospital."

„Ist gut", stimmte Patrick missgelaunt zu und betrachtete seinen Verband.

Nach und nach verließen die Streifenpolizisten, die nach Patronenhülsen und verwertbaren Hinweisen Ausschau gehalten hatten, das Dach. Dann erschien Stefan, in der einen Hand eine durchsichtige Tüte, darin der sichergestellte Stempel aus Edelstahl. In der anderen trug er einen Koffer mit allem, was der Forensiker für seine Außeneinsätze benötigte.

„Das war es wohl!", erklärte Stefan zuversichtlich. „Die ersten Tests weisen diesen Stempel eindeutig als das Prägewerkzeug der vorangegangenen Morde aus. Sowohl die Form der Prägung, als auch die verwendete Tinte scheinen identisch zu sein."

„Gute Neuigkeiten", lobte Andreas. „Fahr zurück. Ich erwarte noch heute die genauen Laborberichte."

„Hast du bis heute Nachmittag." Dann wandte sich Stefan zu Patrick und Sarah. „Das ist eine verdammt üble Geschichte. Wie geht es euch?"

Patrick zuckte die Schulter, Sarah versuchte gezwungen zu lächeln.

„Schon gut. Verstehe!" Insgeheim machte Stefan den Hauptkommissar für das Schweigen seiner Kollegen verantwortlich. „Reden wir später."

„Ach, Stefan ", bremste Andreas. „Wenn du Jana siehst, sie soll nun hochkommen."

„Ich halte die Augen auf."

Stefan verschwand im Treppenhaus.

Mit krächzenden Schreien machte eine Gruppe Störche auf sich aufmerksam, die anmutig über Wiedenbrück dahinschwebte und bald darauf nach Süden abdrehte. Eine Hand zum Schutz über die Augen haltend, beobachtete Jana den graziösen Gleitflug der großen Vögel.

„Es muss herrlich sein, so frei und unabhängig tun zu können, wonach einem gerade der Sinn steht." Jana bemühte sich, ihre Tränen zu unterdrücken. „Wisst ihr, es gibt Tage, da hasse ich meinen Job, da hasse ich das Leben und da frage ich mich, warum jagen wir uns nicht einfach eine Kugel in den Kopf und schauen, ob uns nach dem Hier und Jetzt etwas Besseres erwartet."

Weder Andreas noch Patrick sagten etwas, keiner fand die passenden Worte. Sarah wartete ab. Einerseits beschäftigte sie ihre eigene Tat, andererseits hielt sie es für klug, zu Jana etwas Distanz zu halten.

„Marc hatte sich verändert. Mir fiel das schon vor Wochen auf." Jana suchte Blickkontakt zu Patrick. „Gerade gestern Mittag hatten wir über ihn, und was er so treibt, gesprochen."

Patrick reichte ihr die Hand, sie zögerte, schüttelte dann kaum erkennbar den Kopf. Erwartungsvoll schaute Jana nach oben, inzwischen waren die Störche verschwunden.

„Was ich da gestern gesagt habe, war nicht die Wahrheit." Sie schluckte, eine Träne rann ihre Wange entlang. „Marc ... Er war mit nicht egal." Mit hastigen Gesten rieb die Polizistin die Tränen aus ihren Augen. „Seit Regine in sein Leben trat, wurde ich Luft für ihn."

Jana schluckte. „Manchmal konnte Marc ein richtiges Schwein sein, doch er hatte auch eine andere Seite."

Sie trat auf Sarah zu, die regungslos abwartete, wenngleich alles in ihr erschauderte.

„Du hast den Menschen getötet, den ich im Geheimen geliebt habe."

Sarah schwieg.

Um einer drohenden Eskalation entgegenzuwirken, trat Andreas vor und meldete sich zu Wort.

„Was heute hier oben geschehen ist, ist einerseits tragisch, sogar sehr tragisch. Gleichzeitig hoffe ich nun auf das Ende einer Odyssee, die eine Woche lang Gütersloh erschüttert hat. Teilen wir uns auf. Patrick fährt nach unten und folgt den Anweisungen des Arztes."

„Ich begebe mich in die Obhut des Elisabeth-Hospitals."

Während Patrick das Dach verließ, wandte der Hauptkommissar sich an Sarah. „Kehr zurück aufs Dezernat. Deine Dienstwaffe geht in die Asservatenkammer, deine Marke legst du auf meinen Schreibtisch. Ich komme gleich nach. Warte auf mich."

„Was ist mit mir?" Jana machte einen gefassten Eindruck. „Ich will auf jeden Fall helfen, hier vor Ort."

„Soll mir recht sein", stimmte Andreas zu. „Das ganze Gebäude, auch das Dach, ist mit Videokameras bestückt. Was wäre, wenn ..." Er erstarrte. „Entschuldigung, das war wohl etwas unüberlegt von mir. Finden wir eine andere Tätigkeit, die du ..."

„Nein! Schon gut!", fiel Jana ihm ins Wort. „Ich fahre nach unten ins Foyer und prüfe die Aufnahmen. Es macht mir nichts aus. Wenn Marc ein Killer war, dann sichere ich die Beweise dafür. Das ist mein Job."

„Bist du sicher?"

Ohne zu antworten, ließ Jana Andreas und Sarah stehen und verschwand.

„Wie geht es dir jetzt?" Andreas zeigte sich besorgt, schließlich waren seine Kriminalbeamten nicht jeden Tag in Schusswechsel verwickelt. Zum Glück nicht.

„Wie kommst du damit klar, einen Mensch getötet zu haben?“

Sarah schien einen Moment zu überlegen, bevor sie antwortete.

„Es ist anders als erwartet. Marc war jemand von uns, ein Polizist.“

„Den Status des Polizisten hatte er an dem Tag verloren, als sein Morden begann.“

Sarah dachte über Andreas' Worte nach. „Du willst es mir leichter machen?“

„Das will ich nicht! Aber Polizist zu sein bedeutet, das Richtige zu tun und sich daran messen zu lassen.“

„Zumindest war Marc kein Fremder. Na ja, irgendwie doch“, entschied sie kurz darauf.

„Du wirst das verarbeiten müssen. Du weißt, die Stadt kann dir jemanden zur Seite stellen.“

„Einen Psychiater, mit dem ich alles aufarbeiten soll? Na, vielen Dank!“

„Auf jeden Fall ...“ Andreas brach ab, als sein Handy klingelte. „Hier Andreas ... ja ... ist gut ... wir kommen sofort.“

Nachdem der Hauptkommissar aufgelegt hatte, wurde er nervös.

„Das war Jana. Ich soll mir etwas anschauen, unten im Videoraum. Komm mit!“

„Dann mal los! Prüfen wir, was uns der Tag an weiterem Unheil beschert.“

Es benötigte einige Zeit, bis der Fahrstuhl die Penthouseetage erreicht und die beiden anschließend unten im Eingangsbereich der Wohnanlage abgesetzt hatte.

„Entschuldigen Sie“, sprach Andreas den Portier an. „Wo finden wir unsere Kollegin Frau Dorn?“

„Sie meinen die Polizistin, die die Überwachungsvideos sichtet?"

„Genau die!", antwortete Andreas ungeduldig.

„Folgen Sie mir. Unser Monitorraum liegt hier hinten."

Sarah erinnerte sich an den Durchgang zur Toilette, und der Angestellte wies den Weg, den Patrick vorhin genommen hatte. Danach kehrte er an seinen Platz zurück.

Als Andreas und Sarah den kleinen Raum betraten, in dem die Videos des Appartementhauses auf Festplatte gebannt wurden, ahnte der Hauptkommissar nicht, was sie erwarten würde. Janas Andeutungen waren vage gewesen, gleichwohl befürchtete er eine unliebsame Überraschung. Angespannt, wütend und hilflos, diese Adjektive beschrieben Janas Gemütszustand wohl am besten. Ihre Augen waren rot, sie hatte geweint.

Vier Bildschirme und ein Steuerpult ermöglichten den Zugriff auf die vollständige Tagesdokumentation aller fünfundzwanzig Kameras. Drei Szenen, die darauf warteten, nebeneinander abgespielt zu werden, hatte Jana geladen. Der vierte Monitor blieb unterdessen ungenutzt und übertrug ein Livebild des Pförtners im Eingangsbereich.

„Wir sollten eine Streife ins Elisabeth-Hospital schicken!"

Überrascht und zugleich kritisch schaute Sarah Jana an. Doch ehe sie fragen konnte, kam Andreas ihr zuvor.

„Was ist los? Ist Patrick in Gefahr?"

Anstatt zu antworteten, betätigte Jana den Abspielknopf. Die drei vorbereiteten Aufzeichnungen starteten. Auch ohne eine Untermalung mit Ton dokumentierten die Videos eine unmissverständliche Geschichte. Film eins zeigte Marc und Patrick gemeinsam auf der Bank der Dachterrasse. Es dauerte nicht lange, da präsentierten die Bilder Patrick als denjenigen, der seine Pistole zog und den vermeintlichen Freund bedrohte. Film zwei: Patrick zielte mit ausgestrecktem Arm auf seinen Kollegen, drängte ihn die Basketballkörbe und das umherstehende Mobiliar umzuwerfen oder zu beschädigen. Dabei wählte er eine Nummer auf dem Handy, um das Telefon anschließend in Marcs Richtung zu halten. Es war deutlich erkennbar, wie er beabsichtigte, Geräusche aufzufangen.

„Oh nein", entsann sich Sarah. „Der Anruf, als ich im Untergeschoss war."

Die Luft in dem kleinen Überwachungsraum kochte. Keiner der drei Polizisten traute sich, etwas zu sagen. Zu unglaublich war das, was sie sahen. Indes zeigte das Video, wie Patrick Marc zwang, sich auf den Boden zu knien. Andreas löste den obersten Knopf seines Hemdes, benötigte Platz zum Atmen. Hilflos sahen die einstigen Freunde zu, wie ihr Kollege dahockte und um sein Leben bettelte. Dann fiel der erste Schuss, knapp vorbei an Marcs Kopf. Sarah zuckte zusammen, obgleich sie wusste, dieser Schuss würde nicht sein Ende bedeuten. Mit einem Mal rannte Patrick auf seinen Gegenspieler zu, nutze offensichtlich dessen Verwirrung und schlug ihm den Pistolengriff an die Schläfe. Marc taumelte.

„Oh mein Gott", prustete Andreas.

Film drei beendete eine unfassbare Geschichte. In die Enge getrieben lehnte Patrick mit dem Rücken am Geländer, Marc stand vor ihm. Trotz seiner chancenreichen Position beherrschte Marc die Situation nicht. Der Lauf der Pistole hielt ihn in Schach, und in genau dieser, von Patrick gewählten Haltung. Patrick wirkte ruhig, fast ausgeglichen. Gelegentlich schaute er sich um, schien zu lauschen und einen bestimmten Moment abzuwarten. Unverhofft riss er die Waffe zur Seite, feuerte einen Schuss auf den eigenen Oberarm und wand sich vor Schmerzen. Danach richtete er die Pistole gegen seinen Oberkörper. Marc wusste nicht, wie ihm geschah, als Patrick die Pistole in dessen Hände übergab und nach den Handgelenken griff.

Hier endete das Video.

„Was habe ich nur getan?" Mit einer Hand verbarg Sarah ihr Gesicht, mit der anderen stützte sie sich ab. „Ich habe einen Unschuldigen erschossen."

Janas Augen waren gefüllt mit Tränen. Schluchzend drehte sie sich zu Andreas und Sarah.

„Nicht Patrick ist in Gefahr. Patrick ist die Gefahr!"

48. eine Hand voller Verdächtiger / 14. Juli 2011 / 18:51

Wie nicht anders zu erwarten, war Patrick (laut ausgeschriebenem Haftbefehl gesucht als Kommissar Patrick Gruber, Dienstnummer 31156, a. D.) aus dem Fahrzeug gesprungen, bevor der Krankenwagen das Sankt-Elisabeth-Hospital erreicht hatte. Vermutlich irgendwo auf dem Stadtring Kattenstroth zwischen B61 und Brockweg, an der einzigen Stelle, an der die Ambulanz, bedingt durch eine Baustelle, einen Stopp hatte einlegen müssen. Der niedergeschlagene und später befragte Sanitäter, der die Fahrt neben dem Ex-Polizisten und mutmaßlichen Stempel-Killer im Patientenraum verbracht hatte, war hinsichtlich der Eingrenzung keine große Hilfe gewesen. Gütersloh war in Alarmbereitschaft. Binnen einer halben Stunde hatte Andreas die größte Suche mobilisiert, die der Landkreis seit dem Rohrbombenattentat auf das städtische Gerichtsgebäude im Jahre 2008 erfahren hatte. Genau wie damals unterstützte das SEK, bisher jedoch ohne Erfolg. Patrick war wie vom Erdboden verschluckt. Daran änderten auch Jana Dorn, Rafael Strunk und Ahmet Yilmaz wenig, die, als Teamleiter eingesetzt, mit ihren Einsatztrupps all die Orte aufsuchten, an denen ihr ehemaliger Kollege und Freund Patrick sich häufig aufgehalten hatte.

Währenddessen auf dem Polizeirevier an der Herzebrocker Straße.

„Er hat mich aufgeheitert, bei ihm konnte ich lachen ... Ich habe mehr Zeit mit ihm verbracht, als ich Freizeit hatte ... Es ging mir schlecht und er war für mich da ..." Fassungslos schüttelte Sarah den Kopf. „Wie ist das möglich?"

„Er hat uns getäuscht, uns alle."

„Nein, Andreas. Er hat uns benutzt!", fluchte Sarah. „Wir waren die Marionetten in einem Spiel, das nach seinen Regeln verlief. Der Beruf war für ihn die perfekte Tarnung, ein Hilfsmittel, sein Spielplatz."

Sie verfiel in Gedanken und bemerkte zuerst gar nicht, wie Andreas geduldig abwartete. Dann räusperte er sich leise und machte so auf sich aufmerksam.

„Sarah?"

„Heute Morgen haben Patrick und ich mit Stefan und Bastian zusammengesessen. Ihre Idee, dass die Morde einen religiösen Hintergrund gehabt haben könnten, erschien schlüssig."

„Jeder Mord angelehnt an ein Gebot Gottes?"

„Richtig", bestätigte Sarah. „Nach dem Termin mit Stefan hatte ich etwas Zeit, um zu recherchieren. Ehrlich gesagt war es nicht abwegig, nach einem Täter innerhalb der eigenen Reihen Ausschau zu halten. Irgendwie schien uns der Stempel-Killer immer einen Schritt voraus zu sein."

„Ich bin gespannt, was du mir gleich erzählen wirst", grübelte Andreas, verschränkte die Arme vor dem Bauch und lehnte sich in seinen Bürostuhl.

„Ich habe mir sämtliche Mitarbeiter des Morddezernats vorgenommen, einen nach dem anderen."

„Was war mit mir?"

„Dazu komme ich später. Erstaunlicherweise verliefen die Spuren zu Patrick Gruber immer wieder im Sande. Keine Unterlagen, die älter waren als sechs Jahre. Doch dann, durch einen Bericht aus unserem Archiv, stieß ich auf die Geschichte über einen Unfall in einem Forsthaus in Barsinghausen. Erwähnt wurde ein Junge namens Richard Gruber. Das konnte kein Zufall sein."

„Hmmm."

„Laut dieses Berichtes konnte übrigens nie eindeutig geklärt werden, ob es sich um einen Unfall handelte oder ob nachgeholfen wurde." Sarah wischte mit der Hand durch die Luft, als wäre dieser letzte Gedanke, im Vergleich zu dem, was sie noch zu erzählen hatte, unbedeutend.

„Kurz darauf verlor sich Richards Spur, bis später an anderer Stelle ein Jugendlicher namens Rick Gruber auftauchte. Ach ja, nur deshalb, weil sein damaliger Vormund ... Warte ..." Sarah griff zu ihrem Handy und prüfte ihre Notizen. „Hier habe ich es! Sein Name war Pater Lazarus. Lazarus wurde als Betrüger festgenommen und so aktenkundig."

„Was wurde aus Rick?", hakte Andreas nach.

„So wie es aussieht, wurde Richard zu Rick und später verwandelte sich Rick zu Patrick."

„Kannst du mir erklären, warum du mir das nicht gleich heute Morgen erzählt hast?"

„Kann ich. Patrick ist nicht der einzige gewesen, den ich verdächtigt habe. Genauso wie Marc zweifelsohne zu meinen Favoriten zählte, gehörtest auch du auf meine Liste."

„Das verstehe ich nicht", widersetzte sich Andreas.

„Heute Morgen erhielt ich den Fall Chisora."

„Ich weiß, ich habe ihn dir per Mail geschickt."

„Und genau dort", holte Sarah aus, „lag das Problem. Die Datei war mit einem Virus verseucht. Nichts Schlimmes, mein Virenscanner hat den Schädling gelöscht und ich konnte die Akte öffnen. Kurz darauf traf ich Michael Funke und Kevin Spencer am Kaffeeautomaten. Ich stand abseits und verstand nur Bruchstücke ihrer Unterhaltung, doch es ging um extrem brisante Daten, die Michael aus verschiedenen virusbefallenen Dateien sichergestellt hatte."

„Ich verstehe nur Bahnhof. Wer ist dieser Michael Funke?"

„Unser Systemadministrator! Da Kevin ihm riet, jemanden außerhalb dieser Behörde zu Rate zu ziehen, schlussfolgerte ich, dass die beiden nicht mit dir darüber reden konnten."

„Ist dir auch die Idee gekommen, dass die Daten jemandem aus einem unserer anderen Dezernate gehören könnten?" Andreas streckte seine Hand aus und zählte neben der Sitte sechs andere Ressorts auf, die im Gebäude an der Herzebrocker Straße untergebracht waren.

„Na ja. So weit habe ich in der Situation wohl nicht gedacht. Ehrlich gesagt fehlte mir auch die Zeit, genauer darüber nachzudenken. Du wirst es nicht glauben, ich habe den Code des Stempels entschlüsselt."

„Wie das?", Andreas wurde neugierig.

„War eigentlich ganz einfach. Die letzte, siebte Position enthält Positionsangaben, also Längen- und Breitengrade. Zu Beginn unserer Ermittlungen war das nicht erkennbar. Wir hatten zu wenig Zahlen." Abermals rief Sarah eine Notiz aus ihrem Handy ab. „Ich nenne dir die jeweils siebte Stelle in chronologischer Reihenfolge: 51 91 06 8 40 und die 03 aus der SMS. Ich empfand den Nachrichteneingang auf Patricks Handy als eine der Aktionen, die meinen Partner als Täter entlastete."

„Ich muss gestehen, heute Morgen war selbst ich euphorisch. Die Recherche nach dem Wegwerfhandy schien endlich einen Durchbruch in unseren Ermittlungen zu bringen."

Währenddessen hatte Andreas die Zahlen auf einem Block notiert, spielte mit einem Punkt als Trennzeichen und präsentierte sein Ergebnis: 51.9106, 8.4003.

„Sehr gut", bekundete Sarah. „Genau zu diesem Ergebnis bin ich auch gekommen."

Andreas erfasste die Koordinaten in seinem PC und rief die Position auf einer Karte ab.

„Westheermannstraße? Die Daten beschreiben den Straßenverlauf einige Meter von West nach Ost. Was ist dort?"

„Hl. Christ! Eine Kirche mit einer kleinen Gemeinde. Patrick erwähnte das Gotteshaus in Zusammenhang mit der Befragung zu Rosi Kellers Tod. Auf der Homepage der Kirchengemeinde wirbt der Vorsteher, Pater Lazarus, für ein friedliches Miteinander."

„Der Lazarus, der mit dem Jugendlichen Rick Gruber in Verbindung gebracht wurde? Das ist seltsam."

„Empfand ich genauso. Ich zweifelte", gestand Sarah. „Also stieg ich gegen halb zwölf ins Auto und durchquerte die Stadt. Zu meiner großen Überraschung entdeckte ich Patricks Mustang neben der Kirche in einer Seitengasse. Zumindest wusste ich nun, wo mein Partner sich aufhielt. Noch bevor ich aussteigen konnte, um ihn zu suchen, tauchte er auf."

„Was dann?", fragte Andreas ungeduldig.

„Patrick war mit sich selbst beschäftigt und so folgte ich ihm unbemerkt. Wieder quer durch den Mittagsverkehr, dann erreichten wir eine Wohnung, ich denke es war seine. Nachdem er im Hinterhof geparkt hatte, verging einige Zeit. Ungeduldig, wie ich bin, wäre ich ihm beinahe in die Arme gelaufen. Doch da tauchte er auf und betrat das Haus vorne durch den Haupteingang. Die Eingangstür hatte offen gestanden, und genau das schien ihn aufzuregen."

Andreas hatte bereits die erste Seite seines Blocks mit Notizen gefüllt und blätterte um.

„Ehrlich gesagt hatte ich erwartet, meinen Partner bei krummen Geschäften zu erwischen", fuhr Sarah fort.

„Ein Zusammenhang mit dem Stempel-Killer erschien mir absurd. Gleichzeitig entschied ich, Pater Lazarus auf die Liste meiner Verdächtigen zu setzen und das später zu überprüfen."

„Keine Frage, dein Kollege hat sich zwielichtig verhalten." Andreas überflog seine Aufzeichnungen. „Allerdings verstehe ich, dass dir das heute Mittag nicht reichte, um Patrick mit dem Mörder in Verbindung zu bringen."

„Und dann der Vorfall in Wiedenbrück." Sarah schluckte. „Aus der Situation heraus empfand ich Marc als den Schuldigen. Patrick war verletzt und in die Enge getrieben. Marc hielt ihm die Pistole aufs Herz. Es blieb keine Zeit, zu diskutieren. Nicht, wenn ich meinen Partner retten wollte."

Andreas pflichtete Sarah bei. „Patricks große Inszenierung ... Nun wird es Zeit, dieses Spiel zu beenden. Immerhin ist ihm halb Gütersloh auf den Fersen."

Sarah schaute in Andreas' müde Augen.

„Haben wir überhaupt eine Spur?"

Andreas antworte nicht und sagte damit genau das, was Sarah erwartet hatte.

„Welches von den Einsatzteams war in der Siedlung Bielefelder Straße?"

„Bielefelder Straße? Was befindet sich dort?"

„Patricks Wohnung!"

Andreas griff in einen Berg von Unterlagen, die sich auf seinem Schreibtisch türmten, zerrte eine Akte hervor und betrachtete das Deckblatt.

„Natorpstraße 115. Wohnhaft seit Mai 2006. Patricks Anschrift. Zwei Streifenwagen waren dort, doch die Wohnung war komplett geräumt. Nicht einmal einen Beutel Müll hatte er zurückgelassen."

„Falsche Adresse! Überprüfen wir die Siedlung an der Bielefelder Straße!"

Inzwischen begann es zu dämmern. Das SEK hatte seine Fahrzeugkontrollen auf das äußere Stadtgebiet verlagert, Hubschrauber patroullierten an der Stadtgrenze zu Bielefeld und jede noch so kleine Dienststelle verfügte über Patrick Grubers Steckbrief. Spätestens seitdem Hauptkommissar Ackermann nach einem Telefonat mit Bürgermeister Janus Grone die umliegenden Flughäfen, Bahnhöfe und Bus-Zentralstationen unter Zuhilfenahme städtisch bediensteter Mitarbeiter observieren und absuchen ließ, wurde jedem noch so unbedeutenden Ordnungshüter klar, welche Brisanz und Dringlichkeit die laufende Jagd besaß.

Das Gebäude in der Bielefelder Straße gehörte zu den verwahrlosteren der Siedlung. Der Anstrich, der über die Jahre hinweg den Kampf gegen den Wechsel aus Sonne und Regen verloren hatte, bröckelte an zahlreichen Stellen. Satellitenschüsseln, verteilt auf Balkonen und Fensterbänken, verschandelten den äußeren Eindruck ebenso wie die drei eingetretenen Bodenfenster des Kellergeschosses. Zwei Streifenwagen hatten vor dem Haus Stellung bezogen, ein weiterer riegelte den Durchgangsverkehr der Hauptstraße ab. Wie am Morgen, als Sarah ihrem Partner gefolgt war, stand die Eingangstür des mehrstöckigen Wohnhauses weit offen. Andreas ging voran und arbeitete sich von unten bis ins Dachgeschoss vor. In jeder Etage überprüfte er die Namensschilder, die direkt auf den Wohnungstüren befestigt waren.

„Du bist sicher, dass Patrick in diesem Haus wohnt?“, erkundigte sich Andreas skeptisch.

„Ich denke schon. Hattest du erwartet, dass er seinen Namen in großen Buchstaben an die Tür nagelt? Bestimmt nicht, nach dem, was wir nun von ihm wissen.“

Andreas rieb seine Hand über den verschwitzten Nacken und dachte nach.

„Er hat mir gegenüber mal etwas erwähnt. Warte, lass mich nachdenken ...“

Andreas beugte sich über das Geländer des Treppenhauses und schaute suchend nach unten. Mit zwei Fingern zwischen die Lippen geklemmt, ließ er einen lauten Pfiff ertönen und wartete darauf, dass die Kollegen der Streife im Aufgang erschienen. Langsam, anscheinend noch immer in Gedanken, bewegte er sich eine Etage abwärts. Zu langsam, wenn es nach Sarah gegangen wäre, doch hier bestimmte Andreas. Ungeduldig folgte sie ihm.

Prustend erreichten die vier Polizisten das gegenwärtige Stockwerk und erwarteten die Anweisungen des Hauptkommissars.

„Ich glaube, mich an etwas zu erinnern, das Patrick einmal erwähnte. Im Dachgeschoss über ihm wohnte ein Mann. Jemand, der immer derart laut Pornos hörte, dass Patrick mehrfach in den Keller lief und dort dessen Sicherung verschwinden ließ.“

Die Männer lachten.

„Wir befinden uns hier eine Etage unterhalb des Dachgeschosses. Also versuchen wir unser Glück. Jens und William überprüfen die Wohnung, Jacob und ...“ Andreas überlegte. „Entschuldige, ich kenne deinen Namen nicht.“

„Sven Möller“, erwiderte der vierte Polizist.

„Also gut. Jacob und Sven verteilen sich nach unten und sichern den Flur."

„Was ist mit uns?" Sarah hatte bereits zu ihrer Pistole gegriffen, war bereit, die Wohnung zu betreten.

„Wir lassen Jens und William den Vortritt. Ist die Wohnung sauber, sind wir an der Reihe."

Niemand öffnete auf die Klingelversuche, das Klopfen und Rufen.

„Brecht die Tür auf!", befahl Andreas. „Ist ein Notfall!"

Jens benötigte einen Tritt, da sprang die zerschlissene Eichentür bis hinten auf. Mit vorgehaltener Waffe durchsuchten die beiden Streifenpolizisten jeden Raum. Gleichzeitig bemerkten Sarah und Andreas einen starken Duft von Kamille. Der Wohnungsflur wirkte wenig einladend und dunkel, und auch aus den benachbarten Zimmern fiel kaum Licht, obwohl deren Türen geöffnet waren. Ungeduldig musterte Sarah den Eingangsbereich, doch sie hielt sich an Andreas' Anweisung und wartete im Treppenhaus ab.

„Ich erkenne die schwarze Jacke!", rief sie mit einem Mal, völlig unerwartet und überraschend laut.

Der Hauptkommissar trat neben sie. „Kein Grund überzuschnappen! Wir müssen besonnen und aufmerksam vorgehen. Und vor allen Dingen: nichts anfassen! Überlassen wir das der Spurensicherung."

„Keine Sorge!", wiegelte Sarah ab. „Aber es geht für mich um mehr als die einfache Suche nach jemandem, der seinen Hund getötet hat."

„Eigentlich dürftest du gar nicht hier sein." Sichtlich unwohl überlegte Andreas seine nächsten Worte. „Ich habe dich beurlaubt. Dienstwaffe und Marke gehören ins Dezernat, du solltest zu Hause sein."

„Und warum bin ich dann hier?"

„Niemand hat in der letzten Woche so viel Zeit mit Patrick verbracht wie du. Hoffentlich macht es sich bezahlt, dich dabei zu haben."

„Wir werden sehen", hielt Sarah dagegen und wandte sich zur Tür, um das Innere der Wohnung im Auge zu behalten.

„William? Jens? Wie sieht es aus?"

Sogleich tauchten die beiden Polizisten auf.

„Die Bude ist verlassen. Die Fenster sind verschlossen oder auf Kipp. Der Balkon ist vollgestellt. Ein Blick durch die Scheibe reicht, um zu erkennen, dass jemand dort seinen Trödel abstellt."

„Ich möchte, dass ihr nach unten geht. Schaut euch um", wies Andreas an. „Inspiziert die Schuppen und Garagen, anschließend die angrenzende Nachbarschaft. Jacob und ... na, der Neue, ... sie sollen vor dem Haus warten."

„Ist gut."

Sarah ließ es sich nicht nehmen, vor Andreas einzutreten. Sogleich entdeckte sie weitere Gegenstände Patricks.

„Er hat hier gewohnt!", bestätigte Sarah. „Das ist seine Sonnenrille. Dahinten, das dunkle Hemd hat er vor zwei Tagen getragen."

„Halt die Augen auf. Ich mag keine Überraschung!" Andreas rümpfte die Nase. „Ich wusste gar nicht, wie penetrant Kamille riechen kann."

Sarah legte den Kopf in den Nacken und entdeckte ein großes Bund. „Patrick hat mir an meinem ersten Arbeitstag eine Honeysuckle gegen mein Heimweh geschenkt. Dass er Kamille mochte, war mir unbekannt."

„Du hattest Heimweh?", erkundigte sich Andreas irritiert.

„Quatsch! Ist so ein Brauch."

Vor dem Durchgang zur Küche blieb Sarah stehen. „Würdest du vorgehen? Bei Küchen habe ich derzeit kein Glück."

Ohne zu verstehen, dass Sarah sich auf ihr Erlebnis in Frau Mandels Wohnung bezog, schlängelte Andreas sich vorbei. Den Kochraum zu inspizieren benötigte Zeit. Zumindest erkannte Sarah anschließend wieso, als ihr Vorgesetzter zwar ohne erkennbare Hinweise, aber zufrieden kauend zurückkehrte.

„Wenn du Weintrauben magst, sind noch ganz frisch."

Sarah hatte währenddessen das Wohnzimmer betreten und die Vorhänge beiseite gerafft. Die Dunkelheit wich dem orangegelblichen Abendlicht, das den Raum durchflutete.

„Was ist das?" Andreas schluckte den letzten Bissen herunter und zeigte auf einen antiken Schreibtisch aus Mahagoni.

„Was meinst du?"

„Die Schrankklappe, rechts unten. Wurde mal aufgebrochen. Siehst du die Kratzspuren neben dem Schloss?"

Sarah kniete vor dem Tisch nieder und konnte das Fach ohne allzu großen Widerstand öffnen.

„Ist voller Fotoalben, freie Auswahl. Gelb, blau, rot, grün oder schwarz. Was spricht dich an?"

„Prüfen wir sie alle, eines nach dem anderen." Noch während Andreas das sagte, reichte er eine Hand, um die Ordner entgegenzunehmen.

„Das ist unglaublich!"

Sorgsam hatte Andreas die fünf Alben nebeneinander auf dem Tisch drapiert und aufgeschlagen. Ungläubig betrachtete Sarah den entblößten Inhalt. Vor den Polizisten lag die größte von Menschenhand ausgeschnittene Sammlung aus Zeitungsberichten und Fotos, die die zwei je in ihrem Leben zu Gesicht bekommen hatten. Neugierig drehte Sarah das grüne Fotoalbum herum und blätterte durch die beklebten Seiten.

„Das sind mehrere Dutzend!", staunte Sarah. „Hier wurden die kleinen und großen Serienmörder in Bild und Text zusammengetragen."

„Ich habe einen Ordner mit Unfällen. Große und katastrophale Karambolagen, dazu Flugzeugabstürze, Massencrashs und Busunglücke."

Sarah schenkte Andreas einen prüfenden Blick.

„Du hast das gelbe Album?"

Andreas nickte. Wenig später musterte Sarah die in Rot gefasste Sammlung, Andreas die blaue.

„Ich biete Berichte von Hinrichtungen, Diskussionen über die Todesstrafe und Analysen zur Beurteilung von Giftspritzen." Sichtlich unwohl verschloss Sarah ihren Ordner. „Was hast du?"

„Alles Vorfälle, die sich entlang der A 2 ereignet haben. Angefangen oben in Helmstedt, vorbei an Herford, bis runter kurz vor Oberhausen. Da kleben Notizen zu Unfällen und Diebstählen, aber auch Hinweise auf Baustellen, länger angelegte Umleitungen und Unwetterwarnungen, die zur Sperrung der Autobahn führten."

„Ich habe so etwas noch nie gesehen. Das ist eine unbeschreiblich morbide Sammlung von Schicksalen. Was geht in dem Menschen vor, der diese Bände zusammengetragen und gesammelt hat?" Sarah ging zum Fenster und öffnete einen der Flügel bis zum Anschlag. In kräftigen Zügen sog sie frische Luft in ihre Lunge und wartete darauf, sich besser zu fühlen.

„Du solltest dir dies anschauen!"

Andreas' Worte weckten Sarahs Neugier so sehr, dass sie nach zwei weiteren, intensiven Luftzügen zu ihrem Chef zurückkehrte. Er blätterte langsam und anschaulich über die Seiten des verbliebenen, schwarzen Albums.

„Alles dokumentiert. Datum, Name und Adresse. Dazu ein komplettes Profil der Opfer. Was haben sie gearbeitet, wo haben sie gewohnt, wie haben sie an den einzelnen Wochentagen ihre Freizeit verbracht?"

„Das sind gar keine Zeitungsartikel?", wunderte sich Sarah. „Alles handschriftlich."

„Richtig. Jede Seite ein Opfer."

Sarah stutzte. „Moment mal!"

Sie drehte das Album zu sich, schlug das Buch nach vorne zum Anfang und legte ihren Finger unter das notierte Datum. Seite für Seite blätterte sie vorwärts und beobachtete den Verlauf. Andreas erkannte, was sie vorhatte. Es war unglaublich und der Beweis lag unverkennbar vor ihnen.

„Die sechs Morde gehören zu einem Zyklus!" Sarah hatte ihre Finger benutzt, um zu zählen. Nervös blickte sie Andreas an. „Unser Täter hat schon vorher Menschen getötet. Immer zehn in einer Folge und hier in Gütersloh ..."

„Hier in Gütersloh findet seine dritte Serie statt", vervollständigte Andreas. „Patrick ist unser Täter und ist damit einer der größten Serienmörder, der mir je begegnet ist." Andreas prüfte die Handschrift. „Ich erkenne die Schrift. Es ist seine."

„Zumindest ist es typisch, dass Patrick alles händisch dokumentiert hat und nicht am PC."

Sarah rang erneut nach Luft. „Ich habe mit diesem Menschen eine Woche zusammengearbeitet, aber da ist nichts, aber auch gar nichts, was mir vor heute Morgen aufgefallen wäre. Wie ist das möglich?"

„Du siehst, es ist möglich! Er hat uns alle getäuscht und er ist damit vor fünf Jahren in Hannover durchgekommen und vor zehn Jahren in Celle. Patrick selbst hat es hier dokumentiert."

Noch einmal betrachtete Sarah die umfangreichen Aufzeichnungen des schwarzen Albums. Ungläubig schüttelte sie den Kopf.

„Ich informiere jetzt das SEK über die veränderte Situation. Dieser Fund macht die Jagd endgültig zu einer Angelegenheit der Bundesbehörden."

Andreas griff zur Tasche und holte sein Handy hervor. Gerade überlegte Sarah dem Hauptkommissar zu widersprechen, doch hätte sie ihre Gedanken in Worte gefasst, sie hätte sie nicht beenden können.

Das, was Andreas aus den Augenwinkeln als Schatten hinter der Balkontür wahrnahm, ereignete sich zu schnell. Dem korpulenten Mann Anfang fünfzig, der nicht täglich auf der Straße Dienst tat, fehlte die Zeit, um zu reagieren. Die Außentür schlug auf und prallte genau in dem Moment gegen die Wohnzimmerwand, in dem Andreas' Hand die Dienstwaffe erreichte. Zwei Schüsse peitschten durch die Luft. Die Wucht der Treffer riss den kräftigen Mann von den Füßen wie ein von einer Doppelbüchse Kaliber .577 getroffener Elefant. Ohne zu verstehen, was um sie herum passierte, stierte Sarah zu Boden. Andreas schrie vor Schmerzen, presste eine Hand auf die rotgetränkte Schulter, während die andere unkontrolliert über den Boden schlug.

„Zumindest kann er noch schreien", dachte Sarah und realisierte, an welchem Abgrund sie sich in diesem Augenblick bewegte. Sie blickte auf. Dem Blut nach zu urteilen, das hinter Andreas die Wand füllte, zählte für den Hauptkommissar jede Minute. Verwirrt und wie in Zeitlupe wurde sie sich ihrer selbst und der für sie daraus resultierenden Todesnähe bewusst. Reflexartig schnellte ihre Hand nach hinten, um die Pistole aus dem Halfter zu reißen. Gleichzeitig wirbelte sie herum und sah sich der Person gegenüber, die Andreas mit zwei gezielten Schüssen niedergestreckt hatte.

„Lass es sein!", drohte die entschlossene und selbstbewusste Stimme. „Du solltest nicht den geringsten Zweifel hegen, dass ich abdrücken werde!"

Die Waffe in beiden Händen haltend, zielten Kimme und Korn geradewegs auf Sarahs Kopf. Eiskalt und zu allem entschlossen unterstrich der Ausdruck in Patricks Augen die ausgesprochene Drohung. Nur mit Mühe gelang es Sarah, ihren Schwung aus der begonnenen Drehung zu nehmen und ihre Pistole, die sie bereits ergriffen hatte, beiseite zu schleudern. Andreas spürte, kurz davor zu sein, das Bewusstsein zu verlieren. Unsägliche Schmerzen quälten ihn, doch er hatte aufgehört zu schreien, verhielt sich ruhig und unauffällig. Wahrscheinlich, so hatte er entschieden, war dies die einzige Chance, einer weiteren Kugel zu entgehen.

„Ich denke, es war ein Schock." Sarah befeuchtete ihre Lippen und beobachtete Patricks Reaktion. Ihr Verstand arbeitete mit Hochdruck. „Als du erfahren hast, wer deine Eltern waren. Ich meine Jaqueline und Pat."

Überrascht weiteten sich Patricks Augen, sein Gesichtsausdruck signalisierte, wie durcheinander er war. Die ehemalige Partnerin hatte herausgefunden, was eigentlich niemand wusste. Einen Moment lang kreisten seine Gedanken, dann antwortete er.

„Pater Lazarus war wie ein Vater für mich, ich meine, wie ein Junge sich einen Vater vorstellen würde." Er lächelte gekünstelt. „Vor etlichen Jahren sind wir nach Gütersloh gezogen. Genau genommen sind wir geflohen. Lazarus hatte Probleme mit der Polizei in Barsinghausen gehabt. Er war auf Kaution draußen. Wir haben die Flucht ergriffen und der ehemalige Pfarrer von Hl. Christ gewährte uns Unterschlupf."

„Wie hast du herausgefunden, wer deine richtige Familie war?" Sarah sprach ruhig, bestrebt keine Wertung in ihre Frage zu legen.

„Es war zu der Zeit, als ich mein Studium begann. Ich benötigte Urkunden, Stammbuch und was man so an Dokumenten vorlegen musste. Also habe ich Lazarus um die entsprechenden Unterlagen gebeten, doch er besaß nichts. Nachdem ich mich mit der Stadtverwaltung in Barsinghausen und Helmstedt in Verbindung gesetzt hatte, erfuhr ich meine wahre Vergangenheit. Jaqueline war genauso wenig meine leibliche Mutter wie Pat mein leiblicher Vater. Ich war geschockt."

Sarah wartete ab und ließ Patrick Zeit. Insgeheim hoffte sie darauf, dass Jacob und Sven ungeduldig würden und nach oben in die Wohnung zurückkehrten. Gleichwohl wusste sie um jede Minute, die zählte, um Andreas' Leben zu retten.

„Aufgezogen von Serienmördern!", fluchte Patrick gekränkt. „Sie haben meine echten Eltern auf dem Gewissen, mich ihnen entrissen und als ihr eigenes Kind aufgezogen ... Ich hatte einen Bruder, einen größeren Bruder", erinnerte sich Patrick. „Nachts, wenn ich träume, sehe ich ihn gelegentlich vor mir. Die restlichen Bilder meiner Kindheit, bis zu dem Tag, als Jaqueline und Pat den angeblichen Autounfall hatten, alles eine Lüge! Endlich verstand ich die Kälte und Distanz, die mir Tante Anne in den darauffolgenden Jahren entgegenbrachte. Sie war verdammt, ein völlig fremdes Kind aufzuziehen, höchstwahrscheinlich als Gegenleistung für das Haus im Wald, das ihre Schwester und ihr Schwager ihr zugestanden hatten. Dann und wann fragte ich Anne nach meinem Bruder. Eine Antwort erhielt ich nie."

„Wer immer Jaqueline und Pat waren, sie haben dich aufgenommen und sie scheinen dich geliebt zu haben."

„Und warum haben sie mich dann aufgegeben? Es gab keinen Autounfall, genau das habe ich bei meinen Recherchen herausgefunden! Stattdessen war ihnen die Polizei auf den Fersen, meinen angeblichen Eltern, den Serienmördern J. & P. Gruber." Patricks Stimme wurde verbittert und zornig. „Sie wurden gejagt, wegen sechsfachen Mordes! Über die Autobahn A 2 von Barsinghausen bis rein nach Gütersloh. In einem anschließenden Schusswechsel wurden beide getötet. Hier in dieser Stadt, auf unserer Autobahn!"

Im Laufe seiner Erzählung hatte Patrick die Pistole leicht gesenkt. Nun fasste er Sarah erneut ins Ziel.

„Wie dem auch sei. Ich kenne meine echten Eltern nicht, die falschen haben mich zurückgelassen, und aufgezogen wurde ich von einer Fremden. Wie wirken solche Erfahrungen auf ein Kind? Ich kann es dir sagen, schau mich an!"

Besonnen schaute Sarah zu Boden und entdeckte ihre Waffe, die viel zu weit abseits lag, um danach greifen zu können. Blut färbte den Teppich um Andreas' Rücken.

„Wie hast du es herausgefunden, wie bist du mir auf die Schliche gekommen?", forderte Patrick Sarah auf. „Erzähl es mir!"

„Die Opfer besaßen keine unmittelbare Verbindung. Ihre Gemeinsamkeit war ihr Verstoß gegen eines der zehn Gebote, und das sogar in schlüssiger Reihenfolge. Das brachte Priester und Geistliche auf die Liste meiner Verdächtigen." Sarah hielt inne und überlegte, ob es sinnvoll sei, Patrick ihre gesamten Ermittlungsergebnisse zu erzählen. „Ich habe den Code geknackt! Die Koordinaten zeigen auf die Westheermannstraße. Dort befindet sich Hl. Christ, dort ging Rosi Keller zur Kirche, und ich gehe davon aus, dass es genau diese Kirche ist, von der du mir am Mittwochnachmittag erzählt hattest, als du mich über den Verlust meines Handys hinwegtrösten wolltest."

Patrick reagierte nicht.

„Du erinnerst dich?", hakte Sarah nach. „Die Geschichte, dass man in der Nähe des Beichtstuhls die Gläubigen bei ihrem Sündenbekenntnis belauschen kann."

„Mein Fehler", gestand Patrick ein. „Ja, ich habe es erwähnt, doch ich hatte nicht erwartet, dass es zu einem Steinchen deines Mosaiks werden würde."

„Weiß du, ich bin dir heute Mittag gefolgt. Ich vermutete, du bist in krumme Geschäfte verwickelt, vielleicht dealen oder hehlen. Ich wollte gerade Pater Lazarus aufsuchen, da ..."

„Du hast mich in Hl. Christ gesehen, deshalb warst du im Büro so komisch? Und ich habe dich anschließend erwischt, wie du alle Fakten zusammengetragen hast."

„Ich wollte es nicht wahrhaben", flüsterte Sarah. „Dafür bedurfte es erst des Videos aus Katrins Appartementhaus."

„Ich weiß nicht, wer mir in Wiedenbrück dazwischengefunkt hat?", regte Patrick sich auf. „Die Toilette war nur ein Vorwand gewesen. Stattdessen hatte ich die Überwachung des Dachgeschosses deaktiviert. Es hätte keine Aufnahmen geben dürfen!"

Sarah schaute ihr Gegenüber fragend an.

„Irgendjemand hat das System neu gestartet!"

Ungläubig ging Sarah über Patricks Aussage hinweg. „Ich hätte das alles früher erkennen müssen, aber du warst so ..."

„Normal?" Patrick grinste. „Als die Opfer mein Spielfeld betraten, war es ein Leichtes, in ihrem Umfeld eine falsche Spur zu legen. Diandro war die perfekte Marionette! Sein Auto das ideale Fahrzeug, groß und dennoch unauffällig in einer Stadt wie Gütersloh. Seine Frau Sabine sorgte als Angestellte des bald toten Sebastians für verzwickte Umstände. Von Anfang an war ich sicher, Diandro würde den Diebstahl seines Wagens niemals melden. Denk nur an sein Kokainlabor."

„Diandro war eine gute Wahl", stimmte Sarah zu und versuchte ihr Gespräch weiter in die Länge zu ziehen. In dieser Situation blieb ihr nichts anderes übrig, als Zeit zu schinden und auf Unterstützung von außen zu hoffen.

„Meine ersten drei Toten sind viel zu spät aufgetaucht. Der Massencrash auf der Autobahn hat alles durcheinandergebracht."

„Hättest du dich über Zeitungsberichte und Publicity gefreut?"

„Darum geht es nicht!", fauchte Patrick. „Simon und Sebastian wurden unter den Augen der Öffentlichkeit getötet, in ihrer Nähe waren Menschen. Niemand hat sich für sie interessiert. Mit Rosi war es schwieriger. Fast wäre mir das fette Flittchen entkommen. Das hätte das ganze Ritual zerstört."

Er holte Luft.

„Arne Barntrup war überheblich, geizig und einfach einzuschätzen. Ihn zu einem Abendtermin zu einer kostenlosen Weinverköstigung einzuladen, war keine Herausforderung gewesen. Keine Zeugen, keine Störung. Genau das wurde dann zu meinem Problem, deshalb benötigte ich einen Komplizen. Florian Zimmermann kam frisch aus der Ausnüchterungszelle. Für einhundert Euro war er bereit in Arnes Haus zu gehen und die Polizei zu rufen."

„Florian und Arne kannten sich gar nicht?" Sarah war überrascht.

Patrick schüttelte erhaben den Kopf.

„Was glaubst du aber, wie überrascht ich war, als Andreas uns den Mitschnitt des Handyanrufs vorspielte? Rosenthal erwachte aus einer Narkose, die ich ihm gesetzt hatte, und erzählte von seiner Entführung. Wie irrsinnig, dass sein Auto gar nicht mehr auf dem Golfplatz stand. Weißt du noch, wie wir in den Süden gejagt sind?"

„Ja, aber der Ford Edge war da."

„Nach fünf Morden wurde es Zeit, das Fahrzeug aufzugeben. Mit dem Streichholzheftchen habe ich die Spur zu den ersten Opfern gelegt. Es war einfach, dir das Werbegeschenk als Fundstück unterzujubeln. Die Kameras des Parkplatzes zu umgehen und mit dem Mercedes SLK zu entkommen war nicht schwierig. Am Ende des Zauns gab es ein Wartungstor für die städtische Müllabfuhr. Es galt, das Schloss zu knacken, danach war die Flucht problemlos."

Sarah sortierte ihre Gedanken. „Dann gehe ich mal davon aus, dass Samuel Scholz zu Unrecht gesucht wird?"

„Ein Besuch bei Stefan im Labor. Alle gehen zum Geburtstagskuchen-Essen. Ich hatte sturmfreie Bude! Leider habe ich die nächste Ermordung versaut. Martin Sander, aufgegangen im Feuer. Verdammt! Die Dosierung des Narkotikums bereitete mir Probleme. Vorher zu wenig, bei Martin zu viel davon."

Andreas hatte sich bewegt und stöhnte vor Schmerzen auf.

„Unterbrich mich nicht!", schrie Patrick ihn an und benötigte einen Augenblick, um ins Thema zurückzukehren. „Ohne brauchbare Leiche kein Stempelabdruck. Da kam mir die Idee mit der Nachricht. Ich musste sichergehen, dass die SMS eintrifft, wenn ich Zeugen habe. Deshalb erfolgte kurz zuvor ein Anruf ohne Anrufer. Auch wieder so ein Geldgeschäft. Erstaunlich, welche Dienstleistungen man für ein paar Euros erwerben kann. Mit dem Jungen hatte ich vereinbart, die SMS darf erst geschickt werden, wenn ich das Gespräch angenommen habe. So konnte ich aus der Ferne steuern, wann ich die Nachricht benötige. Anderenfalls hätte es jede Viertelstunde einen weiteren Anruf gegeben, bis ich das Gespräch angenommen hätte."

„Du hast das Telefongespräch zurückverfolgen lassen, ...", schlussfolgerte Sarah , „... weil du wusstest, dass es zu diesem Zeitpunkt bereits zu neuer Verwirrung führen würde."

„Zumindest war es einfach, das Prepaidhandy in das offene Fahrzeug schmuggeln zu lassen, das einer Person gehört, die ihr schon bald als neues Opfer ausfindig machen solltet. Katrin Mandel."

„Was ist mit Marc?" Sarah fühlte sich unwohl bei dieser Frage, doch sie wollte Gewissheit.

„Du hast einen Unschuldigen erschossen, zumindest unschuldig, der Stempel-Killer zu sein. Ist es das, was du hören möchtest?" Patrick verkniff sich weiteren Spott. „Marcs Instinkte zu aktivieren und ihn zu Katrins Wohnung zu locken, war ein Kinderspiel. Wir hatten im Aufenthaltsraum zusammengesessen und Kaffee getrunken, da brachte mir Linda Francis aus dem Archiv die Akte von Katrin Mandel. Marc konnte nicht sehen, dass es um Katrin ging, doch keine fünfzehn Minuten später rief Linda an, um mir Bescheid zu geben, dass sie einen zweiten Satz Kopien für Marc erstellen musste. Er war mir auf den Fersen!" Patrick pausierte. „Es war logisch, dass er früher oder später bei ihrem Appartement auftauchen würde."

„Aber wie hast du ihn aufs Dach gelockt?"

„Du warst just im Fahrstuhl verschwunden, da hörte ich Marc im Treppenhaus. Ich rief ihm zu, ich hätte etwas Schreckliches neben der Laufbahn entdeckt und bräuchte seine Hilfe. Das schmierte sein Ego und ließ ihn dumm wie eine Laborratte nach oben hechten."

Sarah konzentrierte sich auf das, was sie in den farbigen Fotoalben entdeckt hatte.

„Was ist mit den Mordserien von vor fünf und vor zehn Jahren?"

„Geschichten der Vergangenheit!", tat Patrick die Frage gelangweilt ab.

Eine Weile schwiegen die früheren Partner sich an, bis die Geräusche im Treppenhaus Patrick unruhig werden ließen.

„Warum das alles?", fragte Sarah zögernd.

„Jeder in dieser Welt benötigt seinen Platz. Es ist schlimm, nicht zu wissen, zu wem man gehört. Doch nun habe ich meine Bestimmung gefunden!"

Nach all den Minuten, die sie Patrick hingehalten hatte, schien Sarahs Vorhaben in Erfüllung zu gehen. Das Knarzen einiger alter Treppenbohlen verkündete Bewegung im Hausflur. Unterstützung traf ein. Gleichwohl wusste Sarah, weder sie noch Andreas waren in Sicherheit. Mit einem einfachen Zucken seines Fingers konnte Patrick in diesem Raum über Leben und Tod entscheiden. Eine Situation, die er sichtlich genoss. Insgeheim hoffte Sarah, sich einen letzten Funken ihrer Menschenkenntnis erhalten zu haben. Aber was bedeutete das bei einem Delinquenten wie Patrick, mit dem sie eine Woche verbracht hatte, ohne sein wahres Ich erkannt zu haben. Nervös, gleichwohl äußerlich ruhig wog sie ihre Alternativen ab. Es gab keine. Weder ein Angriff auf Patrick noch ein Satz in Richtung der eigenen Pistole versprachen einen verheißungsvollen Ausgang.

„Was ist mit Pater Lazarus?“ Es galt, Patrick mit allen Mitteln abzulenken. „Hat er dir diesen Weg gezeigt?“

Im Wohnungsflur ertönten Schritte.

„Andreas? Wie lange werdet ihr hier oben noch benötigen?“

Svens Frage genügte, um Patrick abzulenken. Fluchtartig stürmte Sarah in den Schutz des Schreibtisches und schrie um Hilfe. Noch während sie nach ihrer Dienstwaffe griff, erkannte sie Polizeistiefel im Durchgang der Wohnzimmertür.

„Ich bin hinter dem Schreibtisch!“, rief Sarah, um auf sich aufmerksam zu machen.

Langsam stand sie auf und erkannte Sven und Jacob.

„Ich bin so froh, euch zu sehen!“

Beide Polizisten blickten fassungslos auf den Hauptkommissar hinunter.

„Andreas benötigt sofort einen Notarzt! Los, los!“

Hektisch betätigte Jacob das Funkgerät, orderte einen Krankenwagen und lief ins Treppenhaus.

Sarah prüfte ihre Waffe. „Wo ist Patrick?“

Irritiert schaute Sven sich um, da verrieten Geräusche den Flüchtenden auf der Feuerleiter.

„Lauft nach unten! Schneidet ihm den Weg ab!"

Sarah hechtete zur Küche und entdeckte das geöffnete Fenster. Vorsichtig schob sie ihren Kopf durch die Öffnung. Zwei Etagen unter ihr eilte Patrick, mehrere Stufen auf einmal nehmend, abwärts. Ohne lange zu suchen, entdeckte sie eine freie Schussbahn. Kurz entschlossen fasste Sarah Patrick zwischen den Eisenstreben hindurch ins Ziel.

„Fuck!", wütend riss sie die Pistole nach oben und feuerte in die Luft.

Ich kann niemandem in den Rücken schießen, der flieht. Nicht einmal einem Menschen wie Patrick!

Die Sirene des eintreffenden Rettungswagens schallte zwischen den Häuserblöcken der Bielefelder Straße hindurch, die Blinklichter tauchten die Wände in blaues Licht. Aus dem Fenster vergewisserte sich Sarah, dass der Fahrer die richtige Adresse ansteuerte. Dann endlich, nach nicht enden wollenden Minuten des Wartens, kam das Einsatzfahrzeug neben den geparkten Polizeiautos zum Stehen. Zwei Sanitäter und ein Arzt sprangen heraus. Bewaffnet mit einem Koffer für die medizinische Erstversorgung und einer Trage, hechteten die drei nach oben.

Währenddessen floh Patrick durch die Gasse auf der Rückseite des Hauses, überwand zwei Mauern zu benachbarten Grundstücken und versuchte, sich möglichst schnell vom Tatort zu entfernen. Er entschied, die Richtung zu wechseln, und folgte einem schmalen Weg, der eine Verbindung zur rückseitig liegenden Hauptstraße versprach. Ab dort würde Patrick im Chaos des Abendverkehrs untertauchen und sich zu Fuß absetzen. Während er so rannte, nach Atem rang und die Munition seiner Waffe überprüfte, schwelgte er in Plänen für seine nächsten Opfer. Noch vier Kandidaten, er hatte sie bereits ausgewählt. Anschließend würde er vorübergehend im Teutoburger Wald untertauchen. Er besaß eine ganz anständige Waldhütte, ein Versteck, das ihn in der Vergangenheit mehrmals von der Bildfläche hatte verschwinden lassen. Zu intensiv mit der Zukunft beschäftigt, anstatt auf die Geschehnisse um ihn herum zu achten, bemerkte Patrick viel zu spät, wie William und Jens aus einem Seitenweg heraustraten und seine Pläne hinsichtlich des Erreichens der Hauptstraße vereitelten.

„Halt, stehen bleiben!", rief William und griff mit der Hand zur Pistole, die an seinem Gürtel klemmte.

Patrick folgte der Anweisung, spielte den überraschten und zu Unrecht verfolgten Cop. Die eigene Walther P99 baumelte in der Hand, der Hahn gespannt, bereit seinen Besitzer zu schützen.

Jens wechselte die Position, um Patrick keine einheitliche Schussrichtung anzubieten. Er hatte bereits den Verschluss des Pistolenhalters geöffnet. Doch nun hielt er inne, keinesfalls daran interessiert, seinen Gegner zu provozieren. Ein weiterer Polizist erschien am Ende der Straße. Seitdem Patrick aus der Wohnung geflohen war, bemühte sich Jacob Schritt zu halten. Die Mauern hatten ihn Zeit gekostet, doch nachdem er um die Ecke gebogen war, hatte er wieder Sichtkontakt zum Gejagten. Jacob rang nach Luft und brachte die eigene Waffe in Anschlag. Gut dreißig Meter trennten den Polizisten von Patrick. Er hatte freie Schussbahn, mehr benötigte er nicht. Auch wenn seine Kollegen schneller liefen, besser kletterten oder bei den Fortbildungen erfolgreicher abschnitten, Schießen war seine Disziplin. Jacob verlangsamte die Atmung, reduzierte so den eigenen Herzschlag und visierte das Ziel an.

„Patrick Gruber! Ich fordere dich auf, deine Pistole auf den Boden zu legen!" Williams Worte waren unmissverständlich, und trotz alledem schien es, als wäre Patrick mit seinen Gedanken woanders.

„Das ist die letzte Aufforderung!", schrie Jens. „Lass es nicht zum Äußersten kommen!"

Patrick war nicht entgangen, wie William, halb verdeckt von seinem Oberkörper, die Waffe im Halfter lockerte, während Jens sich immer weiter der Grenze seines Sichtfeldes näherte. Erst als Patrick hinter sich ein Knirschen vernahm, realisierte er den dritten Polizisten.

Patrick dachte an Sarah und all die Dinge, die sie in dieser Woche gemeinsam erlebt hatten. In einem anderen Abschnitt seines Lebens, wer weiß, vielleicht wäre er ihr nachgelaufen und sie wären richtige Freunde geworden. Patrick erinnerte sich an Stefan, an das, was er Marc angetan hatte, und das, was er Andreas antun musste.

Seine Hand spannte sich um den Griff der Pistole, sein Zeigefinger zuckte und bereitete sich auf den Einsatz vor.

„Ich zähle jetzt bis drei! Das ist deine letzte Chance!" William ließ keinen Zweifel daran, dass er tun würde, was er andeutete.

Blitzschnell riss Patrick den Arm nach oben. Noch bevor William und Jens ihre Dienstwaffen aus dem Halfter befreien konnten, fiel der erste Schuss. Eine Kugel schoss zwischen den beiden Streifenpolizisten hindurch, erschrocken hechteten sie beiseite. Patricks Arm zitterte, doch er brachte die nötige Kraft auf, Jens ins Ziel zu fassen. Abermals fiel ein Schuss, trat wie die erste Kugel in Patricks Rücken ein und vorne aus dem Körper aus. Trotz seiner Verletzungen setzte Patrick sich zur Wehr und feuerte zweimal. Beide Kugeln schlugen neben Jens am Boden auf. Längst hatte ihn die Kraft verlassen, die Pistole aufrecht zu halten. Viel zu schnell passierte, was sich vor den Augen der Polizisten ereignete. Aus Reflex erwiderten sie das Feuer, doch keine ihrer Kugeln wäre nötig gewesen, um Patricks Lebensende zu besiegeln. Jakobs Kugeln hatten bereits vollbracht, wofür sie hergestellt worden waren. Sie hatten getötet.

Sarah war froh, sich gegen die Verfolgung Patricks entschieden und stattdessen Andreas beigestanden zu haben. Beharrlich hatte sie die beiden Einschusswunden abgedrückt und dem Hauptkommissar die Zeit verschafft, die er benötigte, bevor Arzt und Sanitäter seinen Zustand stabilisieren und fehlendes Blut mit Erythrozyten-Konzentraten ausgleichen konnten. Noch wusste Sarah nicht, dass ihr ehemaliger Partner im Kugelhagel der Streifenpolizisten gestorben war. Wahrscheinlich würde es nicht viel ändern. Sie hatte Emsdetten aufgegeben und alles zurückgelassen, um in Gütersloh neu anzufangen. Hier war ab jetzt ihr Zuhause, ihre neue Heimat, und hier waren ihre neuen Freunde. Für die galt es einzustehen, auch wenn ein Einzelner ihr Vertrauen missbraucht hatte.

52. ein Monat danach / 14. August 2011 / 20:39

Auf den Tag genau ein Monat war vergangen, seitdem Güterslohs Tageszeitungen über den mordenden Kommissar Patrick Gruber berichtet hatten. Eine Woche lang wurde spekuliert und diskutiert. Politiker versuchten sich mit neu gemachten Sicherheitskonzepten zu profilieren. Einmal mehr verfluchte Bürgermeister Grone seine Freundschaft, die ihn ungeachtet der Vorfälle mit Andreas verband und ihn nun zwang, seine schützende Hand über dem Hauptkommissar und seiner Kreispolizeibehörde auszubreiten. Alsdann geriet die Geschichte um den serienmordenden Polizisten in Vergessenheit und wichtigere Themen beschäftigten die Region.

Es hatte bereits begonnen zu dämmern und kühle Luft trieb aus den Bergen ins Tal. Die Scheinwerfer des dunklen Geländewagens erhellten den kleinen Waldarbeiterweg, der die Zivilisation mit dem angesteuerten Unterschlupf verband. Erst als sich die Bäume vollends verdichteten, stoppte der SUV und das Licht erlosch. Zwei Personen stiegen aus, die unterschiedlicher nicht hätten sein können. Der Fahrer groß, zielstrebig, angemessen naturverbunden gekleidet. Die Beifahrerin unsicher, ängstlich, in ihrer stilvollen Kleidung unvorbereitet auf das, was sie erwartete. Ohne ein Wort miteinander zu wechseln, gingen die beiden Personen hintereinander her. Vom Auto bis zu ihrem Ziel war es nur ein kurzer Marsch, doch immer wieder stolperte die junge Frau, die die kleine Gruppe anführte. Wie auch sollte sie sehen, wohin sie trat? Die Augenbinde nahm ihr jede Orientierung. Überdies förderten die Armfesseln nicht gerade den Sinn ihres Gleichgewichts. Katrin bemühte sich, die verbliebenen Sinne einzusetzen. Sie erkannte den Geruch von Buchenholz, der das Niedersächsische Bergland erfüllte. Der Schrei eines Wanderfalken ließ die junge Frau angsterfüllt zusammenfahren und vergegenwärtigte ihr ihre aussichtslose Situation.

„Was wird mich erwarten?", grübelte sie mutlos und setzte zögerlich den nächsten Schritt nach vorne.

Weglaufen erschien sinnlos. Wohin auch sollte jemand rennen, der seine Umgebung nicht wahrnehmen konnte? Und keinesfalls würde sie versuchen erneut zu schreien. Der erste Versuch war Katrin schlecht bekommen, als ihr Begleiter, oder war es eine Begleiterin, ihr aufgelauert und sie um Hilfe geschrien hatte. Noch immer schmerzte das Gesicht von dem heftigen Schlag.

Abermals zuckte Katrin zusammen, diesmal überrascht von der unerwarteten Berührung an der Schulter.

„Achtung, Stufen!"

Katrin nickte und war fast dankbar, nicht blindlings ins Unheil gestürzt zu werden. Vorsichtig tastete sie sich vor und erkannte die Stufen einer hölzernen Treppe.

Die Hütte, gebaut aus dicken Holzbohlen, ruhte auf einer kleinen Anhöhe. Über die Jahre hatte Moos das vordere Satteldach überwuchert. Die sechs Fenster wurden von Holzverschlägen geschützt, die Eingangstür besaß zwei Schlösser. Abgeschiedenheit und Idylle bestimmten dieses Fleckchen Natur. Fließendes Wasser lieferte der Bergbach im nächsten Tal, Strom das Dieselaggregat im Schuppen. Die beiden Besucher betraten die Hütte, nach und nach öffneten sich die Fensterläden und irgendwann stieg erster Rauch aus dem Schornstein empor.

Nachdem die Augenbinde entfernt worden war, benötigte Katrin einige Zeit, bis sich ihre Augen an das dämmrige Licht im Innern der Behausung gewöhnt hatten. Die Hütte war zweckmäßig ausgestattet, der Stuhl, auf dem sie saß, war hart und unbequem. Sie drehte ihren Kopf nach rechts und links, bemüht alles um sich herum zu erfassen.

„Nicht!“, befahl ihr die Stimme. „Schau nach vorne!“

Katrin tat wie befohlen.

„Nur wenn du mein Gesicht nicht siehst, können wir sicherstellen, dass es für mich keinen Grund gibt, dir ein Leid anzutun.“

„Das hört sich gut an“, ging es Katrin durch den Kopf, wenngleich ihr klar war, dass dies die völlig falschen Worte waren, um den Hoffnungsschimmer zu beschreiben, der sich gerade vor ihr ausbreitete.

„Sind die Fesseln zu stramm? Es wird so gehen müssen!“

„Ich werde den Anweisungen folgen! Wenn du willst, schließe ich die Augen“, schlug Katrin vor. Abermals überkam die junge Frau Angst.

Gehört die Stimme hinter meinem Rücken zu einem Mann?, Katrin versuchte den Gedanken aus ihrem Kopf auszusperren. Erfolglos.

Was wird mir geschehen? Warum bin ich hier? Wer tut mir so etwas an?

Die Furcht war ungebrochen. Eine attraktive Frau, wie sie es war, höchstwahrscheinlich hierher geschleppt von einem Mann, weit abseits, ohne Hilfe. Sie erschauderte, doch sie traute sich nicht, ihre Fragen in

Worte zu fassen. Keinesfalls wollte sie ihren Peiniger verärgern oder provozieren. Trotz ihrer gegenwärtigen Situation, sie konnte sich beängstigendere Szenarien vorstellen. Schlimmer ging immer.

Einfach nur durchhalten und diesen Tag überstehen.

„Es ist schön, wieder an diesem Ort zu sein. Weißt du, früher war ich fast jedes Wochenende hier. So ungestört und einsam. Das ist herrlich. Du kannst fischen, die Natur beobachten, einfach abschalten von all dem kranken Mist, der da draußen in der Welt passiert."

Überraschend schlug er seine Hand auf den Tisch.

„Vielleicht sind acht bis zehn Wochen vergangen, da überkam mich so ein Verdacht, dass irgendjemand in meiner Abwesenheit die Hütte durchsucht hat. Anfangs war es nur so ein Gefühl. Die Schlösser waren intakt, doch Details waren verändert. Dinge lagen nicht dort, wo ich sie zurücklassen würde."

Katrin bemerkte, wie ihr Gesprächspartner aufgeregt auf und ab ging.

„Wenn du bei der Polizei eines lernst, dann ist es, immer wachsam zu sein."

„Wieso Polizei?", dacht Katrin und bemühte sich Interesse zu zeigen.

„Was ist geschehen?"

„Ein Trittbrettfahrer! Ein Opportunist, Mitläufer, Nachahmer. Das Lexikon kennt zahlreiche Bezeichnungen für ein und dieselbe Tätigkeit." Der Klang der Stimme wurde härter und aggressiver. „Da wollte mir jemand gleichen. Aber niemand ist wie ich!"

„Was hast du getan, dass jemand da draußen es dir gleichtun will und dass er dich bis an diesen verlassenen Ort verfolgt, um dich auszuspionieren?"

Diese Frage konnte Katrin nicht für sich behalten, wenngleich sie ahnte, die Antwort könnte ihr jeglichen

Optimismus über den Verlauf des heutigen Tages nehmen.

„Seit siebzehn Jahren bin ich nun bei der Polizei, das ist eine weiß Gott lange Zeit. Ich habe als kleiner Streifenpolizist begonnen, da kennst du die Straße! Junkies werden wegen kleinster Mengen Crack von Cops zusammengeschlagen und tagelang inhaftiert, während die großen Dealer sich freikaufen, Partys schmeißen oder zur Bestechung kostbare Geschenke verschicken. Zu viele wurden schuldig freigesprochen."

„Ich habe keine Drogen, ich habe nie gedealt!", schrie Katrin auf. „Du hast die Falsche erwischt!"

„Es geht nicht ums Dealen", beschwichtigte die Stimme hinter ihr. „Es geht um Sünden, Verfehlungen, Maßlosigkeit, Habgier und Rache."

Habgier.

Der vermeintliche Grund ihrer eigenen Entführung lag brach. Verrückt vor Angst und getrieben von der aufkeimenden Ausweglosigkeit riss sie ihren Stuhl hin und her, versuchte die Fesseln zu lockern, irgendwie ihre Handgelenke aus dem Hanf zu lösen. Wild zappelnd warf sie sich zurück und riss ihren Blick nach hinten. Von einer auf die nächste Sekunde war es für Katrin wichtig geworden, der Person ins Gesicht zu schauen, die sie entführt hatte. Die brutale Kraft der rechten Faust traf sie wie ein Hammer. Alles um Katrin herum wurde schwarz und sie sackte besinnungslos nieder.

„Nicht umschauen, hatte ich gesagt!"

Ihr Begleiter ließ Katrin die Zeit, die sie benötigte, um zu realisieren, welchen Fehler sie begangen hatte. Dann packte er sie am Kragen ihrer Bluse und zerrte sie in ihre Sitzposition zurück. Auf schmerzhafte Weise hatte Katrin die Gewissheit erlangt, die sie gesucht hatte. Eine derartige Schlagkraft verpasste keine Frau.

„Es begann vor zehn Jahren", fuhr die Stimme hinter ihr fort.

„Ich nenne es meinen ersten Zyklus. Zehn Menschen, gemaßregelt in zehn Tagen."

Katrin begann zu grübeln.

„Hast du diese Menschen getötet? Unschuldige? Ausgewählt nach deinen eigenen Regeln?"

„Unschuldig?", schrie der Mann aufgebracht. „Bist du eigentlich wahnsinnig? Überall sehen wir Todsünden, aber wer unternimmt etwas dagegen? Abschreckung schafft eine Verantwortung, die kein Gericht übernehmen kann. Ich habe vor zehn Jahren ein Zeichen gesetzt und ein zweites fünf Jahre später!"

Tränen liefen der Frau über die Wange.

„Das ist Wahnsinn", schluchzte sie.

Der Mann in ihrem Rücken blieb unbeeindruckt von Katrins Reaktion.

„Vor anderthalb Monaten jährte sich mein Fünf-Jahres-Rhythmus und was ist passiert?"

Anschließend an seine rhetorische Frage wurde er aufbrausend.

„Jemand glaubte, er wäre schlauer als ich! Verfolgt mich! Dringt in meine Hütte ein und vertreibt mich aus diesem kleinen Paradies? Ha! Es hat einige Zeit gedauert, bis ich Kommissar Patrick Gruber auf die Spur gekommen bin. Ein Polizist gegen einen anderen, wie absurd. Aber nur einer kann gewinnen, und ich bin es, der heute hier vor dir steht."

Hinter mir.

Vorsichtig drehte Katrin die Handgelenke und versuchte eine Position zu finden, die nicht derart in die Haut schnitt.

„Was ist mit dem anderen Polizisten passiert?"

„Er ist in die Falle getappt. Zweimal! Die Technik hat ihn überlistet. Nach dem ersten Verdacht habe ich sofort das Blockhaus verwanzt. Siehst du die kleine Kamera dort oben in dem Ordner im Schrank?"

Katrin schüttelte den Kopf. „Ich sehe den Ordner, mehr nicht."

„Das Objektiv kann problemlos das Griffloch benutzen. Es dauerte einige Tage, bis ich meinen Verdacht beweisen konnte. Vielleicht hast du Grubers Taten in den Medien verfolgt? Nach seinen ersten Morden kehrte er hierher zurück, dann endlich hatte ich das Einbruchsvideo mit Patrick als Hauptdarsteller. Wenn du mich fragst, ich fand die ominöse Idee mit dem Stempelabdruck kindisch und sinnlos. Wie unsinnig ist ein Stempel als Wiedererkennungsmerkmal, der in seinen Zahlen auch noch einen Code verbirgt, den die Polizei binnen Stunden knacken kann?"

Für einen Augenblick legte der Entführer eine Redepause ein, öffnete eine Schublade, danach eine Schrankklappe. Anschließend wandte er sich erneut an Katrin.

„Es wurde Zeit, meinem Ritual die einstige Ernsthaftigkeit zurückzugeben. Ich hatte die Möglichkeit, und ich finde, ich hatte das Recht, die Videoaufzeichnung der Überwachungsanlage in deinem Appartementhaus am Heiligenhauschenweg zu reaktivieren."

Katrin verstand nicht, was ihr Entführer meinte. Natürlich hatte sie mitbekommen, wie ein Polizist auf dem Dach ihrer Wohnanlage getötet worden war, doch sie kannte keine Einzelheiten.

„Ich weiß nicht, warum ich dich an diesen Ort gebracht und dir das alles erzählt habe. Vielleicht wollte ich einmal im Leben mein Geheimnis mit jemandem teilen können und ihm die andere Seite in mir zeigen."

Katrin schöpfte soeben Hoffnung, da drang die Nadel der mit Narkotikum gefüllten Spritze in ihren Hals. Die Welt um sie herum begann sich zu drehen, ihre Augenlider flackerten. Dann kippte sie nach vorne über und fiel in einen tiefen Schlaf.

Andreas richtete sich auf und ein unsagbares Gefühl von Genugtuung breitete sich über seinen gesamten Körper aus. Er betrachtete die bunten Fotoalben, die wieder an ihren alten Platz in das Blockhaus heimgekehrt waren. Rot, gelb, grün, blau und schwarz, allesamt nebeneinander aufgereiht. Ordentlich, so wie er es liebte. Irgendwann musste Patrick herausgefunden haben, was der Hauptkommissar tat und welche Rolle er alle fünf Jahre besetzte. Gleichwohl blieb Patrick unbemerkt, dass er als Einbrecher gefilmt und identifiziert worden war. Und genau darin erkannte Andreas seinen Vorteil. Die Gewissheit, dass Patrick die Alben nicht als Beweismittel sicherstellte, sondern die entwendete Sammlung wie eine Art Anleitung, wie sein persönliches Glaubensbekenntnis benutze, verwandelte die Tage im Juli in ein faszinierendes Katz-und-Maus-Spiel. Aus der anfänglichen Brisanz des Einbruchs war eine Scharade geworden, auf die Andreas sich nur allzu gerne eingelassen hatte. Als es Zeit wurde, die Kontrolle zu übernehmen, war Andreas vorbereitet gewesen. Nicht ohne Grund war er als Erster in Mandels Wohnanlage eingetroffen, noch bevor Sarah nach Unterstützung rief. Patricks Schachzug, die Überwachung des Daches abzuschalten, war durchschaubar gewesen. Andreas hatte nur warten müssen, bis die Situation auf dem Dach eskalierte, dann lieferte das neu gestartete Videosystem die benötigten Beweise, um den Trittbrettfahrer in seine Schranken zu weisen. Andreas lächelte. Nur zu gut wusste er, warum Patrick ihn an der Bielefelder Straße niedergeschossen hatte. Es war eine alte Volksweisheit und sie war eingetreten: „Ein in die Ecke getriebener Hund, wird dich beißen!“

Ackermann prüfte Katrins Zustand, schaute zur Uhr und wurde unruhig.

„Es wird Zeit, dass wir zur A 2 zurückkehren und den Zyklus beenden.“

Danksagung

Mag die Idee, ein Buch zu schreiben, das Werk eines Einzelnen sein, so bedarf die Umsetzung der Unterstützung Vieler. Ich danke meiner Familie für Freiräume, Ansgar und Petra für Beratung und Reibung und meinem Verlag für seine tatkräftige Unterstützung.

Allen Lesern wünsche ich spannende Stunden guter Unterhaltung.

Erasmus Herold
Stromberg, im Sommer 2012

Als aus der Innenstadt Holzmindens ein Kind verschwindet, versuchen nicht nur die beiden Kommissare Kofi Kayi und Stefan Ollner, dem Täter auf die Spur zu kommen. Auch die Bürger organisieren sich. Trotzdem können sie nicht verhindern, dass noch ein Kind entführt wird. Da alle Erwachsenen Wichtiges zu erledigen haben, hört niemand zu, als Kim von dem Mann mit den Katzenbabys erzählt …

Sabine Hartmann. Nur ein Katzensprung
400 Seiten. Paperback. ISBN 978-3-8271-9413-8
E-Book 978-3-8271-9614-9 (Pdf)
978-3-8271-9814-3 (Epub)

Das Vorhaben, am Husumer Badestrand Dockkoog ein Ferienressort zu errichten, stößt auf wenig Gegenliebe. Eine Leiche im Großbecken des Multimar Wattforums – schnell finden Kommissarin Wiebke Ulbricht und ihr Partner Jan Petersen heraus, dass es sich bei dem Toten um den ungeliebten Investor handelt. Geht der Mord auf das Konto militanter Umweltschützer oder hatte Heiners noch weitere Feinde? Die blutige Spur führt an die Ostseeküste.

Andreas Schmidt. WattenMord
360 Seiten. Paperback. ISBN 978-3-8271-9511-1
E-Book 978-3-8271-9616-3 (Pdf)
978-3-8271-9816-7 (Epub)

Wesemann berichtet vom Karnevalsumzug. Besonders ausgelassen zeigt sich Dr. Bodo Schobinsky. Plötzlich fällt er über die Brüstung des Wagens. Direkt neben Wesemann schlägt er aufs Pflaster. Der Mann ist tot. Infolge übermäßigen Alkoholgenusses vom Wagen gefallen und an einem Genickbruch gestorben. Tragisch, aber nicht sonderlich interessant. Doch da wird im Söltjerbrunnen von Bad Münder der abgetrennte Kopf eines Chinesen gefunden. Wesemann recherchiert.

Günter v. Lonski. Bittere Medizin
288 Seiten. Paperback. ISBN 978-3-8271-9406-0
E-Book 978-3-8271-9613-2 (Pdf)
978-3-8271-9813-6 (Epub)

www.niemeyer-buch.de